WELKOM BIJ HOTEL FLANAGANS

ÅSA HELLBERG

Welkom bij Hotel Flanagans

XANDER

Uitgegeven door Xander Uitgevers
www.xanderuitgevers.nl

Oorspronkelijke titel: *Välkommen till Flanagans*
Oorspronkelijke uitgever: Forum
Vertaling: Neeltje Wiersma
Omslagontwerp: Studio Marlies Visser
Omslagbeeld: Getty Images
Auteursfoto: Lena Ahlström
Zetwerk: Michiel Niesen, ZetProducties

Eerste druk 2021
Vierde druk 2022

ISBN 978 94 0161 642 3 | NUR 302

Voor Helen
Er is niemand die zo kan lachen als wij.

1

Londen, oudejaarsavond 1959

Je zou verwachten dat de onbarmhartige regen ervoor zou zorgen dat zelfs de meest op vermaak uit zijnde Londenaren liever thuis voor de open haard zaten met een glas champagne in de hand dan dat ze zich van feest naar feest verplaatsten. Maar de straat voor hotel Flanagans stond vol auto's. Sommigen reden zelf, anderen hadden chauffeurs die buiten wachtten tot hun werkgevers tegen de ochtendschemering naar huis wilden. Lange jurken sleepten over het natte asfalt, een man legde zijn mantel over de schouders van zijn vrouw.

Maar niemand die op weg was naar het nieuwjaarsfeest bij Flanagans trok zich iets aan van de regen. Het was erger voor degenen die net voorbij de ingang van het hotel uit de bus stapten. Het regenwater stroomde door de straten en de chauffeurs van de glimmende auto's die voor het luxe hotel stopten, hielden geen enkele rekening met de voetgangers op het trottoir. De verwensingen galmden door de oudejaarsavond toen de pas gestreken feestkleding kletsnat werd van het opspattende water.

Binnen in het hotel merkte je godzijdank niets van het vreselijke weer, dacht Linda Lansing. Ze dronk het laatste restje uit haar glas voordat ze het op het bureau neerzette en het kantoor verliet. Een kort ogenblik bleef ze bij de balustrade staan en keek neer op de schitterende groep gasten.

In de salon liepen kelners ijverig af en aan met volle dienbladen, hetzij met volle glazen die geserveerd moesten worden, hetzij met glazen die al leeg waren. Alles leek op rolletjes te lopen. De drank vloeide al uren rijkelijk, het geluidsniveau was hoog en de stemming werd steeds uitbundiger. Het zou zoals altijd een gedenkwaardige jaarwisseling worden. Linda haalde diep adem. Het was tijd om zich in het feestgedruis te storten.

Haar jurk ruiste om haar benen toen ze langzaam de trap af daalde. Onderaan de trap hield ze de trapleuning stevig vast. Dat laatste drankje op kantoor had ze beter niet kunnen nemen. Ze kneep haar ogen stijf dicht voordat ze verder liep. Ze knikte glimlachend naar de gasten en hoopte dat haar kleine misstap onopgemerkt was gebleven. Het was natuurlijk heel dom om dronken te worden op haar eigen feest, maar in dit geval was een lege maag de oorzaak dat ze zich wat wankel voelde. Ze was te gewend aan sterkedrank om iets te merken van een paar glazen whisky.

Iemand raakte licht haar arm aan. Lady Carlisle.

Linda schonk haar een warme glimlach en boog zich voorover om Mary een kus op haar wang te geven. Haar vijfendertigjarige hartsvriendin straalde in haar met parels versierde avondjurk. Om haar hals fonkelden de juwelen die ze met kerst van haar man had gekregen. Ze was rijk, verwend en helemaal geweldig.

'Ik ben zo blij dat je er bent, Mary. Je hebt niets te veel gezegd over je jurk, hij is werkelijk schitterend. Dior, toch?'

Mary knikte tevreden. 'Ja, is-ie niet prachtig?' Ze glimlachte en legde haar hand op die van Linda, die nog steeds de leuning van de trap vasthield. 'Het is je weer gelukt, maar ik had ook niet anders verwacht.' Ze boog zich dichter naar Linda toe en fluisterde: 'Weet je het laatste nieuwtje over het echtpaar Jones al? Verschrikkelijk verhaal. Ik heb het net gehoord. Mr. is kennelijk verliefd geworden op een vrouw uit Reading en heeft hun landgoed verlaten. Mrs. Jones is wanhopig, arme vrouw. Dit zal de komende tijd wel hét gesprek van de dag zijn.'

Mary zag er tevreden uit en bracht het sigarettenpijpje naar haar perfect roodgeverfde lippen. Haar dagen bestonden tegenwoordig uit roddels, liefdadigheid en eindeloos lange diners. Ze had onlangs geklaagd dat de tijden van de late nachtclubbezoeken, waarbij ze de koningin van het feest was geweest, voorgoed voorbij waren. En natuurlijk was er een wereld van verschil tussen het leven van een jonge vrouw die voortdurend het hof werd gemaakt en vanzelfsprekend op de exclusievere feestjes van Londen aanwezig was, en het leven van een vrouw die met lady werd aangesproken en met haar man en twee kinderen op het enorme landgoed van haar echtgenoot een eind buiten de stad woonde.

Linda viste haar aansteker uit haar avondtasje en gaf Mary een vuurtje. Op zo'n groot feest als dit kon ze de bediening niet voor alles wenken. Hoe ze zich ook onder de feestgangers mengde, ze maakte er toch geen deel van uit. Hoewel de laatste minuten van de zinderende jaren vijftig waren aangebroken, was ze op het nieuwjaarsfeest niet meer dan het boegbeeld van het hotel waarvan ze de eigenaresse was. Zo zag men haar en daar kon de komst van het nieuwe decennium, waar zo reikhalzend naar werd uitgekeken, niets aan veranderen.

Linda Lansing, de mooie societyvrouw die zich na de dood van haar vader voor de taak gesteld zag het exclusieve Flanagans in haar eentje te runnen. Zonder man, zonder kinderen. Afgezien van haar mooie uiterlijk en het unieke, roemrijke hotel in het centrum van Londen heeft ze niets. Binnenkort staat het hotel, het levenswerk van haar vader, volgens de geruchten een berucht zakenman, al tien jaar onder Miss Lansings beheer, en voor zover we weten, blijft dat ook zo. Een huwelijkskandidaat heeft zich nog niet aangediend, aldus de bron met wie de krant heeft gesproken. Desalniettemin heeft ze natuurlijk haar neven die haar bijstaan. De band tussen de familieleden is erg sterk.

Het artikel was slechts een maand eerder gepubliceerd in *The Times*, met een oude foto van Linda onder de kristallen kroonluchter in de lobby. Alsof moderne vrouwen niet bestonden. Alsof Linda niet verschrikkelijk hard had gewerkt voor het voortbestaan van het hotel. Ze moesten eens weten wat ze de laatste tien jaren had doorstaan.

De band tussen de familieleden is erg sterk. Linda moest hardop lachen toen ze dat las. Nog een geluk dat de journalisten niet dieper hadden gegraven dan dat, want eigenlijk was er genoeg materiaal voor een heel boek over de familie. Maar wat het vrouwelijke ondernemerschap betrof werd er altijd bijzonder veel nadruk op de afwezigheid van een man gelegd. Dat ze het hotel zonder steun van haar familie had gerund, was niet iets waar men überhaupt ook maar over nadacht.

'Arme mevrouw Jones,' zei ze tegen Mary. Eigenlijk interesseerden Mr. en Mrs. Jones haar geen zier. Wat haar betreft mochten ze zoveel affaires hebben als ze wilden. Voor Linda was het slechts het zoveelste paar in een lange reeks. Maar ze wist alles van verraad, en daarom kon ze wel begrijpen dat Mrs. Jones zich afschuwelijk voelde.

Al die vermogende stellen die op landgoederen buiten Londen woonden, bezaten enorme huizen bij Holland Park en zomerverblijven aan de Franse Rivièra. Ze kwamen naar haar feesten, meestal zo welwillend en vleierig dat Linda ervan moest kotsen. We moesten je gewoon even zien, zeiden ze terwijl ze hun hoofd schuin hielden en haar van top tot teen bekeken, van haar marineblauwe zijden schoenen, via haar ronde heupen, voorbij haar taille en verder omhoog naar haar blonde haar. Af en toe bleef de blik van een man even hangen bij haar borsten, maar de elleboog die zijn vrouw in zijn zij porde, maakte snel duidelijk hoe ongepast dat was. Linda werd alleen bij de feestgangers thuis uitgenodigd om aan de pers te tonen. Zodra die hun foto's hadden geschoten, en ze met de glamour en het modebewustzijn waar de lezer om vroeg haar bijdrage had geleverd, werd ze meestal genegeerd.

Ze had vele malen te verstaan gekregen dat ze een bedreiging vormde voor de gelukkige huwelijken van anderen. Men wilde zo graag medelijden hebben met de eenzame en verlaten Linda Lansing, maar dat ging niet wanneer alle aanwezige mannen letten op ook maar het kleinste stapje dat ze zette. Alsof zij ook maar enigszins interesse voor hen had. Dat had ze natuurlijk niet, omdat ze niet tegen idioten kon.

Haar beste vriendin, lady Mary Carlisle, was in tegenstelling tot de meeste andere societyvrouwen fantastisch gezelschap. Het gebeurde weleens dat Mary rond theetijd kwam en plaatsnam in de salon. Dan ging Linda direct naast haar zitten om bijgepraat te worden over de laatste roddels. Mary's echtgenoot was aanzienlijk ouder dan zijn chique vrouw en verliet het landgoed buiten Windsor niet graag. In plaats daarvan kwam Mary met de auto, met de chauffeur op de achterbank, wanneer ze zich wilde amuseren in de stad.

'We hebben het later deze week onder het genot van een kop thee nog wel over de Jones, ik heb zo veel te vertellen,' knikte Mary veelzeggend.

Hoewel het Linda niet bijzonder veel kon schelen, wist ze dat het vermogen tot dramatiek van haar vriendin haar belangstelling zou wekken. En bovendien, mocht Mr. Jones van plan zijn om in te checken in Flanagans, dan was het misschien wel handig dat ze van de situatie op de hoogte was.

Hij zou in dat geval niet de eerste man zijn die overspel pleegde binnen de muren van het hotel, en er waren mensen die van mening waren dat Linda een verantwoordelijkheid had om dit soort gasten te weigeren. Maar waarom zou ze dat doen? Zij bemoeide zich niet met andermans zaken.

Eén keer had een vrouw Flanagans een hoerenkast genoemd. Zij werd natuurlijk niet meer uitgenodigd, ook niet toen ze er letterlijk op haar blote knieën om had gesmeekt nadat de man een einde had gemaakt aan zijn buitenechtelijke escapades. Uiteindelijk bleek het erger te zijn om van de gastenlijst van het met mythen omsponnen hotel geschrapt te worden dan dat je echtgenoot in een van de bedden van datzelfde hotel had liggen rollebollen.

Mary onderbrak Linda's gedachten. '*Darling*, ik wilde je alleen maar even gedag zeggen en je een goed uiteinde wensen. Ik begrijp dat je je onder je gasten moet mengen. En ik moet mijn man in een goed humeur zien te houden, zodat hij het niet in zijn hoofd haalt om voor twaalf uur naar huis te gaan.'

Toen keek ze Linda scherp aan.

'Kus iemand,' zei ze. 'Daar ga je niet dood aan.'

In het souterrain van het hotel, waar Elinor als een bezetene werkte in de keuken, was niets te merken van de festiviteiten. Dienblad na dienblad werd naar boven gebracht, en de constante roep om meer zorgde ervoor dat ze niet eens de tijd had om de haarlokken terug te stoppen die vanonder haar hoofddeksel waren ontsnapt. Er waren petit choux, zalmhapjes, kleine komkommersandwiches, kaviaar en oesters, en Elinor moest ze in opdracht van Miss Lansing à la minute bereiden.

Elinor klaagde niet, maar ze was die ochtend om acht uur begonnen en nu waren de jaren vijftig bijna voorbij. Ze zou zich de laatste dag van het decennium herinneren als bezweet, zwaar en verre van feestelijk.

De decenniumwisseling vieren was ook niet aan haar besteed. Ze was elf geweest tijdens de vorige en de avond was overstemd door gehuil en geschreeuw dat uit het appartement van de buren was gekomen. Toen haar vader en moeder zich eindelijk toegang tot het appartement hadden verschaft, hadden ze precies op het moment dat de klok twaalf sloeg, Mrs. Jenkins halfdood geslagen op de vloer aangetroffen.

'Wat kun je hiervan leren?' had haar moeder gevraagd terwijl Elinor in het vierpersoonsstapelbed was gekropen met haar armen om haar bange broertje heen geslagen. Elinor gokte op dat je aardig moest zijn en je man moest gehoorzamen, want dat had Mrs. Jenkins kennelijk niet gedaan. Elinor kon nog steeds de ontstelde blik van haar moeder voor de geest halen. 'Nee,' had ze gezegd. 'Je moet zorgen dat je bij de eerste klap weg bent, ervoor zorgen dat je werk hebt en...' Ze had gezwegen en om zich heen gekeken alsof ze bang was dat iemand haar zou horen. 'Trouw alleen met een man die je respecteert, die beseft wat voor knappe kop er op dat lichaam zit. Die je niet slaat, niet om je huidskleur en ook niet omdat je intelligenter bent dan hij. Vergeet dat niet. Hoewel je een Zweedse moeder en een Jamaicaanse vader hebt, ben je Brits. Je moet er trots op zijn dat drie landen ertoe hebben bijgedragen dat je bent wie je bent.'

Toen de ambulance met Mrs. Jenkins was weggereden, hadden haar vader, haar moeder, Elinor en haar broertje een appel gedeeld, een van de weinige Zweedse tradities die haar moeder in ere hield, en elkaar daarna een gelukkig nieuwjaar gewenst. Haar vader moest de volgende ochtend vroeg naar zijn werk in de haven en haar moeder moest drie huizen schoonmaken na de nieuwjaarsfeestelijkheden. Elinor zou op haar broertje passen.

Elinor opende de deur van de grote koelkast en haalde er een schaal met voorgesneden komkommer uit. Zou 1960 anders worden? Haar vader deed nog steeds zwaar werk en de vingertoppen van haar moeder hadden er gisteren nog steeds uitgezien als gedroogde rozijnen toen Elinor bij haar familie had gegeten.

Zelf had ze in elk geval het ouderlijk huis verlaten. In haar kamer in het souterrain van het hotel had ze een eigen bed, een kleine kast voor haar kleren en een bedlampje dat ze veelvuldig gebruikte als ze haar huiswerk maakte.

Ooit zou de wereld aan haar voeten liggen.

Ze had het goed in het hotel, maar wist dat als ze studeerde, er deuren zouden opengaan die normaal gesproken niet bedoeld waren voor meisjes van haar komaf. Daarom was de cursus die ze op maandagavond volgde, haar heilig. Op dit moment studeerde ze Engels. Ze kon echt niet praten zoals haar ouders. Die hadden allebei zo'n verschrikkelijk accent. Dat kon in Notting Hill, maar niet hier. Taal was belangrijk. Eerder had ze een cursus etiquette gevolgd. De andere meisjes hadden naar haar gekeken toen ze door de deur binnen was gekomen, maar Elinor had geprobeerd hun blikken te negeren. Ze wilde de regels van de etiquette leren en na drie maanden kon ze boeken op haar hoofd dragen terwijl ze een kop thee dronk met geheven pink. Zonder die cursus zou ze dat nooit hebben geleerd. Haar vader had gemopperd dat het weggegooid geld was voor een jonge vrouw met haar huidskleur, maar ze was eenentwintig en hoefde niet meer naar hem te luisteren. Haar moeder steunde haar en dat was uiteindelijk het belangrijkste.

'Je staat toch niet te dagdromen? Hup aan het werk, jij!' schreeuwde de souschef toen hij haar werktafel passeerde.

Elinor knikte. 'Natuurlijk. Neem me niet kwalijk.'

Voorzichtig schepte ze een klodder kaviaar uit het blik en legde die op een zoute cracker, precies volgens de instructies van Miss Lansing. Tot zover leek het nieuwe jaar in niets te verschillen van het vorige.

Ze keek omhoog naar de smalle raampjes vlak onder het plafond. De regen stroomde langs de ramen. Het zou leuk zijn geweest om stiekem even te kijken naar alle opgedofte gasten die op zo'n avond naar het hotel kwamen. Waarschijnlijk hadden de vrouwen hun allermooiste jurken aan, in elk geval volgens het bedienend personeel dat een verdieping hoger werkte. Maar daar mocht Elinor niet komen.

Ze sneed de korsten van het witte brood af.

Zo meteen zou er weer een dienblad klaar zijn om geserveerd te worden.

De achterlichten van de bus verdwenen om de hoek, en als Emma niet doorweekt wilde worden van al het water dat uit de lucht kwam vallen, moest ze zorgen dat ze snel binnenkwam. Het licht en het vrolijke gelach verderop in de straat lokte haar, en hoewel ze wist dat ze daar niets te zoeken had, glipte ze door de openstaande deuren naar binnen. Niemand hield haar tegen en als iemand iets zou vragen, moest ze maar gewoon zeggen dat ze zich had vergist in de deur.

Zoiets had ze nog nooit gezien.

Op haar verborgen plek achter een pilaar begreep ze dat als ze in Londen wilde wonen, ze er maar aan moest wennen dat moderne mensen zich op een dergelijke manier gedroegen. Ze leefden zich uit op de dansvloer en leken erg veel plezier te hebben. De band in de hoek speelde een soort muziek die Emma nog nooit eerder had gehoord. Kerkelijke muziek was het in elk geval niet, zo veel begreep ze wel.

Haar moeder en grootmoeder zouden in elk geval dood neervallen op de glimmend geboende vloer als ze wisten dat Emma hier naar volwassenen stond te kijken die zich onfatsoenlijk gedroegen. Mannen trokken hun colberts uit en maakten hun stropdassen los en vrouwen trapten hun schoenen uit. De overhemden plakten aan de bezwete bovenlijven van de mannen en Emma voelde dat haar mond kurkdroog werd. Ze kon niet ophouden met staren. Maar toen een man ongegeneerd zijn danspartner vastpakte en haar kuste, dwong Emma zich om haar blik af te wenden. Haar wangen gloeiden. Zoiets had ze nog nooit eerder gezien. Ze had erover gelezen, natuurlijk. Ze had haar geheime plekken waar ze mode- en muziektijdschriften verstopte, en de bijbel waarvan haar moeder dacht dat Emma er elke avond in las, ging over de bevrijding van jonge vrouwen.

Ze was vandaag achttien geworden, en ook al hadden haar moeder en grootmoeder huilend gezegd dat ze niet moest gaan, ze had toch afscheid genomen en was in de trein gestapt. Anders was ze weggelopen. Ze had het daar geen dag langer uitgehouden.

Vrijheid. Ze had zo uitgekeken naar deze dag. Ze zou haar eigen besluiten nemen. Verstandige besluiten. Want als ze niet oplette, was ze binnen de kortste keren getrouwd en hing er een kind aan haar rokken zoals bij alle vrouwen in het dorp, en dat mocht gewoon niet gebeuren. Ze was misschien pas net meerderjarig, maar ze was niet achterlijk. Emma was absoluut van plan om seks te hebben, maar ze zou erachter komen hoe je moest voorkomen dat je zwanger werd.

Ze nam langzaam haar hoed af en voelde dat ze ondanks de warmte binnen koude voeten had. Haar schoenen waren versleten en het regenwater was naar binnen gedrongen. Ze moest haar natte kousen proberen te negeren. In haar koffer had ze nog een paar schoenen, maar die wilde ze bewaren tot ze ergens een betrekking had gekregen. 'Een nette familie,' had haar moeder gezegd. 'Het moet een nette familie zijn, anders kom je maar weer naar huis, eigenwijs meisje dat je bent.' Emma had zo'n vermoeden dat de mensen die zich hier hadden verzameld, niet van het soort waren dat haar moeder als net beschouwde, ondanks de glimmende stoffen, juwelen en de glanzende, goed gekapte haren. Haar moeder had waarschijnlijk meer een domineesgezin met honderd kinderen voor ogen, van wie de neuzen gesnoten moesten worden, die in bad moesten worden gedaan en voor wie gezorgd moest worden door iemand anders dan de moeder.

Emma was niet bijzonder dol op kinderen, dus ze was echt niet van plan om een betrekking als kindermeisje te zoeken. Ze had hogere ambities dan dat, maar die had ze nooit met haar moeder besproken. Die bleef maar zeggen dat Emma een betrekking als dienstmeisje moest vinden en daarna moest trouwen met een aardige christelijke man.

Daar dachten moeder en dochter totaal verschillend over.

Emma's doel was rijk worden. Mannen konden bij dat soort

plannen een spaak in het wiel steken. Daarom was ze vastbesloten om niet verliefd te worden, maar plezier te hebben. Daar had ze over gelezen en het klonk waanzinnig modern en spannend.

De jaren zestig zouden haar decennium worden, dat wist ze gewoon. Ze trilde van verwachting. De gedachte dat ze alles kon bereiken en tegelijkertijd onafhankelijk kon zijn, was zo ver verwijderd van hoe ze was opgevoed, maar volgens het tijdschrift dat ze had stukgelezen, was het mogelijk.

'Au,' zei ze toen iemand in uniform haar ineens stevig bij haar arm vastpakte en haar bruusk de straat op stuurde. Maar ze protesteerde niet. Hoewel het nu nog harder regende dan daarvoor, was ze te tevreden over deze dag om zich er druk over te maken. 'De muziek die ze spelen,' vroeg ze de uitsmijter. 'Is dat jazz?'

Hij keek haar aan. Toen begon hij te lachen. 'Jazz? Nee, sufferd, zo ouderwets zijn we niet bij Flanagans. Dit is rock.' Zijn lach weergalmde toen hij haar achterliet op het trottoir en weer de droge warmte binnenstapte.

Verderop zag Emma hoe een man in kokskleding een sigaret wegschoot. Terwijl ze het hengsel van de oude koffer van haar grootmoeder stevig vasthield, haastte ze zich naar hem toe om hem te vragen bij wie ze moest zijn voor werk, maar haar 'hallo' ging verloren in het geluid van de striemende regen. Hij daalde een trap af en met vastberaden stappen liep ze hem achterna. Ze zag licht branden achter de ramen aan de straatkant. Daarvandaan klonk rumoer, gelach, luide stemmen en Emma glimlachte verrukt in zichzelf. O, wat heerlijk om eindelijk volwassen te zijn.

Toen het bijna twaalf uur was, opende Linda de deur naar de keuken. De keukenhulpjes keken haar geschrokken aan. Het herinnerde haar er maar weer eens aan dat ze hier vaker moest komen. Het personeel dat er nog niet zo lang werkte stond stokstijf in de houding alsof er een inspectie plaatsvond.

Op dat moment kon het Linda niet schelen, ze had honger,

was aangeschoten en ze wilde al helemaal niet Mary's aansporing opvolgen om iemand te kussen, integendeel. Het enige wat ze wilde, was wat eten en daarna haar bed opzoeken. De overgebleven feestgangers redden zich wel.

De vrouwelijke maître d'hôtel kwam naar haar toe en wees naar een hoek van de keuken. Daar stond een meisje dat eruitzag als een verzopen kat. Het water drupte van de lelijke hoed die ze op haar hoofd had.

'Ik kom maar niet af van dat wicht. Ze weigert de keuken te verlaten.' De maître d'hôtel schudde geïrriteerd haar hoofd.

'Laat mij maar,' zei Linda. 'Ga jij maar terug naar de gasten.' Ze wendde zich tot de indringster. 'En jij bent?' vroeg ze. Linda stuitte op koppigheid. Dat duidde op ambitie.

'Drijfnat?' stelde het meisje voor. Ze lachte haar gezonde tanden bloot.

'Ja, dat zie ik ook. Ik bedoelde meer wat je in Flanagans doet?'

'Ik zoek werk.'

'Op oudejaarsavond?'

'Ik kan me geen betere gelegenheid voorstellen. Ik ben vandaag achttien geworden,' zei ze trots. Ze had een mooie huid en had een open, vriendelijke blik.

'Zet je hoed eens af,' zei Linda gedecideerd.

De lange dikke vlechten van het meisje vielen op haar rug. Wat haar uiterlijk betrof kon ze ermee door, ook al was haar kapsel niet eigentijds.

'Hoe heet je?'

'Emma.'

Linda's maag knorde. Dat besliste het lot van het meisje. 'Maak twee sandwiches voor me,' beval ze. 'Als ik tevreden ben, heb je een baan, zo niet dan ga je weer de regen in. Elinor kan je laten zien waar je je jas kunt ophangen en waar de koelkasten staan. Maar dat is alle hulp die je krijgt. Ik wil dat je over tien minuten klaar bent.' Linda keek op haar horloge. 'Klaar, af.'

Het probleem met meisjes was dat ze altijd trouwden net op het moment dat ze het werk onder de knie hadden. Om die reden was het praktischer jongens aan te nemen, ook al deden de meisjes het werk beter. Ze waren sneller, nauwkeuriger en het zwarte meisje Elinor bleek een steun en toeverlaat in de keuken te zijn. Ze bleef een beetje op zichzelf, was niet zo babbelziek als de rest en werkte harder dan alle anderen. Bovendien had ze talent. Elk bord dat de keuken verliet waar zij de hand in had gehad, zag er onberispelijk uit.

Linda zag alles, ook al had het personeel het niet door. Het was vanzelfsprekend voor haar. Ze was volledig afhankelijk van hun goede werk. En hun loyaliteit. Degene die roddelde over gasten, kon vertrekken. En het was uitgerekend Elinor die niet leek te roddelen. Ze leek zelfs niet te ruziën met haar collega's. Dat was uniek. Er was voortdurend geharrewar beneden. Er was altijd wel iemand die zich oneerlijk behandeld voelde. Helaas zat Elinors huidskleur vooralsnog haar carrière in de weg, maar Linda had desondanks plannen om deze jonge vrouw een grotere verantwoordelijkheid te geven. Als Emma, het nieuwe meisje, goed genoeg was, moest Elinor haar onder haar vleugels nemen. Ambitieuze jonge vrouwen waren een uitzondering waar Linda altijd naar op zoek was.

Negen minuten later kwam Emma met een groot bord met de lekkerste sandwiches die Linda in tijden had gezien. 'En die heb je zelf gemaakt?' vroeg ze.

Emma knikte beslist.

Linda nam een grote hap van de eerste. Ze kreunde luid. De lekkere saus onder de zalm had Elinor gemaakt. Linda herkende de smaak van haar favoriete saus heel goed.

'En de saus?'

Emma knikte zonder aarzeling.

Linda dacht een ogenblik na en schoof toen het bord van zich af.

'Goed, Emma, je bent aangenomen. Maar niet vanwege de sandwiches, want die heeft Elinor gemaakt, maar omdat je liegt. Je wilt deze baan echt hebben, toch?'

Emma knikte weer, ijveriger deze keer. Langzaam breidde zich een glimlach over haar bleekroze wangen. 'Heb ik de baan?'

'Ja, je hebt de baan. Je deelt een kamer met Elinor. Houd er rekening mee dat ik je op elk moment van de dag, en dat kan echt elk willekeurig moment van de dag zijn, kan vragen om te komen. Je bent aangenomen met een maand proeftijd. Na die maand evalueer ik samen met...'

Ze zweeg verbaasd toen de Big Ben met zware onheilspellende slagen het nieuwe decennium inluidde. Ze had middernacht gemist. Gewoonlijk stond ze bij de balustrade en hief haar glas naar de gasten die vooral oog voor elkaar hadden.

Nou ja, het was niet verkeerd om de jaarwisseling in plaats daarvan in de keuken tussen de mensen, die net als zijzelf de hele dag hadden gewerkt, door te brengen. Ze moest het maar wijten aan het feit dat ze te weinig had gegeten en mogelijk te veel had gedronken.

Toen ze zich tot het personeel wendde, zag ze dat Elinor en de pas aangenomen Emma naar elkaar glimlachten, en het was alsof Linda toen pas begreep dat 1960 voor alle anderen iets groots betekende.

Ze nam nog een hap van haar sandwich en knikte naar de personeelskamer. Elinor nam Emma bij de hand en zo liepen ze samen weg door de gang. Linda trakteerde het personeel die avond op champagne, en onder uitroepen en vrolijk gelach hoorde ze de kurken knallen.

Zelf zou ze de lift naar boven naar haar kantoor nemen. Daar stond haar whisky.

De volgende ochtend liep Linda naakt en met een onvoorstelbare hoofdpijn door haar appartement, onderwijl oprapend wat ze de vorige avond achteloos had neergegooid. Haar jurk lag op de bank in de salon en vlak ernaast lag een schoen. De andere vond ze uiteindelijk onder de grote gouden spiegel in de hal. Beha, jarretellengordel, slipje en kousen vond ze op een hoopje naast haar bed. Toen ze alles bijeengegraaid had, deed ze de deuren van haar kledingkast open en hing haar avondjurk erin. Als die niet vernaaid werd, dan zou dit de enige gelegenheid zijn geweest dat ze hem had gedragen. De lange rij feestjurken bezorgde haar altijd een ongemakkelijk gevoel. Ze voelde even aan een ervan, een exemplaar van ragfijn warmroze kant. Wanneer had ze die voor het laatst aangehad? Er ging een steek van pijn door haar heen. De herinnering aan het andere leven, het leven dat ooit zo binnen handbereik was geweest, maar dat ze vervolgens was kwijtgeraakt, was nog steeds pijnlijk.

Haar hand raakte even lichtjes een lichtblauwe creatie van chiffon aan, zo lichtblauw dat het bijna wit leek, met een rok zo wijd dat meerdere naaisters de stof hadden moeten ophouden terwijl Madame Piccard hem aan het naaien was.

Linda was naar hem toe gewerveld in zijn sterke armen en zijn jasje had perfect gematcht bij haar jurk. Iedereen had een stap achteruit gedaan en plaatsgemaakt voor hen. Haar voeten hadden de vloer nauwelijks aangeraakt. Haar hart had gebonsd. En daarna. Hij had de lange rij knoopjes op de rug opengemaakt, langzaam een voor een, tot de hele creatie als een luchtige wolk rond haar voeten lag en ze onwillekeurig haar adem had ingehouden.

Waarom had ze die jurk niet weggegooid? De herinnering was pijnlijk, dat wist ze toch.

Met een klap gooide ze de kastdeuren weer dicht.

De vraag was of ze zou ontbijten of een antikaterdrankje zou nemen. Haar hoofd bonkte. Als ze niet snel koffie kreeg, zou het alleen nog maar erger worden.

Maar de gasten leken een leuke avond te hebben gehad en

dat was het belangrijkste. Ze had niet alles op alles gezet om de rentabiliteit van de afgelopen tien jaar in winst om te zetten om die vervolgens weer kwijt te raken. Haar harde werken was niet voor niets geweest en Flanagans' ster straalde nog steeds als een van de sterkste op de moordend concurrerende Londense hotelmarkt. Samen met The Savoy en The Ritz was haar hotel een van de drie hotels waar het meest over gepraat werd.

Mary was nog tot lang na middernacht gebleven en had afscheid genomen met de belofte om deze week iets van zich te laten horen. Hoewel hij ouder was, had haar man er echt kwiek uitgezien. 'Laten we eerlijk zijn, hij is áánzienlijk ouder,' zei Mary toen ze kortgeleden met elkaar spraken over de manieren waarop het leeftijdsverschil zich uitte.

Linda had er nooit echt goed aan kunnen wennen om hen samen te zien. Toch was het volkomen begrijpelijk dat Mary uiteindelijk met hem getrouwd was. Hij was een zeer geschikte partij en hun families kenden elkaar al sinds mensenheugenis. Haar eerste afwijzing had hij niet serieus genomen, haar tweede ook niet. Dus toen hij voor de derde keer met die grote diamant voor Mary had staan zwaaien, had ze toegegeven. Uit barmhartigheid, had ze later gezegd, maar Linda wist dat Mary van hem hield, ook al klaagde ze erover dat er van kussen en liefkozingen weinig terechtkwam. Hij was een moderne man en had voorgesteld dat ze een minnaar moest nemen. Maar daar had ze haar neus voor opgehaald, hoezeer ze ook verlangde naar fysieke intimiteit. Want dat was zo. Daarom flirtte Mary schaamteloos wanneer ze de mogelijkheid had, maar, zoals ze zei, het ging niet verder dan lustvolle blikken en hooguit misschien een kus.

'Ze willen me, ik word een beetje opgewonden, maar daar moet het bij blijven. Maar dat jij het aan je voorbij laat gaan, terwijl je toch de mogelijkheid hebt, daar kan ik met mijn verstand niet bij. Seks is immers heerlijk,' had ze tegen Linda gezegd en ze had vervolgens de ene na de andere man aan haar voorgesteld, die blijkbaar op alle mogelijke manieren bijzonder waren. Linda was nog niemand tegengekomen die haar ook maar enigszins interesseerde. Rijke mannen waren net zo saai als hun geërfde geld.

Er werd zachtjes op de deur geklopt en ze keek om zich heen, op zoek naar haar peignoir die niet op het gebruikelijke haakje bij de kledingkast hing. Ze vond hem uiteindelijk op de vloer. De marineblauwe zijde ging op in de kleur van de vloerbedekking, waardoor ze het kledingstuk niet meteen zag liggen. Had ze hem gisteravond na het feest aangehad? Ze kon het zich niet herinneren.

Ze knoopte de ceintuur stevig om haar middel en voor de grote spiegel verzekerde ze zich ervan dat er geen ongepaste openingen waren die onthulden dat ze er niets onder droeg. Een snelle blik op de klok vertelde haar dat het exact negen uur was. Precies zoals ik het wil hebben, dacht ze en ze opende de deur.

Emma – want zo heette dat nieuwe meisje van gisteren, toch? – haastte zich naar binnen en bleef midden in de kamer staan met het ontbijtdienblad in haar handen. Ze keek wat besluiteloos om zich heen.

Linda wees naar de tafel bij het raam waar ze altijd ontbeet en toen Emma het blad had neergezet, verdween ze net zo snel als ze was gekomen.

Discreet. Dat was een goed teken. Het personeel was geïnstrueerd om te antwoorden als het werd aangesproken, en niet meer dan dat, maar van iemand die hier nog maar net werkte kon je niet verwachten dat ze dat wist. Bovendien verdacht Linda juist dit meisje ervan dat ze niet bijzonder verlegen was. Ze had gisteren Linda recht aangekeken zonder met haar ogen te knipperen en had niet gefluisterd of naar de vloer gekeken zoals zo veel anderen deden. Ambitie, dacht Linda. Dat was wat ze had gezien en waarvan ze onder de indruk was.

Ze maakte geen haast met het ontbijt. Londen sliep uit op een dag als deze en ook al moest ze zich aankleden – en voor de vorm haar gezicht in het hotel laten zien – ze wilde het allerliefst een wandeling maken. Ze had de stad het liefst als die uitgestorven was.

1960.

Ondanks alles had het jaartal iets hoopvols. Niet omdat ze dacht dat ze meer zou lachen dan in 1959, maar met elk jaar dat verstreek, raakte het verdriet dat ze de laatste jaren te verwerken had gekregen, steeds iets meer op de achtergrond.

Een harde klop op de deur.

Linda zuchtte en stond op. Wat nu weer?

Voor de deur stond Laurence, volgens de pers een van de familieleden met wie ze een sterke band had.

'Wat wil je?' vroeg ze geïrriteerd.

Hij bestudeerde zijn nagels voordat hij haar strak aankeek met zijn priemende blik. 'Ik wil alleen maar dat je weet dat 1960 het jaar wordt waarin je alles kwijtraakt. Gelukkig nieuwjaar, lieve nicht.'

2

Fjällbacka 1949

Haar grootmoeder zag er nog steeds uit als een hoopje ellende, dacht Linda toen ze haar gezicht depte. Was het al voor de zevende keer vandaag? Ze drukte haar mond op het voorhoofd van haar oude grootmoeder. Ze leek al wat koeler aan te voelen, toch? Volgens dokter Bunsen kon het beide kanten opgaan, een prognose die niet bepaald opbeurend was. Drieëntachtig was een respectabele leeftijd en haar grootmoeder had een paar dagen eerder gezegd dat ze het wel welletjes vond zo. Ze was er klaar voor, had ze gefluisterd. Met een zwakke zucht had ze er echter aan toegevoegd: 'Maar een mens wil toch ook leven.' Dus welke kant het ook opging, haar grootmoeder leek er vrede mee te hebben. Maar ze mocht niet sterven. Een leven zonder haar was gewoon niet voor te stellen. Haar vader zou natuurlijk zeggen dat Linda naar Londen moest komen, maar Fjällbacka was haar thuis.

Nu lag haar grootmoeder als een klein vogeltje in bed. Haar handen waren mager, de aders schenen blauw door de huid heen. De trouwringen zaten los om haar ringvinger alsof ze van iemand anders waren.

Linda hing het washandje op de zinken waskom die bij het bed stond, snoot haar neus en ging toen op de stoel naast het bed zitten en nam haar grootmoeders hand in de hare.

'Hou op met snotteren, meisje van me.' De stem uit het bed was zo zwak dat Linda niet zeker wist of ze het wel goed had gehoord.

'Oma?'

'Water, heb je wat water voor me?'

Linda liep snel naar de kan die op het halvemaanvormige tafeltje bij het raam stond. Ze was meteen terug en ondersteunde haar grootmoeder zodat ze rechterop kon gaan zitten en wat water kon drinken. Het roze bedjasje hing om haar smalle schouders.

'Voelt u zich al wat beter?' Linda hielp om haar dunne lichaam voorzichtig op de kussens neer te leggen. Als haar grootmoeder hierdoorheen kwam, dan zou Linda haar spek bij het ontbijt, de lunch en het avondeten geven tot ze weer wat vlees op de botten had.

'Nee, ik voel me geen spat beter.' Nog steeds was de stem zwak, maar wel beslist en Linda glimlachte.

'Dan wilt u vast nog wel wat water,' zei Linda liefdevol.

'Als er nog een drup koffie in de kan zit, zou ik daar geen nee tegen zeggen, maar zet voor mij geen nieuwe. Ik ben er morgen misschien niet meer en dan is het pure verspilling.'

'Ik beloof u niets te verspillen,' antwoordde Linda. Pas in de keuken, boven de koffieketel, stond ze zichzelf een zucht van opluchting toe.

Ze zou voor de zekerheid de dokter nog bellen, maar het allerergste was nu toch wel achter de rug?

Linda nam een kortere weg over het voetbalveld op haar weg naar de zee. De wind wakkerde aan, en haar hoofddoekje was al een aantal keren bijna van haar hoofd gerukt en weggevlogen. Ze bleef staan en maakte het met een dubbele knoop onder haar kin vast en deed de kraag van haar jas omhoog. Huiverend vervolgde ze haar weg. De noordenwind beet in haar wangen en het kostte haar veel moeite om tegen de wind op te boksen.

Gunilla, een van haar hartsvriendinnen, was even verderop in de straat in de tuin voor haar huis bezig om al het oude loof van vorig jaar bijeen te harken. Wat natuurlijk hopeloos was op een dag als vandaag.

'Heb je niks beters te doen?' riep Linda toen ze het hekje naderde.

'Ja, eigenlijk wel!' riep Gunilla terug en ze legde de hark neer.

Ze greep naar haar rug terwijl ze naar het hek liep. 'Ik zet met plezier een kopje koffie als je me gezelschap wilt houden. Aangezien je er zo blij uitziet, betekent dat vast dat het beter gaat met je grootmoeder?'

Linda knikte. 'Godzijdank. Maar de koffie moet ik helaas afslaan, ik moet even naar de winkel terwijl de dokter naar haar kijkt.'

'Nou, dan moet ik wel verdergaan met harken,' zei Gunilla. 'Göran begrijpt niet wat ik de hele dag doe en dat heb ik nu vaak genoeg gehoord,' zei ze. 'Blijkbaar word je blind op de dag dat je trouwt. Ik denk dat hij geen idee heeft hoe het eten elke avond op tafel komt, de badkamer blinkend schoon is en zijn werkkleren niet meer naar makreel stinken.'

Linda lachte. 'Ik zou het niet weten, je hebt een van de betere gevangen en dat weet je.'

Gunilla glimlachte gelukzalig. 'Zeker weten. Ik heb echt geboft, dat weet ik ook wel. Al helemaal als je bedenkt hoeveel vrouwen er achter hem aanzaten voordat ik zijn aandacht wist te trekken.' Toen werd ze serieus. Ze wees naar de zee. 'Maar vandaag ben ik boos op hem en zou ik willen dat hij zijn tijd aan iets anders besteedde.'

'Zijn ze ver uitgevaren?'

Ze knikte. 'Ja. En als ze hadden geweten dat de wind zo snel zou aantrekken, waren ze vast niet vertrokken.'

'Je zult zien dat het goed gaat. Als je ongerust wordt, dan ben je bij ons welkom, dat weet je.'

'Wanneer ga je weer aan het werk?'

'De apotheker zei dat ik vrij kon nemen zolang mijn grootmoeder ziek is, maar ik hoop dat ze maandag weer beter is. Ik kan in de lunchpauze naar huis fietsen en dan even bij haar kijken.'

'Ik mis het werk,' zei Gunilla. 'Maar Göran wil me thuis hebben, dus...'

'Je zult zien dat jullie binnenkort kinderen krijgen,' zei Linda, die wist dat haar vriendin niets liever wilde. 'Dan heb je je handen vol.'

Gunilla glimlachte. 'Ik hoop dat je gelijk hebt. En jij dan? Wanneer zien we een ring aan jouw vinger?'

Linda haalde haar schouders op. 'Na mijn laatste ervaring zal dat nog wel even duren.'

'Ze zijn niet allemaal zoals hij,' zei Gunilla ernstig.

'Ze zijn ook niet allemaal als Göran,' zei Linda met een scheef glimlachje.

Het waaide nu echt hard. Haar oorspronkelijke plan om naar Sälvik te lopen en vervolgens rond de Vetteberget leek helemaal niet meer zo aantrekkelijk. In plaats daarvan nam ze de eerstvolgende weg langs het water.

Ze moest room, boter en spek kopen. Het was nu tijd om haar grootmoeder te laten aansterken, zodat ze weer opknapte en de oude werd.

Ze zwaaide naar Petterssons huis. Mevrouw Pettersson haalde de was binnen. Die hing in de tuin aan een horizontaal tussen twee bomen gespannen waslijn.

'Grootmoeder?' riep ze.

Linda stak een duim op en kreeg een brede glimlach terug. Meteen daarna was ze bij Badholmen. In de luwte achter het boothuis zat Axel een net te boeten. Hij stak een hand op en wenkte haar dat ze bij hem moest komen.

'Hoe is het met Elvira?' vroeg hij ongerust toen Linda bij hem was.

'Het gaat eindelijk de goede kant op,' zei Linda. 'Ik ga wat lekker vet en gezond eten kopen, zodat ze weer op krachten komt.'

'Wacht,' zei Axel. Hij liep het boothuis in en kwam meteen weer terug met een zak in zijn hand. 'Hier hebben jullie een paar makrelen.'

'Heel erg bedankt, ik weet zeker dat mijn grootmoeder hier erg blij mee is,' zei Linda.

'Vergeet niet om er zelf ook een te nemen,' glimlachte hij.

'Nee, nee, wees maar niet bang.'

Terwijl ze verder liep, bedacht ze hoe aardig hij toch tegen haar was. Nog niet zo lang geleden was ze verloofd geweest met zijn zoon.

Dat was niet zo goed afgelopen.

Tegen de tijd dat ze met een paar volle boodschappentassen terugkeerde naar Håkebacken, had ze achttien mensen gesproken die allemaal hadden gevraagd hoe het met haar grootmoeder ging en zeiden dat ze haar de groeten moest doen.

Dat was het grote voordeel van wonen in zo'n klein plaatsje.

Aan de andere kant, wanneer je eigenlijk helemaal niet wilde praten, of wanneer je zou willen dat niemand iets over je wist, was zo'n klein plaatsje niet zo prettig. Iedereen wist alles van iedereen. 'Kerkkoffie is levensgevaarlijk,' placht haar grootmoeder altijd waarschuwend te zeggen. 'Daar wordt veel onzin verspreid.'

Maar nu was het heerlijk dat zo veel mensen hun medeleven toonden. Ook al hadden Linda en haar grootmoeder alleen elkaar, toch voelde het niet zo.

Toen Linda bij haar grootmoeder had gekeken, liep ze naar de keuken om de boodschappen op te ruimen. Er werd op de deur geklopt en ze fronste haar voorhoofd. Misschien kwam Gunilla toch, dacht ze en ze haastte zich om open te doen.

Voor de deur stond een jongeman met een telegram in zijn

hand. Toen hij ten afscheid zijn hoed even had gelicht en het stenen trappetje was afgelopen, scheurde ze het open. De boodschap was kort en bondig.

Mr. Lansing taken ill. Please return to London at once.

Papa. Ze zakte bijna door haar benen. Ze zouden geen contact met haar opnemen als het niet ernstig was. Haar hand trilde. Ze las de tekst nog een keer. Het telegram was ondertekend door de oudgediende van haar vader, Charles. Haar ogen vulden zich met tranen. Ze moest naar Londen, maar hoe kon ze haar grootmoeder nu achterlaten?

Twee dagen later was haar grootmoeder weer voldoende hersteld, zodat Linda naar haar vader in Londen kon vertrekken. De naaste buren zouden ervoor zorgen dat haar grootmoeder eten en koffie kreeg en dat ze buiten in de tuin kwam. Als ze achter het huis in het door haarzelf getimmerde prieeltje ging zitten, zat ze uit de wind. Het zou nu nog te vroeg zijn om met haar naar de zee te lopen, maar zodra ze wat aangesterkt was, over een paar dagen, zou ze ernaartoe kunnen wandelen. Het was tenslotte maar een paar honderd meter.

Bij het hekje zette Linda haar koffer op het fietszadel. Ze wierp een snelle blik op het huis. Ze was nog steeds tevreden met de kleur. Toen ze vorige zomer met hulp van de buurman het huis hadden geverfd, hadden haar grootmoeder en zij samen de blauwe kleur voor de kozijnen en het lijstwerk gekozen, en nu kon ze zich niet meer voorstellen dat het huis er anders uit zou zien. Linda had de buurman gevraagd ook naar het dak te kijken, maar dat was nog goed, had hij gezegd. Alle dakpannen lagen nog op hun plek.

Het was zo mooi geworden. Zo gauw haar vader was opgeknapt, zou ze terugkeren. Binnenkort begon de zomer en de meeste inwoners van Fjällbacka keken daarnaar uit. Niet allemaal natuurlijk. Er waren er die niet van mensendrukte hielden.

Maar Linda wel. Wanneer de badgasten arriveerden, kwam het dorp tot leven.

Ze zou de hele zomer moeten werken omdat ze haar vakantie nu opnam om naar haar vader te gaan, maar ze verheugde zich toch op de accordeonmuziek op de steiger en de lange lichte zomernachten. Als je geluk had, mocht je mee op een boot en kon je het lichten van de zee zien. 's Zondags was de apotheek gesloten en als het mooi weer was, zou ze dan kunnen zonnebaden en zwemmen. Zij en haar vriendinnen namen altijd proviand, dekens en badlakens mee en bleven de hele dag op het zwemstrandje.

Maar wanneer de herfst kwam, was het ook weer fijn dat de zomergasten terugkeerden naar de stad en Fjällbacka met rust lieten. Altijd zo veel drukte zou verschrikkelijk zijn. Ze begon heuvelopwaarts te lopen en bleef op het hoogste punt staan. Ze draaide zich om. Een naargeestig gevoel overviel haar, alsof het de laatste keer was dat ze het huis van haar grootmoeder zag.

Kom op, nu moest ze ophouden met die onzin. Twee weken waren zo voorbij. Ze moest maar zo denken, voordat ze het wist, was ze alweer terug.

Misschien was ze gewoon bang voor wat haar in Londen te wachten stond. Ze was daar een paar keer geweest na de oorlog. De eerste keer was dat met dubbele gevoelens geweest. Ze was zo blij geweest om haar vader weer te zien, maar het was vreselijk om grote delen van de stad in puin te zien liggen. 'Je kunt de ellende maar beter meteen gezien hebben,' had haar vader gezegd, terwijl de auto hen door de meest getroffen gebieden had rondgereden.

Deze keer was het Flanagans, het hotel van haar vader, dat door haar hoofd speelde. Ze was nu eenentwintig en volwassen genoeg voor dat serieuze gesprek dat hij ongetwijfeld met haar zou willen voeren.

Als ze zich maar iets meer thuis had gevoeld in Engeland...

Haar vader woonde op de bovenste verdieping van Flanagans en Linda had een kleine, schattige suite, wat natuurlijk geweldig was. Maar ze was een vreemdeling, een gast, ook al was haar vader eigenaar van het hotel, in elk geval van het grootste deel ervan.

Haar tante en haar neven Laurence en Sebastian, die de andere eigenaren van het hotel waren, haatten haar. Ze zeiden nooit iets aardigs. De vijf jaar oudere Laurence was het ergst. Linda begreep niet waaraan ze zijn gemeenheden te danken had. En Sebastian was eigenlijk geen haar beter, ook al waren ze even oud en hadden ze als kind veel samen gespeeld. Hij ging in elk geval nooit tegen zijn oudere broer in, zelfs niet wanneer Laurence op z'n ergst was. Het was een vreselijke familie om bij te horen. Echt vreselijk. Stiekem had ze weleens gedacht dat het jammer was dat Laurence niet was gesneuveld in de oorlog, maar natuurlijk was hij zonder ook maar een schrammetje teruggekomen. Daarna had ze zich geschaamd. Je mocht mensen niet dood wensen. Maar één schrammetje…

Met een gesmoorde snik manoeuvreerde ze haar fiets naar het busstation. Lieve God, laat mijn grootmoeder en vader het eeuwige leven hebben, ik red het niet alleen.

Voor de eerste keer in haar leven wenste ze dat ze iemand had om van te houden. Iemand om op te leunen, iemand die zijn armen om haar heen sloeg en zei dat alles goed zou komen.

Even had ze gedacht dat ze de ware had gevonden, maar de verloving met Johan was een regelrechte ramp gebleken.

In het begin was hij lief geweest. Hij had aardige ouders en dat was een goed teken, had Linda gedacht toen hij vaststelde dat hij 'een vrouw en ook graag een paar kinderen' wilde hebben. Ze hadden zich in het geheim verloofd. In Fjällbacka maakte je van zoiets geen groot gebeuren. De meeste mannen werden in die tijd opgeroepen en haar verloofde was geen uitzondering geweest.

De week voordat hij terug moest naar de Noorse grens had hij de eerste en de laatste klap uitgedeeld. Hij had haar recht op haar slaap geslagen.

Ze had gewankeld, zich vastgegrepen aan de keukentafel en begreep niet wat er was gebeurd. Was ze gestruikeld? Pas toen ze buiten stond, had ze begrepen dat hij haar zo hard had geslagen dat ze haar evenwicht had verloren.

Ze was rechtstreeks naar huis gegaan, had tegen haar grootmoeder gezegd dat ze niet open moest doen voor hem, meer uitleg was niet nodig geweest. Haar grootmoeder had de deur voorgoed gesloten...

Toen Johan een paar maanden later verlof had, was hij in het water gevallen. Hij was met Axels roeiboot uitgevaren om een visnet te controleren en leeg te halen en was vermoedelijk dronken geweest. De boot was dezelfde dag nog leeg teruggevonden en een paar dagen later was het lichaam bij de haringfabriek aan land gespoeld.

'Mooi, daar ben je vanaf,' had haar grootmoeder op haar karakteristieke droge toon gezegd. Hoewel ze kil kon klinken, klopte onder haar jurk het warmste hart van heel Bohuslän. Maar niet voor de man die haar kleinkind had geslagen.

Sindsdien was Linda terughoudend geweest als het op de liefde aankwam. Ze was bewust ongehuwd en wilde absoluut geen mannelijk gezelschap hebben. Maar nu wenste ze dat iemand, hoe lelijk, kaal en stokoud ook, haar onder zijn vleugels nam. Liefde hoefde ze niet, gewoon iemand die voor haar zorgde.

Ze wist immers heel goed wat haar te wachten stond op de dag dat haar vader overleed. Ze zou het grootste deel van Flanagans erven en de bedoeling was dat zij het hotel verder zou runnen in de geest van haar vader.

Iets ergers kon ze zich niet voorstellen.

Wat moest ze met een hotel? Ze had het haar vader nooit durven vragen, maar ze had het elke keer gedacht wanneer hij had gezegd: 'We moeten het eens hebben over Flanagans, Linda, we willen immers niet dat je totaal onvoorbereid bent wanneer ik er op een dag niet meer ben.'

Ze zou in een van de chiquere wijken van Londen moeten wonen, in het keurslijf van een strikte etiquette die ze niet begreep. Het hotel van haar vader had honderdzesendertig kamers verdeeld over zeven verdiepingen, personeel dat klaagde over van alles en nog wat en een restaurant dat als een van de betere van de stad te boek stond, maar Linda had nooit begrepen waarom, aangezien zij de voorkeur gaf aan gebakken makreel met spinazie.

Haar vader hield meer van Flanagans dan van wat dan ook. Met tranen in zijn ogen sloeg hij op de muren wanneer hij vertelde over wat zich daar allemaal had afgespeeld. Leden van het koninklijk huis die er in het geheim hadden overnacht en via de achterdeur naar binnen en naar buiten waren gesmokkeld, luxueuze bruiloften waarvan de vader van de bruid alles had betaald, overdadige feesten die haar vader had gegeven waarbij hij in het middelpunt had gestaan. 'Als muren konden spreken,' zei hij altijd grinnikend.

Zolang ze op haar vaders verdieping bleven, had ze het naar haar zin. Hij was genereus, luidruchtig, lief en hoe meer hij dronk, hoe liever hij werd.

Ze had haar tante iets horen fluisteren over dat haar vader de financiën van het hotel niet op orde had, maar zo erg kon het toch niet zijn?

De kade naast de ss Britannia stond vol met mensen die afscheid namen. Waarschijnlijk alleen van de mensen die vanaf Engeland doorreisden naar Amerika en dus voor een lange tijd weg zouden zijn, dacht Linda. Voor een reis naar Engeland was het immers tamelijk overdreven. Hoewel ze het niet wilde, zag ze hoe de mannen hun handen onder de mantels van de vrouwen lieten glijden. Iemand haalde een zakdoek uit zijn zak om tranen van een wang weg te vegen. Een stel kuste elkaar openlijk zonder ook maar een spoortje gêne. Linda dwong zichzelf haar blik af te wenden. Als iemand dit thuis had gedaan...

Een man met een vilthoed drong langs haar heen toen ze op de loopplank liep en geërgerd staarde ze naar zijn brede rug. Lomperik, dacht ze. Hij bood niet eens zijn excuses aan. Zijn jas fladderde om zijn benen toen hij met zijn koffer in de hand naar voren drong. De boot zou de haven pas over een uur verlaten, dus hij hoefde zich echt niet te haasten.

Linda kreeg haar sleutel en vond algauw haar hut aan het einde van de gang. Ze hing haar jas in de kledingkast, maakte de speld van haar hoed los en legde haar hoed op de plank. Haar witte blouse was onberispelijk, evenals haar wollen rok. Ze hoefde zich niet te verkleden voor het diner, deze kleren konden prima, er was dus tijd genoeg om zich op te frissen en misschien een druppel parfum achter haar oor te doen.

Linda pakte uit wat ze nodig zou hebben tijdens de overtocht: toiletspullen, een paar blouses die uit zouden gaan hangen als ze er met bevochtigde handen overheen streek, een paar dunnere schoenen met hakken, haarspelden en het handtasje met daarin lippenstift, haar portemonnee en een boek.

Ze maakte zich zorgen over wat haar bij aankomst in Londen te wachten stond. Hoe ziek was haar vader? Hij zou haar nooit vragen over te komen als het niet ernstig was. Dan zou hij haar hebben uitgenodigd, en hebben gezegd dat hij haar lach miste en dat het echt weer eens tijd was voor een nieuwe, mooie op maat gemaakte jurk. Hij vond het fijn haar aan zijn zijde te hebben, en zelfs Linda kon zien hoe trots hij op haar was. Haar vadertje. Als het maar niet zo slecht met je gaat als ik vrees, dacht ze.

Door het raampje in de hut zag ze dat het schip van de kade wegvoer. Er stonden alleen nog vrouwen te zwaaien. De paar mannen die hun liefjes hadden afgeleverd, hadden zich omgedraaid en waren vertrokken zodra de vrouwen aan boord waren.

Zoals gewoonlijk zou de boot vol mannen zijn, maar dat kon Linda natuurlijk helemaal niets schelen.

Ze haastte zich door de gang op het bovenste dek naar de eetzaal. Ze had honger en voelde zich onrustig, en het was fijn om even haar benen te strekken. Ze was echter niet voorbereid op de hutdeur die opeens openzwaaide. Ze botste ertegenaan en viel achterover op de vloer. Haar handtasje vloog door de lucht en haar jurk schoof een stukje omhoog.

Een rijzige man keek vanuit de deuropening naar haar. 'Mijn god,' zei hij in het Engels. 'Rustig aan. Wat dacht u, ik ren naar Londen?'

Linda keek hem aan vanaf haar positie op de vloer. Was hij niet goed wijs? Dit was de tweede keer vandaag dat deze man zich irritant gedroeg. Zo waardig als ze maar kon, trok ze haar jurk over haar knieën, maar ze wist dat hij het meeste had kunnen zien. Vermoedelijk was dit niet de eerste keer dat hij jarretelhouders zag, maar ze voelde zich toch gegeneerd. Wat een vreselijke man.

Met een opgetrokken wenkbrauw stak hij zijn hand uit om haar overeind te helpen, maar ze deed alsof ze die niet zag. Ze zocht steun bij de wand en toen ze eenmaal stond, keek ze om zich heen, op zoek naar haar tasje.

Hij boog zich voorover en raapte het op. 'Wees de volgende keer wat voorzichtiger, miss,' zei hij en hij reikte haar haar tasje aan. 'Je begrijpt natuurlijk geen woord van wat ik zeg. Helaas spreek ik geen Zweeds,' voegde hij er met een glimlach aan toe.

Linda verdrong haar ergernis. Deze man had echt totaal geen manieren. Hij was een Amerikaan. Waarschijnlijk afkomstig uit een enorm keurige familie. Ze had er genoeg gezien in haar vaders hotel om dat snel te kunnen beoordelen. Hij zou het niet lang in Fjällbacka hebben volgehouden. Daar werd je buitengesloten als je probeerde je beter voor te doen dan iemand anders.

Ze glimlachte stijfjes terug en liep met vastberaden stappen door de gang naar het restaurant. Dat de hak van een van haar schoenen, hoewel die helemaal niet erg hoog was, afgebroken was in de val en dat ze daardoor licht hinkte, was natuurlijk gênant. Toen ze een lach achter zich hoorde, kon ze de woede die ze in zich op voelde komen, niet tegenhouden.

Ze bleef abrupt staan en draaide zich om.

'Dat u zich niet schaamt,' zei ze fel in vloeiend Engels. 'Eerst duwde u me opzij toen we aan boord gingen, en nu laat u me op de grond vallen zonder uw verontschuldigingen aan te bieden. U bent niet de enige op dit schip, daar zou u misschien eens aan kunnen denken. Niet iedereen is zo... eh... groot als u.'

Hij leunde tegen de deurpost. Zijn blik gleed over haar lichaam en hij bekeek haar langzaam van top tot teen.

Linda voelde een blos vanaf haar hals omhoog kruipen en ze wist dat ze moest maken dat ze wegkwam, omdat ze binnen een paar tellen knalrood zou zijn. Ze schonk hem de meest boze blik die ze kon opbrengen, voordat ze zich op de overgebleven hak omdraaide en verder hinkte naar het restaurant, terwijl de blos zich over haar gezicht verspreidde.

'Perfect Engels. Wie had dat gedacht? Ik zie u in het restaurant,' riep hij haar na.

Ze besloot om alleen soep te bestellen. Dat moesten ze in de keuken toch vrij snel kunnen klaarmaken?

Het leek wel alsof ze de zeekreeft nog moesten vangen voordat ze er soep van konden maken, dacht Linda toen de Amerikaan naast haar tafel voor twee stond.

'Mag ik bij u komen zitten?' vroeg hij met een glimlach en hij trok de stoel onder de tafel uit. 'Ik moet natuurlijk beginnen met te zeggen dat het me spijt. U hebt helemaal gelijk. Ik had moeten nadenken.' Hij stak zijn hand uit over de tafel heen. 'Ik hoop dat u mijn excuses aanvaardt,' vervolgde hij. 'Robert Winfrey.'

Linda legde haar hand slapjes in die van hem. Ze was niet van plan hem met een stevige handdruk te verwaardigen. Ze had niet eens gezegd dat hij kon plaatsnemen. 'Linda Lansing,' zei ze.

'Miss Lansing, mag ik je Linda noemen?'

Ze haalde haar schouders op, het kon haar niets schelen hoe hij haar noemde. Verholen loerde ze naar hem. Hij ziet er... hongerig uit, dacht ze en ze werd ijskoud toen de scène in de gang zich voor haar geestesoog afspeelde. Haar ontblote ondergoed. God, zo gênant. Hij dacht toch niet...

'Ik geef de voorkeur aan Miss Lansing,' zei ze beslist.

'Prima,' zei hij. 'Ik wil in elk geval dat je me Robert noemt.' Hij wenkte met zijn hand naar een ober die onmiddellijk kwam aansnellen. Linda was ervan overtuigd dat iedereen dat deed wanneer hij iemands aandacht trok. Ondanks zijn onuitstaanbaarheid leek dit type man precies te krijgen wat hij wilde hebben. Perfect kapsel, perfect gebit, perfect kostuum... Als hij ietsje aardiger was geweest, had ze hem waarschijnlijk best stijlvol gevonden. Maar dat werd natuurlijk getemperd door zijn onuitstaanbaarheid. Hij gaf zijn bestelling op en knikte toen de ober vroeg of ze moesten wachten met haar soep, zodat ze samen konden eten.

Waarom zei ze niets? Ze zou moeten protesteren. Haar maag rammelde immers.

'Waar voert uw reis naartoe, Miss Lansing? Uw Engels is erg goed, ook al hoor ik een Scandinavisch accent.'

Ze kon nu antwoorden of met een soort kinderachtige soort bokkigheid blijven zwijgen. Ongemakkelijk schoof ze heen en weer.

'Ik ben op weg naar mijn vader in Londen,' zei ze uiteindelijk.

'Aha. Woont u normaal gesproken in Göteborg?'

Ze schudde haar hoofd. 'Nee, verder naar het noorden.'

Hij verwachtte waarschijnlijk dat ze hem zou vragen wat hij

deed in dit deel van de wereld. Gewoonlijk zou het haar interesseren. Mensen die veel reisden, hadden altijd leuke verhalen te vertellen. Maar nu wilde ze het liefst haar soep eten en daarna naar bed gaan. Ze was totaal niet in hem geïnteresseerd, ook al had hij in China rondgereisd.

'Zelf reis ik de hele wereld rond,' zei hij en hij leunde een beetje achterover in zijn stoel alsof hij zich voorbereidde op een lang gesprek.

'O,' zei ze lauw.

'Ik ben fotograaf, maar tegenwoordig werk ik in de luchtvaartbranche,' zei hij zonder ook maar te reageren op haar onverschilligheid. 'Vliegt u veel, Miss Lansing?'

Ze keek hem ontzet aan. 'Ik begrijp niet hoe mensen dat durven. Ik ga in elk geval nooit vliegen, dat is een ding dat zeker is. Hoe een groot vliegtuig de lucht in komt, is me een raadsel.'

Hij lachte. 'Er is geen verschil tussen een groot en een klein vliegtuig. Neem bijvoorbeeld ter vergelijking een grote en een kleine boot. Ze blijven allebei drijven. Een groot vliegtuig wordt gedragen door snelheid en vleugels, net als een klein vliegtuig. Erg spannend, nietwaar? U kunt wel een keertje met mij meevliegen.' Hij glimlachte alsof hij het een uitstekend voorstel vond.

Ze huiverde. 'Echt niet,' zei ze. 'Geef mij maar water en golven.'

'Hebt u een rijbewijs? Auto? Tegenwoordig hebben jonge vrouwen dat immers.'

Ze schudde haar hoofd. 'O nee.'

'Hebt u nog nooit autogereden? Niet eens geprobeerd?' Hij leunde een beetje achterover, om de ober die met de wijn kwam, meer ruimte te geven. Linda hield een hand boven haar glas toen de fles haar kant op kwam.

'Nee, bedankt,' zei ze glimlachend. 'Voor mij graag water.'

'U hebt nooit autogereden, lijkt niet geïnteresseerd in reizen en drinkt geen wijn,' zei hij. Hij schoof zijn stoel iets naar achteren en sloeg zijn benen over elkaar. Met een ondoorgrondelijk gezicht keek hij naar haar. 'Vertel eens over uzelf, Miss Lansing. U kunt uw leven toch niet doorbrengen met wachten tot u gaat trouwen?' Met een brede glimlach hief hij zijn glas.

Wat een brutaliteit om te denken dat het huwelijk het enige was waaraan jonge vrouwen dachten. Wanneer Linda klaar was met het werk, ging ze naar huis naar haar grootmoeder, hielp haar met het eten, waste af, las een boek. Andere meisjes uit Fjällbacka trouwden en kregen kinderen, maar dat interesseerde Linda niet. Niet meer.

Bovendien had hij het mis. Ze was juist dol op het idee zelf te gaan reizen, maar ze kon haar grootmoeder niet in de steek laten. Die had wel gezegd dat ze op reis moest gaan, alsof ze had geweten waar haar kleinkind van droomde, maar dat ging gewoon niet. Daarom vertelde Linda niet over haar verlangen naar nieuwe ervaringen. In plaats daarvan leende ze boeken bij de bibliotheek over Italië, Frankrijk en Spanje. Het klonk allemaal zo ongelooflijk exotisch. Misschien kwam ze er ooit een keer, met de trein zou het maar een paar dagen duren om er te komen. Maar nu draaide het allemaal om Fjällbacka en Londen en haar beide patiënten, en niet de Franse Rivièra en de Middellandse Zee. En trouwens, wat had ze daar te zoeken? Ze zou zich er vermoedelijk alleen maar verloren voelen. Misschien als ze een vriendin uit Fjällbacka zover kreeg dat zij meeging, dan misschien... Iemand die gewoon wat moediger was dan zijzelf.

Ze verhief haar kin.

'Het spijt me, Mr. Winfrey, maar we kennen elkaar niet en ik vind dat het u helemaal niets aangaat hoe ik mijn leven leid,' zei ze koppig.

Hij begon te lachen. 'Sorry, ik ben veel te direct. Mag ik als verdediging aanvoeren dat ik Amerikaan ben?' zei hij met een glimlach. 'Maar ik vind dat u verfrissend verschilt van de jonge vrouwen die ik gewoonlijk tegenkom. Minder vleierig.'

Ze werden onderbroken doordat het eten werd gebracht en

toen Linda de ober het visgerecht van Robert op tafel zag zetten, kreeg ze grote spijt van haar eigen keuze. De lichtroze brij in het diepe bord voor haar stak bleekjes af tegen de witte vis die kunstzinnig gedrapeerd op een bedje van witte saus op het bord tegenover haar lag. In een schaaltje ernaast kreeg hij gebakken aardappelrozetjes, pommes duchesse, zoals haar vader die noemde.

Ze aten in stilte. Dat wil zeggen, zij was stil. Hij kreunde genotvol, een geluid dat haar om de een of andere reden verlegen maakte. Zijn eten moest erg lekker zijn, dacht ze jaloers. Haar soep smaakte weliswaar goed, maar ze had er lang niet genoeg aan. Teleurgesteld brak ze een stukje brood af en stopte dat in haar mond. Ze zou een moord kunnen doen voor een aardappel. Ze zag hoe hij zijn ogen sloot wanneer hij zijn eten naar zijn mond bracht. Hoe kon ze zo dom zijn om soep te bestellen?

'Ik heb een paar dagen voor mezelf in Londen. Zie ik u daar, Miss Lansing? Ik zou graag meer met u willen praten,' zei hij en hij legde zijn bestek neer. Hij keek haar aan met een moeilijk te duiden blik.

Ze schudde resoluut haar hoofd. Het brood zwol in haar mond. Ze nam een slok water en probeerde het weg te spoelen.

'Nee,' wist ze hoestend uit te brengen. 'Ik zal bij mijn vader zijn. U en ik nemen nu afscheid, want ik ben klaar met eten,' zei ze en ze legde haar servet op tafel. 'Fijn u ontmoet te hebben.' Ze stond zo snel op dat hij niet de kans kreeg hetzelfde te doen. 'Succes met uw foto's van vliegtuigen.'

Ze liep langs de ober en vroeg hem de soep op haar rekening te zetten. Daarna hinkte ze terug naar haar hut. Zodra ze in Londen aankwamen, moest ze de schoenen naar de schoenmaker van haar vader brengen. Ze had nog maar één extra paar bij zich. Alleen in Londen waagde ze zich aan hakken. Thuis op de kinderkopjes in Fjällbacka waren platte schoenen gewoon het beste. Hoewel ze Mr. Winfrey graag de schuld van alles zou willen geven, zag ze in dat schoenen met hakken niet het beste schoeisel voor haar slungelige en onvrouwelijk spichtige benen was. Ze kon er immers toch niet normaal op lopen.

3

Londen 1949

Terwijl het schip afmeerde, baande Linda zich een weg naar de uitgang. Ze had het gevoel alsof er een grote steen in haar maag lag. Gewoonlijk verheugde ze zich er altijd op haar vader weer te zien. Hij was altijd de eerste die ze zag vanaf het dek wanneer ze de haven binnenvoeren. Zijn gezwaai en geroep waren niet te missen. De overige passagiers glimlachten altijd warm wanneer ze zagen hoe haar vader haar vervolgens optilde en haar rond draaide tot ze hem lachend vroeg om haar neer te zetten.

De tranen brandden achter haar oogleden toen ze bedacht dat ze niet wist wie er deze keer op haar wachtte. Niet haar vader in elk geval, dat was zeker.

Blind voor alles om haar heen liep ze langzaam de loopplank af.

'Linda.'

De bevelende stem deed haar opkijken. Tante Laura. Linda begreep meteen hoe ernstig de situatie was. Met een grimmig gezicht legde haar tante een arm om haar heen en trok haar mee naar de zwarte glimmende auto die stond te wachten. Eenmaal op de achterbank haalde ze haar troostende arm weg.

Zijzelf en haar zoons Laurence en Sebastian hadden elkaar afgelost in het ziekenhuis nadat haar vader ziek was geworden, legde ze uit. 'Dus het is erg vreemd dat zijn enige dochter er zo lang over heeft gedaan om hem op te zoeken.' Ze trok haar dunne zwartleren handschoenen uit. 'Gelukkig maar dat de rest van zijn familie hier voor hem is, vind je niet?'

Linda pakte een zakdoek uit haar handtas. Lieve, lieve papa.

Tante Laura klopte haar licht op haar schouder. 'Ja, meisje, binnenkort ben je erfgename van het grootste deel van Flanagans. Hoe voelt dat als je bedenkt hoe weinig tijd je in Londen hebt doorgebracht en hoe weinig je weet over het runnen van een hotel? Ik hoop dat je slim genoeg bent om te beseffen dat je met je neven moet samenwerken? Het hotel staat op de rand van de afgrond, zonder Laurence en Sebastian zul je het niet redden. Bovendien is je vader hun heel veel geld verschuldigd, grote vorderingen die mijn zoons na het overlijden van mijn man hebben geërfd. Ik kan me bijna niet voorstellen dat je dat ooit kunt terugbetalen.'

Linda ontmoette de blik van haar tante. Hoewel haar ogen voor een groot deel schuilgingen achter de rand van haar hoed, voelde Linda het daarachter gloeien. Rotwijf. Linda wendde haar hoofd naar het raam. De wederopbouw van Londen vorderde. Bij het vorige bezoek had het haar blij gemaakt, maar nu had ze er geen oog voor. Ook dat het voorjaar hier verder leek te zijn dan thuis, deed haar niets. Als ze toch nooit meer met haar vader door de stad zou kunnen wandelen, kon het haar helemaal niets meer schelen.

Ze werd overspoeld door de herinnering aan hoe hij haar stevig bij de hand had gehouden en hoe ze urenlang door de stad hadden gelopen terwijl hij over Londen vertelde.

Zijn lievelingsverhaal ging over hoe haar grootvader als twaalfjarige Brenda Flanagan had ontmoet en hopeloos verliefd was geworden op het Ierse meisje. Hoewel hun wegen zich scheidden toen haar familie naar Amerika emigreerde, was hij haar groene ogen en lange rode haar nooit vergeten, en toen hij het hotel opende, besloot hij dat de naam van zijn eerste liefde te geven.

'Natuurlijk was hij dol op je grootmoeder,' zei haar vader elke keer als hij het verhaal vertelde, 'maar het was het meisje Flanagan dat zijn hart stal en het hotel zijn naam gaf.'

In Engeland was Linda een vreemdeling, maar hij wilde zo graag dat ze van Londen zou gaan houden dat hij van alles deed zodat ze zich thuis voelde in deze stad wanneer ze op bezoek kwam. Ze hadden thee gedronken, waren naar musea en concerten geweest en hadden veel hotels bezocht. Ze had dingen geleerd die ze in Fjällbacka, waar je meer jezelf mocht zijn, niet nodig had. Het was belangrijk dat je je als een dame kon gedragen, had haar vader uitgelegd. Als je wist hoe het gezelschapsleven werkte, was het gemakkelijker om eraan deel te nemen.

Na de oorlogsjaren, toen ze wat ouder was geworden, had hij haar meegenomen naar cocktailparty's en diners. Hij glom van trots toen hij haar had voorgesteld aan zijn vrienden. Ze had zijn liefde voor haar gevoeld en dat gevoel was volledig wederzijds geweest. Hij besefte nooit dat ze niet zo extravert was als hij, of hij begreep het wel, maar wist wat ze nodig had om sociaal te functioneren ook al was ze meer teruggetrokken.

Lieve papa. Hoewel er een hele zee tussen hen lag, was hij de beste vader die ze zich had kunnen wensen.

Ze begon te snikken. Het was hartverscheurend dat hij nu zo ziek was. Ze was al bijna een jaar niet meer in Londen geweest, had steeds excuses gehad omdat ze wist dat hij wilde praten over Flanagans. Hoe het moest wanneer hij er niet meer was. Nu was het misschien te laat. Het was ondraaglijk.

'Ik zet je af bij het ziekenhuis,' zei haar tante, 'dan moet je straks maar op eigen houtje naar het hotel komen. Ik vermoed dat je kleine appartement onaangeroerd op je wacht. Om de een of andere reden wilde mijn zwager het zo, hoewel het een uitstekende suite zou kunnen zijn, die het hotel meer geld oplevert. Roger Lansing heeft veel goede kanten, maar van financiën heeft hij geen kaas gegeten. Hij is zwak en een gemakkelijke prooi voor degene die hem wil bedriegen, en wat een fouten heeft hij niet gemaakt. Als mijn lieve echtgenoot nog had geleefd, had hij natuurlijk allang iets gedaan aan het gedrag van zijn broer, maar het is zoals het is, en je begrijpt zeker wel dat je de leiding aan je neven zult moeten overlaten.'

Vanuit haar ooghoeken zag Linda hoe haar tante de rand van haar hoed even optilde.

'Dat je het maar even weet dat Laurence de taak als hotelmanager op zich heeft genomen toen je vader ziek werd. Misschien moeten we nu alvast afspreken dat hij dat blijft, vind je niet? Met in totaal twintig procent van Flanagans zijn mijn zoons grote eigenaren, ook al erf jij het grootste deel van je vader. Ik vermoed dat je hoe dan ook van plan bent om in dat... dorp te blijven wonen.' Ze spuwde de woorden uit haar mond alsof ze zich geen weerzinwekkender oord dan Fjällbacka kon voorstellen.

'Het ziet er niet goed uit,' zei de dokter.

Hij had Linda meteen in zijn kantoor uitgenodigd en keek haar nu bezorgd aan. 'Je vader heeft iets te veel van het goede leven genoten. Te veel alcohol en te weinig slaap. Tel daarbij op de zorgen over de rentabiliteit van het hotel na de oorlog. Zijn hart heeft te veel te verduren gehad.'

'Ik begrijp het niet... Is hij zo ziek?'

'Ja, zo ziek is hij, het spijt me.'

Linda stond haastig op. 'Kan ik nu naar hem toe, alstublieft?'

Linda was gespannen als een veer toen ze naar de kamer liepen waar haar vader lag. Hij had altijd zo sterk en onverwoestbaar geleken. Zijn grote lijf en hartelijke lach waren zo vertrouwd geweest voor haar. Op zijn schoot, met zijn armen om haar heen, kon haar niets gebeuren.

Ze deinsde terug alsof ze zich gebrand had toen ze de kamer binnenkwam. Hoewel ze wist dat hij leefde, zag haar vader eruit alsof hij al overleden was.

Ze pakte een krukje en ging naast het ziekenhuisbed zitten. Ze nam zijn hand in de hare. 'Papa, ik ben er,' zei ze en ze probeerde haar stem vast te laten klinken om hem wat kracht te geven. 'Je moet vechten om beter te worden, papa.'

'Dat is vrij onwaarschijnlijk,' zei een stem in de deuropening en Linda draaide zich haastig om. Laurence. Niet nu, alsjeblieft, laat me even alleen zijn met mijn vader, dacht ze, maar ze zei niets. Ze knikte alleen naar hem, voordat ze zich weer naar het ziekenhuisbed draaide.

'Mijn oom heeft zijn taak op aarde volbracht. Nu hoeft er alleen nog voor zijn geliefde hotel gezorgd te worden,' zei Laurence. Hij stond nu bij haar en legde een hand op haar schouder. 'Je moet mij en Sebastian een groter deel van de koek geven, dat moet toch zelfs voor jou wel duidelijk zijn?'

Ze deed een poging om zijn hand van haar schouder te schudden. 'Praat niet over hem alsof hij er niet is,' zei ze zacht.

'Dat is hij ook niet. Hij ligt in coma en zal nooit meer wakker worden,' zei Laurence. 'Dus moeten we het over Flanagans hebben. In de tijd dat jij je in Zweden amuseerde, heb ik erg veel verantwoordelijkheid op me genomen, en nu wil ik mijn beloning. Doe wat andere meisjes van jouw leeftijd doen, trouw met een fatsoenlijke vent en neem een paar kinderen, maar laat het runnen van het hotel aan Sebastian en mij over. Jouw vader wilde het zo hebben, dat heeft hij bij meerdere gelegenheden tegen me gezegd.'

Dit klonk onwaarschijnlijk, en het zou haar helemaal niets verbazen als haar arrogante neef daarover loog, zelfs al lag haar vader in het bed voor hen.

'In dat geval heeft hij het ongetwijfeld in zijn testament vastgelegd,' zei ze en ze ontmoette zijn blik. Hij deed haar op een onaangename manier aan zijn moeder denken. Met zijn spitse neus en bijna zwarte ogen leek hij sprekend op haar. 'En aangezien het openen van het testament momenteel niet aan de orde is, komen we er wel achter wanneer het moment daar is. Dus als je het niet erg vindt, wil ik nu graag alleen zijn met mijn vader...'

Ze draaide Laurence de rug toe. Ze vond het vreselijk dat haar vader dit soort discussies moest horen terwijl hij zo ziek was.

Laurence liep naar de deur. Ze hoorde zijn voetstappen en sloot haar ogen totdat hij de deur achter zich had dichtgedaan.

'Lieve papa, je moet beter worden. Dat begrijp je toch wel?'

Charles, de hoofdconciërge van Flanagans, haastte zich naar haar toe toen ze later die middag met de taxi bij het hotel arriveerde. 'Ik vind het zo erg, Miss Lansing,' zei hij zacht, toen hij haar uit de auto hielp.

Hij was een van de vele mensen die al hun hele leven in het hotel hadden gewerkt. Haar vader hield veel van zijn personeel en zij op hun beurt hielden van hem.

Charles pakte haar bagage en ze volgde hem de lobby in. Het personeel keek belangstellend naar hen en Linda glimlachte voorzichtig naar iedereen. Ze dacht niet dat ze meer van haar verwachtten op dit moment.

In de lift vocht ze tegen haar tranen. Toen ze op haar vaders verdieping uitstapte, zag ze nauwelijks waar ze liep.

'U weet waar u me kunt vinden, Miss Lansing,' zei Charles zacht, toen hij de koffer in haar slaapkamer neerzette. 'Ik ben hier op dit moment dag en nacht.'

Ze slikte en knikte.

'Uw vader is...' Zijn stem brak, maar hij hoefde niets meer te zeggen. Hij schudde langzaam zijn hoofd.

'Bedankt, Charles,' zei Linda.

In de vertrouwde omgeving van haar eigen suite kon ze eindelijk haar schoenen uitschoppen en haar tranen laten lopen op het kostbare tapijt. Ze ging op de fluwelen bank zitten en keek door het grote ronde raam uit over de daken. Hoe vaak had ze hier niet gezeten en ongeduldig gewacht tot haar vader klaar zou zijn met zijn werk, zodat ze samen iets konden ondernemen. Hij had altijd iets leuks gepland en Linda dacht aan de blijdschap die ze had gevoeld. Was het nu voorbij? Het was onmogelijk zich een Flanagans voor te stellen zonder Roger Lansing.

Ze veegde haar tranen weg en liep naar de badkamer om zich op te frissen. Ze verwijderde de restanten van haar make-up met het badstoffen washandje dat in een klein mandje bij de wastafel lag. Ze zou een paar uur rusten en daarna teruggaan naar haar vader in het ziekenhuis.

De volgende dag zat haar vader rechtop in bed, wilde hij thee en was hij om de een of andere ondoorgrondelijke reden weer terug in het leven.

'Stel je voor, dat jij hier bij me bent, Linda. Ik denk dat jij het medicijn bent dat ik nodig had,' zei hij met luide stem. 'Kom eens hier bij me op de rand van het bed zitten en vertel je vader eens hoe het met je gaat.'

En terwijl ze scones aten met alleen boter omdat jam verboden was in het ziekenhuis, die ze weg spoelden met liters thee, vertelde Linda honderduit over Fjällbacka, over haar oma en over de bootreis vanuit Göteborg. Ze vertelde een grappig verhaal over de Amerikaan die ze aan boord had ontmoet en haar vader moest hartelijk lachen toen hij hoorde hoe ze strompelend op een hak was weggelopen.

'Amerikanen zijn aardige mensen,' zei hij en hij streelde haar hand. 'Misschien had je ja moeten zeggen toen hij je vroeg om hier in Londen af te spreken.'

'Papa,' zei Linda ontzet. 'Ik ben hier om jou te zien.'

'Ja, dat begrijp ik, maar het zou toch geen kwaad kunnen als je wat meer mensen leerde kennen.'

Hij begon te hoesten en ze werd meteen ongerust. 'Ga maar liggen,' zei ze en ze pakte het theekopje uit zijn handen. 'Je moet rusten.'

Hij had natuurlijk gelijk dat ze alleen was in Londen en erg op hem was aangewezen, maar ze was tenslotte altijd slechts op bezoek geweest en niets meer. Ze kwam daar voor hem.

'Hoe lang moet je in het ziekenhuis blijven?' vroeg ze. 'Wanneer mag je naar huis?'

'Gauw, hoop ik,' zei hij en hij lachte. 'In de tussentijd kun jij voor mij wel een oogje in het zeil houden in het hotel.'

'Dat zal ik absoluut doen,' zei Linda en ze kruiste haar vingers achter haar rug. 'Absoluut.'

Het lukte haar niet om de arts van haar vader te pakken te krijgen voordat ze wegging, ze zou het de volgende dag wel proberen. Ze moesten er immers voor zorgen dat haar vader de allerbeste zorg kreeg wanneer hij weer thuiskwam.

Diezelfde avond laat werd er op de deur van haar suite geklopt. Ze lag al in bed, maar sliep nog niet.

'Snel, Miss Lansing, het gaat om uw vader, het gaat slechter met hem.'

Linda rolde uit bed en terwijl ze snel wat kleren aantrok die binnen handbereik lagen, rende ze naar de deur en deed open.

'Wat is er gebeurd?' vroeg ze geschrokken toen ze Charles voor haar deur zag staan. Ze graaide haar jas, tas en hoed mee en trok snel haar schoenen aan.

'Volgt u mij maar.'

In de lift naar beneden trok Linda haar jas aan en zette haar hoed op. Ze had geen idee wat er aan de hand was. Toen ze elkaar een paar uur geleden hadden gezien, had haar vader blozende wangen gehad en was hij in opperbeste stemming geweest. Had hij nog een hartaanval gehad?

'Ik weet het niet,' zei Charles toen hij de auto startte die voor de ingang van Flanagans stond. 'Ik weet alleen dat er iets is gebeurd en dat ik u onmiddellijk naar het ziekenhuis moest brengen.'

Linda holde het ziekenhuis binnen en haastte zich naar de kamer van haar vader. Lieve, goede God, lieve, goede God, dacht ze.

De dokter wachtte haar op in de deuropening.
'Het is tijd om afscheid te nemen,' zei hij zacht.
'Maar hij heeft nog scones gegeten,' zei ze niet-begrijpend.
'Je weigert iemands laatste wens niet,' zei de dokter zacht.
'Hebt u het de hele tijd geweten?'
'Ja,' zei de arts. 'Een laatste opleven om afscheid te nemen van dierbaren is niet ongebruikelijk.'
Ze wankelde, zocht steun bij de muur. Nog niet, het was nog geen tijd. Niet haar vader, niet haar lieve papa.
'Het spijt me, Linda.'
Ze leek haar evenwicht niet te kunnen bewaren. De arts kwam naar haar toe en pakte haar bij haar elleboog. Voorzichtig leidde hij haar naar haar vaders bed.
Linda ging op de rand van het bed zitten. Ze nam zijn grote hand in de hare. 'Ik ben hier, papa, alsjeblieft, word weer beter,' fluisterde ze.
Ze zag hoe zijn oogleden begonnen te trillen. Wilde hij iets zeggen? Ze boog zich voorover.
'Wat zei je, papa?'
'Kijk... uit... voor... je... neven.'
Toen sloot hij zijn ogen voorgoed.

Linda opende een oog en daarna het andere. De prisma's van de kristallen kroonluchter glinsterden in het licht dat zich door het ronde raam een weg naar binnen baande. Haar mond was kurkdroog. Een haarsliert plakte op haar voorhoofd. Het duurde een seconde, toen herinnerde ze zich wat er was gebeurd en ze zakte dieper weg in de kussens.
Haar vader was dood.
Hij was nooit bang geweest voor de dood. Hij had er ook niet naar verlangd, maar hij had gezegd dat wanneer de dag kwam, hij eindelijk de grote liefde van zijn leven terug zou zien. Hij had Linda's moeder gemist sinds ze was gestorven en had nooit enige

behoefte gehad om te hertrouwen. 'Zij was de enige voor mij,' had hij meer dan eens gezegd.

Linda kon zich haar niet herinneren. Ze was een maand na Linda's geboorte thuis in Fjällbacka overleden aan de griep. Haar ouders waren naar Fjällbacka gekomen om Linda aan haar grootmoeder te laten zien, die net weduwe was geworden.

Zij beweerde dat het de schuld van haar vader was dat haar moeder dood was. Hij had zijn vrouw en een baby niet aan boord van een boot moeten laten gaan. Het had niet uitgemaakt dat haar vader had gezegd dat haar moeder vastbesloten was geweest om Linda aan haar moeder voor te stellen. Haar grootmoeder beweerde dat hij desondanks de reis had moeten tegenhouden.

Hij wilde dat Linda bij hem in Londen zou wonen, maar had zich gewonnen moeten geven. Haar grootmoeder had Linda eenvoudigweg niet losgelaten en haar vader was alleen naar Londen teruggereisd. Zijn vrouw bleef achter op het kerkhof in Fjällbacka en zijn dochter in de armen van zijn schoonmoeder.

Wat een verschrikkelijk harde klap moet dat voor hem zijn geweest. De enige keer dat hij blij was dat Linda in Fjällbacka woonde, was tijdens de oorlog. Daar was ze veilig voor de verschrikkingen die zich in Londen afspeelden. Toen ze elkaar eind 1945 weer konden zien, wilde hij er niet over praten. Het was voorbij, zei hij, en nu zou de stad weer opgebouwd worden, dat was waar de Engelsen zich op richtten. Haar vader ook. Maar hij had veel mensen verloren. Jonge mannen die in Flanagans hadden gewerkt en nooit meer terug zouden komen. Linda had zijn verdriet gezien als hij haar een enkele keer in vertrouwen nam, maar daarna was zijn gezicht opgeklaard en had hij gezegd dat Linda en hij in elk geval Flanagans nog hadden.

Nu waren haar beide ouders dood, en het was die gedachte die er ten slotte voor zorgde dat ze uit bed ging. Ze zette haar voeten op het zachte vloerkleed. Allereerst moest ze haar grootmoeder telegraferen om haar te vertellen dat haar vader was overleden, en om haar te laten weten dat ze niet wist hoe lang ze weg zou blijven. Want uiteindelijk moest ze wel naar huis. Ze moest er niet aan denken om niet bij haar grootmoeder te zijn die ternauwernood haar ziekte had overleefd. Het hotel, Londen en haar afgrijselijke neven waren te veel op dit moment. Naar huis. Als ze maar naar huis kon gaan, dan zou ze op een mooie dag weer blij kunnen zijn.

Maar ze kon nu nog niet vertrekken. Er waren zaken die in Londen geregeld moesten worden, want hoe onbegrijpelijk het ook voelde, het was Linda die er verantwoordelijk voor was dat haar vader een waardige begrafenis kreeg. Met lood in de schoenen liep ze naar haar koffer die bij de deur stond en begon die uit te pakken. Twee rokken, vier blouses en een gebloemde jurk die ze zeker niet zou dragen. Ze moest natuurlijk zwart dragen en ze had helemaal niets bij zich wat geschikt was voor de rouw, maar ze had een witte blouse en haar zwarte rok. Een zwart vest erover, dat moest voorlopig maar goed genoeg zijn.

In haar hoofd nam ze door wat ze moest doen: haar grootmoeder telegraferen, contact opnemen met de advocaat van haar vader, Mr. Martin, en dan kleren kopen. Op een gegeven moment zou ze ook de grote suite van haar vader op de bovengelegen verdieping moeten binnengaan, maar op dit moment was het moeilijk voor te stellen dat ze dat ooit zou kunnen.

De hotelreceptie kon haar helpen met het telegram voor haar grootmoeder, en Mr. Martins kantoor lag niet zo ver van het hotel vandaan. Daar kon ze naartoe wandelen wanneer ze een beetje van de schok was bekomen. Ze was daar vaak met haar vader geweest en had in een leren fauteuil in een hoek van de grote kamer zitten wachten, terwijl de mannen aan een bureau hadden gezeten en vermoedelijk over erg belangrijke zaken hadden gepraat.

'Ach, lieverd, zit je hier,' zei de vrouw van de advocaat dan wanneer ze kwam om haar vader te begroeten, waarna ze Linda meenam naar de privéwoning naast het advocatenkantoor. 'Je komt precies op tijd, we wilden net gaan theedrinken.' Linda herinnerde zich hoezeer ze gesteld was geweest op Mrs. Martin.

Haar vaders vriendschap met het echtpaar Martin, Andrew en Lola, ging ver terug. Tegenwoordig was Andrew alleen. Zijn aardige vrouw was gestorven in het jaar na het einde van de oorlog, en hun drie zonen, met wie Linda als klein meisje had gespeeld, stonden blijkbaar op het punt het huis uit te gaan.

Linda draaide aan de kranen van het bad en haalde haar witte blouse om die in de stoom uit te laten hangen. Ze doopte een vinger in het hete badwater om te voelen of de temperatuur goed was. Terwijl het water bleef stromen, vond ze een pen op het bureau en schreef op wat ze tegen haar grootmoeder wilde zeggen. Vervolgens belde ze de receptie en vroeg hun het telegram op te halen.

Papa is dood. Kan nu niet naar Fjällbacka komen. Laat het je zo snel mogelijk weten zodra ik meer weet. Het spijt me zo. Linda.

Niets van wat ze had gepland ging door. Andrew Martin was op reis en omdat ze alleen hem wilde zien, bleef ze binnen. Charles klopte een paar keer per dag aan met thee en iets te eten en om condoleances over te brengen. Hoe ongelooflijk populair haar vader was geweest, werd al snel duidelijk. De kleine suite vulde zich met rouwboeketten. De condoleances bleven binnenstromen. Hij had een heel groot hart gehad en dat het niet meer klopte, was het ergste wat Linda in haar leven had meegemaakt.

Maar ze kreeg ook twee brieven waarin stond dat het goed was dat hij dood was. Hoe kon iemand zoiets schrijven? Ze gooide de brieven van zich af alsof ze zich gebrand had.

Wie wenste haar zoiets toe?

Ze probeerde een boek te lezen dat er nog lag van haar vorige bezoek, maar de meeste tijd huilde ze alleen maar. Ze kreeg geen hap door haar keel en viel kilo's af. Haar zwarte rok paste niet meer, constateerde ze toen ze de ritssluiting dichttrok. Maar aan de andere kant deed dat er ook niet toe, want ze wilde toch niet dat iemand haar zag. Integendeel, ze kon de medelijdende blikken van het personeel niet verdragen. Ze wist dat ze Laurence zou tegenkomen als ze uiteindelijk de kamer verliet en hij was wel de laatste die ze wilde zien.

Als ze terugdacht aan zijn optreden in de ziekenhuiskamer van haar vader, werd ze kwaad en dat was voor de verandering een lekker gevoel. Haar neef was een rotzak. Misschien hadden hij en haar tante Laura die gemene brieven gestuurd? Wat hen betrof stond ze nergens meer van te kijken. Dat haar tante haar had opgehaald toen ze in Londen was aangekomen, had niets te maken met zorgzaamheid, maar met hoe het er voor de buitenwereld had uitgezien als Linda niet was afgehaald door haar eigen familie.

Advocaat Martin belde haar op zodra hij terug was in Londen. Hij was er kapot van dat haar vader was overleden en vroeg of hij naar het hotel moest komen of dat Linda hem op zijn kantoor wilde ontmoeten.

'Ik ben niet meer buiten geweest sinds het overlijden van mijn vader,' zei ze. 'Ik kan wel wat frisse lucht gebruiken.'

Om alle blikken te ontwijken sloop ze door de achterdeur naar buiten, die uitsluitend werd gebruikt door haar vader en zijn vrienden. Toen ze buiten op straat kwam, keek ze om zich heen. Waar was ze in hemelsnaam? Hier had haar vader meestal de leiding genomen en had zij niet hoeven nadenken. Nu liep ze naar rechts omdat dat juist voelde, maar ze zag al gauw dat ze de verkeerde kant op ging en moest omdraaien. Hoe moest ze ooit de goede weg vinden zonder hem? De tranen brandden achter haar oogleden.

Een eeuwigheid later dook het naambord van het advocatenkantoor op en ze vervloekte zichzelf dat ze geen kaart had meegenomen. Die lagen bij de receptie, daar had ze aan moeten denken.

Het naambord zag er nieuw uit, hoewel het daar al een eeuwigheid hing. In elk geval zolang Linda het zich kon herinneren. MARTIN & CO, ADVOCATEN.

Ze duwde de zware deur open en liep naar de volgende deur, die toegang gaf tot Andrew Martins kantoor. Nu wist ze de weg weer.

'Binnen,' hoorde Linda aan de andere kant van de deur toen ze aanklopte. Toen ze de deur opende, stond Mr. Martins secretaresse op om haar haar tegemoet te komen.

'Lieve schat, zo naar om te horen dat Mr. Lansing niet meer onder ons is.' De vriendelijke ogen waren vol medeleven. 'Jouw vader was een fijn mens. Dat vonden we allemaal.'

Linda had haar tranen ingeslikt die de hele tijd achter haar ogen hadden gebrand, maar toen haar vaders goede vriend de deur voor haar opende, kon ze haar verdriet niet langer bedwingen.

'Mr. Martin,' zei ze en ze begon te snikken.

'Nou, nou, huil maar eens goed,' zei hij en hij haalde een zakdoek uit zijn zak. Hij duwde die in haar handen en spreidde zijn armen. 'Laat je tranen maar gaan, dan praten we daarna wel.'

Zijn secretaresse was in de deuropening blijven staan. 'Zal ik een kan thee en wat van die lekkere Zweedse beschuitjes brengen?' vroeg ze voorzichtig.

Hij knikte over Linda's hoofd heen.

Ze voelde zich net een kind, niet als iemand van eenentwintig, toen ze uiteindelijk tegenover elkaar aan het fraai versierde donkerbruine bureau gingen zitten. De secretaresse bracht hun de thee. Andrew Martin schonk zelf in en bood haar een beschuitje aan.

'Vanaf nu wil ik dat je me Andrew noemt. Je bent volwassen en ik was je vaders beste vriend.' Toen Linda knikte, vervolgde hij:

'Heb je vandaag überhaupt al wat gegeten?' Hij keek naar haar vermagerde lichaam op dezelfde manier als haar grootmoeder altijd deed.

Voor het eerst die dag verscheen er een lach op Linda's gezicht. 'Nee, ik bof maar dat je van die lekkere Zweedse beschuitjes hebt.'

Ze dronken hun thee terwijl ze wat bijpraatten. Hij vroeg naar Fjällbacka, haar grootmoeder, en schrok behoorlijk toen hij hoorde dat Linda haar ook bijna had verloren. Hij zuchtte opgelucht toen hij begreep dat het gelukkig goed was gegaan.

'Jouw grootvader stierf in 1928 en je moeder overleed het jaar daarna. Wat een klap moet dat voor je grootmoeder zijn geweest.' Hij schudde zijn hoofd.

'Ja, en toen kreeg ze een baby om voor te zorgen. Het was zwaar, maar tegelijkertijd was het ook haar redding, heeft ze weleens tegen me gezegd.'

'Je vader heeft ervoor gevochten om je hier te krijgen,' zei hij. 'Maar dat verhaal ken je vast wel.'

'Ja, jammer genoeg hebben die twee nooit met elkaar kunnen opschieten. Mijn grootmoeder gaf hem de schuld van de dood van mijn moeder en ze heeft hem nooit kunnen vergeven.'

Ze verzonken beiden in gedachten terwijl ze op de beschuitjes knabbelden. Ze waren lekker, en Linda nam er nog een.

'In die tijd was het erg ongebruikelijk voor een man om te vechten voor de zorg van zijn kind,' zei Andrew even later.

'Dat is het toch nog steeds?' vroeg Linda.

Hij knikte en liet zijn hoofd tegen het versleten leer van de stoel leunen. 'Het is ook niet gebruikelijk dat een vrouw een hotel runt,' zei hij, en Linda begreep dat ze nu bij de reden van haar bezoek kwamen.

'Meer thee?' vroeg hij.

'Ja, graag.'

Hij vulde haar kopje tot aan de rand en keek haar toen aan. 'Ben je in staat om over zaken te praten?'

Ze haalde haar schouders op. 'Heb ik een keus?'

'Ja, in zoverre dat we het op een andere dag kunnen doen. Maar praten moeten we wel, zoals je zult begrijpen. Je krijgt heel wat op je bord, Linda. Het hotel loopt niet bijzonder goed. Je vader heeft te veel geld uitgegeven en hij heeft helaas schulden bij je neven, die daar tot dusver niets mee hebben gedaan omdat zij immers mede-eigenaren van Flanagans zijn. Maar op de dag dat...' Hij aarzelde.

'Laurence en Sebastian kunnen het hotel dus failliet laten gaan?'

Hij schraapte zijn keel. 'Iets in die trant. Ze zouden in elk geval een verkoop kunnen afdwingen, in de hoop dat je het aan hen verkoopt. Maar de onzekerheid over hoe jij erin staat, zorgt er vooralsnog voor dat ze de schulden niet opeisen, maar afwachten. Hun grootste angst is waarschijnlijk dat je het aan iemand anders verkoopt.'

Toen ze snel terugliep naar het hotel, deze keer zonder te verdwalen, had ze een uitnodiging om elke dag te komen eten, een testament en een sleutel van een kluis in haar handtas zitten. Andrews aansporing was niet mis te verstaan, zijn boodschap was glashelder. Terwijl ze haastig verder liep, hoorde ze zijn woorden nog. Je moet onmiddellijk de leiding over je hotel nemen als je het niet wilt kwijtraken. Laurence zal beweren dat je de boekhouding niet kunt doen. Laat hem zien dat hij het mis heeft, Linda.

Linda en Laurence hadden het als kinderen relatief goed met elkaar kunnen vinden, maar in hun tienerjaren was er iets veranderd, en vermoedelijk was tante Laura daar de oorzaak van. Plotseling begon hij haar met gemene opmerkingen te bestoken. De eerste keer dat dat was gebeurd, had Linda hem verbaasd aangestaard en gedacht dat hij zich vergiste. Maar niets was minder waar. Hij had commentaar gehad op haar Engels, haar kleding, gezegd dat ze lelijk was. Het waren exact die dingen die ze haar tante iets te luid had horen fluisteren in de weekenden die ze moest doorbrengen met de familie van haar vader, en het was pijnlijk geweest te voelen dat ze niet goed genoeg was. Als ze iets vriendelijker waren geweest, had ze daar misschien wel vaker willen zijn. Het zou nooit in Linda opkomen om te klikken, dus vertelde ze haar vader niets over de sneren van zijn schoonzus. In plaats daarvan had Linda uitgehuild wanneer ze terugkwam in Fjällbacka en dat gaf haar grootmoeder nog meer koren op haar molen. Engelsen, en in het bijzonder de Lansings, deugden niet.

Linda concentreerde zich en bereidde zich voor op wat er zou komen. Ze moest kalm, overtuigend en sterk zijn.

'Bal je vuisten in je zakken, dat helpt als je kracht wilt uitstralen,' had haar grootmoeder altijd gezegd en dat was precies wat Linda nu deed. Ze kneep haar handen zo hard tot vuisten dat de nagels zich in haar handpalm boorden.

Het enige wat haar ervan weerhield om Laurence daadwerkelijk te ontslaan als interim-manager, was dat ze zelf een beginneling was. Hoe zou ze in haar eentje het grote hotel kunnen runnen?

En hoe verdiende je geld? Misschien was haar vader slordig geweest, maar hij kende ondanks alles de hotelbranche. Linda had werkelijk geen idee.

Ze bleef staan op het kruispunt voor het hotel. Zelfs Andrew had bezorgd geleken, wat Linda allerminst verbaasde. Hij wist immers als geen ander dat haar vader geen enkele kennis van het hotelwezen aan zijn dochter had doorgegeven. Ongetwijfeld hadden zowel Andrew als haar vader gedacht dat daar nog voldoende tijd voor was.

Eén ding had haar vader zijn dochter wel ingeprent en dat was dat je om hulp moest vragen als je iets niet zelf kunt. Je mocht niet te trots zijn, dat pakte nooit goed uit. Moest ze het op die manier aanpakken? Laurence om hulp vragen, maar hem de leiding ontnemen? Daar zou hij natuurlijk nooit mee akkoord gaan. En er was nog een probleem: ze wilde niet langer dan nodig in Engeland blijven. Maar betekende dat dat ze het levenswerk van haar vader aan iemand anders moest overlaten? Ze glimlachte en knikte groetend naar de piccolo die de deur voor haar openhield. Hij wees haar naar de foyer, en toen Linda binnenkwam, zag ze wie haar daar stonden op te wachten.

Tante Laura, Laurence en Sebastian stonden onbeweeglijk in de houding en staarden grimmig naar de deur. Toen ze haar zagen, haastten ze zich naar haar toe. Linda wilde zich klein maken en verdwijnen. Nog niet, papa is nog niet eens begraven.

'Laten we in de eetzaal gaan zitten, daar is op dit moment niemand,' zei Laurence, zonder Linda te vragen of ze wel met hen wilde praten.

Misschien kon ze het ook maar beter achter de rug hebben. Ze hoefde alleen maar ja te zeggen op hun voorstel en ze zouden het hotel overnemen. Dan kon ze haar koffer pakken en teruggaan naar Fjällbacka.

'Dat is goed,' zei ze schouderophalend.

Laurence greep iemand van het personeel bij de mouw. 'Hallo, jij daar, kun jij ervoor zorgen dat we onmiddellijk thee krijgen in de eetzaal?'

'Absoluut, *sir*, natuurlijk.' De ober haastte zich de deur uit.

Haar tante Laura ging aan een van de ronde tafels achter in de zaal zitten. De rest hoefde alleen maar aan te sluiten.

'We zijn gekomen om je tot rede te brengen,' zei haar tante. 'Je begrijpt zeker wel dat de situatie onhoudbaar is. We zitten met een hotel dat dankzij je vader naar de ondergang is gevoerd en we staan voor erg zware tijden. Om de financiën enigszins weer op orde te krijgen moet je de leiding aan ons overlaten...'

'...en het eigenaarschap,' wierp Laurence ertussen. Hij schraapte zijn keel. 'We hebben een aanbod voor je,' zei hij en hij pinde haar met zijn blik vast. 'Het zou nadelig voor jezelf zijn als je het niet aanneemt.'

'Wat houdt dat aanbod in?' vroeg Linda.

'Precies wat ik zeg. Wij krijgen het hotel, jij vertrekt, en als je niet vrijwillig gaat, dan gaan wij daar wel voor zorgen. Het lijkt mij een vrij eenvoudige keuze, vind je niet?'

Voordat ze de eetzaal waren binnengegaan, was ze inderdaad bereid geweest om het hotel over te dragen, maar onder bedreiging? Dat was een andere zaak. Binnen in haar begon iets te groeien.

'Is dat een dreigement, Laurence?'

'Helemaal niet, ik breng je alleen op de hoogte van de gang van zaken. We zullen je ruïneren als je ons niet tegemoetkomt.'

'Maar lieve schat, in dat geval ruïneren jullie jezelf toch ook,' zei Linda.

'Helemaal niet. Je bent je er misschien niet van bewust, maar onze andere ondernemingen zijn zeer succesvol. We bouwen op dit moment Londen weer op, wijk voor wijk, en verdienen heel veel geld. Wij hebben niet meer geld nodig, maar jij wel.'

Ze keek hem verbaasd aan.

'Waarom willen jullie dan Flanagans hebben?'

'Het is het pronkstuk van de familieonderneming en het wordt tijd dat het in de juiste handen komt. Het hotel voldoet aan alle voorwaarden om weer in de oude luister van voor de oorlog te worden hersteld. Er was een tijd dat het restaurant elke avond volgeboekt was. Het koninklijk huis had een suite en we ontvingen prominente gasten uit de hele wereld. Jouw vader heeft het kapotgemaakt met zijn moderniseringen.'

'Dat geloof ik niet,' zei Linda zacht. Ze haatte het dat ze zo over haar vader praatten. Ze wist hoe hij had geworsteld met rantsoeneringen, bombardementen en personeel dat dierbaren had verloren. Hij had grote concessies moeten doen om het hotel open te houden. Het was een afschuwelijke tijd voor alle Londenaren, en *business as usual* was moeilijk vol te houden, ondanks Winston Churchills aanmoedigingen om het leven gewoon door te laten gaan.

'Er valt niet over te praten Linda,' zei haar tante Laura streng. 'Jij zet het hotel op naam van je neven en krijgt een fatsoenlijke afkoopsom voor de moeite, waar je de rest van je leven goed van kunt leven.'

Vanuit haar ooghoeken zag Linda iemand zwaaien bij de deur van de eetzaal en ze draaide op haar stoel om beter te kunnen zien.

Het eerste wat ze herkende, was de hoed met de veer. En daarna de stok. Ze begon te trillen. Dit was toch niet mogelijk?

Toen de vreugdekreet opwelde, was ze al opgestaan.

'Oma,' riep ze terwijl ze naar de deur vloog. 'Oma!'

4

Londen 1960

De eerste dag van het nieuwe jaar had Linda vrijgehouden. Normaal gesproken werkte ze op nieuwjaarsdag, probeerde ze te peilen wat Flanagans' overnachtende gasten vonden van de vorige avond en zich ervan te verzekeren dat ze tevreden waren, maar dat zou ze deze keer niet doen. In plaats daarvan sloop ze direct na het ontbijt via de achteruitgang het hotel uit. Als het personeel haar zou zien, kon ze het wel vergeten. Er was altijd wel iets waar ze het met haar over wilden hebben en op elke andere dag zou ze ook meteen tot hun beschikking staan, maar vandaag wilde ze met rust worden gelaten. Ze wilde ergens iets lekkers gaan eten en even alleen zijn.

Misschien had ze Mary's woorden ter harte moeten nemen en haar op het landgoed moeten bezoeken, waar een overvloed aan kamers en eten was. Maar met een drukke tweeling, drie bassets en een praatgrage gastvrouw zou Linda het werk weliswaar kunnen loslaten, maar rust zou ze daar bepaald niet krijgen.

Toen ze voor het bakstenen gebouw stond, dacht ze kort na voordat ze haar weekendtas stevig vastpakte en naar The Ritz begon te lopen. Voor haar liep een echtpaar arm in arm op het trottoir. Vanwege het mooie weer besloot ze geen taxi te nemen.

Het was een paar graden boven nul en Linda's mantel en handschoenen zouden haar voldoende warm houden als ze later op de dag een langere wandeling wilde maken. Ze keek naar haar schoenen. Die waren stevig en praktisch, en zonder hakken.

Voor buiten waren ze perfect, maar ze had voor de zekerheid andere schoenen bij zich, mocht ze later op de avond haar kamer nog willen verlaten. Ze had ook een jurk in de tas gestopt, maar het was niet zo waarschijnlijk dat ze die of de schoenen met hoge hakken nodig zou hebben.

Voor het hotel zag het zwart van de mensen. Ze keek op haar horloge. Hoe had ze zo onprofessioneel kunnen zijn en precies tijdens het uitchecken daar kunnen aankomen? Ze wurmde zich langs de mensen de hotelfoyer in. Daar was het al net zo druk als buiten en Linda besefte dat dit nog wel even kon duren.

Ze keek naar de receptie waar mannen in kostuums zich verdrongen voor de balie en vrouwen in elegante jurken ongeduldig stonden te wachten. Zoals altijd wanneer ze echtparen van haar leeftijd zag, voelde ze een schrijnende pijn. Dit was ze allemaal misgelopen. Ze had niemand die van haar hield, die voor haar zorgde. Kus iemand, had Mary de vorige avond gezegd. Ha. Alsof ze daar de kans voor had gehad.

Een blonde jongeman bij de receptie wenkte discreet dat ze naar voren mocht komen. 'Miss Lansing, welkom,' zei hij zacht toen ze voor hem stond. 'Loopt u maar even met mij mee naar de conciërgebalie.'

Ze keek naar zijn naambordje. Alexander Nolan. Na dit verblijf zou ze ervoor zorgen dat hij een nog betere baan in Flanagans kreeg. Want dankzij de doortastendheid van deze jongeman was ze in minder dan vijf minuten ingecheckt en stond ze in de lift, op weg naar haar kamer.

De kamer had een televisietoestel. Vermoedelijk was er tegenwoordig in elke kamer in The Ritz een te vinden. Ze moest die ook voor Flanagans aanschaffen, dacht ze terwijl ze haar tas openmaakte. Tegenwoordig was het niet meer voldoende dat slechts een paar suites van zo'n toestel waren voorzien. Ze schudde haar jurk uit en hing hem op een kleerhanger. Daarna pakte ze haar toilettas en liep naar de badkamer. Ze bekeek zichzelf in de spiegel boven de wastafel. 'Een leven, Linda, wanneer ga je eens een leven krijgen?' mopperde ze tegen haar spiegelbeeld.

Eigenlijk was het alleen op dit soort dagen dat ze een man aan haar zijde miste, op andere dagen was ze alleen maar dankbaar dat ze alle beslissingen zelf kon nemen. In haar vriendenkring werkte geen van de vrouwen buitenshuis. Ze zorgden voor het huishouden, de kinderen en sommigen hadden een huishoudster die juist was aangenomen om zich over het huis en de kinderen te ontfermen. Wat deden ze de hele dag? Zelf werkte ze meer dan twaalf uur per dag, zeven dagen in de week.

Haar werkdag begon ergens halverwege de ochtend, aangezien ze zelden voor middernacht in bed lag. Nadat ze had ontbeten, een uitgebreid bad had genomen en een uur had rondgelummeld in haar ochtendjas, was ze gewoonlijk klaar om naar haar kantoor te gaan.

De gastenlijst lag altijd boven op de stapel papieren op haar bureau op haar te wachten. Met de pen in de aanslag liep ze de namen van de gasten door. Hier en daar voegde ze een kleine aantekening toe in de kantlijn voor het personeel dat direct in contact stond met de gasten, zodat ze ervoor konden zorgen dat alles wat de gasten wensten ook aanwezig was.

Haar gasten hadden uiteenlopende eisen. De ene gast wilde een speciaal soort whisky hebben, de andere gast wilde een boeket bloemen laten bezorgen, omdat hij die nacht blijkbaar niet alleen zou zijn. Wanneer diezelfde gast geen bloemen bestelde, betekende dat dat hij ook geen bezoek verwachtte. Een andere gast wilde pennen van een bepaald merk en een derde gast vroeg om een fruitschaal zonder appels. Het was belangrijk om zulke wensen te vervullen, net zoals het belangrijk was een gast die jarig was te feliciteren met een fles champagne van het betere soort. Of zoals het belangrijk was kleine chocoladehartjes achter te laten op het bed in de kamer die door een echtpaar was geboekt. Op elke afzonderlijke gast moesten de details worden afgestemd. Linda vond het erg prettig wanneer er vrouwen in haar hotel logeerden. Dan stopte ze er extra veel energie in om de juiste rozen voor de badkamer te vinden, zocht ze zeep die vrouwelijk geurde en zorgde ze dat op het voeteneind van het bed een extra deken werd gelegd. Haar ervaring was dat vrouwen het vaker koud hadden dan mannen.

Elke dag besprak Linda met de maître d'hôtel de tafelschikking voor het diner van die avond. Sommige gasten moesten gescheiden van elkaar zitten om het uitbreken van een nieuwe wereldoorlog te voorkomen en kregen ieder aan een andere kant van de eetzaal een tafel. Andere gasten werden juist bij elkaar gezet, omdat ze meende dat het een vruchtbare kennismaking kon zijn.

Tien jaar lang had ze haar ziel en zaligheid in deze details gelegd. Daarom waren het hotel en zijn frequente feesten ook zo populair. Je wist nooit welke mensen je zou tegenkomen die je leven een gouden randje zouden kunnen geven, en de meeste mensen kwamen met die hoop, wat voor Linda een veeleisende uitdaging werd. Iedereen wilde zijn dromen vervuld zien en het was haar taak om ervoor te zorgen dat dat ook gebeurde.

Nadat ze de gastenlijst had doorgenomen, was de rest van de stapel aan de beurt en meestal was ze druk bezig met rekeningen en personeelsvragen tot het tijd was voor de afternoontea. Gekleed in een mooiere jurk liep ze dan glimlachend van tafel naar tafel en heette iedereen welkom. Vijf rondes wisselden elkaar af. Er kwamen ook mensen voor de afternoontea die niet in het hotel logeerden, en het was belangrijk dat ze zich welkom voelden zodat ze haar etablissement een volgende keer ook voor een overnachting zouden kiezen. Daarna deed ze een hazenslaapje en dan was het tijd voor de ontvangst van de avondgasten in een andere jurk en met een ander kapsel... als ze daar de puf voor had.

Het was ontzettend vermoeiend om zo veel te werken als zij

deed. Als ze zichzelf soms in de spiegel bekeek, zag ze de vermoeidheid in haar gezicht getekend staan. Ze wilde op deze zeldzame vrije dag niet aan haar werk denken, maar het dreigement dat Laurence die ochtend had geuit, dat hij haar in 1960 kapot zou maken, was min of meer als een verrassing gekomen. Hij was nu een paar jaar weduwnaar en had blijkbaar nieuwe energie gevonden om zich te focussen op zijn plan om Linda uit Flanagans weg te krijgen. Zijn vrouw Rose was een lieve vrouw geweest en hoewel die eigenschap niet was overgeslagen op Laurence, waren zijn aanvallen op Linda en Flanagans in de jaren waarin zijn beide dochters waren geboren en zijn gezin nog vrij gelukkig was, milder geweest. Nu was de duivel helemaal terug.

Linda had frisse lucht nodig. Hopelijk zou die haar gedachten wat verstrooien.

Ze liep in een rap tempo richting de Theems. Het werd frisser. Ze had een sjaal om haar hoofd geknoopt en de kraag van haar wollen mantel omhoog gezet. Onder haar jurk droeg ze een dikkere panty. Het was heerlijk zonder de jarretelgordel. Bij speciale gelegenheden waren ze nog steeds noodzakelijk, zoals het soort gelegenheden waar ze nooit meer aan mee zou doen, ondanks Mary's herhaaldelijke pogingen tot wat ze met een knipoog 'heerlijke verstrooiing' noemde. Linda kende dat soort verstrooiing maar al te goed. Ze huiverde. Nee, bedankt.

Haar advocaat had weer van zich laten horen. Als ze geen testament opstelde, zouden haar neven na haar dood al haar bezittingen erven en dat mocht niet gebeuren. Dan was het wel belangrijk dat ze in leven bleef, dacht ze toen ze geschrokken opzij sprong voor een auto waarvan de chauffeur de kunst van het autorijden blijkbaar niet goed beheerste. Ze had geen erfgenamen en wist niet aan wie ze de leiding over Flanagans moest toevertrouwen, als en wanneer haar iets overkwam. Eigenlijk was iedereen beter dan haar familie. Haar tante was een gemeen kreng en haar neven waren een kopie van haar. Sebastian was zo ijdel dat hij het hotel zou zien als zijn persoonlijke arena in plaats van iets wat beheerd moest worden. Laurence was slecht en bovendien hooghartig en snobistisch. Hij zou alleen gasten verwelkomen die hij zijn gastvrijheid waardig vond.

Ze wierp de chauffeur van de auto een boze blik toe. Het autoraampje werd naar beneden gedraaid. Een man van haar leeftijd leunde naar buiten en dreigde met zijn vuist. 'Mens, blijf op het trottoir of blijf thuis!' schreeuwde hij.

Linda schudde haar hoofd. 1960. Er was in die ene nacht in elk geval nog niets veranderd.

Ze huiverde en keek om zich heen. Een kop thee zou nu uitstekend smaken, dacht ze toen ze het met rozen gedecoreerde bordje zag met een theekopje en een pijl, die het park in wees. Zonder dat bordje en de pijl had ze het gebouwtje niet eens gezien. Het kleine cafeetje lag verscholen achter een bosschage, alleen het dak stak erboven uit.

Het deurbelletje klingelde toen ze naar binnen stapte. Binnen was het warm en aangenaam. In de hoek knapperde een haardvuur. Wat gezellig, dacht ze, hier wil ik wel een tijdje zitten. Linda liep verder het café in en ging zitten aan een tafel en al snel stond er thee en een schaal met kleine sandwiches voor haar.

Het was een goed idee geweest om Emma, het nieuwe meisje, de vorige avond een sandwich te laten bereiden. Ze had laten zien dat ze er echt voor wilde gaan. Het was niet de eerste keer dat Linda iemand had gevraagd iets te doen voor een baan. Dat kon het schoonmaken van het toilet zijn – waar velen voor bedankten – of het lappen van een raam. Daarbij ging het haar niet om het resultaat. Linda wilde graag zien dat de opdracht met enthousiasme werd uitgevoerd. Ze zocht naar betrokken medewerkers die echt bij Flanagans wilden werken. Als ze de juiste instelling hadden, konden ze het meeste leren. Sommige van haar personeelsleden werkten al veertig jaar in het hotel. De onmisbare Charles, die tegenwoordig hoofdconciërge was, was begonnen als page en loopjongen. Hij hield van zijn werk en droeg zijn uniform met trots, hoewel die grove, zware wollen stof als ze erover nadacht toch ongelooflijk ongemakkelijk moest zitten.

Ze keek het café rond. Wat een heerlijke plek. Eenvoudig, met houten wanden en wiebelende tafeltjes. Precies wat ze vandaag nodig had. Ze was nog nooit eerder in deze buurt geweest, zelfs niet met haar vader.

In het café zat een echtpaar dat waarschijnlijk ook een wandeling had gemaakt en net als zijzelf had gemerkt hoe koud het buiten was. Verschillende stellen zaten met ineengestrengelde vingers. Een man blies teder op de vingers van een vrouw en toen hij dacht dat niemand het zag, kuste hij een vingertopje.

Ik hoop dat ze jarretels draagt, dacht Linda en ze keek weg, want wat zou volgen, was wel duidelijk.

’s Avonds meed ze het restaurant van The Ritz. In plaats daarvan bestelde ze roomservice en tot haar vreugde was het Alexander, de aardige jongen van de receptie, die het eten kwam brengen. Ze prees hem voor zijn handige optreden eerder die dag en gaf hem haar visitekaartje. ‘Bel me,’ zei ze. ‘Ik heb een betere baan voor je.’

Toen hij de kamer had verlaten, leunde ze achterover tegen de donzen kussens met het dienblad voor zich op het bed. Ze voelde zich stokoud. Haar vader had tot zijn dood met plezier in het hotel gewerkt en hij was vijfenvijftig jaar geweest toen hij stierf. Linda was eenendertig en nu al doodmoe.

Diep vanbinnen wist ze natuurlijk dat het helemaal niets te maken had met het hotel en het werk daar. Ze miste iets wat haar leven zin gaf. Die gedachte droeg ze al lang met zich mee en werd steeds dringender. Als ze niet oppaste, zou ze algauw denken dat haar leven zinloos was. Dat wilde ze voorkomen, maar hoe hield je dat tegen?

‘Je weet dat de meeste mensen met afgunst naar jouw leven kijken,' had Mary laatst gezegd toen ze het erover hadden gehad. Ze had gracieus een diepe trek van haar sigaret genomen en de rook langzaam laten wegkringelen tussen haar gewaagd roodgeverfde lippen. 'Je moet begrijpen dat een man en kinderen je leven geen zin geven, maar werk, werk en nog eens werk. Een beetje liefde misschien ook, maar vooral werk. Jij kunt je leven leiden op een manier waarop wij dat niet kunnen. Het probleem met jou is dat je het niet doet.'

'Maar ik weet niet of dát het is wat ik mis. Waar moet ik de tijd voor een man en kinderen vandaan halen? En trouwens, ik ben te oud.'

'Helemaal niet. Je weet dat ik met liefde een aantal kandidaten voor je selecteer. Een klein romantisch tussenspel zou wonderen doen voor je humeur. Je hoeft niet meteen te trouwen.'

Linda had gelachen.

Nou, bedankt, ze was een paar keer te vaak blootgesteld geweest aan Mary's 'kandidaten'. Was het liefde en romantiek dat ze miste? Soms, wanneer ze zich het allereenzaamst voelde, was dat het vast. Maar het verstand won het. Ze was waarschijnlijk toch niet geschikt voor dat soort gevoelens. Tot dusver was het resultaat in elk geval bedroevend.

Misschien verlang je altijd naar wat je niet hebt, dacht ze. Misschien is dat ambitie. Zonder dat verlangen zou alles bij het oude blijven.

Met een diepe zucht schoof ze het dienblad naar de lege helft van het tweepersoonsbed. De chocoladepraline had ze niet aangeraakt en van de koffie had ze nauwelijks gedronken. Ze kroop omlaag in het comfortabele bed en trok het dubbele laken en de wollen deken tot haar kin op. Alles werd vast beter als ze er een nacht over sliep.

Haar tanden kon ze morgenochtend ook wel poetsen.

5

Emma drukte haar handen tegen haar oren. Het werd haar te veel. Haar hoofd duizelde van alles wat ze moest leren. Er waren duizend laatjes in de keuken, duizend witte dozen in de voorraadkamer, duizend kamers en duizend gasten. Emma werd geacht alles te kennen. Ze rende van de ene taak naar de andere en niets was goed.

'Zet je kapje recht,' zeurde de maître d'hôtel. 'Droog onmiddellijk de rijst,' brulde de chef-kok. 'Doe je bovenste knoopje dicht,' zei het hoofd van de huishouding chagrijnig.

Ze had vlekken op haar schort, kwam een minuut te laat, had dingen in de koeling gezet die in de koelkast moesten, sneed de komkommer in de verkeerde richting, kookte de eieren te lang en o wee als ze de bedden niet opmaakte in de kamer die ze met Elinor deelde.

Emma deed alles verkeerd en toen er een maand was verstreken, was ze ervan overtuigd dat Miss Lansing haar zou ontslaan. Moedeloos beklaagde ze zich bij Elinor, die alleen haar schouders ophaalde.

'Dacht je dat je alles meteen zou kunnen?' vroeg ze terwijl ze zittend op haar bed haar kousen aantrok. Emma zat op het bed ernaast te mokken. Niets was nog leuk.

Misschien moest ze maar weer terug naar huis gaan? De brief die ze gisteren van haar moeder had gekregen, was een grote smeekbede geweest om weer thuis te komen.

'Nee, maar ik had niet gedacht dat ik het zo slecht zou doen. Iedereen is alleen maar op me aan het mopperen,' klaagde ze.

'Toen je hier kwam, dacht ik dat je uit het juiste hout gesneden was.' Elinor stond op en liep naar de spiegel. 'Je wilde de baan immers zo graag.'

'Dat wil ik nog steeds, maar ik wilde de beste zijn, niet de slechtste.' Emma keek met een schuin oog naar haar kamergenote, die nooit iets fout leek te doen. Ze bleef in elke situatie kalm. Onlangs had ze een stapel borden op de grond laten vallen, wat zo'n kabaal had gemaakt dat de chique dames in de salon een verdieping hoger vast van schrik hun thee hadden gemorst. Maar Elinor had zich gebukt en de scherven opgeraapt zonder ook maar een spier te vertrekken. Hoe deed ze dat?

'Je wordt in elk geval niet de beste door hier te gaan zitten janken.' Elinor maakte haar kapje vast.

'Hoe word ik de beste?' vroeg Emma met haar blik op de grond gericht.

Elinor antwoordde niet. Ze was de kamer al uit.

Langzaam, alsof ze alle tijd van de wereld had, stond Emma op. Het was één minuut voor zes. Ze zou zich eigenlijk moeten haasten, wilde ze niet nog een slechtere indruk maken.

Toen Emma later die dag naar het kantoor werd geroepen, wist ze al wat er zou komen. Tot ziens, lieve kleine Emma, doe nou maar wat je moeder zegt. Ga trouwen en neem een paar kinderen, iets anders kun je niet.

Ze kreeg buikkrampen en moest twee keer naar de wc voordat ze de moed kon opbrengen de trap naar het kantoor te beklimmen. Ze kon zich niets afschuwelijkers voorstellen dan naar huis gaan. De mensen thuis zouden haar uitlachen. Ze zouden zeggen dat ze haar plaats zou moeten kennen, dat ze die domme fantasieën over iets anders met haar leven doen dan kinderen baren moest vergeten.

De buikpijn hield de hele weg naar het kantoor aan, waar ze maar één keer eerder was geweest om thee te serveren. De kamer was net zo mooi als Miss Lansing zelf. Donkerrode wanden, grote pompeuze boekenkasten en een bureau dat, Emma zou het zweren, van mahoniehout was. Er hingen grote schilderijen in vergulde lijsten, en op het mooiste was Miss Lansing zelf afgebeeld.

Emma was geschrokken toen ze het schilderij zag. Miss Lansing was geportretteerd als een man. Met gekruiste armen en haar kin trots geheven. Zo trots wil ik ook zijn, had Emma gedacht.

Dat was voordat ze had ingezien dat ze nergens voor deugde.

Voordat ze op de deur klopte, legde ze een hand op haar buik. Had ze een darmafsluiting? Ze wist niet hoe zoiets voelde, maar een van de koeien thuis had het gekregen en het dier had helse pijnen moeten doorstaan voordat het was gestorven. Zo zou het eindigen, ze wist het gewoon. Lieve, goede God, dacht ze, ik ben toch een goed mens geweest. Laat me alstublieft niet op de vloerbedekking braken.

Ze schikte haar kapje en klopte op de deur.

Miss Lansing zag er zoals altijd elegant uit. Op haar witte blouse zat geen enkele vlek. Emma zuchtte jaloers.

'Goedemiddag, Emma. Ga zitten,' zei Miss Lansing en ze wees naar de stoel aan de andere kant van het bureau.

Met een kaarsrechte rug ging Emma voorzichtig op het puntje van de stoel zitten. Elinor had tegen haar gezegd dat ze er terneergeslagen uitzag wanneer ze haar schouders liet hangen, en een beetje trots had ze nog wel.

'Ik heb goede dingen over je gehoord,' zei Miss Lansing.

Emma schudde haar hoofd en keek haar bazin verbaasd aan. 'Echt?'

'Je bent flink. Leergierig.'

'Maar... Maar... Ik heb alleen maar fouten gemaakt.' Emma begreep het niet.

'Nee, integendeel,' zei Miss Lansing met een glimlach. 'Ik heb begrepen dat je snel bent, misschien soms iets te ijverig, en dat is ook het enige wat ik je zou willen meegeven. Het gaat er onder het personeel af en toe hard aan toe, maar daar wen je gauw genoeg aan.'

Het was maar goed dat Miss Lansing aan de andere kant van het bureau zat, anders had Emma haar van blijdschap omhelsd.

'Dus… ik mag blijven?'

Haar bazin glimlachte. 'Je mag blijven. Welkom bij Flanagans.'

Emma wilde het uitschreeuwen van geluk, maar ze hield zich in en zei: 'Heel erg bedankt, Miss Lansing, ik zal u niet teleurstellen.'

Vanaf nu zou ze alles, echt alles, voor deze vrouw doen.

Terwijl Elinor haar spullen in een kleine tas stopte en zich klaarmaakte om haar familie te bezoeken, dacht ze aan Emma's afspraak met Miss Lansing. Elinor hoopte echt dat Emma mocht blijven, omdat ze haar kamergenote, die zowel pienter als aardig was, graag mocht.

Ze pakte een mooie sjaal in voor haar moeder, een door een gast achtergelaten pakje pruimtabak voor haar vader en een nieuwe pet voor haar broertje. Ze miste hen, de lekkere Zweedse eenpansgerechten van haar moeder en het geklets van haar broertje aan tafel. Hoewel ze in dezelfde stad woonden, leefden ze in verschillende werelden. Haar vader had nog nooit een voet in Mayfair gezet. Haar moeder had Harrods bezocht, maar was erg geschrokken van de prijzen en had het warenhuis snel weer verlaten. 'Maar nu heb ik het in elk geval gezien,' had ze gezegd. Ze was er nooit meer geweest.

Niet dat Elinor in dit deel van Londen paste. Was dat wel het geval geweest, dan had ze zich zeker onder de gasten mogen mengen, had ze op de bovenverdieping mogen serveren, zoals Emma al in de eerste week dat ze in het hotel werkte, had mogen doen.

'Waarom mag jij dat niet?' had Emma gevraagd.

Elinor had naar haar bruine wang gewezen.

Het werd bepaald door het verschil in huidskleur, niets anders, want Elinor wist dat ze goed was. Beter dan de meesten die in de keuken werkten. Niemand was zo toegewijd, snel en nauwkeurig als zij.

Ze wilde het hotel net verlaten toen een van de keukenleerlingen op de deur van haar kamer klopte en zei dat ze onmiddellijk bij Miss Lansing in haar kantoor moest komen.

Wat zou er aan de hand zijn? Wat had ze gedaan? Had ze haar werk toch niet goed gedaan terwijl ze net nog had gedacht dat ze goed was? Hoogmoed komt voor de val. De woorden van haar moeder klonken in haar oren.

Ze wist dat er van haar meer geëist werd dan van witte medewerkers, maar ze werkte twee keer zo hard als de anderen. Als iets niet perfect was, kwam het de keuken niet uit. Je werd alleen bij Miss Lansing geroepen als je een baan kreeg of ontslagen werd. De rest werd beneden door de chef-kok afgehandeld.

Elinor keek vragend naar het meisje dat met de boodschap was gekomen, maar die haalde haar schouders op en zei dat ze geen idee had waar het over ging.

'Succes,' zei ze met haar hoofd schuin.

Elinor mocht haar baan niet kwijtraken. Dan zou haar familie het niet redden.

De lift ging omhoog en stopte op de begane grond en direct voor het kantoor, dus Elinor hoefde de gasten niet in verlegenheid te brengen met haar huidskleur. Ze zouden zich misschien doodschrikken als ze een zwarte vrouw in de gang van het hotel zouden aantreffen, dacht ze droogjes voordat haar maag weer ineenkromp van de zenuwen.

Ze klopte voorzichtig op de deur van het kantoor.

'Kom binnen, Elinor.'

Ze was eerder in het kantoor geweest toen Miss Lansing had

besloten in haar kantoor te eten in plaats van in haar suite, wat zo nu en dan gebeurde.

Deze keer had Elinor niets in haar handen, waardoor ze niet goed wist waar ze die moest laten. Ze haakte ze in elkaar terwijl ze naar het bureau van Miss Lansing liep.

'Ga zitten. Kan ik je iets te drinken aanbieden? Sinaasappelsap, thee, koffie?' vroeg haar bazin.

Elinor schudde haar hoofd terwijl ze plaatsnam.

'Nee, dank u wel,' zei ze. Stel je voor dat ze morste op dat prachtige bureau.

Miss Lansing leunde achterover in de grote leren fauteuil. Ze zag er blij uit. Elinor had geen flauw idee wat dat betekende. Alsjeblieft, alsjeblieft, zeg het snel, dacht ze. Elke vezel in haar lichaam had zich voorbereid op het ergste.

'Je bent natuurlijk benieuwd waarom ik je bij me hebt geroepen. Je hoeft niet ongerust te zijn, het is goed nieuws.'

Elinor slaakte een diepe zucht en ademde opgelucht uit. Ze zakte wat terug in de stoel, maar herstelde zich snel en ging weer rechtop zitten.

Miss Lansing glimlachte. 'Vanaf nu ben je de nieuwe gardemanger en heb je de leiding over de koude keuken.'

Elinor staarde haar aan. Ze kon geen woord uitbrengen. Zeg iets, zei ze tegen zichzelf.

'Dat betekent dat je de verantwoordelijkheid krijgt over vijf medewerkers en een van de souschefs van Flanagans wordt wanneer Mr. Talbot met pensioen gaat. Gefeliciteerd, Elinor. We zijn zo blij dat je hier bij ons werkt. Natuurlijk brengt dit een aantal veranderingen met zich mee, niet in de laatste plaats een eigen kamer en meer loon.'

Elinor begon te trillen. Ze vocht tegen de brok in haar keel. Zij, Miss Elinor Morrison, was de eerste zwarte leidinggevende in Flanagans.

De tranen schoten in haar ogen, ze kon er niks aan doen. Dit was het gelukkigste moment in haar leven. Ze stak haar hand uit naar Miss Lansing, maar ze kon de woorden 'dank u wel' niet uitbrengen.

Miss Lansing schudde haar hand en glimlachend bracht ze een trillende Elinor naar de deur.

Toen Elinor in de keuken uit de lift stapte, botste ze tegen Sebastian Lansing op, Miss Lansings neef. Om zijn mond had hij een brede glimlach. Iedereen wist wie hij was, omdat hij vaak in de keuken was te vinden om een praatje te maken met het personeel. Hij flirtte, maar op een leuke manier. Hij was een van hen.

Ze was nog steeds helemaal beduusd van het nieuws. 'Ik heb een nieuwe baan gekregen.'

'Dus mijn nicht heeft eindelijk ingezien wat een schat je bent,' zei hij zacht. Aftastend legde hij een hand om haar middel.

Ze knikte, terwijl hij haar naar zich toe trok.

'Mooie vrouwen zoals jij moeten beloond worden,' fluisterde hij in haar oor.

Ze duwde hem onmiddellijk weg. Die baan had ze niet gekregen omdat ze mooi was.

Toen Emma en Elinor elkaar later troffen in de kamer die ze deelden, straalden ze allebei.

'Ik mag blijven,' zei Emma bedachtzaam. 'Ik kreeg complimenten, dat had ik nou nooit gedacht.'

Emma is echt niet erg ordelijk, dacht Elinor en ze keek naar het deel van de kamer dat van haar kamergenote was, maar ze is veel ambitieuzer dan de andere meisjes hier. Ze kan ver komen als ze wil. En Elinor hoopte dat zij en Emma vriendinnen zouden blijven, ook wanneer ze geen kamer meer deelden. Over sommige zaken zouden ze misschien niet meer kunnen praten, maar ook nu roddelden ze niet bijzonder veel, dus dat zou vast geen probleem worden.

'Maar, wat doe je? Ga je op reis?' vroeg Emma toen Elinor naar de kledingkast liep en haar koffer pakte. Nadat ze die open op haar bed had gelegd, liep ze terug naar de kledingkast.

'Nee, ik heb een andere kamer gekregen.' Voorzichtig haalde ze er in één keer een paar kleerhangers uit. Ze wilde niet dat de blouses zouden kreukelen. De kriebels van geluk zorgden ervoor dat ze haar handen haast niet stil kon houden.

'O nee, we hadden het zo gezellig. Met wie moet ik nu mijn kamer delen?'

Emma's egoïsme stoorde Elinor niet. Dat is een deel van haar ambitieuze kant, dacht ze, en ze heeft een goed hart. Zo veel had Elinor wel begrepen tijdens de weken dat ze een kamer hadden gedeeld.

'Dat weet ik eigenlijk niet.' Ze trok haar bureaula open en haalde er het stapeltje ondergoed uit. Ze herinnerde zichzelf eraan dat ze de kledingstukken die ze in hun wc te drogen had gehangen, niet moest vergeten.

Ze had geen idee hoe haar nieuwe kamer eruit zou zien. Tot nu toe had ze alleen deze kamer gehad en nog een die ze met een paar andere keukenhulpen had gedeeld. Vanbinnen gierde het. Een eigen kamer. Wat zouden haar vader en moeder trots zijn. Ze verheugde zich erop om hun het blije nieuws te vertellen. Een glimlach verspreidde zich over haar gezicht terwijl ze de la weer dichtschoof.

'Je lijkt blij te zijn dat je naar een andere kamer gaat,' sipte Emma. 'Vond je het niet leuk met mij?'

Elinor ging naast haar zitten.

'Kun je een geheimpje bewaren?'

'Ja, natuurlijk. Ik zweer het op mijn moeders bijbel. Wat is het?'

'Ik heb een nieuwe functie gekregen. Ik word chef van de koude keuken en daarom krijg ik een eigen kamer.' Elinor durfde Emma nauwelijks aan te kijken en schrok toen ze plotseling de armen van haar vriendin om zich heen voelde.

'O, wat een geweldig nieuws! Wat ben ik blij voor je. Stel je voor, je wordt chef. Mijn hemel.' Toen liet ze plotseling haar armen zakken.

'Maar kunnen we dan geen vriendinnen meer zijn? Word je dan te deftig?'

'Natuurlijk kunnen we vriendinnen blijven,' glimlachte Elinor. 'Ik vind het fijn om jou als vriendin te hebben. Maar sommige dingen kunnen we elkaar niet meer vertellen. We mogen het niet over collega's hebben en niet kletsen over wat er in het hotel gebeurt. Beloof je me dat?'

'Jaja, ik zal over niemand wat zeggen, ik beloof het. Nogmaals gefeliciteerd.' Haar glimlach was breed en oprecht, en Elinor kreeg het warm van alle erkenning die ze kreeg.

6

Emma keek geïnteresseerd naar Alexander, de nieuwe jongen bij de receptie. Hij had gezegd dat 'haar ogen dezelfde kleur hadden als het water in de meren bij hem thuis. Blauw, en ook weer niet. Een vleugje bos en zonneschijn'. Hun blikken hadden elkaar gekruist en onmiddellijk had ze zich opgeruimd gevoeld. De mannen in het hotel flirtten met haar, maar niet bijzonder subtiel. Alexander was anders.

Dit was immers het jaar waarin ze haar onschuld zou verliezen en de vraag was wie de eer zou krijgen. Alexander stond er op dit ogenblik erg goed voor en daarom schonk ze hem haar meest stralende lach, waarna ze de trap af daalde naar de keuken.

'Kun je me helpen?' vroeg Elinor die de pas geleverde houten kratten met etenswaar uitpakte. 'Ik moet dit in de koeling opbergen, dus jij mag de fruitschaal doen die naar de suiteverdieping moet.'

'Heb je Alexander gezien?'

'Wie?'

'Die blonde jongen die bij de receptie werkt?'

'Nee, waarom vraag je dat?'

'Ik vroeg het me gewoon af.' Emma pakte de appels en legde die op de grote schaal die Elinor had klaargezet.

'Je moet naar de appels kijken voordat je ze op de schaal legt. Bij het kleinste bruine vlekje gaan ze terug naar de leverancier.'

'Waarom heb je zo'n grote schaal gepakt?' vroeg Emma terwijl ze de appel van alle kanten bekeek. Ze had zo'n zin om een hap te nemen. Hij zag er zo sappig en lekker uit.

'Hij moet naar de zithoek op de vijfde verdieping. Hier zijn de peren. Kijk die ook even na, wil je.'

Na twee maanden begon Emma zich iets meer thuis te voelen in Flanagans. Ze kreeg van alles te doen. Ze moest Elinor helpen, de linnenkamer beheren, in de salon serveren en boodschappen doen voor gasten. Ze had geleerd zich glimlachend terug te trekken uit situaties met mannen die avances maakten, drie borden tegelijk te dragen en net gemangelde tafellakens zo te vouwen dat het hoofd van de huishouding goedkeurend knikte.

Het enige wat ze niet echt leuk vond, was schoonmaken. Toch moest ze dat af en toe doen. Ze deed het met tegenzin.

'Je moet waarschijnlijk de helft weggooien,' zei ze nu tegen Elinor, die naar een kist sinaasappels wees. 'Er wordt hier niet echt zuinig omgegaan met het geld van het hotel, hè?'

Elinor haalde haar schouders op. 'Misschien niet, maar ik ben niet degene die daarover beslist,' zei ze. 'Ik moet het mooi maken voor onze speciale gasten, dat is mijn enige taak op dit ogenblik. Miss Lansing was daar heel duidelijk over.'

Emma pakte de serveerwagen waarop ze de schaal naar boven zou brengen. Daarna vulde ze kannen met ijswater en pakte uit een van de glazen vitrines waterglazen die ze op het wagentje zette.

'Vergeet de bordjes en de linnen servetten niet,' bracht Elinor haar in herinnering terwijl ze haar schort afdeed. 'Ik neem nu pauze.'

'Mr...'

'Winfrey.'

'Mr. Winfrey, welkom in Flanagans.' Alexander glimlachte naar de gast aan de andere kant van de balie. 'Is dit uw eerste bezoek bij ons?'

De rijzige man knikte. 'Ja, dat klopt. Ik heb zo veel goeds over dit hotel gehoord dat het tijd werd om het een paar nachten uit te proberen.'

Een Amerikaan. Dat was te zien. Engelsen droegen hun hoed

nooit schuin over een oog. Met dat uiterlijk zou je bijna denken dat hij een filmster was. Dat soort mensen bezochten het hotel regelmatig. Alexander had velen van hen ingecheckt, maar Mr. Winfreys naam kwam hem niet bekend voor.

Alexander droomde ervan ooit naar Amerika te reizen, maar het was een kostbare reis en het zou lang duren voordat hij zo veel geld bij elkaar had gespaard.

'Dan heet ik u van harte welkom,' zei hij en hij verwees de man naar de conciërgebalie, waar hem zijn sleutel zou worden overhandigd. 'De liften vindt u daar verderop. Jonas komt zo meteen met uw bagage.'

'En het diner?' vroeg de man.

Alexander keek op zijn horloge.

'Over een uur, sir.'

'Hoef ik geen tafel te reserveren?'

'Daar zorg ik voor.'

'Bedankt.'

Toen Alexander de personeelsruimte binnenkwam, trof hij het blonde meisje met de mooie ogen in het gezelschap van het donkere meisje, dat al even betoverend was. Hij liep met uitgestrekte hand naar hen toe.

'Wij hebben elkaar eerder vandaag gezien,' zei hij. 'Maar ik was zo onbeleefd om me niet fatsoenlijk voor te stellen. Ik ben Alexander Nolan en werk sinds een paar weken bij de receptie.'

Achter hem vulde de personeelsruimte zich met personeel van wie de dienst erop zat en met personeel van wie de dienst moest beginnen. Men had het erover om naar de pub te gaan, en algauw bevond Alexander zich tussen twee koks die hem enthousiast mee naar buiten de straat op trokken, gevolgd door een groep waar hij slechts één persoon van herkende. Het blonde meisje met de stralende ogen. Emma.

Het was lawaaierig en druk in de pub. De muziek was luid.

De sfeer aan de tafel werd steeds vrolijker en Alexander was blij dat hij was meegegaan. Hij had een pint voor zich staan en keek nieuwsgierig het lokaal rond toen Emma naast hem kwam zitten. Ze was jong, waarschijnlijk nog geen twintig, maar bekoorlijk in haar enthousiasme om zoveel mogelijk plezier te maken. Haar levendige ogen bekeken de muzikanten terwijl ze heen en weer wiegde op de maat van de muziek.

'Leuk je weer te zien,' zei hij.

'Dank je, insgelijks,' glimlachte ze en bleef hem aankijken.

'Mag ik je een biertje aanbieden?' vroeg hij. Hij moest iets zeggen om niet in die ogen te verdrinken.

Ze schudde haar hoofd. 'Nee, bedankt, ik drink geen alcohol.'

Hij haalde zijn schouders op. 'Iets anders misschien. Fris? Thee?'

'Nee, bedankt, het is goed zo.'

Ze zag er gelukkig uit, dacht hij en hij leunde dichter naar haar toe. 'Ben je verliefd?' fluisterde hij, een beetje ongerust dat ze ja zou zeggen.

'Ja, dat klopt,' antwoordde ze glimlachend. 'Op het leven.' Ze spreidde haar armen alsof de pub een veld met bloemen was, klaar om geplukt te worden.

'Dat was poëtisch,' zei hij en hij lachte opgelucht.

'Ja, misschien wel.' Haar glimlach was warm.

Ze was betoverend. Hij nam een slok van zijn bier en keek nieuwsgierig naar haar. 'Hoe komt het dat je zo van het leven houdt?'

'Ik heb een baan, ben ongetrouwd en zo vrij als een vogel.'

'Dat gaat helaas voorbij,' zei hij rustig.

Hij was net zo geweest. Plotseling had de wereld zich geopenbaard en zich als een Zweeds smörgåsbord voor hem uitgespreid. Nu voelde hij dat niet meer zo, hoewel hij niet heel veel ouder was dan zij.

'Denk je?'

'Ja. Straks ben je verliefd en dan wil je niets liever dan trouwen.' Hij glimlachte.

'Hè? Niets liever dan trouwen?' Ze lachte kort. 'Ik ga nog liever dood.'

'Wat ga je dan met je leven doen?'

'Ik ga hard werken en rijk en onafhankelijk worden.'

'Zonder liefde?'

'Hopelijk.'

Hij ontmoette haar vurige blik en bedacht dat ze nog niet doorhad hoe levensgevaarlijk haar uitstraling was. De mannen zouden aan haar voeten liggen. Ze zag eruit als een tere bloem, maar haar ogen verraadden een ambitie en meedogenloosheid die niet af te leiden waren uit haar verschijning. Het was opwindend, moest hij toegeven.

'Ik denk dat ik je toch maar een beetje in de gaten hou,' zei hij half gekscherend, half serieus. 'Ik ben er niet van overtuigd dat je het anders redt.'

'Als een grote broer?' vroeg ze met een glimlach.

'Nou,' zei hij. 'Meer als een ervaren soort van... vriend.'

'Goed,' zei ze. 'Ik wil graag veel vrienden hebben. Maar wat bedoel je met "ervaren"?'

Haar ogen werden ietwat dromerig. Dat waren ze ook geweest toen ze elkaar ontmoetten. Nu bevond hij zich op glad ijs. Wat zei die blik eigenlijk? Hij had dat soort dingen altijd kunnen duiden, maar nu was hij in de war. Ze wilde geen liefde. Maar wilde ze misschien wel...

Hij was geen vrouw meer tegengekomen die haar lichaam kon geven zonder ook haar ziel te overhandigen, sinds hij zijn onschuld had verloren aan de oudere vrouw die vervolgens zijn hart had gebroken.

Hij slikte een paar keer.

'Wat voor soort vriend heb je nodig?'

7

Linda bleef staan bij de receptie en keek nadenkend naar de man die incheckte. Waar had ze hem toch eerder gezien? Met zijn lengte zou ze zich hem toch moeten herinneren. Gasten kwamen en gingen, het was onmogelijk iedereen te onthouden, maar terugkerende gasten probeerde ze altijd te herkennen. Hij was knap, constateerde ze, maar dat waren er zo veel. Kom op, ze kon hier echt niet naar een van haar gasten staan staren. Ze haastte zich door de ontbijtzaal naar de trap die naar de keuken voerde.

Mr. Duncan zat zoals gewoonlijk in zijn kantoor toen Linda binnenkwam. De kamer was gezellig, daar had zijn vrouw voor gezorgd. In een hoek, achter een stevig, in donkerbruin hout uitgesneden scherm stond zijn bed, waar hij rustte tijdens lange diensten. Het was nog gedeeltelijk te zien en Linda zag dat het zoals gewoonlijk onberispelijk was opgemaakt. Krijtwitte lakens met daarop een klein onhandig genaaid kussentje dat vast door een van zijn kinderen was gemaakt.

Linda was zich er pijnlijk van bewust dat ze veel te weinig wist over het privéleven van haar personeel. Wat deden ze in hun vrije tijd? Ze hadden immers allemaal één dag in de week waarop ze niet in het hotel hoefden te zijn. Misschien gingen ze naar de bioscoop. Of aten ze bij hun familie als ze die hadden. Omdat ze een bijzondere interesse voor de ambitieuze Elinor had, wist Linda dat de jonge vrouw verschillende cursussen volgde, om haar kennis te vergroten. Misschien gold dat voor meer personeelsleden? Dat soort dingen zou ze echt moeten weten.

Het was niet dat ze niet geïnteresseerd was, want dat was ze wel degelijk. Ze wist dat de chef-kok een vrouw en drie kinderen had, omdat de vrouw met enige regelmaat langskwam om een nieuwe foto van de kinderen in het kantoor op te hangen. Ze kon niet uitmaken of het uit zorgzaamheid was of om haar man eraan te helpen herinneren dat hij een gezin had. Het kon zomaar dat laatste zijn.

'Chef Duncan, hoe gaat het?' vroeg ze terwijl ze tegenover hem ging zitten.

De geuren uit de keuken drongen het kantoor binnen. Ineens besefte ze hoe hongerig ze was. Hierna zou ze om een bord vragen dat ze mee naar boven kon nemen.

'Dank u, Miss Lansing, alles loopt op rolletjes. Veel te doen, maar de sfeer in de keuken is prima.'

Linda wist niet of ze dat moest geloven, want hij regeerde zijn manschappen met ijzeren hand en wee degene die fouten maakte. Het kwam voor dat hij zo hard schreeuwde dat het gemor van het personeel tot in haar kantoor te horen was. Hij kon leerlingen laten trillen van angst. Aan de andere kant leek hij af en toe een goed hart te hebben en Linda kon zich niet herinneren wanneer hij voor het laatst iemand had ontslagen. Het bleef meer bij dreigementen.

Op één incident na.

Na het afschuwelijke verhaal met de kokende olie had een jongeman moeten vertrekken. De jonge kok was dronken op het werk verschenen, had erop gestaan mee te helpen een steelpan te verplaatsen. Hij had hem uit de handen van zijn collega getrokken, die de pan had losgelaten, waardoor de olie op zijn been terecht was gekomen, met zware brandwonden tot gevolg. Als chef-kok Duncan Linda had geraadpleegd, wat hij zeer zelden deed, zou zij ook hebben geadviseerd de jongen te ontslaan. Dronkenlappen konden ze in de keuken niet gebruiken. De jongen was de keuken uitgegooid en sinds dit voorval was er zelfs niemand met een kater op het werk verschenen.

Linda ging zitten en sloeg haar ene been over het andere. Ze pakte de gastenlijst aan die chef-kok Duncan haar aanreikte.

'De reserveringen voor vanavond,' zei hij.

'Het is niet volgeboekt,' zei Linda en ze fronste haar voorhoofd. 'Donderdag. Er zouden meer reserveringen moeten zijn dan op deze lijst staan.'

'Ja, ik weet het. Nu heb ik niet de meest recente lijst van de receptie gekregen, maar het zullen er vast niet zo veel meer worden.'

'Begrijpt u waarom? Het hotel zit immers vol.' Ze keek hem vragend aan.

Hoewel het hotel tegenwoordig met winst draaide, stak de oude onrust dat ze Flanagans niet rendabel kon houden de kop weer op. Het had haar zo veel moeite gekost om het tij de afgelopen jaren te keren, dat het minste teken dat de zaken niet volgens plan gingen, haar onrustig maakte.

Hij keek haar aan en knikte. 'Het komt door dat restaurant iets verderop in de straat,' zei hij. 'Bent u daar weleens geweest?'

Linda schudde haar hoofd. 'Nee, ik weet natuurlijk dat er iets nieuws is geopend, maar ik dacht dat het… Vertel, waarom pikken ze onze gasten in?'

Hij zuchtte. 'Volgens mijn bronnen is het goedkoper, terwijl ze tegelijkertijd met fantastische ingrediënten werken. Vraag me niet hoe dat samengaat,' zei hij. 'Maar het is pas twee weken open, en nu al staan de mensen ervoor in de rij.'

Dat het daar goedkoop was, dat wist ze. En ze had gedacht dat dat nu net een garantie was dat haar gasten daar niet naartoe zouden gaan. Ze had er niet op gerekend dat het restaurant goedkoop én goed was. Er waren erg weinig van zulke eetgelegenheden in Londen.

'We kunnen het ons niet permitteren om gasten kwijt te raken aan een nieuwe tent verderop in de straat,' zei ze. 'Ik verwacht dat u ervoor zorgt dat we ook in het nieuwe decennium de concurrentie aankunnen. Dat is toch geen probleem voor u, chef Duncan? Als er een nieuwe ster in de keuken moet komen, dan moeten we die aantrekken.'

Hij schudde ijverig zijn hoofd. Zijn kale schedel glom in het schijnsel van de plafonnière. 'We moeten natuurlijk een oplossing vinden. Ik heb al een gesprek gehad met een van de grotere talenten in de stad, die bovendien in Amerika heeft gewerkt,' zei hij. 'Vertrouw me. Ik zal zorgen dat het goed komt.'

Toen ze de keuken binnenkwam, verstomde het geroezemoes. Koksmutsen werden rechtgezet, keukenhulpen begonnen werkbladen te schrobben en verderop glipte iemand de koelruimte in.

'Goedemiddag,' zei ze luid en ze knikte glimlachend. 'Ik heb een ontzettende honger en het ruikt hier verrukkelijk.'

Even later kon ze een bord met een kalfsfilet en gebakken aardappeltjes met een klodder dragonsaus mee naar boven nemen.

Wijn had ze nog genoeg op haar kantoor.

De telefoon ging precies op het moment dat Linda haar appartement binnenkwam en ze nam met een zucht op. Ze had het koud, eigenlijk had ze allang in bad moeten liggen, maar haar bezoekje aan de keuken had wat langer geduurd en daarna was ze in haar bureaustoel blijven zitten met een glas wijn in haar hand. Het eten was lekker geweest, maar helaas niet meer dan dat. Er miste iets, maar ze was niet de juiste persoon om te zeggen wat. Bovendien had ze zo'n honger gehad dat ze de helft al had opgegeten voordat ze proefde hoe het smaakte.

'Linda, darling,' kwetterde Mary aan de andere kant van de lijn. 'Heerlijk dat ik je eindelijk te pakken heb, je weet dat ik vind dat je te hard werkt. Kom in plaats daarvan eens hiernaartoe. De tweeling vraagt naar je en ik verveel me stierlijk. Wanneer kun je komen?' vroeg ze.

Linda trok de plaid die op de rand van het bed lag over zich heen. Het was altijd leuk om met Mary te praten. 'Lieve schat, ik heb een hotel te runnen en dat weet je heel goed. Nog niet zo lang geleden heb je me er zelfs bij geholpen.' Zonder Mary's zakelijk talent had Linda het de eerste jaren in Flanagans nooit gered. Ze was een creatief wonder.

'O, wat mis ik die tijd,' kreunde Mary. 'Maar ook een bedrijfsleidster heeft een vrij weekend nodig met lekker eten en lange gesprekken met haar beste vriendin.'

De gedachte aan frisse lucht en Mary was ontegenzeggelijk een verlokkelijke combinatie.

'Wanneer je mijn charmante nietsnutten gedag hebt gezegd, kan ik ze overdragen aan het kindermeisje en dan kunnen jij en ik ons wijden aan roddel, misschien een eindje paardrijden of gewoon een lome middag met veel wijn voor het haardvuur. Jij mag het zeggen.'

Een dag op het platteland. Even alle sores vergeten. Ze was vaak genoeg bij haar vriendin geweest om te weten dat je er geen vinger hoefde uit te steken als je dat niet wilde. Het personeel kwam zodra Mary het kleine belletje gebruikte. Er was daar niet veel veranderd sinds de negentiende eeuw.

'Alsjeblieft?' smeekte Mary.

Linda aarzelde, maar hakte toen de knoop door. 'Ja, oké, ik kom,' zei Linda. 'Ik vertrek morgenochtend vroeg, want vanavond red ik niet meer. Alleen jij en ik, hoop ik?'

'Alleen wij,' bevestigde Mary. 'O, wat leuk. Ik ga meteen je komst voorbereiden. Zal ik een auto sturen?'

'Nee, ik kom met de trein.'

'Natuurlijk, moderne vrouw die je bent,' lachte Mary gelukkig. 'Darling, we zien elkaar morgenochtend. Je bent van harte welkom.'

Het enthousiasme van haar vriendin werkte aanstekelijk. 'Bedankt. Ik verheug me erop je weer te zien.'

Toen ze had opgehangen, vroeg ze zich af waarom ze had getwijfeld. Ze was echt niet onmisbaar in het hotel. Dat was immers de reden dat ze op alle posities managers in dienst had genomen, en ze hoefde hen niet continu te controleren. Ze had iedereen met veel zorg gekozen en ze zouden haar waarschijnlijk geen moment missen. Er waren natuurlijk een paar gasten die verwachtten haar te zien, maar die moesten het maar een dag zonder haar stellen. Het ging tenslotte maar om een dag.

Ze schopte haar schoenen uit en trok haar panty uit. Daarna liep ze op blote voeten naar de badkamer en draaide de kranen open. Terwijl de badkuip vol stroomde met water, kleedde ze zich rillend verder uit. De jurk hing ze op de kleerhanger bij de deur. Die moest gewassen worden. Ze wilde het personeel eigenlijk niet lastigvallen met wat zij beschouwde als privéopdrachten, maar haar kleren stuurde ze met de was van het hotel mee. Dat was praktisch, en aangezien ze zo veel werkte, was het niet iets waar ze over aarzelde. In haar kledingkast hingen verschillende jurken die weg moesten worden gebracht. Ze zou het aan het hoofd van de huishouding vragen voordat ze naar Mary vertrok.

Ze doopte een teen in het warme water en liet zich er vervolgens langzaam, centimeter voor centimeter, in zakken. Het water was zo heet dat het voelde alsof haar huid losliet. Ze haalde diep adem. God, wat heerlijk, dacht ze, toen ze haar hoofd tegen de rand van de badkuip liet rusten. Over een uur zou ze in de eetzaal zijn en zoals altijd stralen, maar op dit moment kon ze even ontspannen en gewoon zichzelf zijn.

Ze pakte het washandje, doopte het in het water en wreef het over de zeep die op de rand van het bad lag. Terwijl ze zich van top tot teen waste, dacht ze aan de komende dagen bij Mary. Het leven dat ze nu leidde, was niet te vergelijken met hoe haar leven er had uitgezien toen ze in Londen was aangekomen. Het was alsof er een heel leven voorbij was gegaan sinds ze de onzekere jonge vrouw was geweest die nauwelijks met het personeel had durven praten, die te dun was geweest, met haar tot aan haar middel, en die had gewiebeld op hakken die haar stakerige benen niet aankonden.

De jaren hadden haar veranderd. Teleurstelling en verdriet hadden haar sterk gemaakt, maar ook cynisch. Tien jaar geleden was ze naïef geweest, maar dat was ze nu niet meer. Dat Laurence weer op oorlogspad was, viel haar zwaar, en ze maakte zich geen enkele illusie dat ze ooit samen door één deur zouden kunnen. Sebastian zei niet zo veel, maar hij stond aan de kant van zijn broer. Toch was hij anders. Een nonchalante charmeur die door de vrouwen verafgood werd. Laurence was ijskoud.

Linda was er vrij zeker van dat Laurence in 1952 achter de brand in het hotel had gezeten. Het was puur geluk geweest dat het vuur niet verder om zich heen had gegrepen, had de brandweercommandant gezegd toen hij constateerde dat er sprake was van brandstichting. Ze hadden alle evenementen voor een hele maand moeten annuleren omdat de salon zwaar beschadigd was, wat grote gaten had geslagen in de toch al broze financiële situatie van Flanagans. Maar Linda was in de eerste plaats dankbaar dat er geen gasten gewond waren geraakt. De gedachte alleen al...

Laurence was niet goed bij zijn hoofd. Hij deinsde nergens voor terug en het was tijd dat onder ogen te zien. Maar goed dat hij me in elk geval waarschuwde, dacht Linda bitter.

Ze miste een vrouw met wie ze ideeën kon uitwisselen. Lange tijd was Mary die vrouw voor haar geweest, maar nadat haar vriendin was getrouwd en naar het landgoed was verhuisd, was hun relatie logischerwijs veranderd. De late avonden in Flanagans waarop de twee vriendinnen feesten planden, waren nu slechts een herinnering.

Ze spetterde met haar voeten. Het warme water had zijn werk gedaan en had de kou uit haar lijf verdreven. Ze wierp een blik op de klok op het plankje boven de wastafel. Over vijfendertig minuten moest ze zich mengen tussen de dinergasten in het restaurant. Hen verwelkomen. Vragen of alles naar wens was. De mannen die zonder vrouwelijk gezelschap waren, charmeren en de vrouwen die de weg naar het hotel hadden gevonden, complimenten maken.

Het was een doodgewone avond in Flanagans.

Linda bleef met gefronst voorhoofd bij de ingang staan. Je kon niet zeggen dat het restaurant gapend leeg was, want dat was absoluut niet het geval, maar een groot deel van de gasten die hadden gereserveerd, had eerder die dag afgezegd. In slechts twee weken tijd waren ze de helft van de avondomzet kwijt. Kwam het door het restaurant even verderop in de straat, dat zo snel en overtuigend de restaurantgasten bij hen had weggekaapt? Moest ze met eigen ogen gaan kijken wat het zo populair maakte? Ze gebruikten mooie, verse ingrediënten had chef Duncan gezegd, maar ze gebruikten bij Flanagans ook uitstekende ingrediënten, het moest dus wel de prijs zijn.

Hoe kon dat restaurant zulke goede prijzen krijgen van hun leveranciers, terwijl zij die niet kreeg?

Toen kreeg ze een idee. Ze zou gewoon een van haar personeelsleden sturen. Iemand met een neus voor service en eten. En daarna moest ze misschien chef Duncan vragen om iemand uit de keuken van de concurrent te stelen? Dat zou niet al te moeilijk moeten zijn. Zoveel eetgelegenheden met zo'n goede naam als Flanagans waren er tenslotte niet.

Haar humeur knapte meteen op. Ze stapte de eetzaal binnen en liep met een brede glimlach naar de eerste ronde tafel, waar alleen mannen zaten.

'Zo leuk om jullie hier vanavond te mogen verwelkomen,' zei ze en ze legde licht haar hand op de schouder van een van de mannen, terwijl de anderen jaloers naar het subtiele, onschuldig flirtende gebaar keken.

'Het is altijd weer leuk en lekker om bij jou te zijn, Linda,' zei hij en hij gaf een klopje op haar hand.

Langzaam trok ze haar hand weer terug. 'Ik ben blij te horen dat jullie het naar jullie zin hebben. Laat het me weten als jullie iets nodig hebben.'

Ze wist dat vier paar ogen haar achterste bestudeerden toen ze verder liep naar de volgende tafel. De blikken waren onschuldig en dom, maar aangezien ze hun geld nodig had, moest ze dat gewoon voor lief nemen.

Zolang ze maar hun zaken in Flanagans bleven doen, mochten ze staren zoveel ze wilden.

8

Elinor keek naar Emma toen ze binnenkwam. Ze had zich zo sterk opgemaakt dat ze nog het meest op een clown leek. Elinor moest er iets van zeggen, daar was je vriendinnen voor.

Ze schraapte haar keel. 'Je bent het liefste meisje dat ik ken, maar nu heb je toch wel wat te veel make-up opgedaan.'

'Vind je? Ik heb geen goede spiegel, dus het is lastig te zien op mijn kamer,' zei Emma.

Elinor was opgelucht dat Emma niet beledigd was.

'Ik weet het,' antwoordde Elinor. 'Bovendien is het licht slecht, omdat het raam zo hoog zit.'

Ze pakte haar eigen spiegel en gaf die aan Emma. 'Ga bij het raam staan, dan zie je het beter.'

Emma slaakte een kreet toen ze zichzelf in de spiegel zag. 'O nee, ik zie er niet uit! Heb jij iets waarmee ik het eraf kan halen?'

Elinor liep naar haar kleine wastafel en maakte een washandje nat. 'Hier. Maak je wangen en je lippen maar schoon, de rest kun je laten zitten.'

'De mascara?'

'Laat die maar zitten. Die is mooi.'

'Maak jij je nooit op?' Emma wreef over haar wangen zodat ze een natuurlijk rode kleur onder haar sproeten kregen.

Elinor haalde haar schouders op. 'Soms gebruik ik een beetje lippenstift. Make-up wordt gemaakt voor witte mensen.'

Emma keek haar aan. 'Als ik het liefste meisje ben, dan ben jij het mooiste meisje dat ik ooit heb gezien en je hebt niet meer kleuren nodig,' constateerde ze.

Het compliment deed Elinor blozen. Ze had er eigenlijk nooit over nagedacht hoe ze eruitzag. Ze vond het niet echt belangrijk en in haar familie werd er over dat soort zaken niet gepraat. Haar moeder zei weleens dat ze zo sterk was, maar Elinor had haar nog nooit een opmerking horen maken over haar uiterlijk, noch over dat van een ander. Haar vader gaf haar soms een aai over de bol, maar of het een uiting van liefde was, viel moeilijk te zeggen. Haar moeder was goed met woorden en haar vader was handig met praktische zaken. Elinor had altijd gedacht dat ze juist daarom goed bij elkaar pasten.

Toen Elinor haar moeder had verteld over haar nieuwe baan, had ze gehuild. 'Omdat ik zo trots ben,' had ze gesnikt. 'George, zeg dan toch iets,' had ze haar vader aangespoord. Hij had zijn hand uitgestrekt en Elinor over haar hoofd geaaid.

Emma onderbrak Elinors gedachten. 'Zullen we gaan?'

'Moeten we nog even bespreken hoe we het gaan aanpakken?'

'Nee hoor. We doen wat Miss Lansing heeft gezegd. We kijken hoe ze werken en of het eten goed is. Zo moeilijk kan dat toch niet zijn? Ik ben nog nooit in een restaurant geweest. Jij wel?' Emma trok haar jas aan, die ze op het bed had gegooid toen ze haar gezicht had gewassen.

Elinor pakte haar jas uit de kledingkast, die ze daar altijd meteen terughing zodra ze hem had gebruikt. Ze was de meeste dagen van de week binnen en het irriteerde haar wanneer het rommelig om haar heen was. Godzijdank hadden Emma en zij maar een paar weken een kamer gedeeld, want het leek onmogelijk voor Emma om haar spullen daar op te bergen waar ze hoorden.

'We gaan één keer per jaar naar een pub wanneer mijn moeder haar kerstgratificatie krijgt.' Elinor stopte de ponden die Miss Lansing haar had gegeven in haar handtas. Ze had hun opgedragen om zoveel mogelijk te bestellen.

'Wat spannend,' zei Emma opgewonden. Ze kon nauwelijks stilstaan.

'Heb je geen sjaal?' vroeg Elinor. Ze reikte naar een sjaal die haar moeder had gebreid. 'Misschien moeten we wel een tijdje buiten wachten.'

'Dank je.' Emma wikkelde de sjaal om haar nek en drukte haar hoed tot over haar oren. 'Kom.'

Ze hingen hun jassen op aan de kapstok bij de deur. Elinor keek om zich heen. Op een bepaalde manier was het restaurant huiselijk. Een pub en toch ook weer niet. Er was een bar waar een paar mannen bier stonden te drinken. De muren waren voorzien van lambrisering in plaats van behang.

Emma en Elinor kregen een tafel vlak bij een van de grote ramen toegewezen. De stoelen zaten erg lekker. De gasten om hen heen wierpen hun even een blik toe, maar zetten hun gesprek weer snel voort.

Het personeel zag er vrolijk uit. Ze renden allemaal rond met een hele rij borden, die ze keurig uitserveerden. Elinor telde er acht op de arm van een van de obers. Hoe kreeg hij dat voor elkaar?

'Doe je mond dicht,' zei ze tegen Emma.

Ongegeneerd observeerde Emma iedere gast van top tot teen. Ze strekte haar nek zodra een van de obers met een bord voorbijkwam en volgde met haar blik iedere persoon die opstond.

Ze perste haar lippen op elkaar en siste: 'Zo goed?'

Elinor glimlachte. 'Ja, veel beter.' Ze boog zich naar voren en fluisterde: 'Ze kunnen maar beter niet weten hoe onervaren we zijn.'

Emma knikte. 'Daar heb je gelijk in. Maar waar zullen we mee beginnen?'

Zo nonchalant mogelijk tilde Elinor de menukaart op en wenste bijna dat ze die in haar handtas mee kon smokkelen. Wat zou dat voor indruk maken? In plaats daarvan moest ze proberen te onthouden wat erop stond: biefstuk, kaviaar, omeletten, zalm, worst. Er stond zelfs kreeft op het menu. Elinor vond de combinaties erg verwarrend. Kreeft op een biefstuk, bijvoorbeeld? Dat klonk onsmakelijk. Ze rilde. Zoiets serveerden ze niet bij Flanagans. Verder zag ze een gerecht dat ze hamburgers noemden. Gemalen vlees op een broodje. Ze had erover gehoord, maar haar collega's hadden gezegd dat het alleen in Amerika te krijgen was. Misschien kwam daar ook het idee van kreeft op een biefstuk vandaan.

Naast hen kuchte iemand. 'Klaar om te bestellen? Hebben jullie een keuze kunnen maken?'

Elinor en Emma keken tegelijk op. Emma schonk de ober een van haar stralendste glimlachjes.

'Er is hier zoveel keuze dat ik helemaal duizelig in mijn hoofd word,' zei ze lieflijk. 'Kunt u niet voor ons kiezen?' Ze hield haar hoofd schuin en knipperde met haar grote opgemaakte ogen.

Goed zo, Emma, dacht Elinor. Zelf zou ze nooit op die manier kunnen acteren, maar Emma deed het met verve. De jongeman zou natuurlijk de rest van de avond alles voor haar doen en dat was vast gunstig voor hun opdracht.

'O, natuurlijk kan ik iets aanbevelen.' Hij had nog niet naar Elinor gekeken, maar dat kon haar helemaal niets schelen. Emma's uitstraling zorgde ervoor dat je al het andere om je heen vergat wanneer ze voor je stond.

'Bedankt, wat aardig,' ging ze glimlachend verder.

'Wat willen jullie drinken? Laten we daar eens mee beginnen,' zei hij.

'We willen iets lekkers zonder alcohol, toch?' zei ze terwijl ze naar Elinor keek, die knikte.

'Ik zal er meteen voor zorgen,' zei de ober en met een lichte buiging naar Emma verliet hij hun tafel.

'Ik denk dat hij een tien van me krijgt,' zei Emma. Ze boog zich naar Elinor toe en fluisterde. 'Hij zag jou niet eens zitten.'

Ze haalde een aantekenboekje en een afgekauwd potlood uit haar handtas en gaf het aan Elinor, die gruwde toen ze het vieze potlood zag.

'Schrijf maar op,' zei Elinor. 'Ik ben het met je eens, een tien.'

Toen kwam het moment waar Elinor haar hele leven al bang voor was geweest. Het moment waar haar moeder haar voor had gewaarschuwd en waar haar vader dagelijks mee te maken had.

De ober keerde niet terug met hun drankjes. Hij kwam met een mededeling van de eigenaar: Elinor was niet welkom in het restaurant.

Elinor liep ineengedoken als een geslagen hond het restaurant uit. Hoewel de ober met zachte stem had gesproken, draaide het hele restaurant zich om naar de meisjes toen ze van de tafel naar de deur begeleid werden. Elinor wilde het liefst door de grond zakken. Haar wangen brandden. Wat zou Miss Lansing zeggen?

De gasten staarden, maar zeiden niets. In de deuropening draaide Emma zich naar hen om. Zonder zich ook maar een ogenblik om haar eigen hachje te bekommeren spuugde ze een fluim uit die een woedende Jamaicaan uit Notting Hill waardig was.

9

Linda ging lopend naar Victoria Station. Als ze snel liep, zou ze er hoogstens dertig minuten over doen en dan zou ze nog tien minuten hebben om het juiste perron te vinden. Ze moest overstappen in Slough, maar de reis, inclusief de wandeling van het station naar het landgoed, zou niet meer dan een uur in beslag nemen. Ze zou nauwelijks genoeg tijd hebben om het laatste hoofdstuk van haar boek uit te lezen. Dat maakte ook niet zo veel uit, want het boek stond vol met moorden op weerloze vrouwen en ook al werden de moorden opgelost, voor de vrouwen kwam dat te laat.

Toen ze een uur later het laatste stukje over de oprijlaan naar het landgoed aflegde, was ze blij dat ze Mary geen auto naar het station had laten sturen. Er was al genoeg dat haar tegenwoordig vervreemdde van het gewone leven om haar heen. Ze serveerden Russische kaviaar en champagne in Flanagans alsof het iets was wat de meeste mensen zich konden veroorloven. Als haar oude vrienden uit Fjällbacka haar zouden zien, zouden ze hun ogen niet geloven. Zij, de halve wees, die bij haar grootmoeder woonde, paradeerde in haar eigen hotel alsof het volstrekt vanzelfsprekend was.

Haar heimwee naar Bohuslän was af en toe zwaar. Linda hoefde haar ogen maar te sluiten om het zeewier dat op de stranden lag voor zich te zien, het gevoel op te roepen van een duik in de zee in april, wanneer de temperatuur van het water hooguit tien graden was, en de eetlustopwekkende geur van de versgebakken makrelen van haar grootmoeder te ruiken.

Dat niet een van haar vriendinnen uit Fjällbacka bij haar in Londen op bezoek was geweest, lag aan haar. Ze zou de vriendinnen met wie ze nog steeds contact had, zoals Gunilla, kunnen uitnodigen, maar er was iets waardoor ze in haar brieven naar huis liever niet over het hotel schreef. Ze wisten natuurlijk dat haar vader was overleden en dat haar grootmoeder naar Londen was gekomen, maar Linda had nooit over het werk van haar vader geschreven. Het was al erg genoeg dat haar vader een Engelsman was en dat ze een taal sprak die zij niet beheersten. De meeste van haar vriendinnen hadden nog nooit in een hotel overnacht, zelfs niet in Zweden.

En waarom zouden ze ook? Ze woonden immers op de mooiste plek op aarde.

De herinneringen deden pijn, en dan had ze nog niet eens aan het huis van haar grootmoeder gedacht. Hou op, zei ze tegen zichzelf, nu ophouden. Denk eraan hoe heerlijk het is om verlost te zijn van die sneeuw.

Met dat in gedachten keek ze om zich heen. Ze was bijna bij het landgoed, en de aangeharkte paden, de goedverzorgde bloembedden en groene gazons zagen er prachtig uit. Nu zou ze een gezellig weekend doorbrengen met Mary en niet meer aan Fjällbacka denken.

En wanneer ze weer terugging, zou ze het aanbod om in Mary's luxe auto teruggebracht te worden, accepteren.

Jon en Philipe deden open. De sproeterige, roodharige tweeling stond voor haar in de deuropening te duwen en te trekken en daarna praatten ze druk door elkaar heen terwijl ze haar tas tussen zich in meesleepten.

Linda kon de woorden 'mama', 'salon', 'thee' en 'kom nu' onderscheiden en toen ze haar mantel aan de huishoudster had gegeven, volgde ze Mary's zonen, die nu samen haar tas de trap naar haar kamer op droegen. Ze kreeg elke keer dezelfde kamer als ze op bezoek was en ze was elke keer weer onder de indruk van de schoonheid van de kamer. Mary had elke kamer smaakvol ingericht, zoals dat een bewoonster van een Brits landgoed betaamt, met hemelbedden, dik behang met een bescheiden patroon en zware fluwelen gordijnen die ze uit Frankrijk had laten komen. In de open haard knetterden houtblokken. Op de vloer lagen handgeknoopte zijden tapijten uit China, en hier en daar stonden lampen die de kamer een nog warmere en meer uitnodigende sfeer gaven. De gordijnen hielden het daglicht buiten, maar Linda wist dat Mary het zo wilde hebben in de slaapkamer.

Het was een overdaad waarvan je wel moest houden.

'Heel erg bedankt voor de hulp met de tas,' zei ze glimlachend tegen de tweeling.

'Wanneer je het stof van de reis van je hebt afgewassen, moet je beneden komen,' zei een van de jongens.

'Iedereen wacht op je,' zei de andere.

'Iedereen?' Linda voelde haar humeur naar het nulpunt dalen.

'Ja, mama dus.' Beide jongens glimlachten breed.

Ze haalde opgelucht adem. Mary was sociaal, had een brede kennissenkring en hoewel ze had gezegd dat Linda de enige gast was, kon ze dat een uur later zijn vergeten. Mary stond bekend om haar gastvrijheid en haar grootse feesten. De laatste jaren iets minder, omdat de graaf vermoeider was, maar ze organiseerde er minstens één per seizoen.

Linda had het gekostumeerde bal in de herfst gemist, maar was van plan om volgende zomer wel bij het schatzoeken te zijn. Mary's onvermoeibare fantasie was nu nog net zo inspirerend als toen ze Linda op gang had geholpen met het eerste feest van Flanagans.

'Ik kom. Vooruit, ga maar spelen, ik vind het wel,' zei ze met een glimlach tegen de tweeling.

Ze maakte het zich gemakkelijk, haalde de paar kledingstukken die ze bij zich had uit haar tas en hing die op. Voorlopig hoefde ze alleen maar een blouse aan te trekken en gemakkelijke schoenen. En dunnere panty's. De rok die ze onderweg had gedragen, moest maar goed zijn. Ze had geen andere rok meegenomen. De jurk zou ze vanavond bij het diner aantrekken.

Ze stiftte haar lippen bij, stak haar voeten in haar schoenen en hing haar vestje over haar schouders, daarna verliet ze haar kamer en liep de trap af die net zo pompeus was als die van Flanagans.

Het was goed geweest dat ze had besloten naar het landgoed te gaan. Ze moest voortaan vaker vrij nemen. Het werk zou leuker worden als ze het hotel af en toe losliet.

Niemand hoefde haar te vertellen dat ze te veel dronk en te weinig rust nam. Eén wandeling per dag compenseerde dat niet.

Ze opende de dubbele deuren naar de salon en Mary begon te stralen toen ze Linda zag.

'Darling, we gaan een geweldig weekend hebben,' zei ze terwijl ze snel op Linda afliep en haar beide handen in de hare nam. 'Kom, kom. We drinken eerst thee voordat we alle flessen wijn die we later vandaag opdrinken uit de wijnkelder gaan halen.'

Mary was zo beeldschoon dat je aan de buitenkant niet kon zien wat voor een goed mens er onder de make-upfaçade schuilging. Maar Linda wist het wel. Door de jaren heen had ze al vaak mogen ervaren hoe groot Mary's hart was. In heel Londen had niemand zo succesvol geld ingezameld voor de minder bedeelden als zij.

Toen het bedienend personeel alles waar lady Mary om had gevraagd op de mahoniehouten tafel voor de enorme open haard had klaargezet, gingen de vriendinnen op de comfortabele bank zitten. Mary leunde achterover.

'Wat vind je, zullen we eerst de schandalen afhandelen?' vroeg Mary.

'Graag,' glimlachte Linda.

Mary ging ervoor zitten, nam een slok thee en pakte vervolgens een sigaret uit het etui dat op de tafel lag.

'Nou, luister...'

Een paar uur later zouden de wijnflessen op tafel komen en Linda mocht in haar eentje in de kelder grasduinen. Ze had niet zo veel verstand van wijn, maar ze vond het mooi, flessen die in een ruimte lagen zodat de inhoud zou rijpen. Haar vader had daar een grote belangstelling voor gehad, niet zozeer voor hemzelf, maar meer voor het hotel. Hij was trots geweest op de wijnkaart van het hotel en had contacten gehad met leveranciers in vrijwel alle landen rondom de Middellandse Zee.

Met haar gedachten bij haar vader draaide ze een van de stoffige flessen rond. Daarna bedacht ze zich en trok snel haar hand weg. Dat draaien was een speciale kunst en ze wilde de grote wijnverzameling niet bederven. Ze hield haar handen op haar rug terwijl ze van rij naar rij liep, en uiteindelijk liet ze haar keus vallen op een paar flessen Italiaanse wijn waar geen stof op lag.

Met een fles in elke hand liep ze de stenen trap op. Toen ze in de grote hal kwam, hoorde ze stemmen uit de salon komen. Was de lord thuisgekomen? Linda keek ernaar uit hem weer te zien. Ze hadden nooit gebrek aan gespreksstof en hij leek haar gezelschap net zo te waarderen als zij dat van hem. Maar toen hoorde ze nog een mannenstem. Galmend gelach.

Linda slaakte een diepe zucht.

Dit was weer typisch Mary. Hoewel ze haar van het tegendeel had verzekerd, had ze blijkbaar ook deze keer een plan voor Linda's privéleven. Zoals altijd. 'Het is zo zonde dat een geweldige vrouw als jij nog steeds alleen is en geen man naast zich in bed heeft,' zei ze vaak. Linda vond dat helemaal niet zonde. Natuurlijk was ze alleen, maar zielig? Echt niet. Ze had haar hotel en... heel veel personeel.

Een beetje geïrriteerd opende ze de deuren.

De mannen stonden met hun rug naar haar toe gekeerd, alleen Mary zag dat Linda binnenkwam.

'Daar is Linda. Archie kwam in de stad een kennis tegen en heeft hem uitgenodigd.' De leugen was wel erg doorzichtig.

Meestal was het gemanipuleer van haar vriendin wat subtieler. 'En je gelooft het niet, maar hij verblijft in Flanagans.' Mary's ogen twinkelden.

De rijzige man draaide zich om naar Linda. 'Zo leuk om u eindelijk te mogen...' Hij was even van zijn stuk gebracht en staarde haar aan.

Zaten er spinnenwebben in haar haar nadat ze in de wijnkelder was geweest? Dat kon natuurlijk zomaar. Dit was dezelfde man die ze gisteren bij de receptie had gezien, en opnieuw had ze het gevoel dat ze hem kende. Nu zou ze eindelijk te weten komen wie hij was. Ze vermoedde dat hij iets in de filmwereld deed. Misschien had ze hem in een film gezien? Dat moest dan wel een schurkenrol zijn. Zijn donkere wenkbrauwen boven zijn net zo donkere ogen maakten hem geknipt voor een dergelijke rol.

Ze zette de wijnflessen op het serveerwagentje en stak haar hand uit. 'Linda Lansing,' zei ze.

Zijn gezicht brak langzaam open in een brede glimlach. 'Miss Lansing, natuurlijk. Ik heb door de jaren heen vaak aan u gedacht.' Hij nam haar hand in de zijne, hield hem eerder vast dan dat hij hem schudde. Een zweem mannenparfum bereikte haar neus. 'Weet u het nog?'

Dus ze hadden elkaar eerder ontmoet? Met de beste wil van de wereld kon ze hem niet plaatsen. Ze schudde haar hoofd.

'Het moet in 1949 zijn geweest, ruim tien jaar geleden. We hebben elkaar ontmoet op de Britannia. U was op weg naar Londen omdat uw vader ziek was. Mijn naam is Robert Winfrey.'

'De man die letterlijk zijn buit onderuithaalt,' glimlachte ze. 'Hoe kon ik u vergeten.' Ze trok haar hand terug, terwijl ze hem bestudeerde. Natuurlijk, nu herkende ze hem. Er was sindsdien een eeuwigheid verstreken. Ze was toen iemand anders geweest. Was hij net zo veel veranderd in al die jaren?

'Jullie kennen elkaar?' kwetterde Mary. 'Wat geweldig. Dan zijn plichtplegingen niet meer nodig.' Haar lach klaterde gelukkig.

‘Natuurlijk,’ zei Linda en ze wendde zich tot Mary’s echtgenoot. ‘Wat fijn om je weer te zien, Archie, bedankt voor de uitnodiging,’ zei ze terwijl ze elkaar op de wang kusten.

‘Het genoegen is geheel wederzijds,’ zei Archibald Carlisle, en Linda zag hoe Mary haar arm onder de zijne liet glijden. Begrepen die twee daar, die werkelijk alles hadden, hoe bevoorrecht ze waren? Niet vanwege hun financiële positie, ook al konden anderen daar alleen maar van dromen, maar omdat ze het zo goed hadden samen. Zeker, het leeftijdsverschil tussen hen was groot en Mary zei steeds vaker dat ze intimiteit miste, maar dat ze van elkaar hielden, was duidelijk. Zijn ogen straalden van trots.

Linda was bang geweest dat hij, zoals zo veel andere mannen, zijn vrijmoedige vrouw aan banden wilde leggen, maar hij leek zelfverzekerd genoeg om haar de levendige jonge vrouw te laten zijn op wie hij verliefd was geworden. Hij glimlachte nog steeds vergenoegd wanneer ze verbaal iemand die het verdiende, een kopje kleiner maakte. Linda was om die reden erg op Mary’s man gesteld. Volgens Mary had hij zijn gebreken, maar ze waren niet zo groot dat ze erover praatte.

Maar op dit moment was Linda sceptisch over de lord. De lompe man die ze tien jaar geleden op de boot had ontmoet, was niet echt goed gezelschap. Hoewel zijn zware Amerikaanse accent hen misschien moest laten geloven dat hij een aardige man was, wist zij wel beter.

Mr. Winfrey – ‘alsjeblieft, nu moet je me toch echt Robert noemen’ – werd naast Linda geplaatst aan tafel en wat een vriendschappelijk etentje tussen twee vriendinnen zou worden, was nu een feestelijk diner. Mary’s herhaalde verzekering dat ze het ‘was vergeten’, klonk ongeloofwaardiger dan ooit, maar het was onmogelijk om erg lang boos op haar te zijn. Ze was een sprankelende gastvrouw voor de veertien gasten en als Linda had zitten mokken in plaats van te genieten van de rijkelijk gevulde, overdadige tafel, dan had ze zich moeten schamen.

'Vertel eens over je hotel. Het is mijn eerste keer dat ik er verblijf en ik moet zeggen dat ik het erg aardig vind.'

'Aardig.' Linda schoot in de lach. 'Ik heb al veel gehoord over Flanagans, maar het is volgens mij nog nooit aardig genoemd.' Ze nam een paar slokken wijn, maar hield zich in toen ze aan de twee glazen whisky dacht die ze op haar kamer achterover had geslagen terwijl ze zich omkleedde voor het diner.

Hij glimlachte. 'Het is moeilijk de geruchten te geloven wanneer je daar bent.'

'Welke geruchten?'

'Het is mogelijk dat het alleen rondgaat onder de heren in mijn kennissenkring.' Hij boog zich dichter naar haar toe. 'Er wordt gezegd dat Flanagans discreet omgaat met informatie over de gasten, dat je je daar... veilig kunt voelen.'

'Nu weet ik werkelijk niet wat je bedoelt,' loog ze en ze reikte weer naar haar glas. 'Maar ik ben blij dat mijn personeel kan zwijgen over de eventuele eigenaardigheden van onze gasten.' Ze dronk haar glas leeg. Dat was lekker. In combinatie met de fazant die ze hadden gegeten, blijkbaar geschoten door de lord zelf, smaakte die perfect.

Ze zette haar glas neer en besloot over iets anders te praten dan haar hotel.

'Hoe gaat het met je foto's en vliegtuigen?'

Ze wist nog dat ze het daar op de boot over hadden gehad, en hij had inderdaad gelijk gekregen. Inmiddels vlogen mensen overal naartoe alsof het volstrekt vanzelfsprekend was. Linda zelf niet, uiteraard. Maar dat had er vooral mee te maken dat ze geen tijd had.

Het leek hem deugd te doen dat ze zich hun gesprek herinnerde. 'Bedankt, het gaat goed. Heb jij al gevlogen, Linda?'

Ze schudde haar hoofd en knikte naar de ober dat ze meer wijn wilde hebben.

'Ik herinner me nog meer over je,' zei Robert. 'Je dronk geen alcohol toen we elkaar de laatste keer zagen.' Hij glimlachte en hief zijn glas. 'Laten we dan nu proosten.'

'Op wat?' vroeg ze.

'Op dat je niet veranderd bent, en toch ook weer wel.'

Ze voelde zich ongemakkelijk onder zijn onderzoekende blik. Waar kwam die behoefte vandaan om haar te beoordelen? Hij was niet de enige die dat deed. Was ze niet dit, dan was ze dat wel. Ze was te veel, te weinig, te Zweeds, te Brits...

Ze nam een paar grote slokken wijn. Misschien zou ze zich minder geïrriteerd voelen als ze dronken was. Niemand hoefde haar erop te wijzen dat ze na tien jaar veranderd was. Natuurlijk was ze dat. Ze wist inmiddels waar mensen toe in staat waren. Toen ze uit Fjällbacka vertrok, was ze nog verbaasd als een man zich onbeschoft gedroeg. Tegenwoordig haalde ze haar schouders op.

'We hadden het nu over jou, over jouw vliegtuigen. Vertel me eens over die branche, ik run immers een hotel en tot mijn grote verbazing komen veel gasten met het vliegtuig naar Londen.' Ze schoot in de lach. De lichte verdoofdheid van haar lippen was het teken dat de alcohol zijn werk deed. Prima, dacht ze droogjes, straks kan ik misschien zelfs spontaan lachen.

'Ben je echt geïnteresseerd?' vroeg hij licht verbaasd.

'Waarom zou ik dat niet zijn?'

Hij keek haar aan met een ondoorgrondelijke blik. 'De vliegtuigindustrie is niet iets wat vrouwen nu bepaald interesseert.'

Ze haalde haar schouders op. 'Ik wil in elk geval alles weten over het reizen met het vliegtuig. Verkoop het aan iemand die het nog nooit heeft ervaren.'

Linda stak een sigaret op en inhaleerde diep. Ondanks de stola die ze over haar schouders droeg, was het koud op het terras. Terwijl de rook naar de hemel opsteeg, liet ze haar gedachten de vrije loop. Heel even voelde ze zich ontspannen. En aangenaam aangeschoten.

'Darling, heb je het naar je zin?' Mary was geruisloos naast haar komen staan. Ze stak ook een sigaret op.

'Ja, maar ik moet bekennen dat ik me een beetje overrompeld voelde door de feestelijkheden,' zei Linda. 'Maar voor de rest, bedankt, het was een erg gezellig etentje. Ik heb een beetje te veel gedronken... alweer.'

'Hij is geweldig, vind je niet?'

'Wie?'

'Je tafelgenoot, natuurlijk. Robert. Als ik niet getrouwd was, dan...' Dat zei Mary altijd over de mannen die ze aan Linda voorstelde.

'En wat voor voordelen heeft deze man, volgens jou?' Linda glimlachte. Ze wist dat Mary daar al over nagedacht had. Grote kans dat Linda een hele lijst mee naar huis kreeg.

'Er zijn alleen maar voordelen. Weet je niet wie hij is? Hij is een van Amerika's meest vooraanstaande oorlogsfotografen. Je moet zijn naam toch weleens hebben gehoord?'

Linda schudde haar hoofd.

'Wat hij in de oorlog heeft gezien... Dat iemand zulke beelden überhaupt overleeft.'

Nu was Linda's nieuwsgierigheid gewekt.

'Ik dacht dat hij met vliegtuigen werkte?'

'Tegenwoordig, ja. Hij heeft een tijdlang grote problemen gehad met wat hij tijdens de oorlog heeft gezien en zelf zegt hij dat hij de camera aan de wilgen heeft gehangen. Hij praat er niet graag over.'

Ze boog zich naar Linda's oor toe en fluisterde. 'Hij is zonder twijfel knap, avontuurlijk en zit waarschijnlijk goed bij kas, aangezien Archie hem graag mag. We kennen hem al jaren. Hij is eerder getrouwd geweest, maar nu gaan ze vermoedelijk ieder hun eigen weg. Tussen jou en mij gezegd geloof ik dat ze een affaire had toen hij voor zijn werk op pad was en afgerukte ledematen vastlegde. Heb je ooit zoiets vreselijks gehoord?'

Linda wist niet wat ze moest zeggen. Robert was vast en zeker een goede vangst, maar ze was niet geïnteresseerd. Het had niet zo veel met hem, als wel met haarzelf te maken. Maar het deed er niet toe dat ze dit al vaak tegen Mary had gezegd, haar vriendin luisterde toch niet.

Linda drukte haar sigaret uit in de asbak die op een van de tafeltjes bij de openslaande deuren stond.

'Mary. Je bent mijn liefste vriendin. Ik weet dat je het beste met me voor hebt. Maar die man, Robert Winfrey, is niets voor mij, echt niet. Het is een boom van een kerel en hij heeft te intense donkere ogen. En je weet hoe ik tegenover gescheiden mannen sta. Bovendien is hij veel te nieuwsgierig. Hoe kom je erbij dat ik zo'n man aantrekkelijk zou vinden?'

Ze draaide haar hoofd lachend en realiseerde zich te laat dat Robert in de deuropening stond. Aan zijn gezicht te zien had hij elk woord gehoord. Hij draaide zich om en liep naar binnen.

'Stouterd,' lachte Mary. 'Ik weet dat je precies het omgekeerde bedoelt. Kom dan gaan we naar binnen en drinken nog wat koffie voordat het dansen begint.'

Ze liepen gearmd naar de andere gasten, die van tafel waren gegaan en in groepjes in de salon hadden plaatsgenomen.

Linda ging op zoek naar Robert. Ze wilde hem haar verontschuldigingen aanbieden, het grapje uitleggen dat zij en haar vriendin hadden gemaakt. Vertellen dat dit al jaren hun vaste dialoog was. Toen ze hem opmerkte, liep ze snel naar hem toe.

'Ik geloof dat je daarbuiten iets hebt gehoord wat niet voor jouw oren bestemd was,' zei ze.

Hij keek haar strak aan. Het lukte haar niet om weg te kijken. Het was alsof hij haar zonder woorden iets wilde zeggen. Zijn ogen, die aan tafel zo opgewekt waren geweest, straalden nu iets heel anders uit. Ze wilde echter niet nadenken over wat ze in zijn blik zag. Ze wilde hem alleen zeggen dat het haar speet wat ze had gezegd. Met een uiterste krachtsinspanning lukte het haar haar blik af te wenden en naar de grond te kijken.

Toen ze weer opkeek, haalde Robert zijn schouders op. 'Dans met me,' zei hij en zonder op een antwoord te wachten leidde hij haar naar de dansvloer.

Het was een slowfox en hij was een uitstekende danser. Zijn hand lag stevig op haar onderrug. Hij was zo lang dat ze maar tot aan zijn schouders reikte. Ze wilde haar vergissing uitleggen, maar leunde in plaats daarvan met haar hoofd tegen zijn schouder en genoot van de dans. Het is lang geleden dat iemand me zo vasthield, dacht ze een beetje beneveld. En hij rook inderdaad beter dan de meeste mannen.

Net op het moment dat ze had besloten dat ze zich nog een dans met hem kon veroorloven, liet hij haar middel los en liep zonder een woord te zeggen weg.

10

Toen Linda de volgende ochtend met Mary de ontbijtkamer binnenkwam, had Robert Winfrey het landgoed al verlaten. De andere dinergasten waren 's avonds na afloop van de feestelijkheden vertrokken, terwijl de Amerikaan net als zij de nacht op het landgoed had doorgebracht. De tweeling was nog op hun kamer en de lord maakte buiten zijn gebruikelijke ochtendwandeling met de honden. Winfrey was kennelijk al vertrokken voordat iedereen was opgestaan.

'Weet jij waarom hij zo vroeg is weggegaan?' vroeg Mary terwijl een bediende een vers geroosterde snee brood op haar bord legde.

Linda haalde haar schouders op. 'Hoe moet ik dat weten?'

Mary keek haar onderzoekend aan. 'Jij bent echt niet zo van hem gecharmeerd als wij,' zei ze glimlachend.

'Ik weet niks over hem, maar tot nog toe heb ik niet iets gezien wat mijn belangstelling heeft gewekt, nee.' Dit was slechts gedeeltelijk gelogen, want wat Mary had verteld over zijn vroegere werk als fotograaf, had wel degelijk haar belangstelling gewekt. Maar zelf had hij er met geen woord over gerept. Hij had het alleen over zijn vliegtuigen gehad.

'Maar dan moeten jullie elkaar opnieuw zien,' riep Mary uit. 'Ik zal het er meteen met Archie over hebben. Als je nog eens de kans krijgt om...' Ze reikte naar de marmelade.

'Nee,' zei Linda scherp. 'Het is afgelopen met die koppelpraktijken van jou. Kunnen we het niet over iets anders hebben dan over het huwelijk en mannen? Over onze interesses bijvoorbeeld?'

Mary gaf het personeel een teken dat ze de kamer moesten verlaten en toen ze de deur achter zich dicht hadden getrokken, loerde ze naar Linda. 'Ik heb niets anders dan dit,' siste ze. 'En soms denk ik dat ik doodga van verveling. Ik hou echt van mijn man en kinderen, maar soms zou ik graag willen dat...'

Linda keek haar vragend aan.

'... dat ik net zo vrij was als jij.'

Linda schoot in de lach. 'Ik heb dan misschien geen gezin, maar het hotel slokt al mijn tijd op. Ik kan nou niet beweren dat ik me zo vrij voel.'

'Ja, maar toch. Je hebt een baan, een carrière, je eigen geld.'

Soms was het zo duidelijk dat Mary uit een ander milieu kwam dan dat waarin ze getrouwd was. Natuurlijk hadden haar ouders het relatief goed gehad, maar het was een hemelsbreed verschil met de wereld waarin ze tegenwoordig haar dagen doorbracht, met bedienden die haar op haar kleinste wenk gehoorzaamden.

'Klopt. Dus waarom probeer je me uit te huwelijken? Moet ik hetzelfde armzalige leven leiden als jij?' Linda glimlachte en liet haar blik over het enorme ontbijtbuffet gaan, waarvan niet eens een tiende zou worden opgegeten.

'Nee, misschien vind ik alleen dat je te eenzaam bent. Daar wil ik iets aan doen. Ik wil niet je werk van je afpakken.'

'Dat is lief. Maar welke man accepteert het dat ik eigenaar ben van Flanagans en een hotel run, denk je?'

'Robert Winfrey.'

Linda wierp haar een scherpe blik toe. 'Denk je dat echt?'

Mary knikte. 'Hij is een moderne man. Je denkt toch niet dat ik je enthousiast zou maken voor een man die niet dezelfde waarden deelt als jij.'

Linda lachte. 'Ja, dat denk ik.'

Ze had door Mary's toedoen graven, baronnen en zakenlui ontmoet, die haar allemaal hadden beledigd met ongepaste opmerkingen over vrouwen die in hun eigen levensonderhoud voorzagen. Wanneer ze haar vriendin daaraan herinnerde, kreeg ze een scheef lachje als antwoord.

'Ja, ja, maar nu weet ik wat je nodig hebt,' zei Mary zacht. 'En dat is een Robert.'

Linda had niet het hart om haar te vertellen dat Robert het huis in blinde woede had verlaten omdat zij hem zo beledigd had. Maar aangezien ze hem niet eens had kunnen uitleggen dat het een grapje tussen haar en Mary was geweest, kon het best zo zijn dat hij gekrenkt was. Ze was niet gemeen, maar dat kon hij uiteraard niet weten. Maar je gaf mensen toch de kans om het uit te leggen, of niet soms?

Nou ja. Ze moest het loslaten. Later die dag zou ze een afspraak met Elinor en Emma hebben en ze was meer dan nieuwsgierig om te horen hoe hun avond in het concurrerende restaurant was verlopen.

'Mag ik je deze keer een lift aanbieden?' vroeg Mary. Ze stonden op van tafel en liepen langzaam naar Linda's kamer om haar weekendtas te halen.

'Dank je, graag.'

Mary legde haar hand op Linda's arm.

'Laat me nog één ding zeggen, Linda. Het is lang geleden, het is tijd om verder te gaan.'

Terug in Londen constateerde Linda dat Robert had uitgecheckt. Ze was opgelucht. Ze hoefde niet bang te zijn dat ze hem per ongeluk tegen het lijf zou lopen. Om de een of andere reden had ze de hele terugweg vanaf het landgoed aan zijn blik moeten denken.

Ze gooide haar tas op het bed. Er was geen tijd om even te gaan liggen. Ze opende de kledingkast en bekeek haar mantelpakjes. Ze koos een grijs pakje met een rode blouse eronder. Rond de taille zat het colbertje wel wat strak, maar het kon ermee door.

Ze opende de andere kastdeur en bekeek haar schoenenplank. Haar keus viel op een paar comfortabele, maar voldoende vrouwelijke schoenen. Niet te laag, maar met een iets bredere hak die de schoenen prettig genoeg maakten om er gemakkelijk de hele dag op te kunnen lopen. Haar outfit was volledig volgens de allerlaatste mode en zoals gewoonlijk kwam alles uit het eigen atelier van Selfridges. Voor een vrouwelijke hotelmanager was een mantelpakje belangrijk, het gaf haar een zekere autoriteit. Niet omdat ze het niet meer kon hebben, maar die korte jurken waarin je bepaalde meisjes zag lopen, waren hierbinnen in het hotel echt ondenkbaar.

Twee keer per jaar kocht ze wat ze nodig had voor het daaropvolgende half jaar. Avondjurken, colberts, blouses en rokken die geschikt waren voor haar werk, maar ook vrijetijdskleding, zoals ze tijdens haar bezoek aan Mary had gedragen.

De wereld waarin ze werkte, was al zo competitief en daarom was het belangrijk dat ze zich prettig voelde in haar lichaam. Ze had na verloop van tijd haar rug gerecht en zonder met haar ogen te knipperen de blikken van anderen beantwoord, maar dat was niet altijd zo geweest.

Aanvankelijk had ze zich het liefst achter de mooi versierde pilaren in de lobby willen verstoppen. Elke dag had ze dingen gezegd die volslagen onzinnig waren. Men had om haar gelachen, soms recht in haar gezicht. Als Laurence net op dat moment in het hotel was, dan vestigde hij de aandacht op haar taalfouten. Maar nog erger was het dat veel personeelsleden het met hem eens leken te zijn.

Het was natuurlijk niet vreemd dat er een taalprobleem was. Tijdens de oorlogsjaren hadden haar vader en zij elkaar niet gezien, en alleen met hem had ze Engels gesproken. Na de oorlog was ze verschillende keren in Londen geweest en was het vrij goed gegaan. Maar toen haar vader er niet meer was, had men geen begrip meer voor haar gebrekkige Engels. Er werd van haar verwacht dat ze net zo praatte als alle anderen, dat ze zich zo gedroeg als de Engelsen en dat ze bovendien alles van het hotel wist.

Hoewel ze elk bezoek aan haar vader in Flanagans had doorgebracht, was de terminologie haar vreemd geweest. Haar vader had het erg zelden over zijn werk gehad. De eerste keer dat ze besefte dat zij het hotel zou erven, was ze zeventien jaar oud geweest. Vanaf dat moment had haar vader niet meer gegrapt dat het op een dag van haar zou zijn, maar had met ernst in zijn stem gezegd dat Flanagans van haar zou worden op de dag dat hij er niet meer was, en dat hij het liefst zag dat zij het runde zonder de hulp van haar neven. 'Ze zullen nooit accepteren dat jij de baas bent,' had hij gezegd.

Ze stond voor de grote spiegel in haar suite en deed de parelketting van haar moeder om haar nek. Het huwelijkscadeau van haar vader. Ze streelde de glanzende parels en vroeg zich af of haar vader precies had geweten hoe verschrikkelijk zijn familie zich zou gaan gedragen.

Wanneer ze zelf op een dag Flanagans aan een opvolger zou overdragen, zou ze ervoor zorgen dat die persoon zo goed mogelijk voorbereid was. Het was vreselijk geweest om voor de leeuwen gegooid te worden, zoals met haar was gebeurd.

'Welkom, ga maar ergens zitten.'

Emma en Elinor kwamen stipt op de afgesproken tijd. Beiden met keurig gekamde haren en onberispelijke schorten. Linda wees naar de stoelen die voor het bureau stonden. 'Ik barst van nieuwsgierigheid, jullie moeten me alles vertellen,' zei ze terwijl ze zich naar de serveerwagen wendde en theekopjes en scones voor hen neerzette.

Vanuit haar ooghoek zag ze dat de meisjes elkaar onzeker aankeken. Wat zou er zijn gebeurd? Ze vulde hun kopjes met de hete thee. 'Ziezo, laat maar horen.'

Elinor schraapte haar keel. 'We kregen wat... problemen. Of eigenlijk. Het was niet Emma's fout, maar de mijne.'

'Problemen?'

'We zijn eruit gezet.' Elinor keek naar haar schoot.

Linda keek verbaasd van de een naar de ander. 'Wat is er gebeurd? Waren jullie dronken?'

Beide meisjes keken verbaasd op.

'Nee, beslist niet,' zei Emma met nadruk en ze vervolgde: 'Elinor is zwart. Dat was de reden.'

Elinor liet haar hoofd weer hangen en Linda voelde de woede opkomen.

'Dus jullie zeggen dat ze weigerden jullie te bedienen omdat Elinor zwart is?' Ze hief haar handen in een hopeloos gebaar. Ze moest dit nog een keer horen.

'Ja, precies,' knikte Emma.

'Elinor, kijk me aan,' zei Linda. Ze ontmoette de angstige blik van het meisje. 'Het spijt me zo dat ik je hieraan blootgesteld heb. Het is mijn verantwoordelijkheid mijn personeel te beschermen en ik ben te ver gegaan toen ik jullie twee daarnaartoe stuurde. Het spijt me zo. Ik heb hier niet goed over nagedacht.'

'Er is nog iets,' zei Emma met vaste stem terwijl ze haar bazin aankeek. 'Op weg naar buiten heb ik op de grond gespuugd.'

'Omdat ze Elinor slecht behandeld hadden?'

Ze knikte.

'Ik hoop dat het een enorme fluim was,' zei Linda en ze hield hun de schaal met scones voor.

Nadat Emma en Elinor weer aan het werk waren gegaan, bleef Linda nog lang in haar kantoor zitten.

Was zij met haar etablissement zoveel beter dan het restaurant dat Elinor slecht behandelde? Zeker, ze had verschillende zwarte medewerkers in dienst, maar ze moesten allemaal uit de buurt van de gasten blijven. De musici die ze af en toe inhuurde waren geen probleem, maar ze kende haar gasten en hun opvatting. De vraag die ze zich moest stellen, was in hoeverre ze er rekening mee zou moeten houden. Als ze een man was geweest, zou ze gezien worden als een pionier. Maar haar hotel werd van tijd tot tijd gezien als een soort... bordeel, en ze was ervan overtuigd dat het louter te maken had met het feit dat zij het runde, een vrouw.

Haar vader was een uitstekende directeur geweest met een fingerspitzengefühl voor de behoeften van zijn gasten. Haar eigen contact met de gasten was daarentegen slechts middelmatig te noemen. Haar vader had van zijn gasten gehouden en zich heel ontspannen gevoeld in hun gezelschap. Dat gold niet voor Linda.

Het kostte haar moeite. En meer dan dat, ze verachtte veel gasten. Het waren arrogante, zelfgenoegzame en nare mannen die zichzelf zoveel beter vonden dan de rest. Ze vroeg zich af of haar vader dat ooit ook zo had ervaren. Misschien was zijn houding ten opzichte van hen toleranter geweest.

Er was een hotel in Fjällbacka, maar dat was natuurlijk niets vergeleken met Flanagans. En dan had je nog het pension waar ze een zomer had gewerkt. Ze had zich de benen uit het lijf gerend, trap op, trap af tussen de keuken in het souterrain en de gasten in de eetzaal. Ze waren nooit tevreden. Het was alsof ze dachten dat ze in het Grand Hôtel in Stockholm verbleven.

Dat het maar bij een zomer was gebleven kwam doordat de maître d'hôtel zijn handen niet thuis kon houden. Hij maakte van elke gelegenheid gebruik, bijvoorbeeld wanneer ze haar handen vol had en zijn handen niet van zich af kon slaan, want als ze een glas liet vallen moest ze dat betalen. Ze liet hem zijn gang gaan, want ze had die zomer werk nodig, maar daarna zorgde ze ervoor dat ze een baantje in de apotheek kreeg. De apotheker was een aardige man geweest.

In haar dorp woonden alleen maar witte mensen. Pas in Londen had ze voor het eerst kennisgemaakt met mensen met een andere huidskleur. De eerste keer kon ze zich nog goed herinneren. Ze had haar vader in zijn zij gepord en gewezen, met een behoorlijke uitbrander tot gevolg. Keurige meisjes staarden en wezen niet. Na de reprimande hadden ze een ijsje gekocht en over iets anders gepraat, maar ze had nooit meer gestaard.

Dat Elinor slecht was behandeld herinnerde Linda eraan dat ze meer zou moeten nadenken over wat ze anders kon doen in Flanagans.

Er werd op de deur geklopt en Alexander, de nieuwe receptionist, verscheen in de deuropening. Dat wil zeggen, ze dacht in elk geval dat hij het was, want zo groot als hij was verdween hij helemaal achter het boeket dat hij in zijn handen hield.

'Bloemen voor u, Miss Lansing.'

Ze schoot in de lach. 'Goh. Dank je, Alexander,' zei ze en ze wees naar de vaas op het bijzettafeltje. 'Die moet groot genoeg zijn.'

Het handschrift op het kaartje was breed en stoutmoedig.

Ik ben een aardige man en vermoed dat ik het op een of andere manier moet bewijzen. In 1949 lukte me dat niet en in 1960 ook niet. Maar ik ben koppig en daarom zeg ik tot ziens in plaats van vaarwel. Je bent een fascinerende en erg mooie vrouw. Bedankt voor de dans.

De jouwe,
Robert Winfrey.

Ze liet het kaartje zakken. Met zijn verwijzing naar 1949 pookte hij in oude wonden die nog maar amper geheeld waren en zich te gemakkelijk lieten openrijten.

Alles was toen anders geweest.

In die tijd was ze zo ongelooflijk naïef geweest.

11

Londen 1949

'Oma!' gilde Linda en ze rende naar haar toe. Het kon haar niet schelen dat de mensen in de foyer haar aanstaarden en dat ze zich waarschijnlijk erg ongepast gedroeg toen ze dat kleine vrouwtje huilend optilde, maar ze was veel te gelukkig – en ongelukkig – om zich daar op dat moment druk over te maken.

'Oma,' huilde ze en ze zette haar weer voorzichtig neer. 'Bedankt dat u gekomen bent. Het is verschrikkelijk geweest zonder u. Verschrikkelijk. Hoe bent u hier gekomen, nou ja, ik snap wel hoe, maar wanneer? En waarom? U had me een telegram moeten sturen zodat ik u had kunnen ophalen. Hoe lang blijft u? Wie zorgt er voor Tussa? Hoe gaat het met u? Hoe hebt u hier zo snel kunnen komen?' Ze bleef maar praten, ze kon niet meer stoppen. De schok haar grootmoeder hier in Flanagans te zien…

Haar grootmoeder was één keer in Noorwegen geweest, maar daarna had ze het wel gehad met het buitenland, had ze gezegd. Nu bekeek ze Linda van top tot teen.

'Je ziet er in elk geval keurig uit, dat is goed. Je had geen zwarte kleren meegenomen.' Met haar kleine rimpelige hand streelde ze Linda's wang. 'Ik vind het zo erg voor je, Linda. Ik weet hoeveel je vader voor je betekende. Ik ben zo gauw als ik kon vertrokken nadat ik je telegram had gekregen. Je hoeft niet alleen te zijn wanneer je je vader naar zijn laatste rustplaats brengt.'

Haar stem was niet zo sterk als gewoonlijk, maar ze was immers ook ziek geweest. Haar lieve grootmoeder.

Het was zo geweldig dat ze het maar moeilijk kon bevatten. Zelfs in haar wildste fantasieën had Linda zich niet kunnen voorstellen dat haar grootmoeder daar midden in de foyer op de glanzende marmeren vloer van Flanagans zou staan.

'Linda.' De stem klonk scherp en dwingend.

Linda maakte een wuivend gebaar naar Laurence alsof hij een irritante vlieg was. Haar tante en neven waren niet belangrijk. Ze hadden haar overrompeld zonder ook maar enige rekening te houden met de omstandigheden, en Linda had niet het gevoel dat ze hun iets verschuldigd was. Ze hoorde Laurence 'Wacht maar' mompelen, waarna hij zich omdraaide en terugliep naar zijn familie.

'We moeten zorgen dat u wat te eten krijgt,' zei Linda en ze tilde de koffer van haar grootmoeder op. Naar het gewicht te oordelen was ze niet van plan om erg lang te blijven. 'Hoe lang blijft u?' vroeg ze.

'Voor altijd.'

Geschokt liet Linda de koffer met een plof op de vloer vallen. 'Hoe bedoelt u?'

'We weten allebei dat mijn dood grote gevolgen zal hebben, temeer omdat je beide ouders er nu niet meer zijn. Ik denk dat het goed is dat we samen zijn wanneer het zover is,' zei ze luchtig, alsof ze het over de serveerster had die een kan thee bracht. 'En nu ligt hier een taak op je te wachten en dat is belangrijker dan dat ik bij Tussa in Fjällbacka ben. Ze heeft het goed bij de Larssons. Ze zorgen voor haar en voor het huis.'

Linda had er daarna nog vaak aan teruggedacht dat ze het die eerste tijd niet gered zou hebben zonder haar grootmoeder.

Op die nevelige grijze dag dat ze haar vader hadden begraven, had ze zich aan haar vastgeklampt. Aan haar andere zijde had Andrew gestaan. Deze twee mensen waren haar houvast geweest, en toen haar tante en neven voor de kerk op haar af kwamen lopen, was het alsof ze begrepen dat Linda beschermers om zich heen had, want ze waren poeslief.

Haar grootmoeder knapte zienderogen op en een maand nadat ze was aangekomen, besloot Linda dat het tijd werd om de woning van haar vader te betrekken. Het Penthouse, zoals men hier zei. Met haar grootmoeder aan haar zijde zou ze dat aankunnen.

De meisjes van de huishoudelijke dienst hadden het appartement bijgehouden zolang Linda dat nog niet aankon en nu ze de deur van het appartement opende, rook het er fris alsof het kortgeleden nog gelucht was en op de tafel stond een enorme bos gele rozen. De lievelingsbloemen van haar vader. Ze kreeg een brok in haar keel. Hij zei altijd dat je niet in een slecht humeur kon zijn als je bij thuiskomst werd begroet door een bos gele rozen. Hoewel Linda zich niet kon herinneren dat haar vader ooit een slecht humeur had. Misschien maakte haar aanwezigheid hem altijd blij, zodat ze nooit zijn donkere kanten had hoeven zien.

Haar grootmoeder liep vlak achter haar. 'Het is erg mooi hier,' zei ze aandachtig. Maar dat had ze de voorgaande maand al vele malen gezegd. Ze maakten geen lange wandelingen, maar ze gingen elke dag wel even naar buiten en dan bleef haar grootmoeder vaak staan om te wijzen naar een gevel die ze mooi vond, of knikte ze naar de goedgeklede vrouwen die ze op straat tegenkwamen. Vaak zorgde ze ervoor dat ze even gingen zitten op het bankje in het goed onderhouden parkje voor het hotel. De zon viel door de hoge boomkronen en haar grootmoeder zei dat haar grootvader dol op zo'n tuin als deze zou zijn geweest.

Ze droeg dezelfde lange rok die ze had gedragen toen ze aankwam. Ze had twee exemplaren van diezelfde rok bij zich en daar was niets mis mee, had ze kortaf gezegd toen Linda had geprobeerd haar nieuwe, modernere kleren te geven.

'Je moet geen geld aan mij verspillen,' had ze gezegd.

Linda en haar grootmoeder hadden altijd elk dubbeltje moeten omdraaien. Haar vader had bijgedragen aan haar levensonderhoud, elke maand was er een envelop met geld gekomen, maar hoe groot het bedrag was en of het voldoende was, wist Linda niet. Dat was iets tussen haar vader en haar grootmoeder, had ze gedacht. Ze kreeg zakgeld, hetzelfde bedrag als andere meisjes in Fjällbacka, en toen ze in de apotheek begon te werken, had ze het meeste van haar loon aan haar grootmoeder gegeven en maar een klein bedrag voor zichzelf gehouden.

Nu zag Linda de enorme etage door de ogen van haar grootmoeder en ze begreep waarom ze het mooi vond. Marineblauwe gevoerde zijden gordijnen omlijstten de ramen, op de vloer lagen tapijten in bedekte kleuren en de gestreepte comfortabele banken in de grote kamer – die zich tussen de slaapkamers bevond – kwamen van bekende meubelzaken en waren midden in de kamer geplaatst. Op de tafel tussen de banken stond het schaakbord, waarop de stukken waren blijven staan na de laatste partij die ze hadden gespeeld. Tot op de dag van vandaag kon ze niet zeggen of haar vader haar had laten winnen of dat ze zo goed was geworden dat ze hem had kunnen verslaan.

Aan de tafel bij de hoekramen hadden Linda en haar vader samen heel wat koppen thee gedronken. Het deed haar minder pijn eraan te denken dan ze had gedacht. Ze kreeg vooral een warm gevoel vanbinnen, ze zou in het appartement van haar vader kunnen wonen. Af en toe zou ze verdrietig zijn, maar dat zou ergens anders niet minder zijn.

'Deze woonkamer is net zo groot als onze hele bovenverdieping in Fjällbacka,' zei haar grootmoeder met grote ogen van verbazing. Linda streek met haar hand over de grote zwarte vleugel waar haar vader veel van had gehouden, ook al had er nooit iemand op gespeeld.

Haar oma praatte vaak over het huis in Fjällbacka, want op de dag dat zij overleed zou het van Linda zijn. 'Af en toe moet je ernaartoe gaan, je mag niet vergeten waar je vandaan komt. Dat is belangrijk, Linda.'

Linda knikte, maar wilde niet echt luisteren naar wat haar grootmoeder te zeggen had. Haar gepraat over de dood was nu niet bepaald opbeurend en toch begon ze er elke dag tot vervelens toe over. Maar hoe zou Linda daar nu aan moeten denken? De volgende keer dat ze naar Fjällbacka ging, zou haar grootmoeder daar niet meer zijn. Het was een volstrekt absurde gedachte.

In tegenstelling tot wat haar grootmoeder veronderstelde, dacht Linda helemaal niet dat je kon vergeten waar je vandaan kwam. Hoe zou dat ook moeten? Ze miste het uitzicht over de zee, dat ze elke ochtend vanuit haar kamer op de bovenverdieping van haar grootmoeders huis zag, nu al. En ze had de zwijgzame, maar vriendelijke mensen om zich heen nodig. Ze hield van de stormen en de roestrode boothuizen. Het koudwaterbad van Badholmen. Het strand van Sälvik. Berta van de melkwinkel, die haar altijd een paar hoestbonbons toestopte wanneer ze de melkflessen kwam halen.

Vergeten? Hoe zou zij haar thuis kunnen vergeten terwijl elke vezel in haar lichaam ernaar verlangde?

Maar er was nog een andere mogelijkheid. Ze kon nog steeds het hotel verkopen aan haar neven. Die waren na de begrafenis van haar vader weer met allerlei redenen gekomen waarom ze totaal ongeschikt was om het hotel te runnen. Hoewel Laurence het woord voerde, was er geen enkele twijfel dat Sebastian dezelfde agenda had. Hij liep volledig in de pas met zijn broer. Een vrouw aan het roer van een hotel in Londen was onmogelijk. Daar kwam ook nog eens bij dat ze Zweeds was, wat de ramp compleet maakte.

Tijdens hun laatste ontmoeting had Laurence gezegd: 'Lieve nicht, met jou wordt het één groot drama, en Sebastian en ik zullen er alles aan doen om het drama te bespoedigen. We zullen Flanagans in handen krijgen. Het hotel is van ons, niet van jou.'

Zo klonken hun woorden, en zo zouden die steeds weer klinken.

Haar grootvader had ervoor gezorgd dat de oudste zoon, haar vader, het grootste deel van het hotel had geërfd. Maar daar kon Linda niets aan doen. Ze wilde alleen de droom van haar vader verwezenlijken door het voort te zetten. Hij had nooit gezegd dat ze het met haar neven moest delen. Integendeel, hij had haar nota bene op zijn sterfbed nog gewaarschuwd.

Op sommige dagen wilde ze het verkopen, op andere dagen verbeeldde ze zich dat het haar met een beetje hulp zou lukken.

Er was een maand voorbijgegaan en ze moest zich ermee gaan bezighouden. Andrew was die ochtend nog bij haar geweest. Hij had de boekhouding en het contact met de bank voor haar verzorgd, maar hij had natuurlijk gelijk dat het haar hotel was. Flanagans had nú een slagvaardige manager nodig, en niet later, had hij gezegd. Er was echter een probleem. Ze was nog nooit slagvaardig geweest.

Aarzelend zei haar grootmoeder iets en Linda moest zichzelf even wakker schudden om terug te keren naar het heden.

'Wat zei u, oma?'

'Ik zei dat ik niet kan kiezen in welke kamer ik wil slapen. Kies jij maar eerst.'

'Dan neem ik papa's slaapkamer,' zei Linda en ze pakte de hand van haar grootmoeder vast. 'Maar u moet met me mee naar binnen gaan, want ik weet niet hoe ik zal reageren.'

Er hing echter niets meer van dood of ziekte in de mooie, lichte slaapkamer. Het was alsof haar vader met vakantie was. Het bed was opgemaakt en de plaid die hij zo graag over zich heen trok wanneer hij even een dutje deed, lag op het voeteneind.

Linda liep over de dikke, hemelsblauwe vloerbedekking naar de kledingkast. Dit was het ogenblik waar ze het meest tegenop had gezien, maar ze had zich geen zorgen hoeven maken, want de kledingkast was leeg, op het rood geruite vlinderdasje na dat onder in de kast lag.

'Maar wat hebben ze met papa's kleren gedaan?' vroeg ze.

Ze bukte zich en raapte het vlinderdasje op. Hij had ze in verschillende kleuren gehad.

Linda keek naar de hal. Daar, zittend op de tafel voor de grote spiegel, had ze geprobeerd om de perfecte knoop rond zijn nek te maken. Ten slotte had hij lachend gezegd dat hij het zelf zou doen, maar dat ze net zo lang zouden blijven oefenen totdat zij de kunst van het vlinderdas strikken onder de knie had.

Een aantal jaren later had ze voor hem gestaan en had ze zijn vlinderdas geknoopt alsof ze nooit iets anders had gedaan. Hij had gezegd dat het de meest perfecte vlinder was die hij ooit had gezien.

'Attent dat ze de kleren hebben weggehaald,' zei haar grootmoeder. 'Het was vreselijk de kledingkast van je opa leeg te moeten ruimen. Ik weet nu nog hoe pijnlijk dat was.'

'Ik kan me ze allebei niet herinneren, zowel mama als opa niet,' zei Linda terwijl ze de deuren van de kledingkast dichtdeed. 'Maar door uw verhalen denk ik dat ik van allebei heel veel zou hebben gehouden.'

Haar grootmoeder knikte. 'Het waren goede en realistische mensen, mensen die met beide benen op de grond stonden,' zei ze. 'Beloof me dat je met beide benen op de grond blijft, ook al woon je in deze grote stad en praat je Engels. Ik wil niet dat je je gaat aanstellen of raar gaat doen.'

Linda schudde haar hoofd. 'Natuurlijk niet. Kom, oma, kijk eens naar dit uitzicht.'

'Het zijn voornamelijk daken,' zei haar grootmoeder.

'Ja, maar daarachter ligt Buckingham Palace,' zei Linda met een glimlach en ze wees. 'Ik had gedacht dat we daar op een dag als u weer wat sterker bent naartoe zouden kunnen lopen.'

Het paleis leek geen indruk te maken op haar grootmoeder. 'Het komt vast goed,' zei ze en ze liep terug naar de salon. 'Laat me nu maar mijn kamer zien,' riep ze. 'Daarna zijn we wel aan koffie toe, het is al tien uur.'

Later die week was Linda uitgenodigd voor een etentje bij Andrew. Ze was vroeg en er was nog wat tijd om te praten voordat de gasten kwamen. Haar grootmoeder was in het hotel gebleven. Dit soort bijeenkomsten interesseerden haar niet.

'Wat moet ik dan doen?' vroeg Linda moedeloos, toen Andrew opnieuw zei dat ze zich moest gaan bezighouden met het hotel. 'Heb je een voorstel?'

Andrews zoons stonden iets verderop in de kamer. Linda had het gevoel dat ze in haar vooral de onnozele vrouw uit de provincie zagen. En daar hadden ze nog gelijk in ook.

'Misschien moet je toch maar eens met je neven gaan praten? Ik weet dat ze niet direct aan jouw kant staan, maar ze zijn medeeigenaren en hebben vermoedelijk het beste met het hotel voor.'

Ze keek hem verbaasd aan.

'Ze komen vrijwel elke week met dreigementen.'

'Jaja, maar denk je werkelijk dat ze dat serieus menen? Ik kan me niet voorstellen dat Laurence... Misschien willen ze er gewoon bij betrokken worden?' Hij haalde zijn schouders op. 'Ik weet het niet, Linda, maar ik vind gewoon dat jullie als familie...' Hij kon zijn zin niet afmaken. Er werd aangebeld en met een verontschuldigend gebaar haastte hij zich om open te doen.

Algauw was het appartement gevuld met een gevarieerd gezelschap van mensen van verschillende leeftijden. Sinds het overlijden van zijn vrouw huurde hij hulp in wanneer hij etentjes gaf. In de keuken was een kok bezig en in de salon voorzag een ober de gasten van cocktails.

Linda was nerveus en voelde zich niet op haar gemak. Als er niet van haar werd verwacht dat ze zich onder mensen mengde, was ze het liefst in een hoekje gaan zitten om naar de gasten te kijken. Haar grootmoeder had gelijk. De mensen hier in Londen waren echt anders. Ze wisten hoe je je moest gedragen, hoe je dronk zonder te aangeschoten te worden en ze leken elkaar te kennen terwijl ze elkaar nog nooit eerder hadden ontmoet. Het gezoen op de wangen was vreselijk. Het voelde elke keer weer ongemakkelijk en lastig om zo dicht bij iemand te komen. Maar ze deed het toch, omdat ze wist dat dit van haar verwacht werd. Haar grootmoeder bofte maar, die lag vast al in bed, dacht Linda jaloers. 'Maar jij moet wel gaan,' had ze gezegd. 'Ik red me wel.'

De ene na de andere gast arriveerde en als Andrew hen niet verwelkomde dan deden zijn zoons dat. Het waren vooral echtparen die Linda niet kende, maar ze glimlachten en begroetten haar wanneer ze door Andrew aan hen werd voorgesteld als 'de nieuwe eigenaresse van Flanagans'. Daarna liepen ze verder en bleef Linda alleen achter, met een glas in de hand.

'Ben je ook alleen?' Iemand tikte haar op de rug en Linda draaide zich om naar een vrouw van haar eigen leeftijd.

Linda glimlachte. 'Ja, ik ken hier niet zo veel mensen,' zei ze eerlijk. 'Ik ben Linda,' zei ze.

'Ik ben Mary, leuk om kennis met je te maken.'

Mary zag er oogverblindend uit in een nauwsluitende jurk in een dofgroene kleur. Ze had zich opgemaakt en haar lippen vuurrood gestift. Linda keek naar haar eigen vrij vormeloze kleding en trok aan haar mouwen. Haar schoongeboende gezicht was waarschijnlijk lijkbleek.

Ze kletsten een tijdje en toen Andrew op hen af kwam lopen voelde Linda zich al een stuk beter.

'Kijk eens aan, jullie hebben al kennisgemaakt zie ik,' zei hij en hij reikte hun een glas aan. 'Mary's moeder en mijn vrouw waren erg goede vriendinnen, en Linda is de dochter van mijn beste vriend die helaas onlangs is overleden. Misschien ken je Linda's hotel wel,' zei hij tegen Mary.

Mary wendde zich verbaasd naar Linda. 'Is dat van jou?'

Linda knikte.

'Wat spannend.' Mary knikte naar het bankstel. 'Zullen we gaan zitten?'

Linda nipte alleen van haar drankje. Ze had nog steeds moeite met alcohol. Mary rookte. De ene na de andere rookkring steeg op naar het plafond. Ze keek Linda nieuwsgierig aan.

'Geweldig dat een vrouw de eigenaresse van Flanagans is,' zei ze en ze inhaleerde diep. 'Alsjeblieft, zeg dat je veel feesten gaat organiseren in het hotel,' ging ze enthousiast verder. 'Grote, mooie feesten, zoals die er voor de oorlog waren. Toen was ik te jong en nu ik oud genoeg ben, mist Londen glamoureuze evenementen waar wij, die jong en veel mooier zijn dan de rest, ons kunnen vertonen.' Ze liet een hoge, harde lach horen en blies de rook uit zonder ook maar te hoesten.

Linda keek gefascineerd naar Mary. Ze was charismatisch, Linda kon haar ogen niet van haar afhouden. Zo zou ik ook willen zijn, dacht Linda.

'Ik maak natuurlijk maar een grapje. Zelf flirt ik met lord Carlisle en ik vermoed dat ik uiteindelijk ja ga zeggen tegen een van zijn aanzoeken. Maar ik hou van grote feesten. Heerlijk, toch?' Ze nam een slok van haar gin-tonic. 'En jouw hotel is geweldig. Ik heb daar heel wat keren thee gedronken met mijn vader.'

'Heb je mijn vader ooit ontmoet?' vroeg Linda.

Nadenkend hield Mary haar hoofd scheef. 'Een joviale man met een grote, warme lach?'

Linda knikte.

'Ja, dan heb ik hem weleens ontmoet. Hij leek erg aardig. Hij kende iedere gast en maakte met ieder van hen een praatje in de salon, ook met ons. Ik weet nog dat ik dat zo leuk vond.'

Ze voelde de tranen branden. Linda moest zich inspannen om niet te huilen. Iedereen had het er alleen maar over dat haar vader zijn financiën niet op orde had. Maar waar hij echt goed in was geweest, het contact met de gasten, daar werd niet over gesproken.

'Ik vind het zo erg voor je,' zei Mary zacht. Ze leunde naar haar toe en legde een hand op die van Linda. 'Ik weet wat het is om een van je ouders te verliezen.'

'Dank je,' zei Linda.

Ze praatten verder over van alles en nog wat, en algauw werd het Linda duidelijk dat Mary er eigenlijk op zat te wachten om te trouwen. Ze werkte niet, maar had wel geld, en er werd van haar verwacht dat ze een goede partij trouwde. 'Ik weet het,' zei ze. 'Het is 1949. Maar zo ziet mijn leven eruit. Des te leuker is het om iemand te ontmoeten die heel andere toekomstplannen heeft.'

Was dat echt zo? Zou Linda moeten kiezen tussen een gezin en Flanagans? Op dit moment had ze geen plannen voor een man en kinderen, ze moest zich nu volledig concentreren op het hotel, maar het klonk toch afschuwelijk. Wanneer haar grootmoeder stierf... De gedachte dat ze dan helemaal alleen in Londen zou zijn vond ze verschrikkelijk.

Andrew schraapte zijn keel naast hen en Linda en Mary keken op. Rechts van Andrew stond een voor Linda onbekende man. En links van hem stonden zijn drie zoons.

'Linda, mag ik je voorstellen aan Fred Andersen. En dit zijn mijn zoons, die graag kennis met jou willen maken, Mary,' zei hij met een glimlach.

Ze stonden op en Mary stak haar hand uit.

'Dag, ik ben Mary,' zei ze tegen de zoons. 'En dit is mijn nieuwe vriendin Linda, maar haar kennen jullie natuurlijk.' Het was alsof ze merkte dat Andrews zoons het liefst niet naar Linda wilden kijken.

Ze waren belachelijk enthousiast toen ze Mary de hand schudden en terwijl ze daar druk mee bezig waren, drukte Linda de hand van Fred Andersen.

'Gecondoleerd,' zei hij zacht. Zijn hand was warm.

'Dank u wel. Kende u mijn vader?'

'Nee, ik ken alleen het hotel. Fantastische plek. Maar u gaat het verkopen, hoorde ik?'

'Nee hoor, dat gaat ze zeker niet doen,' onderbrak Mary onmiddellijk haar gesprek met Andrews zoon en ze keerde hen de rug toe. 'Wie heeft er zoiets doms gezegd? Linda gaat Londens meest populaire hotel runnen, zeg dat maar tegen je roddelaars.' Ze glimlachte zo mild dat het van alles kon betekenen, dacht Linda. En Fred leek de terechtwijzing kalm op te nemen.

Hij maakte een buiging. 'In dat geval staat u mij toe u succes te wensen. En misschien tot ziens?'

Linda voelde dat ze bloosde. Godzijdank nam Andrew Fred mee naar de andere gasten in de kamer. Maar voordat ze daar waren, draaide Fred zich nog een keer om en ontmoette Linda's blik. Hij hield haar blik iets te lang vast. Binnen in haar begon iets te kriebelen en ze draaide zich snel om naar Mary, die Linda geamuseerd gadesloeg.

'Dus Fred interesseert je. Hm. Helemaal niet mijn type, een beetje te lang en slungelig naar mijn smaak, maar ik kan wel begrijpen wat je in hem ziet.'

'O, doe niet zo stom,' zei Linda glimlachend. Ze mocht Mary nu al. Als iemand haar zou kunnen leren hoe je je redt en gedraagt in de juiste kringen, dan was zij het. Bovendien had haar nieuwe vriendin ideeën over wat Linda met het hotel zou kunnen doen.

'Ik wil graag met je verder praten over Flanagans,' zei Linda enthousiast toen ze zich opmaakten om de eetzaal binnen te gaan. 'Denk je dat we elkaar ergens op een middag in het hotel kunnen ontmoeten? Dat met die feesten klinkt spannend.'

'Natuurlijk.' Mary glimlachte breed. 'Als je wilt, kunnen we een evenement organiseren dat de Londenaren nog nooit hebben gezien. Geef me je telefoonnummer, dan hoor je van me. We kunnen over een paar dagen afspreken, maar laat me eerst in mijn agenda kijken.'

'Welkom in de eetzaal,' riep Andrew, die zelf de twintig gasten voor zich uit de ruimte in voerde naar hun plaatsen.

Linda werd vrolijk toen ze begreep dat Fred naast haar kwam

te zitten. Schuin tegenover haar zat Mary. Ze glimlachte en gaf Linda een knipoog alsof zij tweetjes een geheim deelden.

Godzijdank was Fred een prater, want Linda had plotseling haar tong verloren. Zijn groene ogen glinsterden en wanneer hij met zijn handen gebaarde, zag Linda de door de zon gebleekte haartjes die de rug van zijn hand bedekten en overviel haar het verlangen dat die handen haar zouden aanraken. Een lichte streling op haar blote arm zou voldoende zijn geweest. Ze kreeg het warm en voelde het rood in haar hals omhoog kruipen. Wat was er met haar aan de hand?

Fred was een onderhoudende tafelheer en Linda hoefde eigenlijk niet veel meer te doen dan te knikken. Totdat hij haar vroeg: 'Wat als je gaat trouwen?'

'Bedoel je dat er dan iets bijzonders moet gebeuren?' vroeg ze met een glimlach. Ze hoorde nauwelijks wat hij zei omdat ze verdronk in zijn ogen. Nu waren ze plotseling bijna bruin.

'Wordt het niet moeilijk een huishouden en een hotel te runnen? Wanneer er kinderen komen, bedoel ik.'

'Dan zal ik een kindermeisje in dienst moeten nemen, vermoed ik. Maar eerlijk gezegd heb ik daar nog niet over nagedacht. De situatie is zo nieuw voor me dat ik nu in de eerste plaats alles over het hotel moet leren. Een privéleven komt daarna wel.' Ze dwong zichzelf naar haar bord te kijken voordat hij het idee kreeg dat ze niet helemaal goed snik was. Nerveus frunnikte ze aan het bestek.

'Dus je voor een etentje uitnodigen kan ik wel vergeten?'

Ze keek verbaasd op.

'Dat zou ik wel leuk vinden,' zei ze. Ze voelde hoe haar hart een sprongetje maakte. Ze was wel eerder voor een etentje uitgenodigd, maar deze keer was het anders. Uitgenodigd worden voor een etentje in Londen was toch wel iets heel bijzonders.

Ze kletsten verder, maar ze kon aan niets anders denken dan dat hij haar nog een keer wilde zien. Ze had willen vragen hoe

Fred en Andrew elkaar kenden, maar vergat dat helemaal. Dat kwam een andere keer wel.

Linda nam een taxi terug naar huis en voor het eerst sinds ze in Engeland was aangekomen, voelde ze iets van hoop.

Mary zou over een paar dagen al langskomen in het hotel en dan zouden ze plannen smeden voor een groot feest, en Fred Andersen had gevraagd of ze aanstaande vrijdag met hem uit eten wilde gaan en daar had ze ja op gezegd.

Hoop.

Het was een duizelingwekkend gevoel en ze dacht dat haar vader het niet erg zou vinden dat ze blij was. Haar verdriet om hem werd er niet minder om.

Ze keek even in de andere slaapkamer of alles daar goed was. Haar grootmoeder was in een diepe slaap en ademde gelijkmatig. Als ze wakker was geweest, dan was Linda naast haar in bed gekropen en had ze haar verteld over wat ze had meegemaakt, zoals ze altijd had gedaan in Fjällbacka.

Daar hadden ze beiden op zolder geslapen. Die was klein, maar geïsoleerd, en de beide kamers werden gescheiden door slechts een dun tussenwandje. Haar grootmoeder had dat geplaatst toen Linda was geboren.

Toen ze groter werd, had oma gezegd dat Linda in de mooie kamer op de begane grond kon slapen, maar dat had ze niet gewild. Ze had het zo naar haar zin met haar grootmoeder op zolder.

In de salon stond de salonbank van de oude familieboerderij Kampstorp. Linda hield van deze bank, waar ze met kerst en op andere hoogtijdagen op mocht zitten. Op de andere dagen van het jaar zaten ze op de keukenbank, naast het fornuis waarmee haar grootmoeder de keuken verwarmde en waar ze koffie op zette. Het verplaatsen van de oude salonbank, waar haar grootmoeder zo zuinig op was, was geen optie. Die betekende te veel voor hen beiden.

Had haar grootmoeder het meubel voor haar vertrek met lakens afgedekt, zodat de lichtblauwe stof niet zou verbleken door de zonnestralen die altijd naar binnen vielen? Ze had hem toch niet weggedaan? Ze had immers gezegd dat ze nooit meer zou terugkeren naar Fjällbacka. Geen van hen had het over het huis, dat was te pijnlijk.

Linda moest aan iets anders denken, anders werd ze alleen maar verdrietig. Ze moest zich focussen op de toekomst, die er op dit ogenblik voor het eerst sinds lange tijd weer wat rooskleuriger uitzag.

Ze moest haar verhaal gewoon maar tot morgenochtend bewaren.

Toen ze langs de grote spiegel in de hal naar de badkamer liep, deinsde ze even terug. Het was alsof ze een volwassen kind zag. Met een lang wit nachthemd en een vlecht op haar rug. Als ze er zo uit bleef zien, zou niemand haar serieus nemen, haar neven nog het minst.

Ze zou Mary om hulp vragen. Zij was zo chique geweest met haar korte kapsel en geplooide jurk met een ceintuur rond haar middel. Alsof ze zo uit een modeblad was gestapt. Zo wilde Linda er ook uitzien. Nu was ze voornamelijk vel over been, maar met de ceintuur zo stevig om haar middel gesnoerd zouden misschien zelfs háár heupen ronde vormen krijgen. In haar beha stopte ze katoen, dat had ze altijd al gedaan. Ze hadden haar vroeger 'de plank' genoemd en als tiener had ze zich geschaamd voor haar eigen lichaam. 'Zo zag je moeder er ook uit toen ze zo oud was als jij,' had haar grootmoeder troostend gezegd. 'Als je ouder wordt, vult het zich hier en daar wel.'

En haar grootmoeder had natuurlijk gelijk gehad. Maar door het verdriet was ze afgevallen. Misschien kwam haar eetlust terug nu ze iets had om naar uit te kijken?

Met haar tandenborstel in de mond vroeg ze zich af of Fred Andersen zich überhaupt druk maakte over haar of haar rondingen. Waarschijnlijk niet, hij wilde vast alleen iemand hebben om mee te praten. Ze kon die belachelijke fantasieën maar beter meteen uit haar hoofd zetten.

Ze gorgelde, spuugde en zette de tandenborstel terug in het glas. Ze zou wel zien hoe het ging met die Fred. Ze wilde een nieuwe look voor het hotel, zei ze tegen zichzelf terwijl ze haar mond afveegde.

'Haal die glimlach weg,' fluisterde ze toen ze in de spiegel zag hoe dom ze grijnsde. Maar het hielp niet. Die stomme glimlach zat nog steeds om haar mond toen ze het lampje boven haar bed uitknipte.

12

De volgende dag duwde haar grootmoeder Linda in een stoel en zei zonder er doekjes om te winden: ‘Het personeel staart je aan alsof je een vreemdeling bent. Ik heb er tot nu niets van gezegd omdat ik weet dat je een moeilijke tijd achter de rug hebt, maar nu moet je je mouwen opstropen en verdorie iets laten zien. Je moet Fjällbacka vergeten en flink zijn. Je bent niet van gisteren, maar je moet wat harder worden.’ Ze stopte even om adem te halen voor ze verderging. ‘In Londen kun je niet onzeker zijn, zoveel heb ik wel begrepen, en als je dat niet voor elkaar krijgt, moet je gewoon doen alsof. Daar kun je ook ver mee komen.’

Linda had haar grootmoeder nog nooit zo horen praten. Eerst keek ze haar alleen maar aan, maar daarna begon ze te lachen.

‘Ben ik echt zo’n watje?’ vroeg ze.

‘Ja, en dat ben je altijd geweest,’ zei haar grootmoeder met een grote glimlach. Door de norsheid heen hoorde ze de liefde.

‘Heb je een voorstel hoe ik dat moet doen?’

‘Leer het personeel kennen. Praat met ze. Je bent naïef, maar sterk. Hou op het een te zijn, ga verder met het ander, dan ga je het hier redden. Flanagans is van jou, mijn lieve kind, daar moet je zorgvuldig mee omgaan.’ Ze maakte een gebaar met haar hand toen Linda haar mond opendeed. ‘Ja, ik weet dat je neven en je tante niet aan jouw kant staan. Maar ik ben er. En Andrew. Je nieuwe vriendin over wie je het de hele dag hebt gehad, lijkt ook aan jouw kant te staan,’ zei ze. ‘Dus dat is drie tegen drie. Ze maken geen enkele kans,’ zei ze bemoedigend.

Linda besloot haar mond te houden en in plaats daarvan gaf ze haar grootmoeder een stevige knuffel.

Vandaag was het zover. Na het ontbijt zou ze het personeel ontmoeten. Gesterkt door de woorden van haar grootmoeder had ze de koe bij de hoorns gevat en de chefs laten weten dat ze personeelsoverleg wilde hebben. Iedereen die om negen uur niet meteen iets te doen had, was opgeroepen. Portier, conciërge, receptie, keuken, hoofd van de huishouding. Linda liep de verschillende personeelsfuncties in haar hoofd door. Er werkten bijna honderddertig mensen in Flanagans, en haar vader had ze allemaal gekend. Namen, adressen en thuissituatie. Ze slaakte een diepe zucht. Zo'n directeur als hij was geweest zou ze nooit worden.

De chefs stonden natuurlijk sceptisch tegenover haar leiderschap, en terecht. Ze was een nieuwkomer, een groentje, jong en bovendien had ze het nadeel dat ze tot het verkeerde geslacht behoorde, wat inhield dat ze automatisch als zwakker werd beschouwd.

En ze haatte de gedachte dat ze misschien gelijk hadden. Misschien was ze te zwak voor deze functie en af en toe dacht ze dat het dom was om niet met Laurence samen te werken. Hij was een afschuwelijk mens, maar dat betekende nog niet dat hij niet in staat was om goed werk te verrichten. Ondanks alles hield hij van Flanagans, ook al had hij een bloedhekel aan haar.

Linda kon er niets aan doen, maar ze had toch een beetje te doen met het personeel. Nadat haar neef Laurence het heft in handen had genomen, moesten ze het nu doen met de vrouw die het liefst in bed zou kruipen en de deken over haar hoofd zou trekken. Maar vandaag zou ze het roer overnemen en hun laten zien wie hier de beslissingen nam.

Er was alleen een probleem: ze wilde het liefst geen beslissingen nemen. Cruciale besluiten nemen voor Flanagans was gewoonweg te ingewikkeld. Waarom zou Linda Lansing uit Fjällbacka het beter weten dan iemand anders? Het was belachelijk dat er van haar verwacht werd dat ze wist wat goed was voor haar mensen. Zij, die amper wist wat goed was voor haarzelf. Het was een onmogelijke opgave.

Linda klopte bij haar grootmoeder op de deur.

'Binnen.'

Haar grootmoeder zat op de rand van het bed, helemaal aangekleed, en leek klaar te zijn voor het ontbijt. Sinds een week aten ze in de eetzaal. Ze had erop gestaan dat Linda haar gasten ten minste één keer per dag zou moeten zien.

'Goedemorgen, hebt u goed geslapen?' vroeg Linda.

'Ja, dankje. Ik heb trek. Zo'n lekkere geroosterde boterham. Misschien met wat marmelade erop. En koffie.' Haar grootmoeder kwam voorzichtig overeind.

'Wacht, dan pak ik uw stok even,' zei Linda en ze keek om zich heen op zoek naar de stok.

'Bedankt. Dan gaan we nu,' zei haar grootmoeder. 'Ik wil horen wat je van plan bent te gaan zeggen vandaag.'

Linda probeerde te vergeten wat haar te wachten stond, maar het was bijna negen uur en ze was echt niet van plan om te laat te komen op het eerste personeelsoverleg.

Niet alle personeelsleden konden erbij zijn, maar wel genoeg. Linda was zo nerveus dat ze niet wist of ze het wel aankon. Ze voelde zich niet lekker en wilde het liefst weer in haar bed kruipen. Zelfs de nieuwe jurk die ze had meegenomen uit Fjällbacka hielp niet. Dat was natuurlijk niet de schuld van de winkel, Herta had haar zo goed mogelijk geholpen. Maar met een lichaam als dat van Linda had je niet zoveel keus. Deze jurk zag er dus net zo ouderwets en stijf uit als de andere jurk die ze had, en toen ze haar voeten in de comfortabele schoenen had gestoken, werd het overduidelijk wat voor bedroevende verschijning ze was.

Ze besloot dat het volgende paar schoenen dat ze kocht onmogelijk zou zijn om op te lopen. Zodra ze Mary weer zag, zou ze haar om advies vragen en haar vragen of ze haar kon leren hoe je op hoge hakken liep.

Linda probeerde de vlecht strak te trekken toen ze die om haar hoofd wond, maar haar weerbarstige haar wilde maar niet meewerken.

Met een grimas constateerde ze dat ze eruitzag als Anne uit het boek van Lucy Maud Montgomery, *Anne van het groene huis.*

Met lood in haar schoenen begaf ze zich naar de keuken waar ze een korte toespraak zou houden. 'Wees inspirerend,' had haar grootmoeder gezegd, maar ze had daarna resoluut het verzoek om met haar mee te gaan afgewezen. Linda was daar een beetje boos om geweest. Ze had haar nu nodig, maar haar grootmoeder beweerde dat ze te moe was en dat het beter was als Linda dit alleen deed.

De grote vergaderruimte werd voor verschillende gelegenheden gebruikt en bij de voorbereiding van grote evenementen, zoals bijvoorbeeld bruiloften. Linda wist niet of die tegenwoordig überhaupt bij Flanagans werden gehouden. De laatste keer dat ze erover had gehoord, was voor de oorlog. Misschien moest ze ervoor zorgen dat ze de deuren weer openden voor grote bijeenkomsten? Als er geld mee te verdienen was, was het beslist het overwegen waard.

Het geroezemoes verstomde toen ze de ruimte binnenstapte. Er waren stoelen neergezet en het personeel zat in rijen achter elkaar. Hoeveel waren het er? Zeventig misschien? Ze kende de namen van de chefs, de mensen van de receptie en van degenen die het ontbijt in haar kamer hadden geserveerd. Ze zag heel wat onbekende gezichten.

Linda ging voor hen staan. 'Sta met rechte rug en een beetje wijdbeens als een man,' had haar grootmoeder gezegd. Er werd gefluisterd. 'Ze ziet er verwaand uit,' hoorde ze iemand iets te luid zeggen en ze moest haar vuisten ballen om niet weg te rennen.

Ze wilde net beginnen toen de deur openging en haar beide neven naar binnen kwamen. Met een hautaine blik nam Laurence haar op, terwijl Sebastian haar niet eens aankeek en zijn blik glimlachend over het personeel liet gaan alsof hij ze stuk voor stuk kende.

Hoewel dat haar onzekerheid had moeten vergroten, had het op haar het tegenovergestelde effect. Het maakte haar boos om hen daar te zien staan. Echt boos. En dat gaf haar een onbeschrijfelijk goed gevoel. Ze hoefde er niet over na te denken hoe ze moest staan, het gebeurde vanzelf. Ze wenste bijna dat ze iets doms zeiden, zodat ze hun lik op stuk kon geven. Het was alsof haar vader naast haar stond en haar een bemoedigend schouderklopje gaf. Verbazingwekkend genoeg voelde ze dat ze vastbesloten was om te knokken voor het hotel. En ze wilde het personeel aan haar kant hebben.

Ze schraapte haar keel.

'Ik ben blij dat ik vandaag hier voor jullie mag staan...'

Het begin voelde goed. Ze had oogcontact met enkele vrouwen die haar bemoedigend aankeken, en dat sterkte haar. Ze zou hierna met hen gaan praten, vragen wat voor werk ze deden.

Ze was bang geweest dat ze niets te zeggen had. Maar haar oma had haar gezegd dat het beter was om eerlijk voor haar onervarenheid uit te komen dan te doen alsof. En ze had vast gelijk.

'... zoals jullie begrijpen is dit allemaal nieuw voor mij,' zei Linda en ze glimlachte voorzichtig. 'Maar het hotel zit in mijn bloed. Mijn vader hield van Flanagans, meer dan van wat dan ook. Als jullie eens wisten hoe trots hij was op al het werk dat jullie verzetten. Ik beloof jullie, ik zweer, dat ik het werk in zijn geest zal voortzetten, ik hoop dat jullie me daar de tijd voor gunnen. Ik weet dat ik jong ben en groen op dit gebied, maar ik leer snel en ben bereid om hard te werken.'

De meeste vrouwen keken enthousiast naar haar en klapten met hun handen in de lucht. Linda keek hen dankbaar aan.

'De eerstkomende vier weken wil ik werkervaring opdoen op

alle afdelingen van het hotel. Ik wil alles leren over wat jullie hier dagelijks doen. Ik had gedacht de eerste praktijkweek in de keuken door te brengen en hoop dat ik jullie tot hulp kan zijn en niet alleen maar in de weg loop.' Nu zag ze mensen glimlachend naar elkaar knikken, alsof ze het een goed idee vonden. Mooi. Ze was bezorgd geweest dat het andersom zou zijn. Dit was immers voor haar de enige manier om het vak te leren.

Ze hoorde een stoel over de vloer schrapen. Sebastian stond op. Linda begreep ongeveer wat er ging komen. En dat waren vast geen succeswensen.

'Hoe denkt Miss Lansing dat leveranciers die gewend zijn zaken te doen met een man, zich zullen opstellen?'

'We zijn neef en nicht van elkaar, Sebastian. Je kunt me Linda noemen zoals je al die jaren hebt gedaan.' Ze glimlachte vriendelijk. 'Maar het antwoord op jouw vraag is dat ik niet van plan ben zaken te doen met mensen die me niet respecteren.' Ze hield zijn blik vast. 'Dus willen ze hun waren aan Flanagans leveren, dan zullen ze mij en mijn personeel, of het nu mannen of vrouwen zijn, met respect moeten behandelen.'

Ze zag Laurence glimlachen vanaf zijn zitplaats. Zijn geringschattende, valse glimlach en minachtende blik konden haar niet bang maken. Hij was een smeerlap en ze hoopte dat het personeel dat ook zag.

'Nu is het zo dat jij niet voor de volle honderd procent de eigenaar van dit hotel bent,' ging Sebastian verder. 'Wij, de eigenaren met een minderheidsbelang, denken dat een vrouw die bij Flanagans de scepter zwaait als bespottelijk beschouwd zal worden. Jij zult sowieso stoppen met werken wanneer je trouwt. Wij pleiten ervoor dat jij je positie per direct overdraagt. Laten we zeggen aan mijn broer Laurence, die hier tijdens de ziekte van je vader uitstekend werk heeft verricht.'

Er klonk weer applaus. Helaas meer dan even daarvoor voor haar.

'Ik mag toch wel proberen te bewijzen waar ik voor sta,' zei ze. 'Mij diskwalificeren op basis van mijn geslacht is belachelijk en niet meer van deze tijd, dat weet jij ook. Ga zitten, Sebastian.'

Ze sprak zo hautain mogelijk tegen hem. Ze dacht aan haar oude lerares, juffrouw Borling, en hoe zij de snotneuzen in haar klas had aangepakt. Zo zou Linda haar neven behandelen. Als lummels.

Toen Linda na de bijeenkomst theedronk met haar grootmoeder, wat ze deze keer per se tussen de gasten in de salon wilde doen, borrelde ze van enthousiasme. Het personeel was helemaal niet zo eng als ze had gedacht. Verschillende vrouwen waren na afloop naar haar toe gekomen en hadden hun bewondering uitgesproken. Ze hadden haar gezegd dat ze haar alles zouden leren. Haar neven hadden zich koest gehouden nadat ze tegen Sebastian had gezegd dat hij moest gaan zitten.

'Dat zal ze leren,' fluisterde ze. Ze spraken zo zacht mogelijk. De theesalon was vol gasten, en hun gesprek moest tussen hen blijven. Er zouden Zweden in de salon kunnen zitten, er waren vreemdere dingen gebeurd.

'Toch denk ik dat je op je hoede moet zijn,' zei haar grootmoeder en ze boog zich nog dichter naar haar toe. 'Lummels kun je bij de oren grijpen. Maar ik denk dat deze twee beduidend gevaarlijker zijn. Wanneer ik dit aardse bestaan verlaat, heb je niemand meer die je daar aan kan herinneren, dus tot die tijd zal ik het af en toe zeggen. Vertrouw je neven niet.'

'Kun je eens ophouden met dat gepraat over doodgaan? Vooral nu ik zo blij ben,' zei Linda. 'Maar ik beloof je natuurlijk dat ik hen niet zal vertrouwen.'

'Goed dan. Vertel me nu meer over de bijeenkomst. Ik heb er bijna spijt van dat ik er niet bij was.'

Linda vertelde alles tot in het kleinste detail. Toen ze vertelde dat ze contact had gekregen met de vrouwen, werd ze helemaal warm vanbinnen. Ze waren zo aardig en vriendelijk geweest. Ze hadden haar welkom geheten, haar gecondoleerd met het overlijden van haar vader en gezegd dat ze het leuk vonden dat ze voor het eerst een vrouwelijke baas zouden hebben. Daarna hadden ze verteld dat ze zich niet veilig hadden gevoeld toen haar vader ziek werd.

'Laurence heeft hen niet met respect behandeld,' fluisterde Linda. 'Hij heeft ze in donkere hoekjes getrokken en betast, ook al zeiden ze dat ze dat niet wilden.'

'Wat een smeerlap,' zei haar grootmoeder fel.

Het had haar pijn gedaan te horen hoe haar neef zich had misdragen, maar vanaf nu was dat afgelopen. Ze zou hem het gat van de deur wijzen als hij ooit nog iemand van haar personeel aanraakte.

13

Mary kwam de salon binnenzeilen, gekleed in een strakke jurk van bleekgele zijde en een grote zonnebril op. Ze leek rechtstreeks van de kapper te komen. Er hing een aangename vanillegeur om haar heen. Het zag er bijna komisch uit hoe iedereen in de salon tegelijk het hoofd naar haar draaide en keek. Er werd gefluisterd en in Mary's richting geknikt.

'Je trekt wel de aandacht,' zei Linda glimlachend en ze trok een stoel uit voor haar vriendin.

Mary haalde haar schouders op. 'Ik weet het, ik ben het gewend,' zei ze. 'Laat ze maar kijken.' Ze glimlachte breed en gooide haar handtas op de lege stoel naast hen. 'Hoe is het met mijn nieuwe vriendin, ben je al begonnen met oefenen?' Ze sloeg haar benen over elkaar en schommelde met haar voet. Haar schoen bungelde aan haar tenen en Linda kon alleen maar kijken. Rode schoenen. Alleen iemand als Mary kon zulke schoenen dragen.

'Ja, en stel je voor, het gaat ook nog goed. Het personeel is aardig en heeft godzijdank een engelengeduld met me.'

'Werkt Laurence hier nog steeds?' vroeg Mary.

'Ken je hem?' vroeg Linda voorzichtig.

'Van sociale gelegenheden, hij heeft altijd een zwak voor me gehad.' Ze maakte een wuivend gebaar met haar hand alsof ze een irritante vlieg wegjoeg. 'Zijn broer ken ik van horen zeggen. Er doen veel verhalen over hem de ronde. Hij is blijkbaar een ladykiller. Hoe getrouwder, hoe beter.'

'Oei,' zei Linda, die het onderwerp familie liever vermeed.

'Zijn jullie close?' vroeg Mary.

'Dat is een lang verhaal, maar nee, we zijn niet close.'

Mary knikte. 'Ik begrijp het. Dat vermoedde ik al. Nou ja, laten we het over feesten hebben. Het feest van Flanagans, waar iedereen voor uitgenodigd zal willen worden.'

'Denk je echt dat het mogelijk is?' Linda voelde hoe de verwachting groeide. 'Hoe, waar, wanneer?' vervolgde ze nadenkend. 'Ik heb nog nooit iets anders dan verjaardagsfeestjes gehad en toen was ik nog klein, dus ik kan elke hulp gebruiken,' zei ze.

'Jouw zalen zijn gemaakt voor grootse feesten,' zei Mary en ze maakte met haar arm een weids gebaar door de ruimte. 'Kijk maar om je heen.'

Linda keek naar de gouden ornamenten op de muren, de glanzende, geboende vloeren, de vergulde kandelabers waar dansende vlammen de hele salon een extra gloed gaven. Aan het plafond boven de meubels hingen zeven machtige kristallen kroonluchters, waar haar vader erg trots op was geweest. In het midden van de ruimte bevond zich een verhoging waar een pianist klassieke succesnummers speelde. Ja, ze moest haar gelijk geven. Het was geknipt voor feesten.

'We moeten livemuziek hebben,' zei Linda verwachtingsvol.

'Dat niet alleen. We moeten de populairste orkesten van Londen hebben,' zei Mary.

Toen ze van tafel gingen, hadden ze samen een plan gemaakt. Het feest zou tijdens de maandwisseling, begin juni, plaatsvinden. Mary zou de datum van het feest onder haar kennissen verspreiden en het feest zou zo uniek worden dat iedereen die iets betekende, gewoon wel móést komen. Mary zei dat het helemaal niets zou uitmaken als sommige prominenten er niet meer bij zouden kunnen omdat het te vol was.

'Dat is alleen maar goed, snap je?' zei Mary tevreden. 'Dat maakt ons feest nog specialer en wanneer je geld gaat vragen, krijgen de belangrijkste gasten de mogelijkheid om met voorrang kaartjes te kopen. Voor het eerste feest moet je helaas de kosten zelf dragen, maar daarna kun je een goede prijs vragen,' zei ze. 'Geloof me, ik heb geen verstand van geld, maar ik weet waar mensen voor willen betalen.' Daarna had ze Linda rustig van top tot teen bekeken. 'Maar zo kun je je niet vertonen als je serieus genomen wilt worden. Als je over vier weken klaar wilt zijn, moeten we onmiddellijk beginnen met je transformatie naar een zwaan.'

Linda's lange haar lag in grote plukken op de grond. Om haar heen stonden drie mensen die over haar praatten alsof ze zich niet in de kamer bevond. Niet alleen haar vlechten moesten er aan geloven, blijkbaar waren haar wenkbrauwen ook te dik en haar nagels onverzorgd. Maar geen zorgen, ze zouden haar eens van top tot teen onder handen nemen, zeiden ze terwijl ze haar stoel draaiden.

Dit soort extravagantie was nieuw voor haar. Haar grootmoeder had tot nu toe haar haar geknipt. Ze waren geen van beiden ooit op het idee gekomen om naar een echte kapper te gaan. Eén keer in het jaar knipte haar grootmoeder een stuk van haar haar af en dat was dat. Zelfs haar vader had nooit gewild dat ze naar een kapsalon ging, maar hij was dan ook dol geweest op Linda's lange krullende haar dat zo op dat van haar moeder leek.

Ondanks de vele vergulde spiegels in de salon kreeg Linda het resultaat pas te zien toen alles klaar was. Ze was gespannen en verwachtingsvol. Hoe zou haar grootmoeder reageren wanneer haar kleindochter terugkeerde en er niet meer uitzag als een meisje uit Fjällbacka? Misschien vatte ze het op als een belediging, vond ze dat Linda zich beter voordeed dan ze was. Of zou ze begrijpen dat deze uiterlijke verandering nodig was? Linda's nieuwe rol vereiste dat ze er chique uitzag, daar viel niet aan te ontkomen.

'Kun je me ook met kleding helpen?' had ze Mary gevraagd, en toen de kapsters de schaar in Linda's haar zetten, ging Mary op pad om een uur later terug te komen met een paar jurken over haar arm. Achter haar liep haar chauffeur met de rest.

'We gaan je smalle taille benadrukken, proberen iets te doen aan het probleem op borsthoogte en geven je daarna wat heupen. Wat vind je daarvan?' vroeg Mary ongegeneerd nadat ze een rek tevoorschijn had getoverd om de kleren op te hangen. Ze zwaaide met een paar schoenen met hakken. Marineblauw met zilveren details. Linda had zoiets moois nog nooit gezien, of het moest de handtas zijn die Mary uit een doos haalde. Die paste precies bij de schoenen.

'Dit zou weleens te duur voor me kunnen zijn.' Linda had geen flauw idee wat zulke spullen kostten, maar goedkoop kon het niet zijn. Thuis kocht ze hooguit een jurk voor de winter en een voor de zomer.

'Maak je daar maar niet druk om. Mr. Selfridge en mijn vader waren ooit erg goede vrienden en ik ben een goede klant. Als wij beloven dat jij van plan bent je personeel in de kleding uit hun warenhuis te steken, beloof ik je dat ze je een mooie korting geven op je eerste aankoop.' Mary klapte in haar handen en glimlachte verrukt. 'Er zal over je gepraat worden, let maar op.'

Mary stond erop met haar mee terug te gaan naar het hotel om haar grootmoeder gedag te zeggen, en na alle hulp die Linda gedurende de hele dag had gekregen, kon ze natuurlijk geen nee zeggen. Maar het liefst was ze met haar grootmoeder alleen geweest wanneer ze thuiskwam met haar nieuwe look. Als haar grootmoeder het niet mooi vond, zou ze dat onmiddellijk laten blijken. Ze verborg haar mening niet, en Linda wilde niet dat Mary de schuld zou krijgen. Linda had zelf om hulp gevraagd, ook al had ze toen ze zichzelf na afloop in de spiegel had gezien, niet begrepen wie haar daar aan stond te kijken.

Ze had oogschaduw op, haar haar lag in stijlvolle golven rond haar hoofd en werd met speldjes uit haar gezicht gehouden. Haar wangen hadden een zachtroze tint en haar lippen waren rozerood. Haar oude kleren zaten in een zak en ze droeg nu kleren van Christian Dior. Een witte blazer die haar heupen, borsten en een taille gaf, precies zoals Mary had beloofd, en een jurk met een wijde rok die rond haar benen danste wanneer ze liep.

Ze had zich nog nooit zo mooi gevoeld.

Ze was nerveus toen ze op de deur van het appartement klopte en riep dat ze een vriendin had meegenomen. Linda wist dat haar grootmoeder er goed verzorgd uit wilde zien wanneer er mensen langskwamen en ze wilde haar niet overvallen.

Haar grootmoeder was stomverbaasd toen ze Linda zag. Ze vergat zelfs Mary te begroeten, die haar de gelegenheid gaf haar kleinkind in alle rust in zich op te nemen.

'Wat ben je mooi,' zei haar grootmoeder nadenkend en ze leunde zwaar op haar stok.

Linda kon het niet helpen dat ze tranen in haar ogen voelde branden. Haar lieve, zorgzame grootmoeder.

Ze wees naar Mary. 'Oma, dit is mijn vriendin Mary. Ze heeft me vandaag met alles geholpen.'

Haar grootmoeder stak haar hand uit en zei de enige Engelse woorden die ze kende: '*Thank you*.'

Terwijl Linda thee bestelde, waren haar grootmoeder en Mary met elkaar in gesprek. Ze kenden elkaars taal niet, maar dat leek totaal geen belemmering voor hen te zijn.

Toen de dag van het etentje met Fred was aangebroken, was Linda een zenuwinzinking nabij. Toen ze probeerde de rouge op dezelfde manier aan te brengen als in de salon, kreeg ze alleen maar grote vlekken. En haar haar krulde als een gek en zag er net zo waardeloos uit als eerder. Alleen was het nu korter, waardoor het natuurlijk alleen maar nog onhandelbaarder was. Het enige wat haar wel lukte was de donkere oogschaduw, maar ze wist dat als ze niet oppaste het binnen de kortste keren op haar wangen zou zitten en zich zou vermengen met het roze. Mary had haar gewaarschuwd, gezegd dat ze absoluut niet in haar ogen mocht wrijven. 'Maar wat als het jeukt dan?' had Linda gevraagd. Mary had gelachen en gezegd dat ze zich daar niets van moest aantrekken.

'Kom, kom, kin omhoog,' zei haar grootmoeder toen Linda uit de badkamer kwam. 'Je hebt een etentje met een jongeman, als ik jou was, zou ik toch wat vrolijker kijken.'

'Maar kijk dan hoe ik eruitzie,' zei Linda en ze schudde haar hoofd. 'Vel over been met krullen.' Ze keek naar beneden naar wat Mary 'een paar echt mooie stelten' had genoemd.

'Ja, maar je ziet er best aardig uit,' glimlachte haar grootmoeder. 'Het zal je nog verbazen hoe ver je daarmee komt.'

'Dat wordt een grootmoeder ook geacht te zeggen,' zei Linda. 'Die arme Fred zal zich afvragen wat hij zich nu op de hals heeft gehaald.'

'Dom meisje, toch. Ga nou maar een van je mooie jurken aantrekken. En ik wil geen woord meer horen over hoe je eruitziet. Er zijn heel wat belangrijkere zaken om aan te denken,' zei haar grootmoeder streng, en Linda koos er daarom voor om de rest van haar klaagzang in te slikken. Haar grootmoeder kon lang mokken als je haar uitdaagde en dat zou op dit moment niet goed zijn. Voor iemand die zo oud was – en zo dicht bij de dood, zoals ze minstens één keer per dag beweerde – had ze een humeur dat je het liefst vermeed.

In Fjällbacka had Linda zich nooit druk gemaakt over de vraag of ze wel goed genoeg was. Daar had iedereen haar van kleins af aan gekend, en vermoedelijk stonden er maar weinig mensen bij stil hoe ze eruitzag. Degenen die als kind werden gepest, waren nu allemaal volwassen en hopelijk niet zo veroordelend.

In Londen was het anders. Linda zou hier nooit in de massa opgaan. Het lukte haar niet eens om een sigaret te roken. Toen ze het had geprobeerd, had ze het gevoel gehad dat ze elk moment kon overgeven. Jaloers zag ze hoe genotvol het eruitzag wanneer Mary een trekje nam. 'Doet het pijn?' had ze gevraagd en toen had Mary geantwoord dat je moest oefenen. Vaak. Daarna was het puur genot.

Linda moest gewoon leren roken. Ze zou oefenen op de binnenplaats waar niemand haar zag, besloot ze. Twee keer per dag tot ze haar hoofd in haar nek kon leggen en de rook net zo elegant kon inhaleren als Mary.

Toen er op de deur werd geklopt, was Linda een wrak. Ze had zich wel honderd keer verkleed en mocht ze dit etentje overleven, beloofde ze zichzelf, dan zou ze zichzelf dit nooit meer aandoen. Ze zou thuisblijven bij haar grootmoeder en leren borduren.

Ze haalde diep adem en opende de deur voor Fred.

'Hoi, welkom,' zei ze, en ze nam het schattige boeketje aan dat hij haar aanreikte. 'Kom verder, ik zal dit even in het water zetten,' zei ze en ze liep in haar hoofd na waar haar vader een lege vaas zou kunnen hebben opgeborgen. Ze kon het hoofd van de huishouding onmogelijk voor zo'n privékwestie lastigvallen.

Ten slotte loste ze het op door de bloemen die in haar slaapkamer stonden, weg te gooien en met een blij gezicht kwam ze terug naar de woonkamer, waar ze Fred zolang op een van de banken had laten plaatsnemen.

Hij zat met kaarsrechte rug op het puntje van de bank. In de stoel ernaast was haar grootmoeder gaan zitten.

'Kijk eens wat voor mooie bloemen ik heb gekregen,' zei Linda en ze liet de vaas met het boeketje aan haar grootmoeder zien.

Toen zag ze Freds benauwde gezicht.

'Heeft ze geprobeerd Zweeds met je te praten?' zei ze glimlachend. 'Ze denkt dat als ze maar duidelijk genoeg praat iedereen het begrijpt.'

Hij zei nog steeds niets. Dat was toch wel wat vreemd, dacht Linda. Want toen ze elkaar laatst hadden gezien, was hij een vlotte prater geweest.

Nu glimlachte hij geforceerd en daarom leek het haar het beste om voor te stellen dat ze zouden gaan. Ze vertaalde vaak, zodat haar grootmoeder ook mee kon doen aan een gesprek, maar dan moest er wel gepraat worden.

Pas toen ze in de lift stapten, leek hij te ontspannen.

'Het is alsof dat soort oude vrouwen dwars door je heen kijkt,' zei hij.

'Ja, mijn grootmoeder kan dat. In een oogopslag ziet ze wat voor vlees ze in de kuip heeft,' zei Linda.

'Dan hoop ik dat ik goedgekeurd ben door haar onderzoekende ogen.' Hij keek Linda zo intens aan dat ze haar ogen neersloeg.

Er gebeurde iets binnen in haar wanneer hij haar zo aankeek, net als bij het diner. Ze was er nog niet uit of dat een goed of een slecht teken was.

'Je ziet er erg mooi uit,' zei hij. 'Mooie jurk. En nu zie ik dat je bij de kapper bent geweest. Ik vroeg me al af wat er anders aan je was. Staat je goed.' Hij glimlachte breed. 'Ik heb vanavond het knapste tafelgezelschap van iedereen.'

'Dank je.' Ze voelde hoe een vuurrode kleur zich al over haar roze wangen verspreidde. Nog een compliment en ze zou zich alleen maar ongemakkelijk voelen.

'Je ziet er zelf ook erg mooi uit,' zei ze om een compliment terug te geven. Zijn donkere pak zat hem als gegoten en zijn haar zat nog steeds perfect nadat hij zijn hoed had afgenomen om haar grootmoeder te begroeten. Een vleug aftershave maakte haar een tikje duizelig.

Hij keek haar verbaasd aan. 'Wat aardig. Ik kan me niet herinneren dat een vrouw dat ooit tegen me heeft gezegd.'

De liftdeuren gingen open en ze liepen naast elkaar naar de uitgang van Flanagans.

Het was alsof dit de eerste keer was dat Linda uitging met een man en dat was echt niet zo. Maar de manier waarop, met een etentje, mooie kleren en schoenen met hakken, dat was nieuw. In Fjällbacka ging je dansen of naar Gröna Lid, maar dat was anders en heel wat ontspannener. En, moest ze toegeven, gemakkelijker.

Het was een warme lentedag en ze had niet eens een vest over haar jurk nodig. Buiten stonden de taxi's in rijen opgesteld te wachten. Fred liep er snel naartoe, fluisterde waar ze naartoe moesten en hield toen het portier voor Linda open.

Toen de taxi stopte in Coventry Street, vlak bij Piccadilly, wist Linda waar ze was, ze herkende het. Ze zei niets, en glimlachte alleen naar hem. Hij wilde dat de restaurantkeuze nog een verrassing bleef. En hij kon immers niet weten dat ze al talloze keren met haar vader bij Scott's was geweest. Als de maître d'hôtel haar niet had herkend, had ze kunnen doen alsof dit haar eerste bezoek aan dit restaurant was, maar dat ging niet toen hij hen welkom heette en haar daarna condoleerde.

'Uw neef is hier, Miss Lansing, wilt u bij hem aan tafel zitten?'

'Beslist niet,' antwoordde Fred snel, en Linda dacht dankbaar dat het fijn was dat hij het zei, dan hoefde zij het niet te doen. Fred wierp een snelle blik op haar. 'Zo ver mogelijk bij je familie uit de buurt, toch?'

'Absoluut.'

Linda zag haar neef nergens toen ze plaatsnamen, en algauw was ze zelfs vergeten dat ze in dezelfde ruimte zaten. Fred was grappig, attent en bleek een eersteklas connaisseur te zijn. Ze liet hem voor hen beiden bestellen en de vele kleine gerechten werden weggespoeld met champagne, die werd geserveerd in mooie brede glazen. Linda dronk voor de zekerheid voornamelijk water. Ze vond aangeschoten zijn niet fijn en trouwens, haar gevoelens voor Fred maakten haar al licht genoeg in haar hoofd. Dit had ze nooit eerder voor iemand gevoeld. Ze hoopte vurig dat hij haar nog voor het einde van de avond zou kussen.

'Dus afgezien van je grootmoeder ben je helemaal alleen?' vroeg hij.

Ze haalde haar schouders op. Eigenlijk wilde ze het niet hebben over haar eenzaamheid, want op dit moment voelde ze zich allesbehalve eenzaam. Mary was een geschenk uit de hemel, haar grootmoeder was bij haar in Londen en ze had de beste vriend van haar vader, Andrew, die op haar lette. Wat meer kon ze zich wensen?

Zijn ogen waren omlijst door een netwerk van ragfijne rimpeltjes. Zou ze vragen hoe oud hij was? Dertig, misschien? Hoewel het haar eigenlijk niet kon schelen. Freds leeftijd was perfect, besloot ze. Zijn vingers streelden over de voet van het champagneglas en Linda wenste vurig dat die vingers haar zouden strelen. Daarna liet de gedachte haar niet meer los dat deze man haar misschien zou inwijden in iets wat ze nog nooit had meegemaakt. Zou ze iemand zo dichtbij durven laten komen?

Hoewel ze dacht dat ze maar een druppel had gedronken, was ze toch een beetje draaierig toen ze uiteindelijk het restaurant verlieten. Het was een fantastische avond. Freds hand raakte af en toe licht de hare aan, en elke keer voelde ze een schokje. Toen hij ten slotte haar hand vastpakte, benam het haar bijna de adem. De hele weg terug naar Flanagans liepen ze hand in hand.

Het was een heldere nacht. Voor het hotel bleven ze staan, zwijgend en betoverd. Terwijl ze dicht naast elkaar stonden, keken ze naar de hemel. Geen van beiden wilde een eind maken aan de avond en welterusten zeggen. Toen ze huiverde, gleed hij snel uit zijn colbert en legde dat over haar schouders.

'Zeg dat je me nog een keer wilt zien, Linda.' Zijn ogen stonden vragend, alsof hij niet had begrepen dat dit een van de mooiste avonden in haar leven was geweest.

Ze keek stralend naar hem op en glimlachte. 'Graag.'

14

'O, wat hou ik van Flanagans,' riep Mary enthousiast uit en ze draaide een keer rond op de zwart-wit geblokte marmeren vloer in de foyer. Toen ze bleef staan, keek ze naar Linda. 'Je ziet er vandaag geweldig uit,' zei ze glimlachend nadat ze Linda van top tot teen had bekeken.

Dat deed Linda goed, omdat de geruite jurk die ze droeg, haar favoriet was geworden. Een paar bij haar handtas passende zomerschoenen maakten de outfit helemaal af.

Mary zelf was weer even zo schitterend als altijd.

'Als je naar Flanagans gaat, trek je je mooiste kleren aan,' zei ze en ze streek haar strakke rok over de heupen glad. 'Zullen we daar gaan zitten?' Ze wees naar de victoriaanse zithoek bij de ingang van de salon.

'Daar kunnen de gasten ons zien.'

'Des te beter,' zei Mary. 'Laat ze maar eens zien dat twee vrouwen plannen kunnen bedenken.' Ze glimlachte enthousiast.

'Hierna moeten we een algemene vergadering houden,' zei Mary beslist.

Linda liet haar de leiding nemen. Zelf had ze nog nooit in haar leven een feest georganiseerd en ze was meer dan dankbaar voor Mary's voortvarendheid. Dit moest een succes worden, want het zou de eerste van een reeks feesten zijn. Eén keer in de maand, had Mary voorgesteld. Tussendoor zou Linda geheime herenclubs moeten huisvesten waar alleen de hoogste elite zich voor kon aanmelden. Alles wat Flanagans spannend maakte, was belangrijk. Vrouwenclubs waren ook interessant, maar in zo'n club moest iedereen ongetrouwd zijn. Bij mannen kwam dat niet zo nauw, volgens Mary.

'En de clubs mogen elkaar verdringen op de mooie marmeren vloer in de foyer,' had ze er met een schalkse blik aan toegevoegd.

Linda vond het een beetje bedenkelijk, maar ze wilde het natuurlijk niet op voorhand afwijzen. Alle ideeën die er mogelijk voor konden zorgen dat het hotel in de toekomst volgeboekt was, moesten in overweging worden genomen.

'Een groot overleg. Natuurlijk, wie wil je erbij hebben?' vroeg Linda.

'Allereerst de chef-kok, maar ook het restaurantpersoneel en de conciërge. We moeten de zalen wat omgooien, maar ik moet zeggen dat de foyer toch het meest geschikt is voor een groot feest. Wat vind je zelf? Ik wil dat je onderaan die indrukwekkende trap een magnifieke entree maakt,' zei ze en ze wees. 'Later verplaatsen we ons naar de salon waar het podium voor het orkest is. Wat denk je?'

Op de tafel voor hen lagen Mary's rood krokodillenleren map met alle aantekeningen, papier, pennen, en er was koffie en whisky. Linda hield niet van koffie met whisky, maar Mary beweerde stellig dat je beter kon denken met wat alcohol in je lijf.

'Vind je dat beter dan de eetzaal?' vroeg Linda.

'Ja. Laten we de deuren van de eetzaal openhouden, zodat je daar even naar binnen kunt glippen als je... laten we zeggen, wat meer privacy nodig hebt...' Ze schraapte veelbetekenend haar keel en het duurde even voordat Linda begreep wat ze bedoelde.

'Mary,' zei ze met opengesperde ogen.

'Een tikkeltje vulgair is goed. Lieve schat, je moet eens ophouden zo preuts te zijn, zo ontzettend... Fjällbacka.' Mary wuifde met het sigarettenpijpje in haar ene hand terwijl ze met haar andere hand het whiskyglas naar haar rood gestifte mond bracht. Ze maalde er totaal niet om dat het nog maar één uur 's middags was. Ze nam een slok en zette het glas weer op de onderzetter.

Een luide 'ah' van genot, een glimlach naar de mensen die langsliepen, en vervolgens leunde ze weer naar voren en haalde de gastenlijst uit de map.

Deze vrouw was een wonder van kennis en decadentie, en het was duidelijk dat Linda geen enkele kans had gemaakt in dit milieu als zij en Mary geen vriendinnen waren geworden. Maar alles hing af van het succes van het feest.

'Het is alsof je hier voor gemaakt bent,' zei Linda. 'Hoeveel van dit soort feesten heb je al meegemaakt?'

'Veel. Mijn ouders werden voor bijna alle feesten in het seizoen uitgenodigd en ik mocht mee. Mijn vader was bankdirecteur en dat was voldoende om uitgenodigd te worden, want een adellijke titel had hij niet. Maar daarentegen was hij klasgenoot geweest van een groot gedeelte van de adel op Eton, was hij altijd goedgemutst en kon hij goed dansen wanneer de kans zich voordeed.' Er trok een schaduw over haar gezicht. 'Hij overleefde de oorlogsjaren niet. Het werd te zwaar voor hem en hij mocht de vrede niet meer meemaken. De demonen wist hij in toom te houden met werk en dans, maar dat werkte op een gegeven moment niet meer.' Ze haalde haar schouders op. 'Op een dag, in 1944, nam hij een pistool en joeg zichzelf een kogel door het hoofd.'

'O nee, Mary, wat ongelooflijk triest.' Linda was zo in beslag genomen door haar eigen verdriet dat het niet bij haar was opgekomen dat anderen misschien ook een groot leed met zich meedroegen.

'Maar beloof me dat je dit aan niemand vertelt. De officiële versie luidt nog steeds dat hij overleed aan een hartaanval.'

'Natuurlijk. Dat beloof ik plechtig,' zei Linda ernstig. 'Hoe gaat het nu met je moeder?'

'Goed. Uitstekend. Niet lang daarna vond ze een graaf en tegenwoordig woont ze op een landgoed een paar kilometer buiten Londen. We zien elkaar als ze een of ander partijtje geeft. Dat is het enige waar ze zich druk om maakt. Gezellig, toch?' glimlachte Mary. 'Ik zal je een keer meenemen, zodat je kennis kunt maken met de hoge Britse adel. We willen ze hierheen halen en we willen het liefst dat ze voor verschrikkelijke schandalen zorgen.'

'Ik zou je wel in dienst willen nemen,' zei Linda. 'Als je een betaalde baan wilt, dan heb je er een.'

Mary zette grote ogen op. 'Ben je gek? Terwijl ik vrij kan zijn? Nooit van mijn leven. Maar bedankt, lieverd, dat was aardig van je.' Ze lachte luid en schudde haar hoofd om dit volkomen absurde idee dat ze zou werken om in haar levensonderhoud te voorzien.

'Oké, maar mocht je op een dag een baan nodig hebben, dan weet je waar je moet zijn,' zei Linda. 'Tot die tijd moet je het dan maar doen zonder betaling, want werken doe je wel.'

Mary keek Linda strak aan. 'Ja, maar ook dat is niet officieel.' Daarna glimlachte ze ontwapenend. 'Ik wil immers niet dat iemand denkt dat ik me kan inspannen.'

Toen ze klaar waren, was alles tot in de puntjes besproken. Linda had noch de uitleg van de chef-kok noch die van de maître d'hôtel nodig om te begrijpen dat de laatste pond in de kas zou worden uitgegeven aan dit feest. Als ze verkeerd gokte, was er niets meer over. Een half jaar konden ze het nog uitzingen, langer niet. Wat als ze de financiën niet op orde kreeg binnen die zes maanden? Ze kreeg pijn in haar buik als ze dacht aan het alternatief dat Andrew had gepresenteerd. Maar ze werd ook boos. Ze had gevraagd of hij het serieus meende. Het hotel verkopen aan haar neven? Dat was het domste wat ze ooit had gehoord. Zeker, ze zou misschien uiteindelijk gedwongen zijn om Flanagans te verkopen als Laurence en Sebastian de schulden die het hotel bij hen had, wilden incasseren, maar ze kon zelf haar kopers kiezen. En dat zouden beslist niet haar neven zijn.

Een week later gingen de uitnodigingen de deur uit en daarna volgde het nerveus wachten op de reacties. In de tussentijd werden de kristallen kroonluchters van het plafond gehaald om schoon te worden gemaakt, werden de ramen gelapt en werd het tafelzilver gepoetst. Iedereen hielp mee, zelfs haar grootmoeder. 'Eindelijk heb ik iets te doen,' zei ze.

Linda zag dat het haar grootmoeder goeddeed dat ze nodig was, en ze besloot om haar om advies te vragen over verschillende dingen die bij het werk in een hotel kwamen kijken. Haar grootmoeder had haar hele leven elke öre moeten omdraaien en het zou geen kwaad kunnen dat ze wat huishoudelijke tips van haar kreeg. Maar het belangrijkste was dat het haar opbeurde.

Op een middag nam Mary Linda mee naar Selfridges. Daar werd een jurk voor haar genaaid en het was tijd om te passen. Wat als de jurk niet paste? Fred had beweerd dat hij een nieuwe smoking zou dragen. Hij zou haar tafelheer zijn en hij wilde er elegant uitzien. Het minste wat ze kon doen, was hetzelfde doen voor hem.

'Wie is die Fred eigenlijk?' vroeg Mary zich af. Ze zat in een comfortabele fauteuil in de paskamer terwijl Madame Piccard op haar knieën met haar mond vol spelden met bontgekleurde knoppen om Linda heen kroop die doodstil stond zodat de zoom perfect zou worden.

'Hij is fantastisch,' antwoordde Linda met een gelukzalige glimlach.

'Ja, dat heb ik begrepen, maar wat weet je over hem?' drong Mary aan. 'Wie zijn zijn ouders, waar is hij opgegroeid, hoe is hij in de hogere kringen terechtgekomen? Hij is mij onbekend en ik weet eigenlijk altijd wie wie is. Hij heeft een kapiteinsrang, maar kapitein van wat?' Ze bracht het dun porseleinen theekopje naar haar pas gestifte lippen.

Linda luisterde niet goed. Alles was zo mooi in de winkel dat ze ogen tekortkwam. Zijden stoffen in alle kleuren van de regenboog, rollen van het zachtste fluweel, brokaat dat een koningin niet zou misstaan, wat zelfs Mary beaamde; ze had gezegd dat ze hier hoogstwaarschijnlijk ook voor het koningshuis naaiden. In een vitrinekast lagen tiara's te fonkelen, in een andere halssieraden waarin grote glimmende stenen verwerkt waren. Linda keek verlangend naar een halsketting die turkoois, donkerblauw en bijna zwart glansde. Ze zag Fjällbacka erin weerspiegeld, misschien was het ook maar beter dat die nooit van haar kon worden. Ze zou alleen maar voelen wat ze miste als ze hem droeg.

'Hallo, wakker worden, Linda.'

'Sorry, je zei iets over Fred?'

'Precies, ja. Wie is hij?'

Linda haalde haar schouders op. 'Ik weet het niet, ik mag hem erg graag… Is het zo belangrijk waar hij vandaan komt? Het kan me niet schelen.'

'Mij ook niet, zolang hij maar niets verbergt. Wees alsjeblieft een beetje voorzichtig.'

Linda was juist van plan niet langer voorzichtig te zijn. Dat was ze haar hele leven al geweest. Als Londenaar moest ze stoutmoediger zijn, dat had ze al wel begrepen. Ze wilde vrij zijn, onverantwoordelijk, zacht en warm. Precies zoals ze zich voelde als ze bij Fred was.

Hele dagen was ze bezig met ingewerkt te worden in het hotelwezen en besteedde ze al haar tijd en energie om in zo kort mogelijke tijd de dingen te leren die ze moest weten om het hotel te runnen. Die ochtend had ze doorgebracht met het hoofd van de huishouding en had ze geleerd hoe je een schema maakt voor het uitchecken van de gasten en het schoonmaken van de kamers. Wanneer het eindelijk avond was en ze Fred weer zag, liet ze alles los. Hij masseerde haar vermoeide schouders, drukte zijn lippen op haar hongerige lippen en de laatste keer dat ze elkaar hadden gezien, had ze zijn handen over haar hele lichaam laten gaan. Maar toen ze daarna 'stop' had gezegd, respecteerde hij dat onmiddellijk.

De man met wie ze verloofd was geweest, was maar blijven

aandringen, maar ze had niet toegegeven, het had niet goed gevoeld. Maar nu… Fred zou van haar een vrouw mogen maken. Dat wist ze zeker.

Madame Piccard leidde Linda naar de spiegel waarin ze zichzelf van top tot teen kon zien. 'Draai eens rond,' verzocht ze.

Linda zette grote ogen op. Het wijde onderste deel van de jurk bolde rond haar benen terwijl het bovenste deel strak aangesloten zat. Linda voelde zich als een danseres en draaide een paar keer rond voor Mary en de naaister tot ze duizelig werd.

'Je ziet er fantastisch uit,' zei Mary. 'Zo willen we je presenteren aan de society.'

Linda draaide voor de spiegel heen en weer, wiegde een beetje met haar heupen. Ze keek naar haar witte hals boven het decolleté van de jurk. Die halsketting…

'Hoeveel denk je dat die kost?' vroeg ze Mary en ze wees naar de vitrine waarin ze het fonkelende sieraad had zien liggen.

'Veel te veel, maar we kunnen hem misschien lenen. Ik zal kijken wat ik kan doen. Wat vind je van de jurk?'

'Zo'n mooie jurk heb ik nog nooit gezien,' zei Linda, en ze glimlachte naar Madame Piccard die het compliment dankbaar in ontvangst nam. 'Wanneer kan ik hem ophalen?'

Mary's jurk was al ingenomen. Ze had hem al een tijdje in haar kast hangen. Ze zou hem op een feest in Monaco hebben gedragen, maar ze had griep gekregen en had de reis moeten afblazen. Linda droomde van de Franse Rivièra. De mooie boten, de Middellandse Zee en het prachtige casino in Monte Carlo. Ze zou er nooit bij horen, natuurlijk, maar ze kon misschien wel toeschouwer zijn.

In het middelpunt stonden mensen als Mary, die een natuurlijk talent hadden voor sociale gelegenheden. Wanneer zij met anderen sprak, ging dat heel natuurlijk. Mary voelde zich nooit ongemakkelijk. Haar lach kwam altijd op het juiste moment, de vragen die ze stelde waren persoonlijk, maar nooit indiscreet en wanneer ze een gezelschap verliet voor een ander, werd ze lang nagekeken.

'Leer me hoe je dat doet,' zei Linda toen ze het atelier verlieten. 'Ik moet me toch ook onder de mensen kunnen mengen op de feesten die ik ga geven in Flanagans.'

'*Darling*, voor het jaar om is, ben je een van de populairste vrouwen van Londen, en hoef je alleen nog maar feesten te organiseren. De meeste mensen die je ontmoet, zijn idioten met een dikke portemonnee. Als je gewoon niet hardop zegt wat je van hen denkt, is succes verzekerd.'

Ze kuierden arm in arm verder en sloegen Oxford Street in naar Hyde Park. Het was een mooie dag. Er zat geen regen in de lucht en geen van beiden had haast.

Algauw waren ze bij Brompton Road. De straat was ontsnapt aan de verwoestingen in de oorlog en het grote warenhuis Harrod's verkocht weer luxe spullen. Het zou nog wel even duren voordat de vroegere glorie van Londen terug was, maar iedereen was ervan overtuigd dat het zou lukken. Haar neven hadden een fortuin verdiend aan de gevolgen van de oorlog. De bouwsector floreerde. Overal zag je bouwvakkers verwoeste huizen herstellen of nieuwe huizen bouwen op lege, platgebombardeerde plekken. Bij de ingangen van de overgebleven gebouwen die de oorlog hadden overleefd, stonden prachtige bloemstukken zodat het oog daarnaartoe zou worden getrokken in plaats van naar de geraamtes van huizen verderop.

Flanagans had geluk gehad. Haar vader had het hotel nog lang open kunnen houden en de bovenklasse driegangendiners kunnen serveren, terwijl hun landgenoten buiten op straat stierven. Maar tijdens de zwaarste luchtaanvallen had zelfs haar vader het moeten opgeven en het hotel moeten sluiten. Het was puur geluk dat het hotel niet was getroffen door een Duitse bom. Verschillende collega's van haar vader moesten toekijken hoe hun levenswerk in een klap met de grond gelijkgemaakt werd. 'Flanagans en de Big Ben werden gespaard,' had haar vader geëmotioneerd tegen Linda gezegd. Hij was er zeker van dat het was voorbestemd.

Toen Linda haar grootmoeder over haar vaders fatalistische zienswijze vertelde, snoof de oude vrouw zo hard dat het suikerklontje waardoor ze altijd de koffie langzaam opzoog uit haar mond floepte. Haar grootmoeder ging weliswaar naar de kerk, want dat deden de meeste inwoners van Fjällbacka, maar ze geloofde helemaal niets van wat de kerk leerde. In de keuken van Håkebacken kon je horen hoe ze over zonde, vergeving en de catechismus dacht. Elke zondag na de hoogmis was ze kwaad. Linda zag dat aan de manier waarop haar grootmoeder haar schort voordeed. Ze stond wild met haar armen te zwaaien en knoopte de band zo stevig om haar buik dat ze na een tijdje ademnood kreeg. Maar tegen die tijd was haar woede ook weggeëbd en kon ze vertellen wat haar zo kwaad had gemaakt.

'Wat hebben wij gedaan om Gods woede te verdienen? Als hij bestaat, hoe kon hij dan toestaan dat een groot deel van onze familie uitgeroeid werd?'

Als ze voor 1928 ook maar een beetje in God had geloofd, dan was dat in 1929 wel voorbij toen ze haar dochter had begraven en als weduwe alleen achterbleef met haar kleinkind op de arm.

Linda was diep in gedachten verzonken en was bijna vergeten dat Mary naast haar liep. Toen haar vriendin plotseling bleef staan, botste Linda tegen haar op.

'Sorry, ik was met mijn gedachten ergens anders. De oorlog.' Ze schudde haar hoofd. 'Er zijn hier overal nog zo veel sporen van.'

'Ik weet het, het is verschrikkelijk,' zei Mary. 'Maar omdat we zoveel geleden hebben, mogen we nu zonder gewetenswroeging nieuw kanten ondergoed kopen. Kom,' zei ze, wees naar een etalage en trok Linda mee naar de deur.

'Gaan we… hier naar binnen?' Zonder Mary zou Linda snel

voorbij een dergelijke etalage zijn gelopen en hebben gedaan alsof ze niet had gezien wat er uitgestald was.

'Ja, natuurlijk. Je kunt toch niet in je nieuwe jurk op het feest rondlopen zonder iets moois daaronder.' Mary hield de deur voor Linda open, die bezorgd om zich heen keek of iemand hen zag. Toen won haar nieuwsgierigheid het en glipte ze na Mary de winkel binnen.

Ze bleef bij de deur staan. Langs de muur stonden paspoppen zonder onderlijf opgesteld waarop de collectie lingerie van de winkel werd geëtaleerd. De cups waren merkwaardig puntig. Moest je zoiets dragen? Zo zagen borsten er toch niet uit?

Er klonk een verschrikte lach van een andere klant door de winkel, die Linda heel goed begreep.

'Dit is de laatste mode,' zei Mary terwijl ze iets omhoog hield wat eruitzag als een beha met ijshoorntjes. 'Deze is perfect voor jouw kleine borsten. Die moet je passen.' Ze keek om zich heen op zoek naar iemand die hen kon helpen.

De paar aanwezige paskamers waren bezet en alle medewerksters waren bezet. Mary zuchtte. 'Dan moeten we maar wachten,' zei ze. Ze zwaaide met een kleerhanger waar een korset op hing. 'Hier wordt Fred vast helemaal wild van.'

'Hou op,' siste Linda en ze keek verschrikt om zich heen.

Maar daar trok Mary zich helemaal niets van aan. Ze glimlachte van oor tot oor en hield hem voor haar bovenlichaam. 'Nou, als het niets voor mevrouwtje preuts is, dan koop ik hem zelf maar.'

'Is die niet te gewaagd?' fluisterde Linda en ze keek naar het geborduurde lijfje dat op sommige plaatsen doorschijnend leek.

'Ja, maar dat is ook de bedoeling,' glimlachte Mary. 'Mannen moeten tot waanzin worden gedreven voordat ze klaar zijn om geplukt te worden.'

Linda lachte. 'Ik heb altijd gedacht dat je ondergoed droeg voor jezelf.'

'Niet meer, darling, van nu af aan moet je een stap verder denken.' Ze hield een ander korset omhoog en bekeek zorgvuldig de achterkant. 'Deze is gemakkelijk uit te doen,' zei ze. 'Die moet je gewoon passen.'

Linda wist dat ze kansloos was, schouderophalend, en met een klein beetje opwinding, pakte ze het tikje vulgaire kledingstuk aan.

15

De dag voor het feest was de spanning in Flanagans tastbaar. Linda had alles drie keer met het personeel doorgenomen, toch was ze er niet helemaal van overtuigd of iedereen zijn taak wel had begrepen. In de keuken was het gekletter van pannen luider dan gewoonlijk. De chef-kok commandeerde zich hees en de lege kristallen glazen op de dienbladen rinkelden vervaarlijk toen de bediening ze over de net opgewreven vloer naar de feestzaal bracht. De gasten zouden bij binnenkomst worden verwelkomd met een glas gin-fizz. 'Champagne is saai,' had Mary gezegd. 'Je wilt anders zijn, toch?'

Grote vaten met ijs werden uit de kelder gedragen en in de bar stond zo veel drank dat er waarschijnlijk ook genoeg was voor het volgende feest. Als dat er nog kwam.

Er mocht niets fout gaan. Alles hing af van het goede gevoel dat de feestgangers mee naar huis zouden nemen, dat ervoor moest zorgen dat ze het hotel vaker zouden bezoeken. Zoals Mary haar had voorspeld, had bijna iedereen de uitnodiging geaccepteerd, en dat betekende dat er meer dan honderd personen op de wachtlijst stonden voor het geval er afzeggingen zouden zijn. Iedereen was benieuwd naar de nieuwe, jonge eigenaresse die zo onverschrokken Londens meest vooraanstaande mensen had uitgenodigd om, zoals het op de uitnodiging had gestaan, een nieuw tijdperk in te luiden. Mary had beloofd dat het zou aanslaan, want het ergste wat deze mensen zich konden voorstellen, was dat ze niet op de hoogte waren van de laatste nieuwtjes. Natuurlijk bestond de adel ook voor een groot deel uit zonderlingen die beweerden dat vroeger alles beter was, maar zelfs de ergste conservatieven wilden nu van de partij zijn en hun eigen conclusies trekken, aldus Mary.

Het hotel was die avond niet volgeboekt. 'Hou een paar kamers vrij voor eventuele reserveringen tijdens het feest,' had Mary geadviseerd. 'Niet dat je ondeugend gedrag moet aanmoedigen, natuurlijk niet, maar als het dan moet gebeuren, kan het net zo goed in een kamer van het hotel zijn. Iedereen die in jouw hotel aan geroddel ontsnapt, zal je eeuwig dankbaar zijn.'

Zonder Mary had Linda het niet gered. Zij had de ideeën, de contacten en was absoluut niet bang. Zij was het die had voorgesteld Laurence en Sebastian uit te nodigen om hen getuige te laten zijn van Linda's intrede in de society. Linda's maag draaide zich om als ze daaraan dacht. Ze was niet bang voor haar neven, maar voor wat ze zouden kunnen doen als ze het hotel uit hun handen zagen glippen.

Laurence zou binnenkomen met een minachtende trek op zijn gezicht en meteen de invloedrijkste mannen opzoeken, terwijl zijn jongere broer zich over hun vrouwen zou ontfermen. Het was alsof ze een stilzwijgende overeenkomst hadden, een geoliede machine, had Linda gedacht toen ze hen had gezien op een kleinere bijeenkomst waarvoor ze nog niet zo lang geleden was uitgenodigd. Het was zo duidelijk hoe ze de ruimte afwerkten en ze kreeg al buikpijn bij de gedachte aan hun plannen.

Andrew was van mening dat feesten organiseren het probleem van Flanagans niet structureel zou oplossen, en Linda begreep dat zijn waarschuwingen voortkwamen uit bezorgdheid om haar. Toch vond ze dat hij niet luisterde naar wat zij te zeggen had. Misschien zat hij ook vast in het stramien dat een vrouw kinderen moest baren in plaats van een hotel runnen. Per slot van rekening behoorde hij tot de oudere generatie.

Linda zuchtte, bukte zich en probeerde een vinger in de knellende schoenen te krijgen. Voor de zoveelste keer. De schaafwondjes op haar hielen, die ze al had gekregen toen ze ze de eerste keer had gedragen, waren nu open wonden. Ze had twee weken lang geprobeerd ze in te lopen. Bij elke gelegenheid had ze ze aangetrokken en geprobeerd eruit te zien alsof ze de kunst op hoge hakken te lopen verstond. Voor vanavond waren deze schoenen uiteraard geen optie. In plaats daarvan zou ze zich tevredenstellen met een paar lichte, dunne zijden schoenen waar ze in elk geval op kon lopen. Je zag toch niet wat ze onder de jurk aan haar voeten had, maar zij wist dat er in het appartement op de bovenste verdieping een paar schoenen met torenhoge hakken stond. Nou ja, ze had in elk geval haar beha met puntcups. Die zouden misschien de afwezige hoge hakken wel compenseren. Het was de vraag wat Fred ervan vond. Alles voelde lichter wanneer ze aan hem dacht. Hij en Mary zouden haar vanavond steunen, wat haar neven ook verzonnen.

Ze strompelde naar de lift en glimlachte verontschuldigend naar een ober met een vat ijs in zijn handen toen ze bijna tegen hem opbotste. Toen de liftdeuren dichtgleden, trok ze de schoenen uit. Ze moest iets anders aantrekken zodat ze kon helpen in plaats van als een idioot rond te strompelen.

'Weet je zeker dat je vanavond niet gaat?'

Haar grootmoeder zat half rechtop in haar bed toen Linda binnenkwam en naast haar ging zitten. Ze nam haar magere hand in de hare. Ook al maakte haar grootmoeder elke dag een korte wandeling, ze zag er nog steeds bleekjes uit.

'Het is lief van je dat je aan je oude grootmoeder denkt, maar ik zou het nog geen minuut uithouden in dat gedruis. Ik heb het hier zo heerlijk rustig,' glimlachte ze vermoeid.

'Dan zal ik ervoor zorgen dat iemand je straks een beetje eten brengt.'

'Dank je, daar verheug ik me op.' Haar grootmoeder sloot haar ogen. 'Ik denk dat ik nu nog even een dutje ga doen.'

'Doe dat, ik kom alleen even om wat anders aan te trekken en ga dan terug om te helpen.' Ze boog zich voorover en gaf haar grootmoeder een kus op haar voorhoofd. 'Slaap lekker.'

Linda had zich nog nooit zo mooi gevoeld. Haar korte kapsel zat precies zoals het moest, om haar nek fonkelde de halsketting die ze bij Selfridges had gezien, de nieuwe beha paste perfect onder de lichtblauwe jurk. Ze maakte zich er niet meer druk over dat ze schoenen met een lagere hak moest dragen. Mooier dan dit kon ze niet zijn.

Ze had Mary beloofd om pas haar entree te maken wanneer alle gasten gearriveerd waren. 'Alleen.' had Mary gezegd. 'Het is belangrijk dat je laat zien dat je dit alleen kunt. Ik zal ervoor zorgen dat alle ogen op jou gericht zijn wanneer je de trap af daalt. Je kunt maar één keer een eerste indruk maken. Doe het met opgeheven hoofd en blijf af en toe staan om over je gasten uit te kijken. Daarna eten ze uit je hand.'

Een blik op haar horloge en Linda zag dat het tijd was.

Ze stond te trillen op haar benen en haar hart klopte in haar keel. Ze haalde diep adem en verliet het kantoor. Bij de balustrade bleef ze even staan om over de foyer uit te kijken.

Nog nooit had ze zo veel feestelijk geklede mensen bij elkaar gezien. De kleermakers van Londen hadden sinds de oorlog niet meer zo veel bestellingen gekregen en eindelijk konden de juwelen uit de kluis gehaald worden. Vanavond toonde iedereen zijn bezit en rond de nek van iedere vrouw schitterden grote sieraden. Zelfs de bediening zag er opgewekt uit. Het was voor hen natuurlijk een gelegenheid om de crème de la crème van Londen te zien.

Iedereen die iets betekende, was er. Atleten die het voorgaande jaar goud hadden gewonnen op de Olympische Spelen, lords, baronnen, prinsessen, kunstenaars, toneelspelers, en bankiers, iedereen die Flanagans kon maken of breken. Ze zag haar neven naar haar omhoogkijken en naast de trap stond een breed glimlachende Fred. Ze zag dat Andrew iets verderop met iemand in gesprek was, terwijl Mary met een paar bekenden praatte en naar haar wees. Steeds meer mensen wendden hun blik naar Linda, die nu op de bovenste tree van de trap stond. Het was tijd om naar beneden te gaan en de gasten persoonlijk te begroeten.

'Je hoeft alleen maar te glimlachen en hen welkom te heten,' had Mary gezegd.

Linda zette zich schrap en schreed met een stralende glimlach de trap af.

Na een paar welkomstwoorden voor zowel onbekenden als bekenden, werd ze gered door Mary en Fred die haar even lieten bijkomen voordat ze aan haar rondgang langs de gasten begon. Het kon zomaar een avond van grote schandalen worden, vertelde Mary toen Fred iets te drinken voor haar haalde, en toen ze Linda's verschrikte gezicht zag, stelde ze haar gerust dat dat geheel volgens plan was.

De vijftien kamers die voor die nacht nog vrij waren geweest, waren nu geboekt. De reserveringen waren volgens Mary gedaan onder valse namen als Clark Gable en op naam van de chauffeur. 'De meesten hebben immers een vrouw thuis zitten,' zei ze. 'Niemand weet het, en toch weet iedereen wat er zich afspeelt, en wie de grootste boeven zijn.'

Linda huiverde. 'Ik wil het niet weten,' fluisterde ze.

'Ook niet dat Sebastian van plan is hier vannacht te blijven?' glimlachte Mary.

'Heeft hij een kamer geboekt?' Dat verbaasde Linda. Hij woonde toch in de stad, hij had toch geen kamer nodig?

'Ik denk dat hij hem een paar uur nodig heeft en daarna naar huis gaat,' zei Mary. 'Er zijn er meer die dat zo doen.'

'Dus je bedoelt dat...' Linda kon de zin niet afmaken. Dat was toch echt niet wat ze voor haar hotel in gedachten had gehad.

Mary knikte. 'Hoe meer alcohol, hoe roekelozer.' Ze wervelde weg tussen de gasten.

Linda wachtte op Fred. Ze vroeg zich af wat haar vader gezegd zou hebben als hij wist dat nu in zijn hotel drank rijkelijk vloeide en de huwelijksbelofte een loze belofte bleek. Zou hij er iets van hebben gevonden of zou hij hebben gezegd dat ze zich niet moest bemoeien met wat de gasten deden op de kamer waarvoor ze hadden betaald?

Fred legde een hand op haar onderrug en reikte haar een drankje aan. 'Hier, lieverd. Gefeliciteerd. Het lijkt erop dat je feest een succes is.' Hij hief zijn glas naar haar. 'Proost, op jou. En op mij, omdat ik jou zo in mijn armen mag houden.'

Linda keek hem aan.

'Ja, we gaan dansen,' zei hij glimlachend.

Die glimlach...

'Natuurlijk gaan we dansen,' zei ze en ze tikte haar glas tegen het zijne.

Even later zwierde hij met haar over de dansvloer. Hij was een uitstekende danser en zij was licht als een ballerina in zijn sterke armen. Het orkest was geweldig, precies zoals Mary had gezegd. Algauw was de dansvloer stampvol met dansende mensen.

Fred trok Linda naar de zijkant, de gang in die naar de kamers op de begane grond voerde.

'Wat doe je?' Linda was wat licht in haar hoofd na de dans en de alcohol. Het feest liep op zijn einde en ze was zowel opgelucht als opgewonden door het succes.

'Ik wil je kussen,' zei hij zacht. 'Maar niet in het bijzijn van je gasten.'

Hij trok haar nog verder mee de gang in een hoek om en kuste haar. Zijn kus benam haar de adem, werd intenser. Ze duwde zich tegen hem aan en woelde met haar handen door zijn haar. Ze verlangde naar meer. Veel meer. Haar lichaam boog zich tegen het zijne. Ze kreunde.

'Ik wil je,' mompelde hij. 'Mijn god, wat wil ik je graag.'

Lachend duwde ze hem van zich af. 'Ik moet terug naar mijn gasten.'

'Dat snap ik, maar daarna ben je alleen van mij,' zei hij zacht.

Toen de allerlaatste gasten het hotel hadden verlaten, trok Linda haar schoenen uit en daalde ze af naar de keuken om het personeel te bedanken. Ze hadden zich deze avond het vuur uit de sloffen gerend en zonder hen zou het niet zo'n succes zijn geworden. Daarna zocht ze Mary op die zich met een lange elegante man in de eetzaal bevond. Ze gingen snel uit elkaar toen Linda binnenkwam om te bedanken en de man verliet beschaamd de zaal.

Mary leek zich totaal niet te generen. 'Het was een fantastisch feest, ik heb vanavond met heel veel mannen kunnen flirten,' zei ze vrolijk.

'Flirt jij maar zoveel je wilt,' zei Linda. 'Ik wilde alleen maar zeggen… zonder jou, Mary…'

'Dank je, darling, wat hebben we het leuk gehad, hè?'

Linda liep over van emoties. Het was een avond om nooit te vergeten. Zelfs Laurences kille blik vanaf zijn plek bij de financieel experts had de glimlach niet van haar gezicht kunnen halen. 'Hij wil een bondgenootschap met hen aangaan,' had Mary gefluisterd. 'Zij zijn belangrijker voor hem dan de adel.'

Fred wachtte buiten de eetzaal op Linda.

'Kom,' zei ze en ze trok hem mee naar de liften aan de andere kant van het gebouw.

Ze beheersten zich in de lift en op weg naar haar appartement. 'We mogen mijn grootmoeder niet wakker maken,' fluisterde ze voor de deur. 'Dus we moeten heel rustig doen.'

Het was stil en donker in het appartement. Haar grootmoeder was in een diepe slaap. Linda liep op haar tenen met Fred achter zich aan door de suite naar haar slaapkamer.

Haar jurk had wel honderd knoopjes, en bij elk knoopje dat hij losmaakte kuste hij haar rug. Ze was als was in zijn handen. Zoiets had ze nog nooit eerder gevoeld.

'Schiet op,' spoorde ze hem aan.

Algauw lag de jurk als een wolk rond haar voeten. Dankzij het maanlicht lichtten de nieuwe beha en het korset krijtwit op in de donkere kamer. Het was een magische nacht. Ze strekte zich naar hem uit.

'Wacht,' zei hij en hij trok snel zijn kleren uit. Nu kreeg ze te zien wat ze tot nu toe alleen maar had gevoeld. Zijn harde spieren. Zijn borstkas die van opwinding op en neer ging.

'Ik heb dit nog nooit gedaan,' fluisterde ze. 'Je moet me helpen.'

Oneindig behoedzaam en teder nam hij bezit van haar lichaam. Zijn lippen waren overal, zochten zich een weg naar plekjes waarvan ze niet wist dat ze die had en binnen de kortste keren spande ze haar lichaam tot een boog toen het genot daar doorheen schoot.

Hijgend liet ze zich terugvallen op het bed. Zweetdruppels glansden in het zachte maanlicht dat door het raam naar binnen viel. Hij leunde op een arm en keek naar haar.

'Ik wil hetzelfde voor jou doen,' zei ze zacht. 'Wil je dat?'

Pas een hele poos later verloor ze daadwerkelijk haar onschuld. Wat tot dat moment een enorm genot was geweest, werd plotseling pijnlijk. Maar Fred had haar gewaarschuwd en gezegd dat het maar even zou zijn en het duurde inderdaad niet lang voordat de pijn in iets anders overging. Ze kon haar ogen niet afhouden van zijn heupen die steeds sneller tegen die van haar deinden. Hij boog zich naar haar toe en kuste haar intens terwijl zijn stoten harder werden. Vanbinnen bouwde zich iets in haar op, zwol aan en toen schoot opnieuw dat heerlijke gevoel weer door haar lichaam. Ze kreunde onder zijn lippen. Het volgende moment bleef hij zwaar op haar liggen. Hij schokte toen ze bewoog, glimlachte en streelde een haarlok van haar voorhoofd, waarna hij uit haar gleed en naast haar ging liggen met zijn hand op haar buik.

Plotseling geneerde ze zich. Het was helemaal niet in haar opgekomen zich te bedekken en nu werd ze zich opeens heel erg bewust van haar kleine borsten en uitstekende heupbotten.

Ze reikte naar het laken om het over zich heen te trekken, maar hij hield haar tegen.

'Niet doen, ik wil naar je kijken,' zei hij teder.

'Ik voel me naakt niet zo op mijn gemak,' zei ze oprecht.

'Na dit? Dat meen je toch niet? Je lichaam is als gemaakt voor de liefde en jij en ik zijn nog maar net begonnen,' glimlachte hij. 'De volgende keer mag je mij berijden.'

Ze voelde hoe haar wangen vuurrood werden. 'Zeg dat nou niet. Ik ga echt niet...'

Zijn lippen smoorden haar woorden en zijn tong drong zich opnieuw tussen haar lippen. Kreunend legde ze haar armen om zijn nek. Haar lichaam maakte zich opnieuw gereed toen zijn sterke benen zich tussen de hare wrongen en zijn hand behoedzaam tastend haar vochtige opening vond. Hij bewoog zijn vinger zo zachtjes dat haar onderlijf zich verlangend naar zijn hand strekte.

'Het vermogen van een vrouw tot genot is eindeloos,' fluisterde hij op haar mond. 'Ik wil je weer zien komen.'

Nadat Fred haar gedag had gekust en Linda de deur achter hem had dichtgedaan, sloop ze voorzichtig de slaapkamer van haar grootmoeder in. Hoewel de gordijnen niet waren dichtgetrokken, was haar grootmoeder in een diepe slaap. De straat aan deze kant van het hotel lag er stil en verlaten bij. Buiten stond een taxi met brandende koplampen.

Linda wilde net het gordijn dichttrekken toen ze tot haar verbazing zag dat Fred de achterafstraat in kwam lopen. Haar hart sloeg over. Ze was nu een vrouw, dankzij hem.

Maar wie stond hem daar op te wachten? Was dat...

Laurence stapte uit de auto. Hij leek ongelooflijk zelfvoldaan en gaf Fred een klap op zijn schouder terwijl hij hem iets overhandigde. Een envelop? Eerder op het feest hadden ze elkaar zelfs niet gegroet en Fred had nooit gezegd dat ze elkaar kenden.

En waarom gingen ze in godsnaam samen in de auto zitten?

En wat zat er in de envelop die Fred net had aangenomen?

Linda sloeg een hand voor haar mond en deinsde wankelend achteruit. De warmte in haar borst veranderde in een grote ijsklomp toen de waarheid tot haar doordrong.

16

Linda ijsbeerde door de kamer. Ze trok een zakdoek uit een bureaula, snoot luidruchtig haar neus en bleef vervolgens heen en weer lopen terwijl de gedachten door haar hoofd tolden. Hoe kon Fred haar zo bedriegen? Hij wist waar haar neven mee bezig waren, dat had ze hem verteld en ook over het dreigement, dat ze niets liever wilden dan van haar af zijn.

Maar stel dat Laurence Fred alleen maar een lift had aangeboden en dat hij niet had kunnen weigeren? Maar ze woonden immers niet in hetzelfde deel van de stad? Waarom hadden ze zich vriendschappelijk gedragen als ze geen vrienden waren?

Ze ging op haar bed liggen en vouwde haar handen op haar buik. De mooie jurk die Fred had losgeknoopt, hing nu in de kledingkast. Ze zou hem nooit meer dragen. Nee, ze zou hem weggeven. Als ze hem hield, zou die haar er alleen maar aan herinneren hoe verschrikkelijk dom ze was geweest.

Ze rolde zichzelf op in de foetushouding en sloeg haar armen om haar benen. Het voelde alsof haar hart uit haar lichaam was gerukt. Haar lijf voelde als één grote wond. Het was onverdraaglijk. Hoe kon hij? Terwijl ze had gedacht dat hij net zo verliefd op haar was als zij op hem. Moest ze met hem praten? Eigenlijk wilde ze dat, maar wat als hij haar nog meer sprookjes vertelde? Dat was hem tot nu toe goed gelukt.

Haar grootmoeder zou haar vragen hoe het feest was geweest en Mary zou niet ophouden voordat ze elk detail over wat er in bed was gebeurd, uit haar had losgekregen. Wat moest ze tegen hen zeggen?

Ze zou hun niet uit de weg kunnen gaan. Bovendien had haar grootmoeder zorg nodig. Ze had er de vorige dag zo moe uitgezien en hoe verdrietig Linda ook was, haar grootmoeder was het allerbelangrijkst. Fred kon naar de maan lopen, dacht ze in een opwelling van woede, maar daarna boorde ze haar hoofd weer ontroostbaar in het kussen.

Dat ze hem haar onschuld had gegeven was niet wat haar het meeste pijn deed, wel dat hij haar had bedrogen. En dat ze hem nooit weer zou kussen. Ze was verliefd geworden op de verkeerde man, dom jong ding dat ze was, en nu moest ze de consequenties aanvaarden.

Ze veegde een paar natte haarslierten weg die op haar gezicht plakten. Misschien hoefde ze haar grootmoeder niets te vertellen over haar verloren liefde, ze hoefde immers niet alles te weten. Je mocht best geheimen hebben als je eenentwintig was. Misschien kon ze het tegen Mary zeggen. Niet alles, maar de leugens en het verraad.

Plotseling ging ze rechtop zitten. Stel je voor dat ze zwanger was?

Hoe moest je zoiets weten als het je eerste keer was? Het was toch zijn plicht om voorzorgsmaatregelen te nemen? Het enige wat ze wist, was dat vrouwen maar gedurende een bepaalde periode zwanger konden worden, maar ze wist niet meer of dat nu voor of vlak na de menstruatie was. Wanneer was ze voor het laatst ongesteld geweest?

Ze zette haar voeten op het zachte vloerkleed en liep huiverend naar het bureau. De agenda waarin ze een kruis zette, lag naast de zakdoeken. Over een paar dagen zou ze haar menstruatie krijgen, zag ze. Dan was er nog niets aan de hand, hoopte ze, en ze legde de agenda weer terug in de la. Ze pakte nog een paar droge zakdoeken voordat ze de la weer dichtschoof.

Fred en haar neven lachten haar nu vast en zeker uit. Het goedgelovige meisje uit Fjällbacka.

Snikkend ging ze weer liggen. Wist ze maar wat er was gebeurd. Had Laurence Fred echt betaald om met haar de liefde te bedrijven? Zou hij zo ver gaan? Misschien was alles toch gewoon een misverstand. Ze kende Fred nu een paar weken en hij was de goedheid zelve geweest. Natuurlijk had ze het mis.

Haastig kwam ze overeind. Ze moest hem te pakken zien te krijgen. Ze moesten praten. Je mocht iemand niet zomaar veroordelen zonder zijn verhaal aan te horen. Alles kan worden opgelost als je er maar over praat.

'Ach,' zei ze teleurgesteld toen ze inzag dat er om vijf uur 's ochtends niets opgelost kan worden.

'Wil je weten wat ik denk?' vroeg Mary. Ze stond midden in de woonkamer met een glas in haar hand. De fles wijn was bijna leeg, hoewel het pas net middag was. Ze was meteen gekomen zodra Linda had gebeld en was diep verontwaardigd.

'Ja, dat is wel duidelijk,' antwoordde Linda. 'Ik wil weten wat ik moet doen.' Ze raakte een beetje versuft door de alcohol. Dat was lekker. En nadat ze de hele ochtend had gehuild, had ze waarschijnlijk geen tranen meer over.

'Ik denk dat Fred je een aanzoek gaat doen,' zei Mary en ze knikte. 'Ja, ik weet het zeker, dat is het.'

'Je maakt een grapje zeker?' Linda keek haar sceptisch aan. 'Waarom zou hij dat doen?'

'Ik weet het honderd procent zeker. Laurence heeft Fred omgekocht. Hij heeft vast iets waardoor hij hem in zijn macht heeft. Eerst een huwelijk, dan een scheiding, wat zou betekenen dat Fred een deel van het hotel krijgt.'

'En?'

'Dat is toch niet goed? Dan kan hij zijn deel aan Laurence verkopen.'

'Denk je dat echt?'

'O ja, ik weet het zeker. Je bent naïef als je iets anders gelooft. Heb ik je niet de hele tijd gevraagd wat je over deze man wist? Nou, hier heb je het antwoord.'

Linda beet op haar lip. Had Mary gelijk?

Terwijl de gasten het diner geserveerd kregen in de inmiddels weer schone en opgeruimde eetzaal, werd er op de deur van het appartement geklopt. Linda was zich aan het omkleden. Ze was net weer terug op haar kamer nadat ze iedereen in de eetzaal welkom had geheten, zoals ze Mary had beloofd. Van het ene op het andere moment was Linda iemand met wie men graag gezien wilde worden.

Ze haastte zich om open te doen. Fred stond geleund tegen de deurpost met een boeket bloemen in zijn hand. Hij zag er niet in het minst beschaamd uit. Om zijn mondhoeken speelde een glimlach. Linda voelde een knagende twijfel opkomen. Had ze het mis gehad?

'Mijn grootmoeder slaapt,' zei ze zacht en ze knikte naar haar kamer.

Zijn glimlach werd breder en hij knipoogde, alsof hij wilde herhalen wat er die nacht ervoor was gebeurd.

Zodra ze in haar kamer waren en ze de deur had gesloten, trok hij zijn colbert uit en gooide het op haar bed.

Ze keek hem gereserveerd aan.

'Heb je het warm?'

'Ik krijg het warm van jou,' zei hij met nog steeds die grote glimlach.

'Ga zitten,' zei ze en ze wees naar een van de stoelen bij het raam. 'We moeten praten.'

Als hij nou eens die glimlach van zijn gezicht kon halen. Hij zag er voldaan uit. Het zou gepaster zijn als hij met enige ongerustheid naar haar keek. Wat betekende die grijns? Onwetendheid? Onschuld?

'Ik zag je vannacht met Laurence,' zei ze toen hij was gaan zitten.

Ze zag heel even iets in zijn ogen, maar het verdween zo snel dat ze niet kon beoordelen wat het was.

'Ja, stel je voor, hij stond voor het hotel met zijn auto en bood me een lift aan,' antwoordde hij. 'Dat was aardig, vond ik.'

'Vind je? Je weet toch hoe de relatie tussen mij en mijn neven is? Hoe goed ken je hem?'

'Helemaal niet zo goed, we zijn elkaar een paar keer tegengekomen, dat is alles.' Hij boog zich naar haar toe om een hand op haar knie te leggen, die ze meteen wegschoof.

'Waarom heb je dat nooit verteld?'

Hij keek haar niet-begrijpend aan.

'Dat ik hem heb ontmoet? Waarschijnlijk omdat ik dacht dat dat niet belangrijk was. Ik heb immers zo veel sociale contacten, dat weet je toch?'

'Ja, maar toen ik het over mijn neven heb gehad, heb je er met geen woord over gerept dat jullie elkaar kenden. Vind je dat niet vreemd?'

'Wat... Je bent jezelf niet vandaag, Linda. Ik dacht dat na gisteren...'

'Jawel, dat ben ik wel. Ik ben alleen wat wijzer dan gisteren.'

'Dat moet je me uitleggen,' zei hij smekend. 'Ben je boos omdat ik de lift van je neef heb aangenomen? Linda, alsjeblieft, schatje, toch, dat kun je toch niet...'

'Natuurlijk kan ik dat. Ik ken mijn neven en weet waartoe ze in staat zijn. Speel je met hen onder een hoedje?'

Hij zette grote ogen op. 'Ben je gek? Waarom zou ik dat doen?'

Ze haalde haar schouders op. 'Weet ik veel. Geld. Het zag eruit alsof je iets van hem aannam.'

'Nu moet je ophouden, schat. Zou ik dan hiermee zijn gekomen?' zei hij en hij ging staan. Uit zijn broekzak haalde hij een klein doosje, dat hij voorzichtig open maakte. Terwijl hij op zijn knieën ging hield hij het Linda voor.

Linda voelde zich helemaal leeg vanbinnen toen ze de volgende morgen op de deur van haar grootmoeder klopte. Het was tijd dat ze wat at en Linda wilde vragen of ze misschien de puf had om op te staan en in de woonkamer te gaan zitten. Het was niet goed voor haar om zo veel in bed te liggen en op de bank zou ze wat comfortabeler kunnen zitten. Linda zou een deken over haar heen leggen zodat ze het niet koud had. Ze zou zich bezighouden met praktische dingen, zodat Linda niet aan Fred hoefde te denken.

Hij had haar gesmeekt om er nog eens over na te denken. Maar daar peinsde ze niet over. Ze wilde hem en deze hele geschiedenis vergeten. Hij loog en raakte verstrikt in verklaringen. Hij zwoer dat hij van haar hield, maar waarom voelde zij dat dan niet?

Het was de tweede keer dat een man zei dat hij van haar hield en haar vervolgens pijn deed. Ze was er opnieuw in getuind. Maar dit was de laatste keer, beloofde ze zichzelf.

Linda haalde diep adem. Ze had haar grootmoeder en dat was genoeg. Ze zou nooit meer van iets anders dromen dan dat wat ze al had.

'Oma,' zei ze zacht toen ze de deur opende en naar het bed keek waar haar grootmoeder vredig lag te slapen.

Ze liep naar haar toe om haar wakker te maken en pas toen besefte ze dat er iets niet klopte. Alle kleur was uit haar grootmoeders gezicht verdwenen. Haar ogen stonden een beetje open.

'Oma. Wakker worden.' Hoewel ze zag dat haar grootmoeder er niet meer was, stootte Linda haar licht tegen de schouder. 'Alsjeblieft... je mag niet... oma, word wakker. Je moet wakker worden... je kunt me niet... verlaten. Je mag niet...'

'Dit is echt vervelend,' zei haar tante Laura toen ze een paar dagen later onaangekondigd Linda's slaapkamer binnenkwam. 'Maar nu is het tijd voor je om op te geven, lief kind. Laurence en Sebastian staan beiden klaar om je te helpen. En maak je geen zorgen, het hotel is in goede handen. En die afspraak waar we het met je over wilden hebben, staat nog steeds...' Ze stak een sigaret op voordat ze verderging. 'We hebben je niet nodig, begrijp je, lieve Linda, integendeel.' Ze liep naar het bed toe en streelde Linda vrij ruw over haar wang. 'Zoals gezegd, we hebben je niet nodig.'

De alcohol verdoofde goed. Het kon Linda niets schelen dat er een enorme dranklucht om haar heen hing. Sinds het overlijden van haar grootmoeder was ze geen dag nuchter geweest. Waarom zou ze ook?

Met hulp van Mary en Andrew was het lichaam van haar grootmoeder overgebracht naar Fjällbacka, maar van de begrafenis herinnerde Linda zich slechts flarden.

De kerk was tot de laatste plaats bezet geweest, dat herinnerde ze zich in elk geval wel. En er stonden bloemen bij het koor. De dominee had het over de vele verdiensten van haar grootmoeder gehad. Het was allemaal waar wat hij had gezegd.

Het was geen mooie begrafenis, het was gewoon vreselijk. Linda wilde de rouwsluier nooit meer afdoen.

De diepte van de zee bij Fjällbacka was verleidelijk. Nadat ze de kist van haar grootmoeder in het familiegraf hadden laten zakken, waar ook haar grootvader en moeder lagen, had ze lang naar de zee-engte bij Valö staan kijken. Ze had zich echter gehoorzaam omgedraaid toen Mary haar bij haar arm had gepakt en haar naar het huis in Håkabacken had geleid. Ze had geen koffietafel georganiseerd voor de bewoners van Fjällbacka, dat zou haar grootmoeder niet gewild hebben.

'Kunnen jullie voor Tussa zorgen?' vroeg ze de Larssons, die recht tegenover haar grootmoeder woonden. Ze hadden geknikt en gezegd dat ze zich over de kat geen zorgen hoefde te maken.

Voordat ze met de boot terugkeerden naar Londen, had Linda alle rolgordijnen in het huis laten zakken, waarna ze was vertrokken zonder nog een keer om te kijken. Ze was van plan om nooit meer naar Fjällbacka terug te keren.

Linda wankelde een beetje toen ze de kerk in liep, ondersteund door Mary die haar stevig bij haar elleboog vasthield. Ze had niet gegeten, wat ze beter wel had kunnen doen, bedacht ze.

'Weet je dit heel zeker?' vroeg Mary, terwijl ze naar de bruidegom liepen die glimlachend bij het altaar stond te wachten.

Linda knikte.

Mary tilde de sluier voor Linda's gezicht op en deed een stap opzij.

De bruidegom keek teder naar zijn toekomstige vrouw. 'Je bent zo mooi,' zei Andrew.

In de handen van haar vaders beste vriend zou ze eindelijk veilig zijn.

17

Londen 1960

Tot dusver waren de jaren zestig geweldig, dacht Emma en ze draaide rondjes in de kamer die ze sinds Elinor was verhuisd met niemand hoefde te delen. Ze sliep graag alleen.

De gloednieuwe jurk zwierde om haar benen. Van haar volgende loon zou ze bijpassende schoenen met hak kopen. Ze had al een paar gezien die helemaal niet zo duur waren en die perfect zouden zijn. Daarna moest ze haar haar nog laten knippen, maar daarvoor zou ze Elinors hulp vragen. Die was goed in dat soort dingen.

Ze trok de jurk uit en had hem net weer in de kast gehangen toen er op de deur werd geklopt. 'Kom binnen,' riep ze. Ze verwachtte Elinor. Ze waren allebei vrij die middag en zouden een eindje gaan wandelen.

'Oeps, ik moet de verkeerde kamer hebben,' zei de man die eerst beschaamd zijn hoofd afwendde, maar daarna toch naar haar keek. Langzaam liet hij zijn blik over haar lichaam gaan.

Ze rukte de jurk weer uit de kast en hield hem voor zich. Zijn blik was nogal... Ze had hem al eerder in de gang zien lopen en had hem stiekem bewonderd.

'Wat doe jij hier? Wegwezen.'

Hij schoot in de lach en lachte een hagelwitte rij tanden bloot. Hij haalde een hand door zijn blonde haar. 'Het spijt me, ik ben verkeerd,' zei hij. 'Neem me niet kwalijk... Of zoiets.'

'Of zoiets? Wat bedoel je daarmee?' zei ze snel.

‘Dat het me spijt dat ik je in verlegenheid heb gebracht, maar dat ik moet zeggen dat ik ervan geniet om je zo te zien, alhoewel je er ongetwijfeld betoverend uitziet in die jurk.’

Ze sperde haar ogen wijd open. Wat een brutaliteit. Ze wees naar de deur. ‘Eruit!’ zei ze verontwaardigd.

‘Tja, jij je zin.’ Hij lachte zacht en na nog een laatste blik op haar te hebben geworpen sloot hij de deur.

Ze liep naar de deur en draaide hem op slot. Dat moest ze voortaan niet meer vergeten.

Thuis was ze nooit op die manier bekeken. De jongens in het dorp keken niet naar haar, in elk geval niet zoals die man had gedaan. Hij had vast veel mooie vriendinnen. Als je er zo goed uitzag, had je de vrouwen voor het uitkiezen.

Emma had veel nagedacht over haar uiterlijk en haar gedrag. Als ze carrière wilde maken in het hotel, moest ze zich meer als een dame gaan gedragen. Leren praten zoals zij hier deden. Aan haar lichaamshouding denken. Haar handen goed verzorgen. Misschien een cursus volgen hoe je je moest opmaken. Ze had daarvoor in de stad aankondigingen gezien.

Met een sombere blik inspecteerde ze haar vingertoppen en de afgekloven nagels. Nou ja, vandaag viel daar niets meer aan te doen. Op dit moment moest ze zich tevredenstellen met haar nieuwe jurk, de rest kwam later wel. Het kostte allemaal zo veel geld en de cursussen boekhouding en administratie die ze al volgde, waren evenmin goedkoop. Bijna haar hele loon ging eraan op. En er was per slot van rekening nog tijd genoeg om een dame te worden.

Er werd op de deur geklopt.

‘Wie is daar?’

‘Ik ben het, doe gauw open.’

Hoewel Emma nog niet was aangekleed, deed ze de deur open en liet Elinor binnen.

Haar vriendin leunde hijgend tegen de deur. ‘Mijn vader is opgepakt. Meer weet mijn moeder niet.' De paniek stond in haar ogen. 'Ik kan niet met je gaan wandelen. Dat wilde ik even zeggen.'

'O, lieve Elinor, natuurlijk niet.' Emma trok snel haar doordeweekse jurk aan. 'Hoe ver is het naar jouw huis?'

'Niet zo ver. We wonen in Notting Hill. Ik moet me haasten.'

Emma keek om zich heen op zoek naar haar stevige schoenen. Ze vond ze in een hoek geslingerd en trok ze snel aan. 'Ik ga met je mee.' Ze bukte zich en strikte haar veters.

'Nee, Emma, dat hoeft niet.'

'Jawel, ik ga met je mee.' Ze trok vlug haar vest en jas aan. 'Kom, we gaan,' zei ze en ze griste de sjaal mee die op het krukje bij de deur lag.

Hier had ik nooit alleen durven lopen, dacht Emma toen ze zich haastten naar Elinors huis. Buiten stonden bijna alleen mannen die in groepjes bij elkaar stonden te roken. Ze keken naar de meisjes toen die voorbijholden en Emma meende dat ze iemand iets hoorde mompelen over 'Georges dochter'. Maar het was net als in haar geboortedorp, iedereen kende elkaar en wist precies wat er in de wijk gebeurde. Alle huizen zagen er exact hetzelfde uit en iets verderop waren een paar jongetjes aan het voetballen.

'Mama!' riep Elinor en ze schoot een binnenplaats op. Er ging een deur open en een vrouw wenkte. Het volgende moment zat Emma op een kruk bij een keukentafel met een dampende kop thee voor zich.

'Hij heeft het er zelf naar gemaakt,' zei Elinors moeder en ze plofte neer. 'Als hij nou eens zijn mond hield, maar dat kan hij niet. Thuis doet hij zijn mond bijna niet open, maar zodra hij iets onrechtvaardigs op straat ziet, moet hij ernaartoe en er iets van zeggen.' Ze schudde haar hoofd. 'Hij heeft wel gelijk, hoor, maar het brengt hem altijd weer in dezelfde moeilijkheden. Deze keer moet hij zichzelf er maar uit zien te redden.' Ze nam een slok van de hete thee.

'Maar mama,' zei Elinor, 'we kunnen hem daar toch niet aan zijn lot overlaten?'

'O ja, dat kunnen we wel. Laat hem daar maar een paar dagen zitten. Als hij vrijdag nog niet thuis is, ga ik erheen en haal ik hem eruit.'

'Maar het is nu pas maandag.'

'Ja, precies.'

'Was hij dronken?' vroeg Emma voorzichtig. Thuis werden dronkaards in de gevangenis gegooid. Dat was ook zowat het enige wat er gebeurde, afgezien van de moord op de dominee, maar dat was ook alweer zo ongelooflijk lang geleden, ver voordat Emma werd geboren. Desondanks deed haar moeder elke avond de deur met drie sloten op slot. De moordenaar van de dominee was immers nog steeds op vrije voeten, zei ze.

'Nee, hij drinkt niet, hoe moet hij daar ook het geld voor hebben? We krijgen nauwelijks het geld voor de huur en het eten bij elkaar,' zei Elinors moeder. 'Het werk in de haven betaalt niet bijzonder goed en mijn schoonmaakbaantjes… tja, het spreekt vanzelf dat je dan het tuig van de richel bent. Voor mijn man is het natuurlijk erger, omdat hij zwart is.'

Ze stak haar hand uit en aaide Elinor over haar wang. 'Maar jij, mijn schat, moet daar niet onder lijden. Jij gaat carrière maken. Potverdikkeme, wat ben ik trots op je.' Ze reikte de schaal aan met Zweedse beschuitjes die midden op de tafel stond. 'Pak maar, Emma, pak gerust.'

'Daar zal ik nooit in terechtkomen,' zei Elinor met klem toen ze een paar uur later in de bus terug naar het centrum van de stad zaten.

'Waarin niet?'

'Armoede. Ik zal er alles aan doen om dat te voorkomen.'

'Wat bedoel je daarmee?'

'Precies zoals ik het zeg.'

'Zou je kunnen trouwen voor het geld?'

Elinor dacht even na. 'Alleen als hij heel erg aardig is, heel erg knap en me laat werken,' glimlachte ze. 'Jij dan?'

'Trouwen? Nooit van mijn leven. Net een gevangenis.' Ze zweeg snel en sloeg haar hand voor de mond. 'Sorry, ik vergat...'

'Geeft niet, het is niet de eerste keer dat hij daar zit. Ik ben alleen blij dat het niet iets ergers was.' Elinor haalde haar schouders op. 'Hij wordt altijd opgepakt, of hij nu schuldig is of niet. Ik zou willen dat hij niet de aandrang voelde om zijn mening te uiten en thuis stil bleef zitten. Dan zouden zowel mijn moeder als de politie tevreden zijn.' Ze moest lachen. 'Maar mijn vader is politiek, hij haat onrechtvaardigheid en daar wordt hij voor gestraft. Over een paar dagen staat hij weer buiten.'

'Arme man.'

Elinor knikte. 'Dus geen huwelijk voor jou,' zei ze om van onderwerp te veranderen.

'Zeker weten. Maar flirten kan wel,' zei Emma. 'Dat is leuk. Ik zal alleen nooit verliefd worden, want volgens mij levert dat alleen maar problemen op.

'Maar wil je dan geen kinderen?' vroeg Elinor.

'Nee, jij?'

'Ik wil alles,' zei Elinor kalm. 'Dat is precies wat ik wil, alles.'

Toen ze terugkwamen in het hotel, moesten ze zich haasten. Emma's dienst zou over een kwartier al beginnen en ze rende snel naar haar kamer om zich te verkleden. Om vier uur stond ze samen met haar collega's in de rij voor de maître d'hôtel. Hij inspecteerde hen van top tot teen. Hij bukte, poetste hier en daar een vlek van een schoen of veegde met zijn hand wat stof van een schouder. Hij wees naar een haarlok die van onder een kapje was ontsnapt en schudde zijn hoofd als een schort niet smetteloos was.

Emma deed veel moeite om aan alle eisen te voldoen, maar het lukte haar maar zelden. Ze had haar kraagje deze keer gecontroleerd, maar kennelijk niet goed genoeg. Met een opgetrokken wenkbrauw keek haar chef haar aan. Ze weerstond de verleiding om haar tong naar hem uit te steken en liep snel naar de linnenkamer om een schone blouse te halen.

Ze gooide de deur open, trok haar blouse uit en smeet die in een van de wasmanden die langs de muur stonden opgesteld. Geïrriteerd zocht ze in de stapels gesteven werkkleding naar haar maat. Daar! Ze slaakte een zucht van opluchting en trok de blouse over haar hoofd.

Toen ze de blouse half over haar hoofd had getrokken, hoorde ze iemand kuchen. Ze keek op en ontzet besefte ze dat de man die voor haar stond, haar die dag voor de tweede keer in haar ondergoed zag staan.

'Dit is vast geen toeval,' zei hij grijnzend en hij leunde met gekruiste armen tegen de deurpost. 'Hoe heet je?'

'Hoe heet je zelf?'

'Sebastian.'

'Werk je hier?'

Hij knikte en aarzelde heel even en zei toen: 'Zo zou je het kunnen noemen.'

'Oké. Ik ben Emma. Maar als een deur niet op slot is, betekent dat niet dat je zomaar kunt binnenlopen. Je kunt ook eerst kloppen.'

'Dat deed ik eerder vandaag en toen zei je dat ik binnen mocht komen.'

'Ja, maar dat was omdat ik dacht dat je iemand anders was.'

'Wat zeg je dan als ik de volgende keer netjes aanklop en laat weten dat ik het ben?'

Zijn blik leek zich als het ware in die van haar te branden. Was het een vraag of maakte hij een grapje? Dit was een man. God wist wat zo iemand met haar zou kunnen doen. Hij moest minstens dertig zijn, dacht ze, en was vast erg ervaren. Zelf was ze nog maar twee keer gekust, waarbij de tweede keer beter was geweest dan de eerste.

Ze probeerde zich voor te stellen hoe het zou zijn om gekust te worden door Sebastian. Het zou waarschijnlijk fantastisch zijn, bedacht ze. Ze kon de baardstoppels die ze op zijn kin bespeurde, al bijna tegen haar gezicht voelen schuren als hij zijn lippen op de hare zou drukken. Ze sloeg haar ogen neer. Zijn intense blik gaf haar een ongemakkelijk gevoel.

'We zijn dus collega's en net zoals bij andere collega's zal ik vriendelijk zeggen dat je binnen mag komen. Maar pas als ik aangekleed ben.' Ze glimlachte, dook onder zijn armen door en draaide zich naar hem om terwijl ze haar kapje op haar hoofd schikte. 'Dag, Sebastian. Mijn dienst begint nu.'

18

Door het raam van haar kantoor zag Linda Sebastian bij de ingang van Flanagans staan. Hij stak zijn hand op om zijn broer te begroeten, die met ferme stappen kwam aanlopen.

Linda had liever gehad dat ze allebei wegbleven, zodat ze hen nooit meer hoefde te zien. Maar ze hadden als mede-eigenaars natuurlijk het volste recht om het hotel te bezoeken. En ook al groetten ze haar nauwelijks, ze moest accepteren dat ze hen af en toe in de gangen van het hotel tegenkwam. Wat ze daar deden, behalve dineren, interesseerde haar verder niet, zolang ze haar maar niet stoorden tijdens haar werk. Ze betaalden niet en ze had het bedienend personeel opdracht gegeven hen er niet op aan te spreken en het als verliespost te noteren. Soms brachten ze gasten mee, maar meestal kwamen ze samen met tante Laura. Ook van de overnachtingen zei ze niets. Laurence overnachtte slechts af en toe in het hotel, maar zijn broertje werd regelmatig gezien.

Het personeel leek Sebastian ondanks alles te mogen. In tegenstelling tot zijn arrogante oudere broer scheen hij met iedereen overweg te kunnen. Hij dronk graag met mannen uit de bovenklasse en ging met hun vrouwen naar bed, maar na het nieuwjaarsfeest had ze hem op een werktafel in de keuken zien zitten, enthousiast pratend met het personeel. Zolang hij hen niet stoorde bij hun werk, liet ze hem zijn gang gaan.

Ze vond het nog steeds moeilijk om te bepalen waar ze de grens moest trekken. Als het personeel zou klagen, was het gemakkelijker geweest, maar ze leken er niets op tegen te hebben dat Sebastian zo nu en dan de trap af rende naar de keuken om even een praatje te maken.

Vermoedelijk hadden de neven het hotel nodig om de façade op te kunnen houden, want hoe zou het op de buitenwereld overkomen als er conflicten binnen de familie Lansing zouden zijn?

Ze ging achter haar bureau zitten en keek naar het enorme boeket dat Robert Winfrey had laten bezorgen.

Was er iemand die mannen begreep?

Hoewel ze hem diep had beledigd, had hij bloemen gestuurd. Het leek geen indruk op hem te maken dat ze zich onbeschoft had gedragen. Was het voor hem soms een uitdaging?

Ze zuchtte en opende de onderste la van haar bureau, waar de fles stond. Ze had een borrel verdiend, ook al had ze besloten onder werktijd niet te drinken. Een blik op haar horloge vertelde haar dat ze zich zeven uur aan haar besluit had gehouden.

Vervolgens schoot het haar te binnen dat ze nog een afspraak had en geïrriteerd schoof ze de la weer dicht. Ze kon daar niet aankomen met een geur van whisky om zich heen, dat kon absoluut niet. Op weg naar de deur ving ze in de grote vergulde spiegel een glimp op van zichzelf. Smaakvolle elegantie, dacht ze. Mary had dat als leidraad voor Linda's garderobe gebruikt sinds ze Fjällbacka had verruild voor Londen.

Met een schouderophalen constateerde Linda dat Mary daarin geslaagd was.

De drie zonen van Andrew zaten al in de eetzaal en zonder een greintje enthousiasme liep ze naar hun tafel. Vanuit haar ooghoek zag ze Laurence en Sebastian iets verderop in de zaal zitten. Dat je niet eens in je eigen eetzaal met rust werd gelaten. De vijandigheid lag als een onzichtbare nevel over de mooie ruimte.

Ze stak haar hand uit naar haar stiefzonen. 'Lieve kinderen, wat leuk jullie weer te zien,' zei ze zuur. Ze waren net zo oud als zij en niet blijer om haar nu te zien dan ze tien jaar geleden waren toen zij met hun vader trouwde.

Tijdens de begrafenisdienst, een jaar later, zaten ze op de bank achter haar, in plaats van troostend naast haar. Alles om duidelijk te maken dat ze geen deel uitmaakte van het gezin.

'Ga zitten,' zei Benjamin, de jongste van het stel.

Tegen haar zin deed ze wat haar werd gevraagd. Hoe eerder ze vertelden waarom ze hier bij elkaar waren, hoe beter.

Hun boodschap was simpel. Ze wilden het pand waar hun vaders advocatenkantoor in gehuisvest was geweest verkopen en daar hadden ze haar handtekening voor nodig. Andrew en zij waren nog maar een jaar getrouwd geweest toen hij overleed. Het bleek dat hij in zijn testament had laten opnemen dat ze net zo veel zou erven als zijn drie zonen. Achteraf zag ze natuurlijk in dat het dwaasheid van Andrew was geweest om haar nog een keer voor de leeuwen te gooien. En opnieuw met mannen die op haar neerkeken.

Haar eerste gedachte was geweest dat ze haar wettelijke erfdeel eigenlijk zou moeten afstaan, maar daarna was ze boos geworden. Waarom zou ze dat doen, als Andrew het zo gewild had? En het dan afstaan aan drie onaardige jongemannen die nooit een vriendelijk woord tegen hun stiefmoeder hadden gezegd, ondanks al haar pogingen om toenadering te zoeken. Nee, haar besluit stond vast. Andrew was bij zijn volle verstand geweest toen hij zijn testament opmaakte en had blijkbaar zijn redenen gehad om ervoor te zorgen dat ze niet met lege handen achterbleef. Zijn kinderen erfden natuurlijk het grootste deel, omdat ze ook hun moedersdeel kregen toen Andrew stierf.

'Aha,' zei ze nu. 'En waarom? Het pand brengt veel huur op.' Ze wenkte een ober en vroeg hem thee te brengen.

'We hebben liquide middelen nodig voor nieuwe projecten,' zei Benjamin. Het was duidelijk dat ze hem tot woordvoerder hadden gebombardeerd.

'En de woning van jullie ouders dan?'

'Die betekent niet zo veel voor ons...' Hij kuchte. 'Zelfs voor onze vader was die niet heilig.'

Linda rolde met haar ogen. Andrew en zij hadden tijdens hun korte huwelijk niet bijzonder vaak seks gehad, maar ze waren een keer 'betrapt' door zijn drie zonen, die met een eigen sleutel waren binnengekomen en het pasgetrouwde echtpaar in het bed hadden aangetroffen waarin hun moeder tot aan haar dood had geslapen.

Misschien heeft dat het beeld dat ze van me hebben beïnvloed, dacht Linda laconiek. De herinnering aan hoe ze had gestunteld voordat ze de deken tot aan haar kin had weten op te trekken, had haar nog lang daarna met schaamte vervuld.

Nu schaamde ze zich niet meer. Hun vader was erg eenzaam geweest, had naar liefde gehunkerd en zij hadden hem dat misgund. Ze hadden het prima gevonden als hij eenzaam en alleen was gestorven. Hoewel ze volwassen waren, was het beeld van hun vader in haar armen onverdraaglijk voor hen geweest.

De kelner kwam met de thee. Terwijl hij de thee serveerde, keek Linda naar de twee andere broers.

De middelste, John, had hen beiden in verlegenheid gebracht toen hij een keer in een dronken bui in het restaurant van Flanagans had gewenst haar nog een keer naakt te zien. Ze had gedaan alsof ze zijn toespelingen niet had gehoord en ze hadden het er nooit meer over gehad. Nu zat hij met gebogen hoofd aan de tafel en zolang hij zijn mond hield, was Linda tevreden.

Waar ze het geld van het pand voor wilden gebruiken, ging haar natuurlijk niets aan. En eerlijk gezegd betekende dat pand niets voor haar. Ze had daar samen met Andrew gewoond, maar na zijn dood was ze snel terugverhuisd naar Flanagans.

Het was bijna alsof dat jaar er niet was geweest.

In de ogen van het publiek was ze geen weduwe, maar de dochter van. Ze vroeg zich af of ze ooit gezien zou worden als een zelfstandig individu.

Linda haalde haar schouders op. 'Verkoop het maar als jullie dat willen.' Terwijl ze haar theekopje pakte, was ze in zichzelf aan het tellen. Een, twee, drie… vier seconden later lag het papier op tafel. De oudste, Robin, die in Andrews voetsporen was getreden, had aan het slot van zijn attachékoffertje zitten frummelen vanaf het moment dat ze waren gaan zitten.

Godsamme, wat zou ik graag willen dat dit whisky was in plaats van thee, dacht ze terwijl ze kleine slokjes nam van de warme drank. Niet omdat de verkoop van het pand haar verdrietig maakte, maar het betekende toch het einde van een hoofdstuk.

Nadat alle papieren waren ondertekend, waren de heren duidelijk opgetogen. Het was moeilijk in te schatten of het hun bedoeling was dat ze hun discrete knikje naar haar neven zou zien. Ze kenden elkaar natuurlijk, maar hoe goed, dat was de vraag.

'Nou, dan zijn we hier klaar, toch?' zei Linda en ze schoof haar stoel naar achteren.

Geen van hen stond op, zoals hun vader zou hebben gedaan. Ze leken op poppen met knikkende koppen. Hun stijve glimlachen leken wel op hun gezichten geschilderd.

'Goed dan. Dan redden jullie het verder wel, hè, jongens.' Ze schonk hun een glimlach en schoof haar stoel onder de tafel. 'Vergeet niet te bellen als jullie iets nodig hebben.'

Ze verliet de eetzaal zonder om zich heen te kijken en was halverwege de trap naar boven toen iets haar achterom deed kijken.

Haar hart stond bijna stil van schrik.

Het was tien jaar geleden dat ze Fred Andersen had gezien, maar haar lichaam reageerde alsof het gisteren was.

Ze nam niet de tijd om een glas te pakken en dronk de whisky rechtstreeks uit de fles. De deur van haar kantoor had ze op slot gedaan. Niet dat ze verwachtte dat hij haar daar zou durven opzoeken, maar je wist het maar nooit. Hij had ook het lef om zich in het hotel te vertonen.

De laatste keer dat ze elkaar hadden gezien, was ze onvermurwbaar geweest en had ze Mary gelijk moeten geven. Natuurlijk hadden haar neven achter de romance gezeten en Freds uitvluchten had ze niet willen horen.

Tien jaar had het haar gekost om hem te vergeten.

Met de fles in de hand liep ze door de kamer. Wat deed hij nu hier? Ze droomde niet meer over hoe het was om seks met hem te hebben en ze was evenmin van plan om daar weer mee te beginnen. Ze was tevreden met haar leven zoals het nu was en had een streep gezet onder elke vorm van naaktheid.

Helaas was die nacht met hem onovertroffen. Andrew was ouder geweest en had een slecht hart gehad en de mannen die ze na haar korte huwelijk had leren kennen konden niet tippen aan haar ervaring met Fred. Geen van hen had haar tot een orgasme kunnen brengen. Hoeveel had ze er wel niet met Fred gehad? Meerdere, kon ze zich herinneren. Maar de herinneringen aan haar pulserende lichaam tegen het zijne kwamen misschien niet overeen met de realiteit. Sommige dingen werden mooier met de jaren. En door de drank.

Ze nam nog twee slokken whisky. En toen nog een... Het brandde in haar keel. Ze voelde hoe de roes begon te komen.

Er werd zachtjes op de deur geklopt en ze sloeg haar hand voor haar mond om te voorkomen dat ze reageerde. Ze schopte haar schoenen uit en nam nog een grote slok.

Er werd nog een keer geklopt. 'Ik heb je gezien en weet dat je er bent,' hoorde ze een stem zeggen. 'Doe open, ik heb dingen gehoord die ik je wil vertellen.'

Zijn stem was anders. Donkerder. Maar ze herkende hem toch en het bracht herinneringen terug aan zijn warme adem naast haar oor toen hij had gefluisterd dat hij...

Ze klemde de fles tussen haar knieën en hield haar handen voor haar oren, alsof de stem die haar vertelde wat hij met haar wilde doen, van buitenaf kwam. Dat was niet zo, ontdekte ze snel, toen zijn stem haar bleef verleiden terwijl ze alle geluid had buitengesloten. Wat moest ze doen? Ze kon zich toch niet in haar eigen kantoor blijven verstoppen?

Ze ging op haar bureaustoel zitten. Ze had werk te doen. Niets in een hotel ging vanzelf en ze moest met de chef-kok praten over de reserveringen in het restaurant, wat op dit moment haar grootste zorg was. Als de gasten nu het restaurant meden, zouden ze binnen de kortste keren ook het hotel gaan mijden, en daar moest ze iets aan doen.

Er werd nogmaals geklopt.

Ze staarde naar de stapel papieren. Of waren het twee stapels? Het duizelde in haar hoofd. Nu deinde de stoel zo erg dat ze op de grond moest gaan liggen. Het vloerkleed was dik en voelde prettig aan. Zacht en lekker. Op en neer. Zo zacht en...

Ze krabbelde overeind. Was ze op de vloer in slaap gevallen? Haar gezicht vertrok toen ze de nasmaak van whisky in haar mond proefde. De fles stond op het bureau. Ze tuurde. Was hij echt halfleeg? Toen wist ze het weer. Fred was er geweest. Ze kreeg meteen zin om de fles leeg te drinken.

Het had haar jaren gekost om zich te herpakken na het verlies van alle mensen die haar dierbaar waren, en hoewel ze er nog niet helemaal overheen was – de alcoholconsumptie was daar misschien een teken van – had ze in elk geval een draaglijk leven voor zichzelf weten op te bouwen. Fred had haar ongelooflijk veel pijn gedaan en dat hij het lef had... Ze ging op haar knieën zitten en greep de stoel naast haar stevig vast om overeind te komen.

Hoe durfde hij hiernaartoe te komen en te denken dat ze naar hem zou luisteren? Het kon haar niet schelen wat hij te vertellen had.

Met een bonkend hoofd liep ze de kleine badkamer in die bij het kantoor hoorde. Ze maakte haar gezicht nat en poetste daarna haar tanden. Als ze niet nuchter was, kon ze hier niet mee omgaan, dat zou ze inmiddels moeten weten. Ze moest gewoon tegen hem zeggen dat hij naar de hel kon lopen.

Toen even later de telefoon ging, nam Linda zonder aarzeling op. De restaurantmanager kwam meteen ter zake en vertelde dat een paar hotelgasten zeer verontwaardigd waren geweest toen ze Elinor in de gang hadden gezien. Ze zeiden dat ze aan haar konden zien dat ze een dief was en dat ze nu een halsketting misten met een waarde van bijna duizend pond. Ze wilden de hotelmanager spreken.

Tien minuten later stond Linda voor de deur van hun kamer en klopte aan. Fred was gelukkig nergens te bekennen.

De deur ging open en de gasten keken haar vragend aan.

'Ja?'

'U had een klacht?'

'Ja, maar wij hadden om de hotelmanager gevraagd.'

Linda trok een wenkbrauw op en wees naar zichzelf.

'Een vrouw? Wat is dit voor hotel?' vroeg de man verbolgen.

'Een hotel dat er geen enkel probleem mee heeft om haar gasten weg te sturen,' antwoordde Linda kalm. 'Zou u zo vriendelijk willen zijn dit hotel onmiddellijk te verlaten? U krijgt twintig minuten om te vertrekken en anders zal ik ervoor zorgen dat u hardhandig wordt verwijderd. Diefstal kunt u bij de politie melden, voor de rest heb ik daar niets aan toe te voegen. Adieu. U hoeft hier nooit meer terug te komen.'

Ze trok de deur hard achter zich dicht alsof het Fred was die daar had gestaan.

19

Alexanders eerste twee maanden bij Flanagans waren snel voorbijgegaan. Hij had nog nooit zo hard gewerkt, maar hij had ook nieuwe vrienden gemaakt, verdiende meer en nu hij de trap op liep naar het kantoor waren zijn gedachten alleen maar bij Emma. Hij was van plan geweest eerst goed bevriend met haar te raken voordat hij haar mee uit vroeg, maar die ochtend in de keuken had hij zich niet meer kunnen beheersen en had hij haar gevraagd of ze een keer samen met hem naar de film wilde. Hij had al een aantal weken geprobeerd haar op een onbewaakt moment aan te spreken, maar ze was altijd omringd door andere mannelijke collega's die haar ook aantrekkelijk vonden. Ze leek niet te vallen voor hun charmes, want ze lachte hun uitnodigingen gewoon weg.

Ze waren alleen geweest in de spoelkeuken met de lege ontbijtborden. Alexander had met haar gedold en de glimlach die hij terugkreeg, was de mooiste die hij ooit had gezien. Hij zou de rest van zijn leven tevreden kunnen zijn als hij die glimlach maar af en toe te zien kreeg.

Haar glimlach had hem de adem benomen en hij had stamelend en hakkelend zijn uitnodiging weten uit te brengen.

Ze had haar hoofd schuin gehouden, zijn nerveuze blik bekeken en toen ja gezegd.

Ja.

Uren later kon hij het nog steeds niet geloven.

Alexander keek voor de derde keer op de klok. Ze was vijf minuten te laat. Hoe lang zou hij wachten? Nog tien minuten, besloot hij, daarna zou hij weer naar binnen gaan. Er kon iets gebeurd zijn. In het hotel was er altijd wel ergens een noodgeval. Er waren problemen met reserveringen, gerechten die niet goed smaakten en kamers die niet naar tevredenheid waren schoongemaakt. In Flanagans had iedereen een vaste taak, maar je hielp elkaar als er een crisis was en dat vond hij ook wel goed. Het kon echter je eigen planning in de war schoppen en dat kon nu natuurlijk bij Emma het geval zijn.

Daar was ze. Het was bitter koud buiten, maar hij kreeg het zo warm van haar glimlach dat hij zijn jas het liefst uit wilde doen. Haar ogen fonkelden in het schijnsel van de straatlantaarn, en zijn hart ging tekeer toen ze op hem afliep.

'Ben ik te laat?' vroeg ze.

'Geen seconde,' loog hij. Hij was buiten adem, ook al had hij alleen maar stil staan wachten.

Hij bood haar zijn arm aan. 'Heb je goede schoenen aan, zodat we lopend kunnen gaan?'

Hij wilde haar vasthouden. Als ze uitgleed, dan zou hij voorkomen dat ze viel. Ze waren bijna even lang, maar hij voelde zich langer aan haar zijde. Ze gaf hem een arm.

'Naar welke film gaan we?'

'*Some Like It Hot*.' Hij keek haar met een schuin oog aan om te kijken of het voorstel haar goedkeuring kon wegdragen.

'Ik heb nog nooit een film met Marilyn Monroe gezien. Wat leuk. Goede keus,' zei ze en ze trok even zijn arm tegen zich aan.

Terwijl ze arm in arm naar de bioscoop liepen, dacht Alexander dat hij niet gelukkiger zou kunnen zijn.

Met een grote emmer popcorn en ieder een flesje frisdrank gingen ze in de zaal zitten, waar het licht nog brandde. Er kwamen nog steeds veel mensen binnen en ze moesten een aantal keer opstaan om mensen langs te laten. Maar dat kon hem niets schelen. Hij was te blij en te trots dat hij daar met haar was. Ze kregen veel blikken toegeworpen. Ze was het mooiste meisje van de zaal en alle mannen hadden graag zijn plaats ingenomen.

'Hij duwt me naar je toe,' fluisterde hij in Emma's oor toen de man in de stoel naast hem zo zat te duwen dat Alexander steeds dichter naar Emma toe moest leunen.

Ze draaide zich naar hem toe en precies op dat moment ging het licht in de zaal uit.

Omdat hij nog iets wilde fluisteren en zijn hoofd nog niet had teruggedraaid, ontmoetten hun lippen elkaar. Het was alsof er een elektrische schok door Alexanders lichaam ging.

Hij probeerde zijn benen over elkaar te leggen, maar er was te weinig ruimte. Godzijdank was er niets te zien omdat zijn jas over zijn benen lag, maar elke keer als zij haar hand in de popcornemmer stak voelde hij het door zijn broek heen.

Hij durfde haar hand niet vast te pakken en zij nam daartoe ook geen enkel initiatief. Misschien had de kus helemaal niets voor haar betekend? In liefde was ze immers niet geïnteresseerd, had ze gezegd. Maar hij zou het voor de rest van zijn leven niet vergeten. Hij had heel veel meisjes gekust, maar het was deze volkomen onbedoelde kus die hem vanbinnen in vuur en vlam zette.

Dat moest toch iets bijzonders betekenen.

Toen het licht weer aanging, vroeg Alexander zich af wat hij nu moest doen. Hoe zou hij zich kunnen beheersen? Het enige wat hij wilde, was haar lippen tegen de zijne voelen. Hij moest haar nog een keer kussen. Als ik zo'n sterk gevoel voor haar heb, dan moet dat voor haar toch net zo zijn, dacht hij terwijl ze de bioscoop verlieten en de straat op liepen.

'Wat vond je ervan?' vroeg hij.

'O, het was geweldig,' zei ze. 'Vind jij haar ook niet de mooiste vrouw van de wereld?'

Teleurgesteld begreep hij dat ze het over de film had. Hij moest er op de een of andere manier achter zien te komen wat ze van hem vond. Het was vast een goede film geweest, maar eerlijk gezegd had hij het meeste gemist omdat zijn gedachten voortdurend afdwaalden. Hij had alleen maar aan Emma kunnen denken, en zich haar naakte, bezwete lichaam kunnen voorstellen. Het was kwellend, opwindend en verontrustend. In dit soort situaties had hij gewoonlijk de controle. Nu was het andersom. Zijn lot lag helemaal in haar handen.

'Nou, ik dacht, die kus...'

Ze keek hem niet-begrijpend aan. 'Welke kus?'

'Vlak voordat de film begon. In het donker, toen onze lippen elkaar raakten.'

Ze bleef staan en hield haar hoofd schuin, zoals hij haar al zo vaak had zien doen.

'Was dat een kus?' vroeg ze.

'Voor mij wel,' zei hij zacht.

'Nou, voor mij niet,' zei ze en ze deed een stap dichter naar hem toe en legde haar arm om zijn hals. 'Probeer het nog een keer.'

Hij was uitgeput toen hij terug was in het hotel. Bekaf. Ziek van liefde. Ze hadden een eeuwigheid staan zoenen onder de straatlantaarn en hij was ervan overtuigd dat hij met Emma zou trouwen. Ze zouden samen betoverende kinderen krijgen, waar een kindermeisje voor zou zorgen, aangezien hij nooit van zijn leven het bed zou willen verlaten waar Emma in lag. Hij zou met haar steeds weer de liefde bedrijven tot de dood hen scheidde. Nog nooit was hij ergens zo zeker van geweest.

20

Emma plofte neer op haar bed. Had ze het nu verpest? Hij was immers zo lief geweest toen hij met smekende ogen had gevraagd wat ze van hem vond. En hij kon goed zoenen. Erg goed zelfs. Niet dat ze nu zoveel ervaring had, maar tot nog toe was hij meer dan goed. Hij had lekker naar popcorn en zout gesmaakt.

Ze streek het dekbed glad en dacht na over de vraag of ze wilde dat het iets meer werd met Alexander. Zou hij de eerste zijn?

Toen Elinor ernaar had gevraagd, had Emma verteld over het dorp waar ze vandaan kwam, over haar moeder die alleen in God geloofde en over de jongens die, vergeleken met de jongemannen die in het hotel werkten, maar jonge honden waren. Ze had eraan toegevoegd dat ze van plan was met een van hen naar bed te gaan, maar dat ze nog niet had besloten met wie.

'En het moet iemand zijn die me ziet als lustobject,' had ze verduidelijkt.

Elinor had gelachen. 'Je ziet eruit als een engel, dus de vraag is waarschijnlijk of dat een probleem is als je alleen maar seks wilt. Zorg er maar voor dat ze niet verliefd op je worden. Eén ding moet je me beloven: je mag me er naderhand niet over vertellen, hoe graag je dat ook wilt. Beloof je dat?'

Nadat Elinor Emma's haar had geknipt, lagen haar zachte blonde lokken als een wolk rond haar gezicht. 'Alle mannen zullen vast en zeker als een blok voor je vallen,' had Elinor gezegd.

Daarna had ze Emma op het hart gedrukt voorzorgsmaatregelen te nemen om zichzelf te beschermen tegen een zwangerschap als ze haar onschuld dan zo nodig wilde verliezen. En toen had ze verteld over het pessarium dat ze zelf gebruikte.

Emma lag te woelen en te draaien in bed. Wilde ze het bed

delen met Alexander? Hij was charmant, absoluut. Ze ging op haar rug liggen en ontspande. Ze zou er een nachtje over slapen.

Elinor wierp een blik op de klok aan de muur in haar minuscule kantoortje. Was het al zo laat? Ze was die ochtend al om zeven uur begonnen om later op de dag een paar uur vrij te kunnen nemen. Haar moeder zou om elf uur komen en die kwam nooit te laat.

Elinor legde de stapels op het bureau recht. Daarna haastte ze zich door de gang naar haar kamer, waar ze nog een laatste keer om zich heen keek voordat ze naar de personeelsingang ging om haar moeder op te wachten.

Precies zoals Elinor had verwacht, klapte haar moeder in haar handen toen ze in de deuropening verscheen. 'O, Elinor, *min älskling*, wat heb je het hier mooi.' De enige keer dat haar moeder op bezoek was geweest, was toen Elinor haar eerste baantje in de spoelkeuken had gekregen, een jaar geleden. Ze had meegeholpen met het verhuizen van haar spullen naar de kleine kamer die ze in eerste instantie met verschillende meisjes, en later alleen met Emma, had gedeeld.

Nu ze een eigen kamer had, kon ze op een andere manier bezoek ontvangen, en ze was erg blij dat ze haar moeder hier kon verwelkomen.

Haar moeder praatte alleen nog Zweeds als ze emotioneel was, bij een kreet of een uitroep. Daarom kwam een woord als 'lieverd' eruit in haar moedertaal, min älskling. Veel meer dan dat had ze haar dochter niet geleerd.

Er verscheen een brede glimlach op Elinors gezicht. Haar moeders mening betekende heel veel voor haar.

'Blijf daar niet in de deuropening staan, kom verder.' Ze wees naar een paar houten windsorstoelen bij het piepkleine keukentafeltje. 'Ga zitten.'

Ze had al water opgezet op het kookplaatje dat ze van haar

eerste loon als chef had gekocht, en al snel borrelde het in het pannetje. Ze haalde het van het kookplaatje en zette het op het tafeltje bij de deur, waarna ze de nieuwe porseleinen theekopjes pakte die ze speciaal voor deze gelegenheid had gekocht. Ze hield nu meer geld over, en van het geld dat ze niet aan haar moeder gaf, legde ze het meeste opzij. Maar deze kopjes had ze toch gekocht omdat ze die zo graag wilde hebben, ook al was het een overbodige aankoop omdat ze al theekopjes had.

Haar moeder had de deur nog niet helemaal achter zich dichtgetrokken toen Linda Lansing verbaasd naar binnen keek.

'Min älskling?' zei ze. 'Hoorde ik hier nou iemand Zweeds praten?' Ze glimlachte naar Elinor en keek daarna naar Elinors moeder.

'Ja,' antwoordde die verbaasd.

Voor Elinor het doorhad, waren de twee verwikkeld in een gesprek waar ze niets van verstond. Ze praatten te snel om iets te begrijpen met de paar woorden die ze in haar jeugd had geleerd.

'Nu zal ik jullie niet langer storen,' zei Linda ten slotte in het Engels. 'Maar ik wil je moeder graag nog een keer zien als je daar niets op tegen hebt, Elinor. En als jij het wilt, Ingrid. Het was ontzettend leuk om weer eens Zweeds te praten. Sinds het overlijden van mijn grootmoeder heb ik dat niet meer gedaan. Nu krijg ik bijna weer heimwee,' zei ze met een glimlach. 'En dat is al heel wat jaren geleden.'

Elinor knikte verbaasd. Ze had nooit geweten dat Miss Lansing Zweeds was. Ze keek naar haar moeder. Ze had geen Zweedse vriendinnen, niemand met wie ze over Zweden kon praten, en Elinor wist dat ze af en toe zo naar haar thuisland verlangde dat het pijn deed in haar borst.

Toen Miss Lansing haar moeders telefoonnummer vroeg, moest ze verontschuldigend zeggen dat ze geen telefoon hadden. Maar dat was volgens Miss Lansing geen enkel probleem. Ze zou haar berichtjes gewoon aan Elinor meegeven. Toen haar bazin verder was gelopen, keek Elinors moeder ietwat bezorgd.

'Is ze niet te deftig voor mij?' vroeg ze zacht en ze keek naar haar donkerblauwe afgedragen jurk en naar haar kousen met gaten onder de voet. Haar moeder kocht nooit iets nieuws voor zichzelf. De grijze bol stopgaren lag binnen handbereik, want er was altijd wel een kous die gestopt moest worden. Ze repareerde en verstelde alle kleren van het gezin, omdat al het geld dat ze verdiende aan huur en eten opging.

'Jij bent de deftigste vrouw die ik ken,' zei Elinor teder. 'En Miss Lansing oordeelt niet. Ik denk dat ze je ziet als haar gelijke, ongeacht je kleding.'

Haar moeder pakte het theekopje aan en zette het voorzichtig op de tafel. Het tafelkleed was pas gestreken. Het was een erfstuk van haar grootmoeder, die Elinor niet had gekend. Haar moeder had het meegenomen uit Zweden toen ze in 1937 naar Londen was gekomen. Dat ze niet bij haar moeders begrafenis had kunnen zijn, was nog steeds een groot verdriet. Er woedde echter een oorlog in Europa en reizen was onmogelijk. Haar moeder zou er alles voor hebben gegeven om naar huis te hebben gekund.

Ze had altijd veel over Uppsala verteld. Dat het een mooie stad was met aardige mensen die altijd voor elkaar klaarstonden. Dankzij een professor aan de universiteit was ze naar Londen gekomen, waarna ze Elinors vader had leren kennen. Dat verhaal had Elinor heel wat keren gehoord. Hoe ze elkaar op straat tegen het lijf waren gelopen. Dat haar moeder nog nooit een zwarte man had gezien. Dat het van beide kanten liefde op het eerste gezicht was geweest en dat iedereen een oordeel klaar had gehad over hun liefde.

'Waar komt ze vandaan, je bazin?' vroeg haar moeder. Ze streek met haar vinger over het borduurwerk van het kleed. Ze leek met haar gedachten ergens anders.

Er was geen vrouw die warmer was en meer respect verdiende

dan haar moeder, dacht Elinor. Verdikkeme, wat had ze geknokt, en dat deed ze nog steeds. Ze had met haar witte huid een ander leven kunnen leiden, maar ze had gekozen voor de liefde en het interesseerde haar niet dat haar man arm was. Elinor hield heel veel van haar vader, maar ze zou niet dezelfde keuze hebben gemaakt. Haar moeder had ooit ambities gehad, maar die had ze moeten laten varen toen ze verliefd werd. Haar vader had het niet aangekund dat haar moeder meer wilde. Het was ontzettend triest als je bedacht dat hij er nooit in had geloofd dat er betere toekomstmogelijkheden voor hem waren en het was nog droeviger dat haar moeder dat had geaccepteerd.

'Miss Lansing? Geen idee. Ik heb nooit verteld dat je uit Zweden komt en ik heb ook nooit geweten dat zij daarvandaan komt. Zij heeft het hotel na de dood van haar vader overgenomen, dus moet ze hier als kind zijn gekomen.'

Na de thee gingen ze een eindje wandelen. Haar moeder bewonderde de mooie gebouwen van Mayfair en wilde alles weten over Elinors nieuwe functie en over het hotel, alsof ze er een andere belangstelling voor had gekregen nu ze de Zweedse eigenaresse had ontmoet.

Algauw stonden ze voor het paleis. 'Zou je daar als schoonmaakster meer verdienen?' zei haar moeder lachend.

'Wat zou je doen als je meer geld had?' vroeg Elinor nieuwsgierig.

'Meer vlees eten, denk ik.'

Elinor schoot in de lach. 'Is dat het enige waar je van droomt?'

Haar moeder knikte. 'In mijn situatie kun je je geen grotere dromen veroorloven, en voor mij is het genoeg. Ik word binnenkort drieënveertig. Mijn lichaam doet pijn. Mijn man is net uit de bak. De dromen die ik als jong meisje had, ben ik lang geleden al verloren. Als je me nu naar de dromen voor mijn kinderen vraagt, krijg je een heel ander antwoord.' Ze trok Elinor tegen zich aan en gaf haar een kus op haar voorhoofd. 'Ik heb mijn hoop op jou en je broer gevestigd.'

Elinor probeerde hem uit haar gedachten te zetten. Hij deed haar lichaam jubelen, maar ze moest zich concentreren op haar werk, en nergens anders op. Haar ambities reikten veel verder dan haar huidige functie. Het was een leuke baan en een ongelooflijk goede eerste stap, maar het was nog steeds een functie die zich voornamelijk achter de gesloten deuren van de keuken afspeelde.

Elinor sloot haar ogen. Over tien jaar, dan zou ze elegant zijn. Ze zou er efficiënt uitzien in een strak mantelpakje en op schoenen met hoge hakken. Op het naambordje zou vlak onder haar naam het woord DIRECTEUR prijken. Iedereen zou haar met respect groeten en iedereen zou weten wie ze was. Thuis zouden haar man en twee kleine kinderen wachten. Hoewel ze lange dagen maakte in het hotel, zou haar man blij zijn haar te zien wanneer ze laat thuiskwam, en later in bed zou hij daar rijkelijk voor worden beloond. Hun seksleven zou natuurlijk geweldig zijn, hun kinderen nooit ziek en ze zouden in een groot appartement wonen, niet ver bij het hotel vandaan.

Flanagans was de beste kans die ze had om haar droom te verwezenlijken. Linda Lansing leek vastbesloten haar vrouwelijke personeel te helpen een hoger niveau te bereiken.

Dus voor nu was ze tevreden met haar situatie. Die geschikte echtgenoot zou waarschijnlijk op een mooie dag wel opduiken. Tot die tijd stelde ze zich tevreden met haar opwindende minnaar, want meer dan dat kon hij nooit worden.

In het souterrain, helemaal aan het einde van de gang, opende Emma de deur en liet Sebastian binnen. Ze wist niet wat hij verwachtte, maar zij had een besluit genomen. Ze wilde weten hoe het was om door hem gekust te worden. Als het net zo lekker was als met Alexander, kon ze zich voorstellen nog verder met hem te gaan.

Het zat haar dwars dat ze nog steeds maagd was, terwijl ze toch al negentien was. Het was zo provinciaals. Jonge meisjes in de stad hadden seks, ook al deden ze alsof ze het niet hadden.

Sebastian was ervaren, dat wist ze. En dat was het enige waar ze op uit was. Hij keek naar haar met een hongerige blik, hij vrat haar als het ware op met zijn ogen, en haar lichaam reageerde onmiddellijk. Het klopte daarbeneden. Sinds haar aankomst in Londen had ze verscheidene boeken gelezen, en ze wilde beleven wat daarin beschreven werd. Niet het gelukkige einde, maar de blikken, de begeerte en de opgewondenheid. Het meeste had ze nu wel helder voor ogen. Ze zou vochtig worden, hij zou een erectie krijgen en daarna zouden ze gewoon... Wanneer ze daaraan dacht, kreeg ze een vreemd gevoel, maar op een lekkere manier.

Hij deed een stap naar haar toe en kwam zo dichtbij dat ze zijn adem kon voelen. Verwachtingsvol ontmoette ze zijn ernstige blik. Dit was geen spel en het was erg opwindend.

Ze tuitte haar lippen.

Er verscheen een glimlachje op zijn gezicht en hij sloeg zijn armen om haar heen en bracht zijn gezicht naar het hare.

Het gelukzalige gevoel toen zijn tong zich een weg naar binnen zocht, was bijna adembenemend. Jemig, wat was dat heerlijk. Ze begon te kreunen van het sensationele gevoel dat ze ervaarde toen zijn tong de hare vond.

Haar knieën knikten en ze trok hem naar haar bed. Ze moest gaan liggen als ze niet van genot in zijn armen wilde bezwijmen.

Snel trok ze al haar kleren uit. Niet omdat hij erom gevraagd had, maar omdat haar lichaam dat wilde.

Het beviel hem wat hij zag, dat was duidelijk. Toen ze haar onderbroek had uitgetrokken en haar sproeterige huid volledig ontbloot was, glimlachte hij breed.

'Kom eens hier,' gromde hij, en hij trok haar met zijn sterke armen op het bed.

Dit is fantastisch, dacht ze verdwaasd terwijl hij een tepel in zijn mond nam. Waarom had niemand verteld dat dit zo voelt?

'Zal ik me ook uitkleden?' fluisterde hij, en ze knikte verwachtingsvol.

Ze kon haar ogen niet van zijn harige borst afhouden. Toen ze zijn stijve penis zag, kreeg ze een droge mond. Daar had ze alleen over gelezen en ze betwijfelde ten zeerste of die bij haar naar binnen kon dringen, maar ze wilde het echt proberen. Echt.

Het begon daarbeneden harder te kloppen en ze strekte zich naar hem uit.

'Heb je dit eerder gedaan?' vroeg hij, terwijl hij met zijn hand haar dijen streelde.

Ze schudde haar hoofd en zocht zijn mond. Ze wilde meer. Haar lichaam vroeg erom. Ze spreidde haar benen, en terwijl ze zijn mond steeds ijveriger opzocht, leidde ze zijn hand naar de plek waar het het meeste brandde.

'Wil je mij ook voelen?' fluisterde hij vragend terwijl zijn vinger behoedzaam en eindeloos lekker over haar intieme delen bewoog.

Hij was hard en zacht tegelijk. Als zijde. En lekker om vast te houden. Toen ze er met haar hand langsging, begon hij te kreunen. Deed het pijn of vond hij het lekker? Aftastend legde ze haar hele hand eromheen en kneep erin.

'Als je je hand zachtjes op en neer beweegt...' Hij kreunde weer, en het was nu wel duidelijk dat hij het lekker vond wat ze deed. IJverig, en met iets meer druk, durfde ze hem steviger vast te pakken. Het was als het melken van een koe met erg grote spenen, dacht ze.

Toen raakten zijn vingers een plek aan die anders voelde. Ze moest het onderzoek van haar hand staken. Rustig en voorzichtig in een gelijkmatig ritme drukte hij de binnenkant van zijn hand op dat punt, terwijl een van zijn vingers zich een weg naar binnen baande en aan de binnenkant begon te duwen. Verbaasd staarde ze hem aan. Ze greep het laken beet. Er golfde iets door haar lichaam wat niet meer tegen te houden was. Het was absoluut het lekkerste wat ze ooit in haar leven had gevoeld. Tot er iets explodeerde en ze alleen nog maar sterren en bliksemschichten zag. Haar lichaam trilde en schokte ongecontroleerd.

Hijgend kwam ze terug in de werkelijkheid, terwijl haar lichaam bij elke aanraking een nieuwe schok leek te krijgen.

Zijn hand bewoog heen en weer over haar borsten. Hij greep haar tepel en kneedde die lichtjes tussen zijn duim en wijsvinger. 'Je borsten zijn fantastisch,' mompelde hij. Toen zijn mond haar borst met zijn tong begon te bewerken, kwam haar lichaam weer tot leven. Ze voelde zijn penis tegen haar benen. Hij wreef zachtjes tegen haar aan en algauw ging hij op haar liggen. Het gewicht van zijn lichaam was fijn. Hij drukte haar borsten samen en liet zijn tong ertussen heen en weer gaan, waarna hij zich oprichtte en haar mond zocht. Hun ogen ontmoetten elkaar en hij streek een bezwete haarlok van haar voorhoofd.

'Spreid je benen nog een keer, schatje, ik ga het heel lekker voor je maken.'

Hij gleed naar beneden en toen was zijn hoofd daarbeneden waar… en daar was zijn tong. Wat deed hij? Kuste hij haar daar? Ja, dat deed hij. En hij stak een vinger naar binnen. Of waren het er twee? Haar heupen bewogen en haar ademhaling werd steeds sneller. Toen dat heerlijke gevoel weer door haar heen begon te stromen, hield ze het niet meer. Ze kreunde het uit.

Hij kroop snel weer omhoog en even later voelde ze zijn harde penis, precies daar waar zijn vingers en zijn mond zich net nog hadden bevonden. Hij keek haar vragend aan. Ze knikte. Ze had nauwelijks op adem kunnen komen, maar ze wilde dat hij doorging. Ze zette zich schrap en klampte zich vast aan zijn schouder. Ze spreidde haar benen zo ver als ze kon en bereidde zich voor op de pijn waar ze over had gelezen. Hij schoof er met zijn penis een paar keer overheen, waarna hij hem naar binnen begon te duwen.

In het begin voelde het niet lekker, maar het deed ook geen pijn. Terwijl hij centimeter voor centimeter bij haar binnendrong, drukte ze haar mond op de zijne. Ze opende zich voor hem alsof ze nooit iets anders had gedaan.

In liefde was ze niet geïnteresseerd, maar dit ging ze absoluut vaker doen.

21

Robert Winfreys dagen zagen er over het algemeen erg wisselend uit. De ene dag zat hij strak in het pak te vergaderen in een van de wolkenkrabbers op Fifth Avenue, op de andere zwom hij in een zwembad bij goede vrienden in de Hamptons. Hij had ook dagen dat de angst hem in zijn greep hield en dan kwam hij zijn bed niet uit. Elke keer dat het hem lukte om een hele week als een normaal mens te leven, was winst.

Maar sinds zijn reis naar Londen van een paar weken geleden, waren zijn dagen vrij van angst en waarschijnlijk kwam dat doordat er in zijn gedachten alleen maar ruimte was voor Linda Lansing. Blond, trots, maar met een enorm verdriet in haar ogen. Hij had het onmiddellijk herkend. Alsof zij die beschadigd zijn door het leven, een eigen club hadden, en met koelte en elegantie mensen zonder pijnlijke ervaringen op afstand hielden. Hij wilde het daar met haar over hebben. Niet over triviale dingen als werk. Hij wilde weten wat ze voelde, wat haar bezighield, hoe ze zich de toekomst voorstelde. Waar kwam haar verdriet vandaan? Wat droeg ze met zich mee?

Hier kon hij natuurlijk niet zomaar tijdens een etentje over beginnen. Het was meer iets voor een rustiger moment en misschien pas nadat ze elkaar beter hadden leren kennen. Hij zou dat graag willen. Maar gold dat ook voor haar?

Hij keek uit het raam en vergat het glas bier dat voor hem op tafel stond. Uiteindelijk nam hij een slok, trok een gezicht en schoof walgend het glas met het lauwe bier aan de kant.

Waarom had Linda geen interesse in hem getoond? Dat was hij niet gewend. Niet dat de vrouwen nu voor hem in de rij stonden, maar zij had hem op een manier op afstand gehouden die hij nog nooit eerder had ervaren. Natuurlijk zou hij eigenlijk niet meer aan haar moeten denken, na wat hij haar had horen zeggen, maar dat was gemakkelijker gezegd dan gedaan toen hij het verdriet in haar ogen had gezien. Ze had de toon luchtig gehouden tijdens het diner en op geen enkele wijze laten doorschemeren dat haar leven iets anders was dan goed. Maar dat was precies wat hij ook deed. De schijn ophouden.

Misschien was de herinnering aan haar er niet meer geweest als hij haar niet in zijn armen had gehouden, maar haar lichaam had zich naar het zijne gevoegd en hij kon nog steeds de geur van haar sensuele parfum ruiken en het ritmische bewegen van haar heupen voelen. Hij had zichzelf moeten dwingen de dansvloer te verlaten voor hij iets doms deed, zoals proberen haar te kussen.

Hij stond op en liep naar de keuken waar hij het glas leegde in de gootsteen. De bloemen had hij haar in een opwelling gestuurd, zonder vooropgezet plan, en nu had hij er spijt van. Wat had hij verwacht? Dat ze hem de volgende keer dat ze elkaar zouden zien, om zijn nek zou vliegen?

De volgende keer? Met een spottend lachje schudde hij zijn hoofd. Hij kon haar misschien maar beter niet meer opzoeken. Hij kon dat wat hij in haar ogen had gezien, verkeerd hebben geïnterpreteerd, en misschien was het alleen een reflectie geweest van zijn eigen verdriet.

Hij liep de slaapkamer in om zich om te kleden. Niet dat de baseballwedstrijd van die middag hem ook maar iets interesseerde. Hij bezocht dat soort evenementen om contact te onderhouden met zijn zakenrelaties.

Zijn kledingkast was goed gevuld en wat hij voor deze middag nodig had, lag in de hoek van de kast waar hij zijn sportieve kleding bewaarde. Met een zucht vond hij wat hij zocht.

Met de baseballpet diep over zijn zwarte haar getrokken en

een sportjack over zijn spencer, verliet hij zijn appartement en wenkte op straat een taxi.

'Yankee Stadium, alstublieft.'

'Robert. Hier.' Zijn oude vriend Grant Lloyd stak zijn hand op en wenkte hem toen Robert binnenkwam. 'Dus Londen is *the place to be*? Ik hoorde dat je voortaan je pijlen daarop gaat richten.'

'Ja, Londen is in trek.' Robert knikte bevestigend. 'Veel Amerikanen willen die stad bezoeken. Onze reizen daarnaartoe zijn voortdurend volgeboekt.'

'Ik ben er nog nooit geweest.'

Robert keek hem verbaasd aan.

'Europa, bedoel ik. Dat weiger ik. Verschrikkelijk oord. Stel je voor dat je in dat deel van de wereld vast komt te zitten. Nee, bah. Ik blijf in Manhattan. Ik bezit immers bijna het hele eiland.' Grant begon hard te lachen. Voor hij verderging zoog hij aan zijn sigaar en liet de rook naar het plafond opstijgen. 'Misschien moet ik wat meer gebruikmaken van jou,' zei hij bedachtzaam. 'Jij hebt er verstand van. Wat vind je ervan? Zou je je kunnen voorstellen om zaken met mij te doen? Dat bedrijfje van jou heeft vast wel ruimte voor nog een miljonair.' Hij hoestte.

'We breiden uit,' zei Robert kalm. 'En investeerders zijn altijd interessant. Kan ik je volgende week bellen?'

'Doe dat. Ik weet dat Europa een groeiende markt is en ik wil daar wel iets doen zonder er zelf naartoe te hoeven gaan,' zei Grant met een grijns. 'Hoe staat het met de hotelbranche? Is dat een goede investering? Je weet vast dat ik Park Lane heb gekocht, maar ik moet zeggen dat het een verdomd slechte deal was. Dat zal ik zo snel mogelijk afstoten.'

Meerdere mannen sloten zich bij hen aan. Een aantal had duidelijk al wat te veel op. Anderen meden hun mannelijke contacten en gingen even verderop met een mooie jonge hostess op schoot zitten. Alles wat daar werd gezegd of gedaan, bleef tussen de vier muren van de ruimte waar ze zich bevonden. Als iemand zijn mond voorbij praatte, zou die persoon voor altijd buitengesloten worden. Alles was precies zoals het de vorige keer was geweest, behalve dan dat Grant geïnteresseerd was in een investering in Londen.

En ik ook, dacht Robert glimlachend. Op weg naar beneden nam hij drie treden tegelijk. Eenmaal buiten de arena gooide hij de afschuwelijke pet in de prullenbak en rende de straat op waar hij een taxi aanhield. Nu had hij nog een reden om terug te gaan naar Londen.

Drie nachten later had hij weer een nachtmerrie. Hij deed geen oog dicht. Tegen de ochtend leek het bed wel een slagveld. Zijn hart ging tekeer en zijn rug was drijfnat van het zweet. Hoe moest hij in godsnaam in deze staat ooit op het vliegveld komen?

In een poging om zijn gedachten te verzetten verliet hij zijn appartement aan Riverside Drive. Misschien moest hij iets gaan eten? Niet omdat hij trek had, maar omdat hij wel wat energie kon gebruiken. Het was druk in de *diner*, maar bij het raam vond hij nog een lege kruk. Hij dwong zichzelf de pannenkoeken op te eten die hij had besteld, ook al leken ze in zijn mond steeds groter te worden. Hij spoelde ze weg met koffie en sinaasappelsap, en daarna maakte hij een korte wandeling door Riverside Park, waarna hij terugkeerde naar huis.

Lusteloos staarde hij uit het raam. Eerst waren het alleen flikkerende beelden, maar daarna was het alsof zijn hersenen een spelletje met hem speelden. Nu zag hij slechts één beeld per keer. Het was afschuwelijk. Hij moest toch wel iets anders voor zijn geestesoog kunnen zien? Hij had toch ook natuurfoto's gemaakt? De zeeën en vogels. Hij moest toch wel iets anders kunnen oproepen? Hij voelde zich immers al een aantal weken goed.

Maar dit was een van die dagen dat zijn hoofd zich in de donkere kamer bevond en er maar één rolletje te ontwikkelen viel.

Wat hij ook deed, niets hielp.

De vijfjarige Timothy had zich aan hem vastgeklampt zodra hij in de voorstad, even buiten Liverpool, was aangekomen. Timothy was op zijn schoot gekropen en had zijn kleine lijf tegen het grote lichaam van Robert aan gedrukt. Misschien had hij gevoeld dat hij bij hem veilig was. Zijn vader was aan het front. Zijn ongeruste moeder had drie kinderen om voor te zorgen. Ze waren net teruggekeerd in hun huis, nadat ze de stad hadden verlaten toen de oorlog uitbrak. De Duitsers hadden Liverpool met rust gelaten. Het leek veilig genoeg om terug te komen.

Robert had het hele gezin leren kennen, en wat een doorreis voor een reportage over het Britse platteland in oorlogstijd had moeten worden, werd een verblijf van een maand. De kleine jongen had een plekje in Roberts hart veroverd en hij kon hem niet in de steek laten.

Het was die verschrikkelijke bomaanval in november 1940 die Robert 's nachts kwelde. De hele wijk werd met de grond gelijkgemaakt. Kinderen verloren ouders. Een moeder kwam om terwijl ze aan het koken was. Onderwijzers, scholen, vrienden. Alles werd in een enkele aanval weggevaagd.

Dagenlang zocht Robert samen met de inwoners van Liverpool die het bombardement hadden overleefd, maar Timothy was verdwenen. Hoewel er verschillende overlevenden onder het puin vandaan werden gehaald, werd Roberts kleine vriend nooit teruggevonden. Honderdzestig mensen kwamen die nacht om.

Het was Robert die de jongen naar de schuilkelder had gebracht toen het luchtalarm was afgegaan. Een schuilkelder in een huis dat vervolgens met de grond gelijkgemaakt werd. Het was Robert die gezegd had: 'Niet bang zijn, hier ben je veilig.' En toen had hij hem daar achtergelaten. Zelf ging hij weer de straat op om te kijken wat er gebeurde.

Robert had het overleefd, maar hij had Timothy in een dodelijke val gezet.

Het was die schuld waar hij elke dag mee moest leven, waar

hij elke dag tegen vocht zodat hij niet de hand aan zichzelf zou slaan. Op zo'n dag als deze was het verlangen naar de duisternis zo sterk dat hij er bang van werd, omdat hij niet wist of hij deze dag door zou komen.

Het was nu bijna twintig jaar geleden. De mensen die wisten wat hij had meegemaakt, zeiden dat hij de oorlog de schuld moest geven en niet zichzelf. Dat wist hij ook wel. Maar hij had dat jongetje moeten beschermen. Zo was het gewoon.

22

Linda stond te draaien voor de spiegel. De jurk was strakker dan ze gewend was, maar zat lekker. Was-ie mooi? Hij was natuurlijk volgens de allerlaatste mode, maar dat betekende nog niet dat die haar het beste stond. Uiteindelijk was het belangrijkste dat je je er lekker in voelde.

Hoewel het buiten al lente was – april was zacht geweest met zomerse temperaturen – wilde ze een passend vestje bij deze mouwloze jurk. Ze zocht in haar garderobe naar het marineblauwe vestje met de parelmoerknoopjes. Daar. Ze hing het over haar schouders en keek weer in de spiegel. Ja, dit kon ermee door. Ze trok de blauwzijden pumps aan, stopte lippenstift in haar tas, sloot de deur van haar appartement af en haastte zich naar de lift. Voor een keer was ze bereid het hotel midden op de dag te verlaten en de enige die haar zover wist te krijgen, was Mary.

Ze zouden flink de bloemetjes buiten zetten, kletsen over alle vreselijke mensen die ze kenden en Linda was van plan om het erg laat te maken.

Ze liep met snelle passen door de lobby. In het voorbijgaan ontdekte ze een vlek op de vloer, attendeerde een receptionist erop en glipte toen door de deur die Charles voor haar openhield. Hij liep de straat op en wenkte een taxi voor haar.

'Bedankt, Charles, wat zou ik zonder jou moeten,' glimlachte ze. Ze meende het echt. Alle oudgedienden waren ongelooflijk belangrijk voor het hotel en Charles' fingerspitzengefühl was van onschatbare waarde. Vaste gasten waren erg op hem gesteld en waardeerden zijn kennis over het uitgaansleven in Londen. Sinds zijn vrouw een paar jaar geleden was overleden, betekende het werk alles voor hem en Linda was ervan overtuigd dat hij in het harnas zou sterven, misschien terwijl hij een taxi wenkte. Hopelijk zou dat nog heel wat jaren duren. Hij was vijfenzestig jaar, maar nog zo fit als iemand van dertig.

Toen de taxi het nieuwe restaurant dat de gasten van Flanagans inpikte passeerde, vroeg ze de taxichauffeur wat langzamer te rijden. Ze keek op haar horloge. Vlak na lunchtijd. Er stond nog steeds een rij buiten. Ze zuchtte. 'Rij maar door,' zei ze en ze leunde achterover. Ze moest het loslaten, voor nu in elk geval.

Mary en zij hadden elkaar niet meer gezien sinds het etentje op het landgoed en Linda verheugde zich erop haar weer te zien. De gereserveerde tafel bij The Criterion was al gedekt en Linda ging zo zitten dat ze zicht had op de ingang. Natuurlijk zou Mary haar gewoonlijke opzienbarende entree maken en dat wilde Linda niet missen.

Met stijgende verbazing bekeek ze Mary toen ze het restaurant binnenkwam. Mary, die dol was op aandacht, had een grote donkere zonnebril op en keek om zich heen alsof ze liever niet gezien wilde worden. Toen ze Linda zag zitten, liep ze snel naar haar toe en liet zich op de stoel tegenover haar glijden.

De ober stond al naast het tafeltje om de bestelling op te nemen.

'Een gin-tonic, graag.' Mary legde voorzichtig haar zonnebril op het tafeltje en voegde eraan toe: 'Met zo weinig mogelijk tonic, als je begrijpt wat ik bedoel.'

'Toe maar,' glimlachte Linda. 'Doe mij maar hetzelfde.'

Mary stak een sigaret op en inhaleerde zwijgend twee keer diep en leunde toen naar voren over de tafel.

'Ik heb een minnaar gehad. In elk geval bijna,' fluisterde ze.

Linda verslikte zich zowat. 'Je hebt wat?'

Mary zuchtte diep. 'Je hebt het goed gehoord. Je vriendin is tegenwoordig een gevallen vrouw.' Ze deed de Chanel-sjaal die ze om haar hoofd had gewikkeld af en legde hem op de stoel naast haar. Daarna liet ze haar heuplange jasje van haar schouders glijden en legde het boven op de sjaal. 'Mijn lichaam trok het celibaat niet langer en toen deze man lonkte, kon ik gewoon geen nee zeggen. Nou ja, uiteindelijk deed ik dat wel, maar toen had ik mijn kleren al uit,' fluisterde ze fel.

'O, lieve Mary. Je ziet er niet echt gelukkig uit.'

'Dat ben ik ook niet. Ik ben diep ongelukkig.' Ze zuchtte weer. 'Wat moet ik doen? Help me,' zei ze. 'Ik hou het gewoon niet uit om daar maar wat op dat landgoed te zitten en de mevrouw uit te hangen. Maar ik hou van mijn man en mijn gezin en ga voor ze door het vuur. Ik wil alleen niet de hele tijd bij hen zijn. En ik wil seks,' fluisterde ze. Ze leek elk moment in huilen te kunnen uitbarsten. Linda wist niet of ze haar vriendin ooit zo wanhopig had gezien.

'En dan is volgens jou een minnaar een goed idee? Wie is het, trouwens, of wil ik dat niet weten?'

'Je wilt het niet weten. En het was eenmalig. Ik voel me zo verschrikkelijk slecht, ook al heb ik me halverwege bedacht. Kan ik niet een paar keer in je hotel komen afwassen? Misschien dat dat me op andere gedachten brengt.'

Hun drankjes werden gebracht, Mary bood Linda een sigaret aan, en ze dronken en rookten in stilte. En inderdaad, precies zoals Mary had besteld, zat er erg veel gin en bijzonder weinig tonic in het drankje, maar haar vriendin dronk het als limonade. Linda fronste bezorgd haar voorhoofd. Ze pakte Mary's glas uit haar hand. 'Met dat tempo moet ik je straks naar buiten dragen. Het lijkt me beter dat we gaan bedenken hoe we je leven gelukkiger kunnen maken.'

Mary drukte haar sigaret uit en stak er meteen weer een op.

'Goed. Maak maar een plan voor me,' zei ze en ze knikte. 'Ik beloof je dat ik het zal opvolgen. Anders ben ik bang dat ik seks zal hebben met... je neef.' Ze keek eerst naar de tafel en toen naar Linda. Ze zag er bang uit.

Linda staarde haar aan. 'Sebastian? Ben je niet goed wijs?'

'Erger dan dat, darling. Laurence.'

Linda hief haar handen afwerend omhoog. 'Wacht even. Wil je zeggen dat je bijna met Laurence Lansing III seks hebt gehad?' Dat kon toch niet, dacht ze. Haar beste vriendin met haar ergste vijand? Het was vast een slechte grap.

Linda kon zich niet voorstellen dat iemand intiem wilde zijn met Laurence, maar ze zou niet toestaan dat het haar relatie met Mary kapot zou maken. Ze had het ten slotte verteld en dat sierde haar. Als ze het op een andere manier te horen had gekregen, had ze zich misschien verraden gevoeld. Nu was het een vergissing. Het zou nooit meer gebeuren. Over een maand zouden ze er hartelijk om lachen.

'Ja, en ik schaam me dood. Volgende week ga ik met de kinderen naar Frankrijk. Zeg dat je meegaat, dat je me deze domme streek vergeeft. Een paar dagen zon, strand en lekker eten. Alsjeblieft,' smeekte Mary.

'Alleen jij, de kinderen en ik?'

Mary knikte. 'Dat beloof ik plechtig. Archie zit bovendien in Monaco voor de grand prix, dus in principe is het alleen jij en ik. Je kamer is al in gereedheid gebracht.'

'Ik zal erover nadenken. Hoe lang blijven jullie aan de Rivièra?'

'Archie wil waarschijnlijk de hele zomer blijven, maar ik ben van plan om tussendoor op en neer te gaan. Mijn afwasbaantje, weet je wel.' Ze glimlachte bedroefd.

Linda knikte. 'Natuurlijk.'

'Heb je het me vergeven?' Mary keek haar smekend aan. 'Alsjeblieft, zeg dat je het me hebt vergeven.'

Linda knikte. Ze had het met Mary willen hebben over Fred, dat hij in het hotel was opgedoken, maar dat moest dan maar wachten tot een andere keer. Misschien als ze naar de Rivièra ging.

De treincoupé was comfortabel en op het uitzicht viel niets aan te merken. Linda zat bij het raam, had een kop koffie gedronken, maar had nog geen letter gelezen in het boek dat ze bij zich had.

Haar gedachten waren bij Flanagans. Ze maakte zich niet direct grote zorgen, maar wilde niet nog meer verliezen aan het nieuwe restaurant, dat kon ze zich gewoonweg niet veroorloven. In de eerstvolgende tien jaar had het hotel een grote opknapbeurt nodig en dan moesten de inkomsten niet verder dalen, dat wist ze van eerdere gesprekken met haar bank.

Ze zuchtte, besloot te proberen het hotel los te laten en liep de gang op om even te roken. Het was fijn om even haar benen te strekken.

De trein was al halverwege Frankrijk toen ze elkaar tegen het lijf liepen. Ze kwamen recht op elkaar aflopen en Linda voelde letterlijk haar mond van verbazing openvallen toen ze zag wie haar tegemoetkwam.

'Robert Winfrey!' riep ze verbaasd uit.

Hij keek haar aan. 'Linda Lansing.' Er verscheen een glimlach op zijn gezicht. 'Dat is me nog eens een verrassing.' Hij boog zich naar haar toe en kuste haar wangen.

Zij was minder verrast. Natuurlijk zat Mary hierachter.

'Bedankt voor de bloemen,' zei ze. 'Dat was aardig, gezien wat ik had gezegd.'

Hij knikte naar de coupé waar hij uit was gekomen. 'Kom binnen. Ik trakteer op een glas, dan kunnen we het erover hebben wat je daar precies mee bedoelde.'

Ze moest het uitleggen, dat kon niet anders, en toen hij bukte om zijn hoofd niet te stoten en in de coupé verdween, volgde ze hem.

'Heb je er iets op tegen dat ik de deur dichtdoe?' vroeg hij.

Ze schudde haar hoofd.

'Alsjeblieft, ga zitten,' zei hij en hij trok de deur dicht. 'Wat wil je drinken?' Ik heb whisky, whisky en nog meer whisky.'

'Drie vingers zonder ijs,' zei ze automatisch.

Hij schonk twee glazen in en reikte haar er een aan.

'Ik heb aan je gedacht,' zei hij zonder omwegen. 'Heb jij aan mij gedacht?'

Ze kuchte en nam een slok. Daarna knikte ze. 'Ja, ik heb eraan gedacht hoe stom ik was, als dat is wat je bedoelt?'

'Nee, dat bedoel ik niet,' antwoordde hij glimlachend.

'Dan heb ik niet aan je gedacht,' zei ze en ze beantwoordde zijn glimlach.

Elke andere vrouw had een ander antwoord gegeven bij het zien van die mooie handen die het glas vasthielden, die donkere ogen en zijn volle haardos. Door die glimlach zou ze ook meer dan eens aan hem moeten hebben gedacht.

Maar ze was niet elke andere vrouw.

'Er is iets met je...' Hij maakte de zin niet af, maar bood haar een sigaret aan.

Ze nam hem aan, zei niets terwijl hij zijn aansteker pakte. Ze rookten zwijgend terwijl buiten het droge landschap voorbijgleed. Het geluid van de voortrazende trein was aangenaam. Ze voelde zich volkomen ontspannen, ondanks het gezelschap. Toen het eerste glas leeg was, vulde hij het meteen bij.

'Wil je misschien hier zitten, zodat je vooruit rijdt? Ik kan het bed openklappen,' zei hij na een tijdje.

'Nee, bedankt voor het aanbod, maar ik zit hier goed,' zei ze.

Ze leunden achterover en genoten van hun whisky en de sigaretten. Zo nu en dan kruisten hun blikken elkaar en tot haar eigen verbazing voelde Linda iets. Dat was ongewoon, maar het was voor de verandering prettig.

Haat en woede waren tegenwoordig haar meest voorkomende emoties. En warme gevoelens voor Mary en voor haar personeel. Verder was het meeste daarbinnen bevroren. Ze had geen geduld meer, geen vertrouwen en als een man haar maar met een vingertop aanraakte, maakte ze meteen heel erg duidelijk dat ze daar niet van gediend was.

Nu zat ze hier te genieten van een beetje oogcontact. Er was toch wel iets om blij over te zijn.

Ze wist natuurlijk heel goed waar hij naar op weg was. Ze wist ook dat ze weer door Mary misleid was. Maar als ze heel eerlijk was had ze het al geweten voordat ze was vertrokken. Mary zorgde er altijd voor dat er gezelschap voor Linda was.

Bij enkele gelegenheden was ze zo dronken geworden dat ze met de man die Mary voor haar had geregeld naar bed was gegaan. Maar alleen wanneer ze bij Mary's gezin aan de Rivièra op bezoek was en alleen met buitenlanders die haar niet kenden. In Londen was ze veel te bekend en ze wilde niet dat er over haar geroddeld werd.

Ze keek naar Robert, net op het moment dat hij zijn blik op haar richtte.

'Miss Lansing, wat moet ik met je?' zei hij zachtjes.

Ze keek hem niet-begrijpend aan. 'Wat bedoel je?'

'Ik heb onverklaarbare... gevoelens.' Hij bekeek haar alsof daar het antwoord op zijn vraag te vinden was. 'En ik heb nooit gevoelens.'

Ze glimlachte. 'Iedereen heeft die toch wel?'

Hij schudde resoluut zijn hoofd. 'Ik niet. Het meeste laat me onverschillig. Maar jij doet iets met me.'

De drang om weg te kijken was sterk, maar ze deed het niet. Wat hij had gezegd over zijn onverschilligheid herkende ze en het wekte haar nieuwsgierigheid.

'Ik weet alles van onverschilligheid,' zei ze en ze knikte.

'Dan weet je hoe zelden je iets voor iemand voelt,' zei hij zacht. Zijn ogen veranderden van kleur, werden nog donkerder. Hij leunde naar voren. 'Ik voel iets voor je.'

Haar mond werd droog en ze strekte haar hand uit naar haar glas. De sterkedrank brandde in haar keel en het was heerlijk. Ze nam nog een slok voordat ze het glas weer neerzette. Het was warm in de coupé. Wat water zou fijn zijn. Ze bevochtigde haar lippen met haar tong.

'Een glas water?' vroeg hij alsof hij het begreep. Hij stond op en pakte de grote fles die in een houder aan de wand zat.

Ze knikte en observeerde hem, zag hoe de spieren onder zijn overhemd rolden. Ze dacht eraan hoe hij er naakt uit zou zien, en toen hij zich omdraaide met het glas water had ze dat beeld voor zich. Ze schoot in de lach.

'Wat is er?' vroeg hij terwijl hij haar het glas gaf.

'Niets. Dank je.' Ze dronk gulzig terwijl hij haar bleef aankijken.

'Nog een,' zei ze en ze reikte hem het glas aan, en toen hij zich opnieuw omdraaide, keek ze weer naar zijn gespierde lijf. Ze hield haar hoofd schuin, liet haar blik naar zijn billen glijden. Hij was echt overal gespierd.

Ze was niet helemaal nuchter meer en zou eigenlijk nu meteen terug moeten gaan naar haar eigen coupé, want haar fantasie begon op hol te slaan. Een blote man. Wanneer had ze daar voor het laatst over gefantaseerd?

Ze besloot dat het tijd was om afscheid te nemen. 'Ik heb je nog steeds niet uitgelegd waarom ik laatst zo onaardig was,' zei ze. 'Maar je moet me geloven als ik zeg dat het alleen maar ging over het feit dat Mary me altijd aan iemand wil koppelen. Het had niets met jou te maken, want jij bent aardig,' zei ze en ze kwam overeind. Ze wankelde toen de trein een beetje slingerde, en Robert reageerde onmiddellijk.

'Ik loop met je mee,' zei hij beslist.

'Ik zit twee deuren verder,' zei ze. 'Ik red me wel.'

'O nee, geen sprake van,' zei hij beslist en hij pakte haar arm beet. Zijn donkerbruine hand zag er komisch uit op haar sproetige witte huid. Ze liet zijn hand liggen. Hij voelde toch wel lekker warm aan.

Bij haar deur aangekomen boog hij zich naar haar toe en gaf haar een kus op haar wang. En daarna een op haar andere wang. Toen weer een op de andere.

'In Amerika kussen we tien keer,' fluisterde hij.

Ze liet hem begaan. En toen de tiende kus zacht op haar lippen landde, wilde ze dat het nooit zou ophouden.

Verwachtingsvol stapte ze de volgende ochtend uit de trein. Ze was tot de slotsom gekomen dat ze er helemaal niets op tegen had dat Robert Winfrey bij Mary thuis was uitgenodigd, en ze keek op het perron om zich heen of ze hem ook zag.

Na de kussen hadden ze afscheid genomen. Een tel later werd er op haar coupédeur geklopt.

Hij had zijn hoofd naar binnen gestoken. 'Tot ziens, Linda Lansing,' had hij gezegd, en haar hart had een sprongetje gemaakt.

Daar was Mary. Linda wenkte. 'Jij boef die je bent,' zei ze met een glimlach toen ze elkaar omhelsden. 'Maar het geeft niet, Robert en ik hadden een erg gezellige reis.'

'Robert Winfrey? Zat hij in de trein?'

'Hou je maar niet van de domme,' lachte Linda. 'Ik ken je langer dan vandaag.'

'Wij hebben hem niet uitgenodigd,' zei Mary. 'Ik meende het. Deze keer is het alleen wij en mijn gezin.'

Beteuterd keek Linda om zich heen en toen ze hem nergens zag begreep ze dat Robert nog in de trein zat die het station uit reed. Ze voelde de teleurstelling door haar heen gaan. Ze had zich erop verheugd, maar misschien was het ook wel goed zo. Ze zette een glimlach op en wendde zich tot Mary.

'En ik ben niet van plan om me buiten te laten zien,' vervolgde Mary. 'Je neef is in de stad met zijn entourage.'

23

Ze brachten een paar heerlijke, ontspannen dagen door onder de parasol op het strand bij Mary's 'zomerhuisje', dat wil zeggen de grote witgepleisterde villa met schelpenstrand even buiten Cannes. De lord was met vrienden aan het golfen, en Linda en Mary konden daarom ongestoord praten.

'Hij heeft wel lef, moet ik zeggen,' zei Mary, toen Linda haar over Fred had verteld. 'Wat denkt hij, dat je je weer in zijn armen zult werpen?'

'Hij zei dat hij me iets wilde vertellen.'

'Als ik jou was, zou ik weigeren om nog met hem te praten.'

'Ook niet om te horen wat hij te zeggen heeft?'

Mary schudde beslist haar hoofd. 'Nee, die man is al jaren je spook geweest, hij mag niet weer in je leven komen.'

'Maar misschien verdwijnt het spook helemaal als ik hem spreek.'

Mary stak nog een sigaret op. 'Je moet het natuurlijk zelf weten, darling, maar als je dat doet, dan moet je heel erg voorzichtig zijn, beloof me dat.' Ze trok de asbak die op de tafel stond naar zich toe.

Linda knikte. 'Dat beloof ik.'

Ze lagen een tijdje te zonnen. Pas tijdens de lunch begon Mary over haar eigen probleem. Ze overwoog om haar misstap aan haar man op te biechten.

'Maar is dat echt nodig als het maar om een enkele keer gaat? En je bent toch niet met hem naar bed geweest?' zei Linda.

'Ik ben geen leugenaar, ik had helemaal niets meer aan. Dat is bijna net zo erg.'

'Denk er alsjeblieft nog een keer goed over na.'

Wat zou ze zelf hebben gedaan in zo'n situatie? Het was lastig om te weten wat juist was en eigenlijk wilde ze hier niets over zeggen.

'Ik zal deze dagen gebruiken om er nog eens over na te denken,' zei Mary.

Linda besloot niet meer aan Fred te denken. Ze zou wel zien of hij weer opdook. Nee, het was Robert Winfrey die maar door haar hoofd bleef spoken. Als ze niet aan zijn haar dacht, dan waren het wel zijn zachte lippen. Ze was er zo van overtuigd geweest dat het allemaal een vooropgezet plannetje van Mary was geweest dat ze hem niet eens had gevraagd waar zijn reis naartoe ging. De kus was perfect geweest, zoals alleen een gestolen kus kon zijn, en ze betrapte zich er keer op keer op dat ze wenste dat hij ook uit de trein was gestapt.

Ze probeerde die gedachte uit haar hoofd te zetten. Ze wist immers wel beter.

Linda slenterde wat door de steegjes in het oude centrum van Cannes en genoot van haar vrije dagen, van het niets hoeven. In een heerlijk geurende winkel kocht ze een sjaal voor zichzelf en een sarong voor Mary. Voor de tweeling viel haar oog op een bordspel en ze beloofde zichzelf het later vanavond met hen te spelen.

De meeste mensen om haar heen waren stellen. Man en vrouw. Vrouw en vrouw. Twee mannen, die probeerden te verbergen dat ze van elkaar hielden. Nergens zag ze een vrouw alleen. Ondanks de hoed en de zonnebril waar ze zich achter verschool, had ze het gevoel dat mensen naar haar keken. In Londen was het anders, daar liep je naar en van je werk, maar hier had je vrij, hier vierde je vakantie met het gezin. Ze voelde haar eenzaamheid hier sterker. Wilde ze met een arm van een man om haar schouders door de kleine straatjes lopen? Iemand die een idioot souvenir voor haar kocht als herinnering? Die kus… Ze schudde het van zich af. Het was niet voor haar weggelegd.

De kwestie met Fred had zo veel veranderd. Ze was te naïef geweest voor een relatie met zo'n uitgekookte man en tot haar spijt moest ze constateren dat er een angel was blijven zitten, iets wat nog steeds voor een groot deel bepaalde hoe zij haar leven leidde.

Want sinds die nacht met Fred had ze zichzelf niet toegestaan nog langer gevoelens van liefde te hebben. Bij Andrew had ze geborgenheid gezocht en die had ze gekregen. Ze had tederheid en nabijheid gevoeld, maar nooit liefde. Het was intens jammer dat Fred degene was geweest die had gekregen wat ze te geven had.

Iets verderop opende het plein zich en ze versnelde haar pas om op een plek te komen met meer mensen en restaurants. Het was alsof de intieme omgeving rond de kleine straatjes, de stelletjes die er zo verliefd uitzagen, haar uit haar evenwicht brachten.

Haar maag knorde. Ze had zin in een tosti en koffie. Ze wilde in de schaduw zitten, haar boek pakken, en van achter het omslag genieten van wat zich op straat afspeelde.

Mary dacht dat Linda zich niet lekker voelde toen ze gisteravond de wijn afsloeg. Maar ze moest juist nu helder, scherp zijn om na te denken. Ze had totaal geen zin in alcohol.

'Bedankt,' zei ze toen haar bestelling werd gebracht. Ze legde haar zonnebril op het tafeltje. Zo ver onder de zonwering kwam de zon niet en het licht was aangenaam. Ze ademde de zachte lucht in.

De mensen hier aan de Rivièra leken van eenvoudige genoegens te houden. In Mary's dorp speelde je jeu de boules, keek je met z'n allen tv of las je een boek op de veranda. 's Ochtends en 's avonds werd er gezwommen en de tijd daartussenin ging je zonnebaden om een mooi kleurtje te krijgen. Linda sloot haar ogen en haalde diep adem. Dit was rust.

Ze legde de hete tosti terug op het bord toen ze haar tong aan de kaas brandde. Die moest nog maar even wachten, ze had geen haast. Wat een heerlijke dag was het.

'Hoe was uw vakantie, Miss Lansing?' vroeg Alexander, die alleen bij de receptie stond toen ze Flanagans binnenliep.

De treinreis was oersaai geweest en duurde voor haar gevoel lang, vanaf het moment dat de trein het station uit reed, had ze naar huis verlangd. Het bed in de slaapcoupé was oncomfortabel. Het kussen was bobbelig, lag niet lekker en de trein bonkte erger dan ooit. De heenreis was heel wat gezelliger geweest dan de terugreis.

Ik voel iets voor je.

Toen ze er weer aan dacht wat Robert had gezegd, werd ze warm vanbinnen. Het is heel goed mogelijk dat ik ook iets voor jou voel, dacht ze een beetje verbaasd.

Maar nu was ze weer in Flanagans, waar zoals altijd heel veel te doen was. Ze wilde eerst even rusten voordat ze aan de slag ging met de stapels papier die ongetwijfeld in haar kantoor op haar lagen te wachten. Het zou een lange dag worden.

Ze keek naar Alexander. 'Bedankt, het is heerlijk om weer terug te zijn,' antwoordde ze. 'Is het rustig vandaag?' vroeg ze om zich heen kijkend. Ze keek naar de klok. Het was de tijd tussen het in- en uitchecken, dus eigenlijk was het niet zo vreemd dat het zo rustig was, maar ze wilde de lobby altijd vol mensen zien. Ze kon zich niets beters voorstellen dan de trap af komen en dan laverend tussen de mensen door zich een weg naar de uitgang te moeten banen omdat er zo veel mensen in de weg stonden.

'Het is bijna theetijd, dus dat komt nog wel.'

'Laten we het hopen,' zei ze. Daarna glimlachte ze een beetje opgelaten. Ze wilde niet dat het personeel zou zien hoe bezorgd ze was. Toen ze de deur van haar suite opendeed, haalde ze opgelucht adem.

Een kwartier later had ze alles uitgepakt, zich uitgekleed en lag ze in haar comfortabele bed, maar de lege lobby bleef door haar hoofd spoken en ze kon zich niet ontspannen. Zuchtend kwam ze overeind, verder kwam ze niet. Ze moest pen en papier hebben, maar die lagen in een la van haar bureau in de woonkamer en ze had even niet de puf om daar nu naartoe te gaan.

Ze moest over meer zaken helderheid krijgen wat het hotel betrof. Was de bezettingsgraad van het hotel vergeleken met voorgaande jaren slechter? Mei was gewoonlijk een drukke tijd qua overnachtingen. Of was het nog steeds alleen het restaurant dat minder goed liep? In dat geval was daar iets aan te doen. Ze zou het er weer met de chef-kok over moeten hebben. Misschien ontbrak het aan visie in de keuken? Had chef Duncan niet meer dezelfde hoge ambities? Ze had hem al die jaren in dienst gehouden omdat ze niet iemand kon ontslaan die zo lang voor haar vader had gewerkt. Anderen hadden andere taken tot hun pensioen gekregen, maar waarschijnlijk waren er grenzen. Een chef-kok die niet in staat was te analyseren waarom de restaurantgasten wegbleven, kon ze moeilijk aanhouden. In dat geval zou ze een moderne kok in dienst moeten nemen die de behoefte van de gasten aan iets nieuws begreep.

Met een zucht stapte ze toch maar uit bed. Had ze de keuken wel voldoende middelen gegeven? Moest het budget verhoogd worden, was het zo simpel? Ze wist dat chef Duncan zuinig moest zijn. Elke afdeling in haar onderneming was verantwoordelijk voor haar eigen uitgaven. Maar zij was degene die de budgetten vaststelde. Het kon zijn dat ze aangepast moesten worden. Ze sleepte zich naar de kledingkast. Ondanks het slaaptekort zou ze zich toch aankleden en naar haar kantoor gaan. Alles beter dan hier te liggen piekeren.

Ze trok een van haar donkerblauwe mantelpakjes aan met het logo van het hotel. Daarbij droeg ze een blouse met een beetje decolleté. Ze had een kleurtje gekregen in Frankrijk, het zou jammer zijn om dat weg te stoppen onder een hoogsluitende blouse. Ze trok haar kousen aan en maakte ze vast aan de jarretel voordat ze haar slipje aantrok. Sexy kleding, dacht ze droogjes en pakte de rok van de kleerhanger. Normaal gesproken droeg ze panty's zoals alle vrouwen tegenwoordig. Maar het was warm vandaag en dit was luchtiger zo. Ze trok de rits van de rok omhoog, deed de knoop aan de achterkant dicht en streek eventuele kreukels glad. Het mantelpakje had een goede snit en zou nog wel een tijdje mee kunnen, maar niet tot in de eeuwigheid.

Een aantal investeringen waren al gedaan, zoals de tv-toestellen die voor alle kamers waren besteld, maar verder zouden er dit boekjaar geen grote uitgaven meer zijn. Nieuwe uniformen voor het personeel kostten een vermogen en daarom moest de aanschaf van nieuwe uniformen zo lang mogelijk uitgesteld worden. Het huidige model werd nu voor het derde jaar gedragen en als de mode erg veranderde, zou het van de ene op de andere dag ouderwets zijn, in elk geval het uniform voor het vrouwelijke personeel. Maar die investering had Linda pas voor het volgende jaar gepland, wat betekende dat er binnen de begroting van dit jaar geld voor het restaurant zou moeten zijn.

Het was alsof ze had geweten dat Fred er zou staan, en daarom was ze verbaasd noch bang. Het was fijn om Mary's perspectief op de zaak te hebben gekregen, maar ondanks het advies van haar vriendin om niet met hem te praten was Linda wel benieuwd wat hij te vertellen had.

Hij stond tegen de deur naast het kantoor geleund en stak zijn hand op ter begroeting toen hij haar in de gang aan zag komen.

Ze voelde niets toen ze hem zag staan. Ze wilde dit alleen maar zo snel mogelijk achter de rug hebben.

'Je ziet er fantastisch uit,' zei hij toen hij achter haar aan naar binnen liep.

'Dank je.'

Ze liep meteen door naar haar bureau en ging zitten. Ze nam hem op toen hij dichterbij kwam. Hij was bijna niets veranderd. Ietsje diepere rimpels rond zijn ogen, maar omdat hij nog steeds dezelfde blonde haardos als vroeger had, zou je kunnen denken dat hij nog steeds rond de dertig was.

'Mag ik?' Hij wees naar de stoel.

'Ga je gang.'

Hij schraapte zijn keel. 'Dus hier zitten we dan, tien jaar later.' Hij boog zich voorover en legde zijn handen op het bureau. Wat had ze toen van zijn handen gehouden. Ze waren zo sterk en zo doelbewust geweest, waardoor ze als was was geweest in zijn handen.

'Wat wil je, Fred?'

'Ik wil een verklaring voor wat er is gebeurd.'

Ze keek hem verbaasd aan.

'Jij wilt een verklaring? Wat vreemd. We zijn tien jaar verder, als dat de reden is dat je hier bent, dan denk ik dat je beter maar meteen weer kunt gaan.'

'Je wilde niets met me te maken hebben, je rende weg en trouwde met een ander. Snap je niet dat je mijn hart hebt gebroken? Alleen omdat ik een lift van een oude vriend van Eton aangeboden kreeg.'

Ze schoot in de lach. Zat hij háár nu verwijten te maken? Hij had überhaupt nooit gezegd dat hij op Eton had gezeten. Integendeel, hij was juist vaag geweest en had geheimzinnig gedaan. Hij was een leugenaar. Toen en nu.

Hij nam opnieuw het woord. 'Maar ik heb begrepen dat Laurence een schurk is, en ik begrijp ook wat jij hebt gezien,' zei hij. Hij hield zijn hoofd scheef en zocht oogcontact. 'Maar nee, schat, geloof me als ik zeg dat ik geen idee had wat hij van plan was. Hij was blij voor ons, dat was alles wat hij zei. Hij zag aan me dat ik gelukkig was.'

'Wat wil je, Fred?'

Hij zag er verdrietig uit. 'Ik wil weten waarom je me niet vertrouwde, niet geloofde in mijn liefde. De enige verklaring die ik zie, is dat de haat voor je neef groter was dan de liefde voor mij.'

Tien jaar geleden zou ze hem getroost hebben met kussen. Dat haar mond ooit de zijne had beroerd, voelde nu vreemd. Dat die handen haar hadden uitgekleed en dat ze ervan had genoten...

Ze schraapte haar keel. 'Dat zou kunnen,' zei ze. 'Zijn we klaar nu?' Ze wilde echt dat hij nu wegging.

'Vrijde hij net zo met je als ik?' vroeg hij zacht. 'Bevredigde hij je? Die oude? Verdomme, heel eerlijk gezegd. Hoe kon je?' Zijn vuist kwam hard neer op het bureau. 'Ik ben daarna Engeland ontvlucht, ik kon niet meer in hetzelfde land zijn als jij en die oude vent.'

'Genoeg,' zei ze scherp en ze stond op. 'Wat geeft jou het recht? Ik wil geen kwaad woord horen over Andrew, de man die voor me zorgde toen het heel slecht met me ging.'

Hij keek haar aan. 'Was het zo erg wat ik je aandeed?'

'Geef jezelf niet te veel eer,' zei ze geïrriteerd. 'Ik verloor mijn oma en Andrew was de enige die er toen voor me was. Bedankt voor je bezoek, maar nu moet je gaan.'

Hij kwam langzaam overeind. 'Wil je niet weten wat ik over Laurence weet? Misschien is dat wat ik te zeggen heb een bewijs voor je dat ik onschuldig ben.'

Ze zuchtte en knikte kort. Ze wilde wel weten wat hij te vertellen had, al zou dat tussen hen niets veranderen.

'Hij gaat je zijn aandeel in het hotel te koop aanbieden,' zei Fred. 'Hij vertelde me dat toen ik hem van de week tegenkwam.'

'Waarom zou hij dat doen? Hij heeft de afgelopen jaren niets anders gedaan dan mij uit het hotel proberen te krijgen.'

'Hij wil een nieuw hotel bouwen. Verderop in de straat. Je weet vast wel van dat restaurant dat momenteel zo populair is? Daar zit Laurence met nog een paar anderen achter. Ze willen er nu een hotel bovenop bouwen. Ze willen je tot een faillissement dwingen door je gasten van je af te pakken.' Hij zweeg. 'Ze gaan het New Flanagans noemen.'

Ze wist meteen dat Fred de waarheid sprak. De kou verspreidde zich door haar hele lichaam. Natuurlijk. Niets zou haar blijer maken dan haar neef uit te kopen, maar ze wisten allebei dat ze daar nooit het geld voor zou hebben. De oude schulden waren enorm en Linda wilde net dit jaar beginnen met ze stukje bij beetje af te lossen.

Zolang Laurence het hotel wilde hebben, had ze zich veilig gevoeld dat hij haar niet kon raken. Als het klopte wat Fred zei, was dit een ramp. De neven hadden zowel de macht als de middelen om de bouw van zo'n hotel te realiseren.

De strijd tussen hen was altijd gegaan over het eigenaarschap van het oude Flanagans.

Nu was het speelveld totaal veranderd en voor het eerst voelde Linda dat Flanagans uit haar handen begon te glippen, zonder dat ze er iets aan kon doen.

Laurence was inderdaad van plan haar te ruïneren.

24

Elinor kleedde zich aan. Ze moest opschieten als ze op tijd wilde zijn voor het serveren van de thee. Ze boog zich naar hem toe en kuste hem op zijn wang. 'Bedankt,' zei ze en ze glimlachte.

'Jij bedankt.' Hij lag op zijn zij, het laken kwam maar net tot zijn middel. Zijn borst was bedekt met haar. 'Begin je niet al een beetje verliefd op me te worden?' vroeg hij.

'Omdat jij zo verliefd op mij bent?' zei ze lachend en ze bukte zich om de veters van haar schoenen te strikken.

'Ik moet er niet aan denken jou met een ander te zien.' Zijn blik was anders, niet zo spottend.

'Er is geen ander,' zei ze. Ze reikte naar haar vest dat hij van haar schouders had laten glijden en op de grond had laten vallen. Ze schudde het uit om het stof eraf te krijgen. Ook deze keer waren ze niet bepaald op de meest schone plek beland. 'Maar misschien zou ik wel iemand anders willen. Iemand die zich wel met mij kan vertonen, want dat kun jij niet.'

'Op een mooie dag kan ik dat misschien,' zei hij terwijl hij aan zijn ring draaide, wat hij altijd deed als hij het over zijn gevoelens voor haar had.

'Laat het me dan weten, want dan zal ik overwegen verliefd op je te worden,' zei ze lachend, en ze opende voorzichtig de deur. Toen ze door de kier zag dat de kust veilig was, glipte ze snel naar buiten en trok de deur achter zich dicht.

Ze rende vlug naar de trap, waar ze tegen de koude witte muur leunde om bij te komen. Eigenlijk zou ze met hem moeten breken, maar hij had iets teergevoeligs waardoor ze bleef. Soms dacht ze zelfs dat ze voor hem zou vallen. Wanneer hij met haar vrijde, met zijn blik gehaakt in de hare, werd ze helemaal warm vanbinnen en wanneer hij haar daarna teder kuste, begon ze bijna te huilen.

Maar als er dan een tijdje voorbij ging waarin ze elkaar amper zagen verdween dat gevoel weer. Daarom dacht ze af en toe dat ze iemand anders een kans moest geven. Maar aan de andere kant, hun regeling was perfect.

Het was beter voor haar werk dat er helemaal niemand in haar leven was, maar dat voelde wel een beetje treurig. Stel je voor dat je alleen je werk had en verder niets.

Elinor dacht soms dat Miss Lansing wel heel erg eenzaam moest zijn, daarboven in haar mooie suite. Voor zover Elinor wist, was lady Mary de enige persoon met wie ze close was. Wanneer zij Flanagans binnenkwam, werd ze met alle egards behandeld en naderhand bij de thee in het souterrain werd er over haar gekletst. Iedereen wist wel iets te vertellen. Ze was getrouwd om het geld, zei iemand met van ontzetting opengesperde ogen. Alsof dat iets nieuws was, een vermogend man die met een mooie jonge vrouw trouwde. Elinor vond dat ze in dat geval wederzijds profiteerden, en dat had ze daar in het souterrain ook gezegd, want ze hield niet van al dat geklets. Er werd over de meeste gasten gepraat, ook al wilde Miss Lansing dat absoluut niet hebben. Alles werd overdreven en uiteindelijk waarheid.

Op een zekere dag zouden de roddels in verkeerde handen terecht kunnen komen en dan was het maar de vraag wie er aan het kortste eind trok. Miss Lansing zou bijna zeker degene ontslaan die zijn mond niet had kunnen houden, en dat zou zij, Elinor, beslist niet zijn.

Ze haalde diep adem, keek of haar kleren in orde waren en liep toen de trap af naar het souterrain.

In de personeelskamer was het op dit tijdstip van de dag een drukte vanjewelste. Elinor wurmde zich naar binnen en ging naast Emma zitten, die halverwege haar dienst was.

'Ik heb twee pond fooi gekregen,' fluisterde Emma opgewonden. 'Ik heb bijna het geld voor een paar nieuwe dansschoenen bij elkaar. Zullen we aanstaande zaterdag naar die ene tent gaan waar iedereen naartoe gaat, wanneer we allebei vrij zijn? *Please*?'

Emma was daar een enkele keer geweest en ze had een ontzettend leuke avond gehad, had ze verteld. Het was er vol met zwarte meisjes geweest, dus daar hoefde Elinor zich in elk geval geen zorgen over te maken. Ja, waarom eigenlijk ook niet, dacht Elinor. Ze was ook dol op dansen. Maar wanneer ze een hele dag vrij was, ging ze naar haar vader en moeder in Notting Hill, want er was altijd wel iets wat ze daar voor hen kon doen. Soms maakte ze het eten klaar of zaten haar moeder en zij alleen maar wat te praten. Haar vader viel in slaap in zijn stoel, hij moest op zijn vrije dag altijd bijkomen van de zware werkweek.

'Misschien,' zei Elinor nu. 'Ik wil het er alleen eerst met mijn moeder over hebben.'

Toen realiseerde ze het zich ineens. 'Wanneer heb jij voor het laatst met jóúw moeder gesproken?'

Emma kreeg een onrustige blik. 'Een poosje geleden.'

'Hoe lang geleden?'

'Een paar weken.'

Elinor begreep niet waarom Emma dat deed. Haar moeder moest doodongerust zijn.

'Ik ben bang dat ze het aan me zal horen,' fluisterde ze.

'Wat horen?'

'Dat ik geen maagd meer ben.'

'Je weet toch wel dat je het aan de buitenkant niet kunt horen of zien,' zei Elinor glimlachend.

'Dan ken je mijn moeder niet,' zei Emma en ze keek er angstig bij. 'Ze hoort en ziet alles.'

Elinor schoot in de lach. Ze mocht Emma te graag om ruzie met haar te maken.

Emma zuchtte. 'Ik werk nu in de wasserij. Wanneer ik hier ooit de baas word, heb ik op elke afdeling gewerkt. Met die gedachte troost ik me wanneer ik die vieze lakens sorteer.' Ze huiverde.

'Weet je zeker dat je dat wilt?'

Emma keek haar verbaasd aan. 'Ja, jij niet dan?'

Elinor haalde haar schouders op. 'Ik zou graag willen dat ik net als jij de mogelijkheid had om alles uit te proberen,' zei ze met een scheef glimlachje. 'Als dat een voorwaarde is, dan ben je me binnen de kortste keren voorbijgestreefd, ook al werk ik hier een jaar langer en ben ik nu chef.'

Elinor hield van haar nieuwe functie. Het was leuk om alles van de koude keuken te organiseren en te plannen, maar ze had ook graag met de gasten willen omgaan. Nu kende ze hun namen, hun wensen, maar ze had bijna nooit iemand van die gasten ontmoet. Bij bepaalde grote evenementen kwam het soms voor dat iemand naar de keuken kwam om het personeel te bedanken, maar dat was het dan ook. Het was niet eerlijk.

'Als je wilt, kun je met me meegaan naar de wasserij,' glimlachte Emma. 'Geloof me, daarna zul je echt tevreden zijn met je kleine kantoortje.'

Een paar dagen later liepen Emma en Elinor gearmd naar de winkel waar Emma de schoenen had gezien die ze graag wilde hebben. Even later verliet Emma al dansend op die schoenen de winkel.

'Kijk mij eens,' zei Emma en ze wiegde met haar heupen.

Er reed een auto voorbij. Een paar jongemannen hingen uit het open raampje en floten. Ze zwaaide en lachte, ze was gelukkig.

'Je ziet wat een paar schoenen kunnen doen,' zei ze. 'O, wat ben ik blij dat ik hier woon.'

Elinor schudde haar hoofd. Emma's extreme ambities stonden in schril contrast met het jonge meisje dat graag aandacht wilde.

's Avonds studeerde Emma, overdag werkte ze hard, maar op haar vrije momenten was ze ook echt vrij. En ze was eindelijk geen maagd meer, had ze verteld. Vervolgens had ze een paar keer gezegd dat ze wilde vertellen met wie ze naar bed was geweest, maar dat had Elinor een halt toegeroepen. Als Emma dat vertelde, dan konden ze geen vriendinnen meer zijn. Elinor was nog steeds met veel personeelsleden bevriend, maar sinds ze chef was geworden, kwam niemand meer bij haar met roddels, en het was belangrijk dat ze zo weinig mogelijk wist van wat er speelde onder het personeel. Ze wilde geen partij hoeven kiezen, en dat zou ze wel moeten doen als ze bij ieders liefdesverhaal werd betrokken. Want dat Emma met een collega naar bed was geweest, was haar volstrekt duidelijk. Maar Elinor hoefde echt niet te weten wie het was. Er zouden nog veel mannen in Emma's leven komen en gaan. Je hoefde maar naar haar te kijken om dat te weten.

'Wat heb ik toch een goed leven,' zei Emma en ze maakte nog een paar danspasjes.

Elinor zou zich ook wel zo voldaan willen voelen, maar ze was nooit tevreden. Het kon altijd beter.

Emma voelde vertrouwen. Het komt wel goed, zei ze vaak, maar daar was Elinor dan niet zo zeker van. Als je wilt dat er iets gebeurt, dan moet je daar zelf voor zorgen.

Emma danste verder en pakte Elinors arm. 'Kom, ik trakteer op een ijsje. Ik heb vandaag alweer een dikke fooi gekregen.'

Ze gingen in de rij staan bij de kiosk. Emma draaide haar hoofd en fluisterde in Elinors oor: 'Als ik met gasten naar bed zou zijn gegaan, dan had ik nu heel veel geld gehad.'

Elinor deinsde terug en keek haar verschrikt aan.

'Rustig maar,' zei Emma en ze trok Elinor dichter naar zich toe. 'Ik zeg alleen maar hoe het is. De rest van de meisjes in het souterrain schreeuwen en krijsen iets over vernedering wanneer ze zulke voorstellen van gasten krijgen. Ik niet, hoor, ik denk alleen maar aan het geld waar ik nee tegen zeg. Is dat verschrikkelijk van me?'

'Je mag denken wat je wilt, zolang je je lichaam maar niet verkoopt,' siste Elinor.

‘Maar wat is het verschil? Jij wilt toch met een rijke vent trouwen.’

‘Ja, maar eerst wil ik zelf rijk worden,’ zei Elinor.

‘Je weet toch wel dat de kans niet erg groot is dat dat gaat gebeuren? Het zijn altijd mannen die het rijkst zijn, hoe hard je ook werkt. Waarom pikken we niet wat geld van hen in? Heel gemakkelijk als je erover nadenkt.’

Elinor keek haar vragend aan.

‘Ja, omdat ze zo graag met je naar bed willen, bedoel ik.’

De man die voor hen in de rij stond, deed een stapje naar achteren. Blijkbaar had hij iets van hun gesprek opgevangen.

Elinor legde haar vinger op haar mond. ‘We praten later verder,’ mimede ze.

Emma hurkte om de veters van haar nieuwe schoenen los te maken en haalde de stevige schoenen uit de papieren tas.

‘Ik heb stiekem leren dansen,’ zei ze toen ze de andere schoenen had aangetrokken. ‘Van mijn moeder mochten dat soort dingen niet.’

‘En je vader dan?’

‘Die stierf voordat ik werd geboren. Maar ik heb begrepen dat hij net zo streng was als mijn moeder. Vreemd dat ze zo iemand als ik hebben gekregen.’ Ze lachte.

Toen ze hun ijsjes hadden betaald, liepen ze verder naar Hyde Park. Over niet al te lange tijd was het zomer en dan zou het wandelgebied vol mensen zijn. Nu liepen er alleen een paar moeders met kinderwagens te genieten van het mooie weer.

‘Mis je de mensen van thuis?’

‘Mijn moeder en oma? Soms. Ik heb wel een beetje nagedacht over het leven van mijn moeder en heb me afgevraagd hoe ze het allemaal in haar eentje rooide na de dood van mijn vader. Ik heb haar nooit horen klagen dat ze weinig geld had. Eén keer hoorde ik haar zeggen dat het Gods wil was om te bepalen of je arm of rijk was…’ Het smeltende ijs begon over haar hand te lopen en ze likte snel de rest op. Daarna veegde ze haar mond af met het servetje. '… maar daar geloof ik niet in,' ging ze verder. 'Dan zou het immers zinloos zijn om voor iets te knokken als het toch al allemaal door God is voorbestemd. Wat denk jij?'

'Ik heb nooit in een of andere god geloofd, niemand in mijn familie,' antwoordde Elinor. 'Maar ik denk dat mijn vader gelooft dat het zijn lot is om arm te zijn en in de haven te werken. Hij heeft nooit moeite gedaan om daar weg te komen.' Ze schoot in de lach. 'Dat is nog het enige waar mijn moeder en hij ruzie over maken. Ze zou willen dat hij wat ambitieuzer was.'

'Maar soms denk ik dat mijn moeder het ook wel goed heeft. Ze legt alles in de handen van Hem daarboven. Ze doet elke dag hetzelfde en ik geloof dat ze daar wel tevreden mee is. Misschien geldt dat ook wel voor je vader,' zei Emma.

'Hij? Nee. Juist daarom komt hij af en toe in de bak terecht. Hij wil de haven en het werk veranderen, maar zichzelf niet.' Elinor dacht even na voordat ze verderging. 'Hoewel ik vind dat hij gelijk heeft, eigenlijk.'

'Ouders,' glimlachte Emma. 'Beloof me dat wij nooit zoals zij zullen worden.'

Elinor antwoordde niet. Ze was net als haar vader, maar met de ambitie van haar moeder. Ze was op alle mogelijke manieren een kind van haar ouders.

Ze gingen op een van de bankjes bij de Serpentine zitten en keken naar de vogels die daar rondspetterden. Ze leken zich over niets zorgen te maken. Een van de eenden zwom weg toen er een zwaan op hen afkwam, maar harder dan dat leek het leven in de vijver niet te worden.

'Beloof me dat je nooit met een gast naar bed gaat.'

Hoewel Emma een goed meisje was, liet ze zich soms meevoeren in haar enthousiasme en dan dacht ze niet goed na over de gevolgen van haar handelen. De seks zonder liefde die ze net had ontdekt, vormde misschien een gevaar. Nu had Elinor er spijt van dat ze had verteld over het pessarium en over dat seks lekker was. Als Emma met gasten naar bed ging, zou dat snel rondgaan en dan was er geen enkele kans dat Miss Lansing zich nog voor Emma zou inzetten.

'Dat beloof ik.'

'Zeker?'

'Ja, gekkie. Ik zal voorzichtig zijn. Ik wil immers de baas worden en dan moet je een beetje opletten wat je doet.' Ze glimlachte breed en overtuigend.

Alexander stond voor Emma's deur te wachten. Hij zag eruit alsof hij daar al een poosje had gestaan.

'Waar ben je geweest?' vroeg hij. Zijn stem klonk bijna beschuldigend.

'Buiten,' antwoordde ze en ze maakte de knopen van haar jas los.

'Met wie?'

'Dat gaat je niks aan.' Ze voelde dat ze geïrriteerd raakte. Wat bedoelde hij?

Hij zuchtte. 'Je hebt helemaal gelijk. Ik weet niet waarom ik dat vroeg. Ik mis je gewoon.' Hij hield zijn hoofd schuin. 'Mag ik binnenkomen?'

Emma herinnerde zich haar gesprek met Elinor en dacht dat het erg dom zou zijn om het met meer dan één man te doen. Het was ongepast. Alexander was lief en aardig, maar niet meer dan dat.

'Een andere keer,' antwoordde ze zo vriendelijk als ze kon. 'Beloofd.'

Het zou niet slim zijn hem helemaal af te wijzen. Hij was immers toch wel een lieverd met zijn smekende ogen. Bovendien had ze helemaal niets meer van Sebastian gehoord sinds hij haar ontmaagd had.

25

Dat kreng, dacht Linda toen ze de kaart nog een keer las. Haar tante wilde niets liever dan dat haar beide zonen Linda kapot zouden maken en deze uitnodiging voor een etentje kon maar één ding betekenen: Linda zou een aanbod krijgen om het aandeel van haar zonen in het hotel te kopen.

Godzijdank had Fred haar gewaarschuwd, en daar was ze hem dankbaar voor. Maar ze was heel duidelijk geweest toen ze had gezegd dat ze hem niet meer in het hotel wilde zien. Hopelijk bleef hij weg. Als ze er ooit aan had getwijfeld of ze over hem heen was, dan wist ze het nu zeker. Ze zou waarschijnlijk nooit meer één gedachte aan hem wijden.

Het zou geen gezellig etentje worden, dat wist Linda nu al, maar ze was toch van plan te gaan. Ze zou alleen gaan, ook al was op de kaart vermeld dat ze een gast mee mocht brengen. De gemene opmerkingen van haar familie deden haar niets, en het interesseerde haar totaal niet hoe ze over haar dachten. Maar waar ze zich daarentegen wel zorgen over maakte, was het hotel en waar de broers mee zouden komen.

Er werd op de deur geklopt.

Niet nu, dacht ze toen ze naar de deur liep om open te doen. Niet nog meer gedoe.

Maar het was Mary die voor de deur stond. Linda begon bijna te huilen van opluchting toen ze haar beste vriendin op de drempel zag staan.

Mary liep het kantoor binnen en schopte meteen haar schoenen uit. Ze ging zitten en masseerde haar hielen. 'Ik heb een paar dagen aan de Rivièra weten te ontsnappen. Zeg dat je iets leuks te doen hebt.'

'Iets leuks?' Linda lachte hees. En ze vertelde alles wat Fred had gezegd, en het etentje waar ze vanavond naartoe ging.

'Ik ga met je mee,' zei Mary vastbesloten.

'Laurence is er.'

Mary maakte een afwerend gebaar. 'Jaja, daar ben ik nu wel overheen. Nou, mag ik mee?' vroeg ze opgetogen.

'Protserig,' fluisterde Mary toen ze haar blik door de hal in het huis van tante Laura liet gaan terwijl ze hun jassen aan de bediende gaven. 'Maar niet bijzonder gezellig.' Met een knikje wees ze naar de grote portretten aan de muren.

'De familie van haar vader,' fluisterde Linda. 'Ze heeft het huis van hem geërfd en ze heeft helemaal niets aan de inrichting veranderd. Alles stamt uit de negentiende eeuw. De eerste helft.'

Linda had geen fijne jeugdherinneringen aan dit huis. Ze had altijd opluchting gevoeld wanneer de geforceerde diners afgelopen waren en zij en haar vader terug naar huis konden gaan, naar Flanagans. Sinds zijn overlijden was ze hier niet meer geweest. En als ze een uitnodiging had gekregen, dan zou ze die zeker niet hebben aangenomen. Maar deze keer was het anders.

Mary stootte Linda lichtjes aan. 'Kijk eens wie we daar hebben,' siste ze uit haar mondhoek.

Het was zeer vermakelijk om Laurence te zien verstarren toen hij zag wie Linda had meegenomen. Zijn vriendin, een Rothschild, knipperde met haar grote blauwe ogen toen hij stamelend lady Mary aan haar voorstelde. Linda probeerde te zien of zijn dochtertjes er ook bij waren, maar waarschijnlijk hoefden ze nog niet aanwezig te zijn bij dit soort gelegenheden.

'Maar lieve schat, wat fijn je te ontmoeten,' kwetterde Mary, en als Linda niet had geweten wat voor toneelspeelster haar vriendin was, had ze haar ook met grote ogen aangekeken. Maar in plaats daarvan glimlachte Linda en schudde ze Miss Rothschilds hand alsof ze oude bekenden waren, wat niet het geval was. Laurence had haar nooit aan haar voorgesteld. Na de dood van zijn vrouw had hij heel wat vrouwen gehad, maar het was nooit serieus geworden. Het gerucht ging dat hij wilde trouwen, maar dat Miss Rothschilds vader er tot nu toe een stokje voor stak. Niemand wist waarom. Misschien had hij in de gaten dat Laurence niet zo'n goede echtgenoot was. Of heel simpel dat een weduwnaar met twee kinderen niet zo'n geschikte partij was.

'Bedankt,' zei Laurence namens zijn vriendin. 'We moeten nu de andere gasten begroeten, dus als jullie ons willen excuseren.' Hij pakte haar bij de arm.

'Ik wil toch...' zei ze met een verontschuldigende blik op Linda en Mary, maar Laurence trok haar mee en algauw waren ze aan de andere kant van het vertrek.

Mary lachte verrukt. Toen dempte ze haar stem. 'O, wat leuk is dit. Arme meid, ze heeft geen idee waar ze aan begint. Wat denk je, moet ik haar waarschuwen?'

'Het gerucht gaat dat haar vader op de hoogte is van de tekortkomingen van mijn lieve neef. De verloving is nog niet aangekondigd en dat zegt mij genoeg,' fluisterde Linda.

Vanuit haar ooghoek zag ze haar tante snel op hen afkomen. Ze had Mary natuurlijk gezien. Zo'n glimlach zou ze nooit aan Linda verspillen.

'Lady Mary, als ik dat had geweten...'

Het gevlei was niet om aan te horen, en Linda liet haar blik door de salon gaan. Tot haar grote verbazing zag ze dat Andrews zonen er ook waren. Ze stonden met Sebastian te praten, die haar nu met een knik groette. Ze knikte terug, terwijl haar stiefzonen haar zoals gewoonlijk geen blik waardig keurden. Ze vroeg zich af waarom zij hier waren, want ze was ervan overtuigd dat iedereen in deze ruimte er op een of andere manier bij betrokken was.

'Laten we naar de eetkamer gaan,' zei haar tante en ze wees uitnodigend naar het aangrenzende vertrek.

Omdat Mary geen man was, moest de tafelschikking omgegooid worden en zo kwam ze tegenover Linda en naast Laurence te zitten. 'Wat leuk om hier te zitten,' hoorde Linda haar zeggen. 'We zijn immers oude bekenden en hebben genoeg om over te praten.'

Nog niet zo lang geleden had Mary zich voor iedereen verstopt aan de Rivièra, hoe het haar was gelukt was een raadsel. Maar het was natuurlijk haar kracht, iets anders kon je het niet noemen. Linda zag hoe Mary haar tengere hand op Laurences onderarm legde en lachte om iets wat hij zei. Ze was blijkbaar van plan nog wel even door te gaan met dit toneelstukje.

Kijk uit, lieve vriendin van me, dacht ze. Hij is volkomen onbetrouwbaar. Alsof Mary Linda's gedachten had gehoord, ontmoetten hun blikken elkaar over de tafel heen. Mary knipoogde bijna onmerkbaar, alsof ze wilde zeggen dat ze de situatie onder controle had.

De tafel was mooi gedekt, de eend smaakte perfect en er was wijn in overvloed. Maar Linda dronk geen alcohol. Ze wilde de eigenlijke reden van de uitnodiging weten. Ze nam een slok water en lachte beleefd om iets wat de bankier naast haar zei, maar haar ogen zochten de hele tijd haar neef tegenover haar. Hij ontweek haar, wist niet waar hij moest kijken en als Linda zich niet vergiste, dan legde Mary af en toe haar hand op zijn bovenbeen. Hij leek helemaal van zijn stuk gebracht en toen Linda's tante veelbetekenend kuchte, leek hij bijna opgelucht dat hij mocht opstaan.

Hij richtte zich tot Linda. 'Lieve nicht. Je weet het niet, maar dit diner is ter ere van jou.' Hij keek de tafel rond alsof hij zich ervan wilde verzekeren dat iedere aanwezige de reikwijdte van dit genereuze gebaar begreep. 'Wij, mijn broer Sebastian en ik, hebben in overleg met onze lieve moeder het moeilijke besluit genomen ons deel van Flanagans aan jou te verkopen. Onze twintig procent in Flanagans kan van jou worden als we het eens kunnen worden over de koopsom.'

Linda deed alsof ze verbaasd was, vervolgens trok ze een blij en ietwat bezorgd gezicht. Dat werd immers van haar verwacht.

'Ik begrijp dat dit nogal veel is voor je om te bevatten, daarom zit onze man van de bank naast je. Hij kan je het financiële gedeelte uitleggen, en natuurlijk kan je stiefzoon het juridische deel voor zijn rekening nemen. Er zijn nog oude schulden uit de tijd van onze vader, en die moeten natuurlijk afgelost worden als we Flanagans niet failliet willen laten gaan en gedwongen zijn het aan iemand anders dan aan jou te verkopen, maar dat probleempje los jij vast en zeker op. Lieve nicht, laten we proosten. Het is een heerlijk gevoel dat wij, als familie, dit voor jou, Linda, kunnen doen. Op Linda en het óúde Flanagans.'

Toen iedereen na het diner van tafel was gegaan, merkte Linda dat ze stond te trillen op haar benen. Haar neven wilden haar ruïneren, dat was wel duidelijk toen ze van haar tafelheer het bedrag had gehoord dat ze voor hun aandeel in Flanagans wilden hebben. De koopsom samen met de vorderingen van de oude schulden was te groot om te bevatten, laat staan om bij elkaar te krijgen.

Flanagans was onmogelijk te redden. Dit was iets anders dan tien jaar geleden toen ze het verloren marktaandeel terugveroverde en het bedrijf redde. Het ging nu goed met Flanagans, maar ze zag geen enkele mogelijkheid om het bedrag op te brengen dat haar neven wilden hebben. Ze had heel goed door dat ze haar tot een faillissement wilden dwingen, en met een zwaar gemoed begreep ze dat ze hun zin zouden krijgen.

Ze excuseerde zich met de smoes dat ze hoofdpijn had, maar aan Laurence ontkwam ze niet. Van de andere kant van de kamer riep hij: 'Tot gauw, lieve nicht.'

Linda werd gered door Mary, die haar bij haar arm pakte.

'Wat ontzettend fijn om kennis met u gemaakt te hebben, lady Mary,' zei haar tante toen ze afscheid namen.

Terug in het hotel kropen ze ieder diep weg in een fauteuil in Linda's suite. Mary zou blijven slapen in de gastenkamer.

Vanbinnen nam de wanhoop toe. Dit was het einde. Linda had al jaren niet meer gehuild, maar nu stond ze op het punt om in tranen uit te barsten. Het hotel van haar vader. Af en toe haatte ze het, maar het was haar leven.

'Twee dingen,' zei Mary. 'Het eerste is een roddel die ik tijdens het diner van vanavond hoorde. Fred heeft tien jaar in de gevangenis gezeten. Iets met verduistering. Dat is de reden dat hij niet eerder iets van zich heeft laten horen. Dan weet je dat nu.'

Linda haalde haar schouders op. Ze kon zich er niet meer druk over maken.

'Het tweede is dat ik met mijn echtgenoot zal gaan praten,' zei Mary.

Linda fronste haar voorhoofd. 'Wat bedoel je?'

'Over het hotel. Hij moet je natuurlijk het benodigde geld lenen.'

'Ik kan geen geld van hem lenen,' zei Linda zachtjes.

'Natuurlijk wel, je moet. Ik zal met hem praten. In de tussentijd heb ik een idee. Ga naar Fjällbacka, je bent er al jaren niet meer geweest. Het hotel redt zich wel zolang, dat weet je. Ga naar huis.'

Naar huis. Ze hoorde haar oren suizen, alsof de zee heel dichtbij was. De zilte geur zweefde voorbij. Ze zag het huisje voor zich. Het mooie kleine huis van haar grootmoeder met de witte gehaakte gordijntjes voor het keukenraam. Plotseling werd het verlangen zo hevig dat het haar bijna de adem benam.

Ja, ze moest naar huis.

Naar huis, naar Fjällbacka.

Daar zou ze misschien het antwoord vinden.

London Airport maakte Linda misselijk.

Ze slikte en probeerde zichzelf ervan te overtuigen dat alles goed zou gaan. Dit waren de jaren zestig, sprak ze zichzelf streng toe. Iedereen vloog, ze stelde zich gewoon aan. Mary had gezegd dat ze de eerste keer dat ze had gevlogen ook misselijk was geweest, maar dat het daarna echt leuk werd.

'Daar geloof ik helemaal niks van,' mompelde Linda terwijl ze met haar neus tegen het grote glazen raam gedrukt naar de grote metalen kisten keek waarvan beweerd werd dat ze konden opstijgen.

De vertrekhal stond vol mensen. Verholen keek ze om zich heen. Een groepje stewardessen kwam trippelend op hoge hakken en met een hoedje schuin op hun hoofd aanlopen. Vlak daarachter kwamen de piloten. Ze zagen er allemaal vrolijk uit, geen tekenen van ongerustheid. Een moeder zat met een kind op schoot. Als zij het aandurfde om met haar gezin te vliegen, dan...

'Het is niet waar, ik kan mijn ogen niet geloven,' zei een stem. en Linda draaide zich snel om.

Robert Winfrey lichtte zijn hoed even. Zijn donkere ogen glinsterden. 'Kan het zijn dat ik gezelschap heb naar Göteborg?'

Ze glimlachte flauwtjes en knikte.

'Ik ga naar huis,' zei ze. Haar stem trilde en of dat nu kwam doordat Robert voor haar stond of doordat ze opzag tegen de vliegreis, was moeilijk te zeggen. Ze had veel aan hem gedacht. Ongelooflijk veel als je bedacht hoe weinig ze elkaar hadden gezien. Maar nu hij voor haar stond, begon haar bloed sneller te stromen, dat kon ze niet ontkennen.

'Er is iets met ons en reizen, hè?' zei hij teder.

Ze knikte weer, overdonderd door het feit hem hier te zien, maar ook dankbaar omdat hij met hetzelfde vliegtuig ging. Het kon haar niets schelen of hij haar vliegangst belachelijk vond. Zij ging tegen hem aan leunen, of hij dat nu wilde of niet.

'Laat me even regelen dat we naast elkaar kunnen zitten,' zei hij. 'Blijf waar je bent, ik ben zo terug.' Ze keek naar zijn brede, veilige rug toen hij wegliep.

'Hoe snel mag ik je hand vasthouden?' vroeg ze met een voorzichtige glimlach toen hij even later weer naast haar kwam staan.

'Ik zou zeggen, hoe eerder, hoe beter.' Hij pakte resoluut haar hand, waarna ze zo bleven staan tot ze aan boord gingen. Toen legde hij zijn arm om haar heen.

Linda deed eigenlijk maar één ding wanneer ze ongerust was. Dan klapte ze dicht. Deze keer was dat anders. Robert wist haar het meeste over haar leven in Fjällbacka te ontfutselen, over haar grootmoeder en over het hotel dat ze van haar vader had geërfd.

'Dus nu weet ik niet hoe ik mijn neven moet uitkopen,' zei ze ten slotte, terwijl ze zichzelf vervloekte. Zou ze spijt krijgen van haar openheid? Was hij te vertrouwen? Het waren geen staatsgeheimen die ze had onthuld, maar persoonlijk genoeg om te willen dat ze niet verder verspreid zouden worden. Maar toen ze zijn blik zag, waaruit zo veel tederheid sprak, werd ze helemaal warm vanbinnen. Ze wist meteen dat Robert anders was. Hij zou haar vertrouwen niet beschamen.

Ze waren twee uur in de lucht geweest. Het vliegtuig schudde en gedroeg zich verschrikkelijk onvoorspelbaar. Soms had ze het gevoel dat ze in een bus zat, om het volgende moment op een boot te zitten met zware zeegang. Om nu te zeggen dat ze zich aan Robert vastklampte, was misschien overdreven, maar ze zat zo dicht tegen hem aan dat het nog net niet onfatsoenlijk was. Zijn puur mannelijke geur was onweerstaanbaar en ze beeldde zich in dat het rustgevend was. Ze kroop nog dichter tegen hem aan. Op dit moment kon het haar niet schelen wat de andere passagiers dachten.

'Dat is de reden dat ik naar huis ga,' ging ze verder. 'Ik hoop nieuwe kracht te krijgen van het huis van mijn grootmoeder, want ik ben uitgeput.'

'Welke mogelijkheden heb je?' Zijn adem voelde warm aan tegen haar voorhoofd, zijn hand gloeiend heet op die van haar.

'Eigenlijk maar één. Een nieuwe lening met het hotel als onderpand, maar daar gaat de bank niet mee akkoord als ik het deel van Laurence en Sebastian niet contant kan overnemen. Bovendien moet ik hun het bedrag van de oude schulden van het hotel betalen om te voorkomen dat ze het faillissement aanvragen. Ik heb wel wat gespaard, maar dat is zo weinig dat het maar een druppel op een gloeiende plaat is. Alle winst gaat weer terug in het hotel. Mijn vriendin wil met haar man praten, misschien dat hij kan helpen, maar eerlijk gezegd heb ik daar niet zo'n goed gevoel over.' Ze schudde haar hoofd en zuchtte. 'Genoeg gepraat over mij en mijn zorgen,' zei ze. 'Jij lijkt voortdurend op reis te zijn. Vertel.'

Hij haalde de schouder op waar ze tegenaan leunde. 'Het is zowel werk als een vlucht.'

Ze ging rechtop zitten en keek hem aan. 'Waar vlucht je voor?' vroeg ze.

'Alles, denk ik. Ik ben een rusteloze ziel en kan me moeilijk ontspannen.'

Ze knikte. Zijn rusteloosheid herkende ze enigszins. Zij had een manier gevonden om daar mee om te gaan omdat er altijd wel iets te doen was in het hotel.

'Dus het werk dat ik eigenlijk wel zou kunnen uitbesteden, doe ik zelf. Door deze reizen heen en weer over de oceaan te maken vergeet ik bepaalde herinneringen, in elk geval voor even.'

Ze wilde hem niet uithoren, maar dacht dat ze toch gelijk had gehad toen ze die keer bij Mary thuis een enorm verdriet in zijn ogen meende te hebben gezien.

'Dat spijt me voor je.' Linda drukte zijn arm eventjes en draaide haar gezicht naar het zijne.

Toen zijn lippen die van haar vonden, wilde ze al zijn pijn wegkussen. Ze werd volledig overrompeld door het trillende, gelukzalige gevoel. Haar hart opende zich door de storm van gevoelens die zijn lippen hadden aangewakkerd.

Ademloos keken ze elkaar diep in de ogen.

'Voelde jij het ook?' vroeg hij. Hij keek zowel verbaasd als serieus.

Ze knikte. Ze ervoer een onverwachte rust. 'Als jij het ook wilt, dan zou ik je graag zo snel mogelijk weer willen zien,' zei ze.

'Meen je dat?' Hij keek blij.

Ze knikte. 'Ik meen het.'

Tijdens de landing hield hij haar hand stevig vast. Toen ze op Torslanda afscheid namen, trok hij haar mee naar een hoek van de aankomsthal om haar te kussen.

'Wanneer ga je terug?' vroeg hij.

Ze fatsoeneerde haar haar. Ze keek om zich heen, maar eigenlijk kon het haar niet schelen of iemand het had gezien.

Op dit moment woedden er binnen in haar zo veel tegenstrijdige gevoelens. Het verlangen dat Roberts kussen opwekten, de zorgen om Flanagans en de knoop in haar maag voor het weerzien met het huis in Fjällbacka. 'Over een week ga ik terug, maar met de boot. Ik durfde niet een retourticket met het vliegtuig te boeken voor het geval ik de vliegreis absoluut vreselijk zou vinden.'

Hij nam haar in zijn armen. 'Ik wacht in Londen op je,' fluisterde hij tegen haar slaap.

Ze ging op haar tenen staan en gaf hem een kus op zijn wang, pakte toen haar koffer op en liep naar de uitgang zonder zich nog een keer om te draaien.

26

De trein was zeker honderd keer gestopt voor ze in Dingle aankwamen, waar Linda de bus moest nemen die haar ongeveer twintig kilometer verderop in Fjällbacka zou afzetten.

Ze ging al bij Munkedal bij de uitgang staan. Buiten zoefde het landschap van Bohuslän voorbij. In het westen glinsterde de zee. Onrust en verwachting wisselden elkaar af. Hoe zou het huis eruitzien? En de tuin die Linda zo groot had gevonden toen ze klein was? Eigenlijk was het niet meer dan een postzegel met een grote appelboom erop. Maar hij was groot genoeg geweest, en haar grootmoeder had ruimte gehad voor een klein prieeltje waar ze 's zomers haar koffie had zitten drinken.

De Larssons schreven in hun brieven dat het huis nog in dezelfde staat verkeerde als waarin haar grootmoeder het had achtergelaten, maar dat het dak wel wat nieuwe dakpannen nodig had. Ze hadden met de schoorsteenveger gesproken die ervoor zou zorgen dat alles winterklaar was.

In Dingle stapten nog twee mensen uit die ook in de bus naar Fjällbacka stapten. Ze staarden haar aan alsof er iets op haar gezicht zat. Toen ze bij de kerk in Fjällbacka uitstapte en ze haar nog steeds door het raam van de bus aangaapten, besefte ze ineens dat ze er misschien een beetje anders uitzag dan ze daar gewend waren. Ze was inmiddels zo gewend aan haar garderobe dat ze er niet bij had stilgestaan dat ze er buiten Londen misschien wat te modieus uit zou zien. Ze werd meteen ongerust.

De inwoners van Fjällbacka moesten niet denken dat ze nu voornamer was. Dat zou ze niet willen, want dit bezoek zou al zwaar genoeg worden.

Ze bukte zich en trok haar wandelschoenen aan. Ze haalde ook nog een eenvoudig wit vest uit haar koffer. Ze had geen letter gelezen uit het boek dat onderin de koffer lag, niet in het vliegtuig en ook niet in de trein. Toen ze haar vest aan wilde trekken zag ze ineens de kerktoren. Ze sloeg een hand voor haar mond en haar ogen vulden zich met tranen. Daar recht voor haar torende hij boven haar uit alsof hij wilde zeggen: welkom thuis, wees maar niet bang.

Fjällbacka zonder haar grootmoeder. Kon ze daar überhaupt wel zonder haar zijn? Tien jaar was een lange tijd, en toch voelde het alsof het gisteren was dat ze haar fiets bij het bushokje had achtergelaten.

Ze keek de bus na die verder in zuidelijke richting reed. Ze gluurde achter het bushokje, maar natuurlijk stond haar fiets er niet meer. Waarschijnlijk had haar grootmoeder ervoor gezorgd dat hij al dezelfde dag was opgehaald en stond hij in het schuurtje bij het huis. Ze kende niemand die zo ordelijk was als zij.

Linda wierp een blik op de school, waar ze een paar jaar op had gezeten. Ze had alleen de school in Fjällbacka afgemaakt, maar was toch goed terechtgekomen, tot dusver tenminste.

Ze haalde diep adem en pakte haar koffer stevig beet. Het was tijd om naar huis te gaan.

Ze passeerde de boekhandel en liep langzaam de Långbacken af.

Ter hoogte van het hotel moest ze even blijven staan toen de archipel van Fjällbacka zich voor haar uitstrekte. Het was net een ansichtkaart. Het was windstil. De zonnestralen leken heel licht het wateroppervlak te raken en de meeuwen krijsten rond de vissersboten die langzaam de haven binnentuften. Toen ze verder in de richting van Badholmen keek, vroeg ze zich af waarom ze hier ooit was weggegaan.

Een innerlijke stem fluisterde dat ze niet terug hoefde naar Londen. Haar vader zou teleurgesteld zijn, daarboven in de hemel, maar ze kon zich niet voorstellen dat hij het haar kwalijk zou nemen. Ze had Flanagans tien jaar lang alles gegeven, maar misschien was de opdracht van haar vader gewoon te groot voor haar.

Ze deed nog een paar stappen. Rechts van haar bevonden zich de nieuwe viswinkel en de bakkerij van Setterlind waar haar grootmoeder nooit kwam, omdat ze altijd zelf haar brood bakte. Ach, wat wilde Linda daar altijd graag een kaneelbroodje kopen, maar ze had er nooit om gevraagd. Het was gewoon te duur.

Uit de brieven van de Larssons wist ze dat de doorgaande weg door het centrum tegenwoordig langs het water liep, in plaats van langs de voet van de Vetteberg.

Door een aardverschuiving had men die moeten omleggen. Dat betekende dat Berta's melkwinkeltje niet meer op dezelfde plek zou zijn, maar ze wist niet dat het zo dicht bij het water zou liggen. Zou het een overstroming wel overleven? Een dezer dagen zou ze er even langsgaan. Berta was altijd zo aardig geweest. Ze bewaarde harde snoepjes onder de toonbank waar ze haar altijd eentje van gaf wanneer haar grootmoeder even niet keek.

Linda en haar grootmoeder waren niet arm geweest. Ze hadden geen gaten in hun kleren, het was warm in huis en er stond elke dag lekker en voedzaam eten op tafel. Voor zover Linda zich kon herinneren, had het haar aan niets ontbroken. Van haar vader had ze bovendien zakgeld gekregen. Een hele kroon, die ze naar eigen inzicht mocht besteden. Ze had alles opgespaard voor de zomervakantie en van dat geld elke dag een ijsje gekocht. 'Is dat nou iets om voor te sparen,' had haar grootmoeder snuivend gezegd, tot Linda er ook een voor haar had gekocht.

Het zou nog wel even duren voordat ze thuis was, dacht ze. Bij Hällesporten zette ze de koffer op het trottoir, deed haar ogen dicht en snoof de geur van de zee op. Zout en zeewier. Wanneer ze naar Fjällbacka verlangde, dacht ze altijd aan die geur. En dan die sterke geur van haring. Ze tuurde over het water naar de haringfabriek, waar waarschijnlijk veel van haar oude vriendinnen werkten.

De straat lag er verlaten bij. Tot nu toe was ze nog niemand tegengekomen. Ze keek op haar horloge. Half één. Op dit tijdstip hadden de meeste mensen natuurlijk net gegeten en maakten ze zich klaar voor de middag. Ze pakte haar koffer weer op. Het was tijd om naar het huis te gaan.

De heuvel naar Håkebacken was er niet vlakker op geworden sinds ze het dorp had verlaten, en steunend liep ze naar boven terwijl buurman Sven op zijn fiets naar beneden zoefde. Voordat ze had kunnen groeten, was hij haar alweer voorbij. Als dat maar goed ging, dacht ze. Iets verderop bij Telegrafen maakte de weg een scherpe bocht. Wat als de remmen niet werkten? Ze keek ongerust achterom, maar hoewel de fiets bedenkelijk piepte, kwam hij probleemloos de bocht door.

Bij de Håkebackens school waren de kinderen buiten aan het spelen, en toen ze haar zagen, bleven ze nieuwsgierig staan kijken. De meeste kinderen waren natuurlijk nog niet eens geboren toen zij naar Londen was vertrokken. Misschien waren dit wel kinderen van haar oude klasgenoten. Linda wilde zo graag Gunilla weer eens zien. Ze hadden elkaar weliswaar niet erg vaak geschreven, maar ze kenden elkaar al sinds ze net zo oud waren als de kinderen op het schoolplein.

Ze stak haar hand op als groet en de kinderen zwaaiden vrolijk terug. Nog een paar meter en dan moest ze afslaan naar de Bergsgatan. Ze werd bijna misselijk van de zenuwen. Haar voeten wilden niet verder en ze moest zichzelf dwingen om verder te lopen tot ze bij de straat was aangekomen.

Ze liep langzaam de straat in, bleef staan en keek naar het derde huis aan de rechterkant.

Eigenlijk is er helemaal niets om bang voor te zijn, dacht ze, het is immers mijn thuis. Hup vooruit, maande ze zichzelf, en ze begon resoluut de straat in te lopen.

Het hekje gleed gemakkelijk open. Ze keek er verbaasd naar en begreep dat iemand het scharnier onlangs gesmeerd moest hebben. Ze tilde de bloempot op die op de veranda stond en pakte de sleutel. Haar hand trilde. Het witte gordijntje voor het raampje van de deur had haar grootmoeder gehaakt. Het raampje was schoon en het gordijntje leek wel nieuw, zo krijtwit was het. De gordijnen die ze na de begrafenis had dichtgetrokken, waren nu open ter ere van Linda's thuiskomst. Dat hadden de Larssons gedaan.

Toen ze de deur opendeed, kwam de bekende geur haar tegemoet. De tijd had stilgestaan.

'Oma, ik ben het maar. Ik ben thuis,' fluisterde ze.

Ze trok haar schoenen uit en zette ze bij de deur. Daarna hing ze haar vest op aan de kapstok. Ze trok het kleed recht dat buurvrouw Larssons van kleurige stroken stof had geweven, en streek met haar hand over het oude fraaie behang in de hal, dat zo mooi was dat je er nog geen spijker in mocht slaan. En o wee degene die het met een vuile hand aanraakte. De hele muur was een schilderij, had haar grootmoeder gezegd.

Linda liep langzaam door het huis en pas toen ze door alle kamers was gelopen, realiseerde ze zich dat dit nu haar huis was. Niemand, alleen zij, had hier iets over te zeggen. Ze kon doen wat ze wilde, zoals de lakens die over het zitkamerameublement in de mooie kamer lagen, eraf trekken en op de bank gaan liggen. Haar grootmoeder had er nauwelijks op gezeten, zo zuinig was ze erop geweest. Linda streek teder over de verbleekte stof. De zon had erop geschenen, en hoewel de meubels amper waren gebruikt, leek het toch of ze hun beste tijd hadden gehad. Linda trok een voor een de lakens weg. Zolang zij hier was, wilde ze van de mooie meubels genieten.

Ze werd overspoeld door herinneringen. In de ene hoek stond altijd de kerstboom. Een week voor kerstavond bracht Eriksson de boom die dan eerst buiten in het voorportaaltje moest staan tot de dag voor Kerstmis, wanneer haar vader arriveerde. Op kerstavond dronken ze glögg en zaten ze op de bank. Dan stak haar grootmoeder de open haard aan, lagen er cadeautjes onder de boom en kreeg haar vader eierpunch, 'de lekkerste die hij ooit had geproefd'.

Het was de enige dag in het jaar dat haar grootmoeder volgens Linda echt aardig was tegen haar vader. Tijdens zijn andere bezoeken was ze afstandelijk.

Hij sliep op de keukenbank – hoe hij daar genoeg ruimte op had, was een raadsel – en haar grootmoeder was beleefd geweest. 'Meneer Lansing,' had ze hem genoemd, hoewel hij haar had gevraagd hem Roger te noemen. Omdat haar grootmoeder niet echt de behoefte had om met hem te praten, had Linda ook niet hoeven tolken.

Haar mijmeringen werden onderbroken doordat er op de deur geklopt werd. 'Hallo, Linda?'

Ze stak haar hoofd door de deur van de pronkkamer. 'Dag, Larsson.' Ze glimlachte breed. Hij was geen spat veranderd in die tien jaar.

'Tjonge, meid, wat ben jij knap geworden,' lachte hij. 'We vroegen ons af of je zin had om een kop koffie te komen drinken. Moeders heeft net een kan gezet.'

'Moeders' was zijn vrouw. Linda had nog nooit gehoord dat hij mevrouw Larsson anders noemde.

'Graag, bedankt, wat aardig.'

Samen liepen ze naar de overkant van de straat, terwijl Larsson vertelde wat ze over het huis moest weten. Dat het geverfd moest worden, had ze zelf ook gezien. En dat het dak gerepareerd moest worden, wist ze al. Het hout van het hek was op sommige plaatsen verrot, en de appelboom moest gesnoeid worden. Daar kon ze Sven voor vragen, zei Larsson. Hij had verstand van bomen.

'Maar lieve kind, wat fijn om je weer te zien,' zei mevrouw Larsson en ze stak haar hand uit ter begroeting. Ook zij was niets veranderd. Ze had dezelfde warme glimlach en nog altijd hetzelfde schort om haar forse lichaam. 'Kom binnen, kom binnen. Ik heb net kaneelbroodjes gebakken. Die gaan er vast wel in na zo'n lange reis, denk ik?'

Er streek een kat langs haar benen en automatisch boog Linda zich voorover om haar achter de oren te krabbelen.

'Tussa,' zei Linda toen ze zag wie haar begroette. 'O, Tussa.' Ze pakte de kat op en boorde haar neus in de vacht. Sinds ze uit Fjällbacka was vertrokken, had ze nauwelijks een kat gezien.

Linda en haar grootmoeder hadden Tussa in huis genomen toen een badgast de kat had achtergelaten. Ze had zo vreselijk gemiauwd voor de deur van het verlaten huis dat Linda het niet meer had kunnen aanhoren. Haar hart had gebloed toen ze had begrepen wat voor harteloze mensen iets verderop in de straat de zomer hadden doorgebracht. 'Bedankt dat jullie voor haar hebben gezorgd,' zei Linda toen de kat zich losmaakte uit de omhelzing en weer op de grond gezet wilde worden.

Mevrouw Larsson glimlachte. 'We doen het graag. Het is een lief en gezellig beest. En smaken de broodjes?'

Linda nam een grote hap en knikte toen goedkeurend. 'Net zo lekker als altijd.'

Larsson verscheen in de deuropening. 'Dit moest ik aan je geven wanneer je thuiskwam,' zei hij.

Linda keek hem verbaasd aan en stond toen op. Hij hield het oude sieradenkistje van haar grootmoeder in zijn handen.

'Ach, nee toch, dat was ik helemaal vergeten,' zei Linda toen ze het kistje aannam. 'Was het grootmoeder die...' Ze draaide de sleutel om.

'Nee, niet nu openmaken,' zei Larsson haastig, 'wacht tot je thuis bent. Je grootmoeder zei dat je alleen moest zijn wanneer je het openmaakte.'

Even later zat ze aan de keukentafel met het kistje voor zich. Ze aarzelde tot ze genoeg moed had verzameld om het sleuteltje om te draaien en het deksel van het kistje te openen.

Bovenop lag een dunne envelop en toen Linda die pakte, zag ze dat er nog een aantal dikkere enveloppen onder lagen.

Voor Linda na mijn dood.

Ze haalde diep adem en maakte de envelop voorzichtig open.

Het bekende handschrift liep aan het einde van de regel omhoog alsof haar grootmoeder opgewekt was geweest toen ze de brief schreef.

Mijn lieve kleindochter, wanneer je dit leest, heeft mijn oude, vermoeide lichaam het opgegeven.

Linda legde de brief op haar schoot. Ze probeerde rustig te blijven ademen. Als ze verder wilde lezen, mocht ze niet gaan huilen. Als er tranen vielen op wat haar grootmoeder zo plechtig had geschreven, zouden de letters uitlopen. Ze schraapte haar keel, haalde nog een keer diep adem en begon weer te lezen.

27

Bij de receptie van Flanagans klonken opgewonden stemmen. Alexander, die net aan zijn dienst was begonnen, leunde naar zijn collega achter de balie en vroeg wat er aan de hand was.

'Er is te veel lawaai van de bouwwerkzaamheden verderop in de straat. De gasten die een kamer aan die kant hebben, zijn er vanmorgen vroeg wakker van geworden.'

'Willen ze compensatie?'

'Ze willen een paar dagen eerder uitchecken. De meesten hebben nu ingecheckt in The Ritz of The Savoy. Ik kan er niets aan doen.'

'Als Miss Lansing dit hoort, wordt ze gek.' Alexander wist hoe belangrijk ze het vond dat de gasten tevreden waren. Dat ging voor alles.

Zij collega knikte. 'Ik weet het.'

Het hoofd van de receptie stond iets verderop. Zijn haar, dat vermoedelijk aan het begin van zijn dienst onberispelijk had gezeten, stond nu alle kanten op.

Alexander haastte zich naar hem toe. 'Is er iets wat ik kan doen?' vroeg hij.

'Meer dan onze gasten uitchecken zodat ze ergens anders naartoe kunnen gaan, kunnen we niet doen. Want ik neem aan dat jij toevallig ook niet weet hoe je Miss Lansing kunt bereiken?'

Nee, dat wist Alexander inderdaad niet. Maar ze moest toch wel ergens hebben doorgegeven waar ze naartoe ging? Naar Zweden, ja, maar waar in Zweden?

Hij had haar neef even daarvoor nog gezien. Hij zou het moeten weten.

Alexander drong door de groep mensen voor de uitcheckbalie en liep de ontbijtzaal in, maar daar was geen Lansing te bekennen. Dat was vreemd. Op andere dagen zaten de broers daar vaak te ontbijten.

Alexander wilde net teruglopen naar de receptie toen hij Laurence Lansing naar de uitgang zag lopen.

'Mr. Lansing.' Alexander wenkte hem discreet, terwijl hij zo snel mogelijk naar hem toe liep. 'Ik ben dringend op zoek naar Miss Lansing,' zei hij toen hij bij hem was.

Hij voelde zich onder Laurence Lansings minachtende blik kleiner worden.

'Waarom zou ik in godsnaam weten waar zij is?'

'Omdat u familie bent?' probeerde Alexander.

'Probeer je grappig te doen?' Mr. Lansing keek geërgerd naar Alexander.

'Helemaal niet. Ik dacht alleen dat…' Hij zweeg.

'Waarom moet je haar zo dringend spreken?'

Heel even dacht Alexander dat hij de neef van Miss Lansing het probleem wel kon voorleggen, maar iets in de houding van de man zei hem dat hij dat beter kon laten.

'Geen bijzondere reden. Sorry dat ik stoorde,' zei Alexander. Hij boog licht en liep weg.

Om tien uur hadden twaalf gasten vroegtijdig uitgecheckt. Iemand van het personeel was naar de bouwplaats gerend en had de werklui gevraagd wanneer ze klaar dachten te zijn. Ze waren in lachen uitgebarsten en hadden gezegd dat ze een hotel aan het bouwen waren en dat de herrie elke ochtend om zeven uur zou beginnen en dat ze over een paar maanden klaar zouden zijn.

Het hoofd van de receptie liet zich op een stoel vallen. Hij zag eruit of hij elk moment in tranen kon uitbarsten.

'We hebben dertig ramen aan die kant. Dat is een kwart van alle kamers. Mijn god, wat zal Miss Lansing zeggen.' Hij legde zijn handen op zijn buik en wiegde heen en weer. Hij zweette overvloedig. Alexander rende naar de pantry en kwam even later met een groot glas water terug. Voordat de man een slok van het water had kunnen nemen, kermde hij en gleed het glas uit zijn hand op de vloer. Zijn gezicht was lijkbleek. Langzaam gleed hij van zijn stoel en Alexander kon hem nog net opvangen voordat zijn hoofd op de vloer terechtkwam.

'Help!' riep Alexander. 'Kan iemand een ambulance bellen?'

Drie uur later was Alexander vervangend hoofd van de receptie van Flanagans terwijl het vaste hoofd in het ziekenhuis lag. Niemand anders wilde in de huidige situatie de verantwoordelijkheid op zich nemen. Als Alexander zijn taak goed zou uitvoeren, was zijn toekomst verzekerd. Miss Lansing zou er niet onderuit kunnen hem tot hoofd te benoemen.

Maar hoe loste je dit op?

Alexander zat aan het piepkleine tafeltje in de pantry met een kop thee voor zich. Kon hij de ramen op de een of andere manier geluidsdicht maken? Het waren oude ramen en ze moesten hoognodig worden vervangen, maar wat moesten ze tot die tijd doen?

Iemand zou toch degenen die verantwoordelijk waren voor de bouw van het hotel ter verantwoording moeten kunnen roepen? Ze verstoorden immers een toekomstige samenwerking met Flanagans. Hij zou nooit een etablissement aanbevelen wiens eigenaren er zulke onchristelijke werktijden op na hielden voor de bouw van hun hotel. Bij overboekingen deed je dat immers. Dan verwees je de gasten naar elders, meestal naar een hotel dat nog beter was. In de hotelbranche hielp je elkaar, dat was in elk geval zijn ervaring tot dusver.

Ondanks alle ellende was er een voordeel. Zolang dat hotel werd gebouwd, was dat populaire restaurant dicht. Misschien dat Flanagans in de tussentijd zijn restaurantgasten terug zou kunnen winnen? Maar voorwaarde was natuurlijk wel dat het probleem van de geluidsoverlast op de kamers opgelost werd.

Hij moest echt met Miss Lansing praten, maar eerst zou hij een van de loopjongens opdracht geven om tochtstrippen te kopen, zodat die langs de kozijnen konden worden geplakt. En dan zou hij het hoofd van de huishouding vragen om de gordijnen om te wisselen voor de dikste die het hotel had, de gevoerde die in de winter werden gebruikt.

Resoluut stond hij op. Als hij bleef zitten, gebeurde er niks.

Bij de receptie was de rust weer een beetje weergekeerd. De gasten die aan de andere kant van het hotel sliepen, hadden blijkbaar geen last van de geluiden van de bouw.

'Vanaf nu moeten we helaas de gasten vragen wanneer ze hun ontbijt geserveerd willen hebben,' zei Alexander. 'We doen alsof het voor onze planning is, en niets anders. Gasten die vroeg willen ontbijten, worden vanaf vandaag in de kamers geplaatst die uitkijken op de bouwplaats. Is dat duidelijk?'

Ze knikten allemaal. Alexander was van plan om ook de volgende dienst te blijven. Slapen kon hij doen als zijn taak erop zat.

Toen Emma langsliep, was hij zo druk bezig met de boekingen dat hij niet eens tijd had om een praatje te maken. Hij zag haar rug, maar dat was genoeg om zijn hand te laten trillen. Verdomme, nu maakte hij ook nog een schrijffout.

Hij stond op en sloot de deur. Hij durfde zich op dit moment niet te laten beïnvloeden door haar aantrekkingskracht.

28

Het was natuurlijk geen toeval dat Robert Linda op het vliegveld had ontmoet.

Eerder die dag had hij bij Flanagans ingecheckt en had een spraakzame jongeman, die hij van het vorige bezoek herkende, gevraagd of Miss Lansing in de buurt was en had gehoord dat hij haar net had gemist, omdat ze zojuist naar het vliegveld was vertrokken.

'Gaat ze op reis?' vroeg hij teleurgesteld en hij kreeg te horen dat ze op weg was naar huis, naar Zweden. Blijkbaar zou ze over een week de boot terugnemen. De jongeman had duidelijk geen instructie gekregen om geen informatie te verstrekken en kende precies alle tijden van de reis van zijn bazin.

Een hele week? Dat hield Robert niet uit. Hij had zo veel aan haar gedacht dat hij geen minuut langer wilde wachten om haar te zien. 'Weet je wat,' zei hij, 'ik kom terug. Hou de kamer voor mij vast.'

Hij was met Linda naar Göteborg gevlogen en was de volgende dag weer teruggevlogen naar Londen om verschillende bijeenkomsten bij te wonen, waar hij met een half oor had zitten luisteren en de dagen had geteld tot ze met de boot zou terugkeren.

Hij werd wakker van machines die de hele straat voor hotel Flanagans opbraken, zo klonk het tenminste. Hij trok de dunne gordijnen open en keek naar buiten. Verderop stonden de bouwmachines op een rij. Hij wierp een blik op de klok bij het bed. Drie minuten over zeven was een onchristelijke tijd om mensen wakker te schudden. Maar door die ellende heen slapen kon niet, dus hij kon net zo goed opstaan en aan zijn dag beginnen. Hopelijk was het morgen voorbij.

Toen hij later die dag op zijn kamer terugkwam, had hij nieuwe gordijnen gekregen en op een glanzend dienblad stonden een fles champagne, twee glazen en een kaart.

Onze excuses voor de geluidsoverlast deze ochtend. We hebben de vrijheid genomen om een paar aanpassingen te doen in de kamer. We hopen dat dit zal helpen om eventuele geluidsoverlast de komende dagen te dempen.

Met de meeste hoogachting, Flanagans.

Laten we het echt hopen, dacht hij geeuwend. Hij was ongeacht welke geluiden hem ook stoorden niet van plan om uit te checken voordat Linda terug was.

Hij moest haar zien. Zijn verlangen deed bijna lichamelijk pijn. Ze had zich voor hem opengesteld, haar kwetsbaarheid getoond en hij wilde voor haar zorgen. Haar beschermen. De angst die hij in haar ogen zag wegnemen. Hij herinnerde zichzelf eraan dat ze er niet om had gevraagd. Ze had dingen over zichzelf verteld, maar had niet gezegd dat ze wilde dat hij haar problemen oploste. Toch was het precies wat hij wilde doen. Hij wilde haar grootmoeder weer tot leven wekken, evenals haar vader en de hebzuchtige, machtsbeluste familieleden die haar pijn hadden gedaan wurgen.

Robert at die avond in de eetzaal, maar hij bleef geen minuut langer dan nodig. In plaats daarvan ging hij terug naar zijn kamer. Hij probeerde wat te lezen in bed, maar hij had moeite zich te concentreren. Linda had zo hartelijk over Fjällbacka gesproken. Wat als ze besloot om daar te blijven? Er waren vreemdere dingen gebeurd. Uiteindelijk voelde hij zich zo opgejaagd door deze fantasie dat hij niet kon blijven liggen. Hij begon angstig door de kamer te ijsberen. Misschien was ze wel van gedachten veranderd. Dat hij verteerd werd door zijn verlangen naar haar, betekende niet dat zij dat ook zo voelde.

Het was al bijna middernacht en hij moest de volgende dag vroeg op. Ik moet een tijdje proberen te slapen, dacht hij en hij kroop weer in bed.

Bij het ochtendkrieken werd hij wakker uit zijn oude droom. Een opgesloten kind schreeuwde om hulp, maar Robert zat vast en kon niets doen, behalve toekijken hoe het vuur steeds dichter naar het huis kroop waarin het kind zich bevond.

Hij werd altijd wakker wanneer de vlammen langs de muren oplaaiden, vaak huilend. De hulpeloosheid verliet hem niet, ook al was hij wakker. Het enige wat de nachtmerrie verdreef, was hard werken en proberen zijn schuldgevoelens zoveel mogelijk te verdringen.

Dat zijn vrouw uiteindelijk een echtscheiding had aangevraagd, was eigenlijk vanzelfsprekend. Op dat moment kon hij zichzelf nauwelijks in de spiegel recht aankijken. Hij had haar en de Verenigde Staten verlaten als een relatief normale man en was volledig gebroken uit het door oorlog verscheurde Europa teruggekeerd.

Ze had mensen willen ontmoeten, had willen dansen. Ze had zich mooi willen kleden om uit te gaan en van de gelegenheid gebruik te maken om plezier te hebben zolang ze nog geen kinderen hadden, terwijl hij in zichzelf gekeerd was en verscheurd werd door angst.

Ze was blijkbaar hertrouwd met een jazzmuzikant.

Robert stond op en keek uit het raam. De zon kwam op. Vooralsnog was het stil buiten.

In New York was het constante lawaai geruststellend. Het leven ging door, ondanks de verschrikkingen die veel mensen moesten doorstaan. Hij was niet de enige die leed onder zijn oorlogservaringen. Toch voelde het vaak zo. Van een fotograaf werd verwacht dat hij alles wat hij door zijn lens zag emotioneel aankon.

Weinig mensen beseften dat hij net zo veel voelde als iedereen. Hij was immers geen machine.

Hij schonk snel twee glazen in uit de waterfles die op het nachtkastje stond en dronk die leeg. Het had geen zin om weer te gaan slapen. Half vijf. Nog twee uur voordat het tijd was voor het ontbijt. Er was geen geschikter moment voor een ochtendwandeling.

Soms dacht Robert dat hij Timothy zag en dan maakte zijn hart altijd een sprongetje. Zoals nu. Toen hij door de lege straten van Londen liep, zag hij een jongeman die met verende stappen op een doel leek af te gaan. Een kleine glimlach speelde in zijn mondhoek en zijn das zat een beetje scheef. Robert knikte begroetend en de jongeman glimlachte vriendelijk terug.

Wat als de jongen het toch gered had? Hoe oud zou hij nu zijn? Hij zou ongeveer van dezelfde leeftijd zijn als de jongeman die hij was tegengekomen. Misschien had hij een weg gevonden uit het gebombardeerde huis, en was hij weggelopen omdat hij bang was geworden? Dat was natuurlijk wishful thinking, maar was het onmogelijk?

Robert stuurde regelmatig een grote cheque naar de moeder en broers en zussen van de jongen om zijn geweten te sussen. Hij hoopte dat ze het geld konden gebruiken. Hij had nooit iets van haar gehoord en had nooit durven vragen hoe het met de familie ging. Hij had haar zoon een dodelijke val in gestuurd, geen wonder dat ze nooit terugschreef.

Anderhalf uur later had hij honger. Vaak bleven de nachtmerries zo lang hangen dat er een hele dag voorbij kon gaan zonder dat hij iets at. Op dat soort dagen rookte en dronk hij aan één stuk door. Maar tegenwoordig kwam dat niet zo vaak meer voor als vroeger. Als dat een teken was dat hij zich een beetje beter begon te voelen, dan was dat mooi.

Maar hij droomde nog vaak over Timothy. En elke keer weer was de droom levensecht.

Hyde Park was prachtig in het sluierachtige ochtendlicht. Het vocht van de nachtelijke regen glinsterde in het gras. Verderop galoppeerde een ruiter, precies zoals je dat ook vaak in Central Park zag, en de vogels zongen alsof ze de stad wakker wilden maken.

Hij dwong zichzelf zijn vorderingen te zien om niet verstrikt te raken in zelfmedelijden. Zijn vrouw had daar het grootste probleem mee gehad. *Jij bent hier niet degene die medelijden verdient.*

Alsof hij zelf niet wist dat zijn gevoelens verboden waren. Hij schaamde zich ervoor, wat het alleen maar erger maakte.

Het pad bij het meertje leek naar de straat achter het park te leiden. Hij nam het om zo snel mogelijk terug bij Flanagans te zijn. Hij zou zo vlug mogelijk ontbijten en dan hard werken om de rest van de nachtelijke emoties kwijt te raken. Hij kon de rusteloosheid op geen enkele andere manier aan.

Al van veraf hoorde Robert dat de bouwwerkzaamheden bij Flanagans weer begonnen waren. Omdat hij vroeg wakker was geworden en was gaan wandelen wist hij niet of de poging om de geluiden buiten te sluiten werkte.

Hij liep regelrecht naar de ontbijtzaal, waar hij zijn koffie, toast en een ochtendkrant haalde. Een vrouw en een man lachten vrolijk samen aan een tafel verderop, maar het stel aan de tafel vlak voor hem kibbelde luid. Er werden beschuldigingen geuit. Het porselein kletterde. Niet veel later stond de vrouw op en gooide haar servet op de tafel. De man keek verontschuldigend om zich heen.

Dat had ik kunnen zijn, dacht Robert, terwijl hij deed alsof hij niets van het drama had gezien.

Hij had de ruzies in zijn eigen huwelijk niet aangekund. Tot ergernis van zijn vrouw kon hij midden in een van haar monologen de kamer verlaten. 'Met jou valt niet te praten,' had ze meer dan eens gezegd wanneer ze op zijn zwijgen stuitte.

Het was duidelijk dat dit de verkeerde manier was om met hun problemen om te gaan, maar hij wilde geen ruzie maken. Waar zouden ze ruzie over maken? Ze hadden het in elk opzicht goed gehad. Ze hadden te eten, een dak boven hun hoofd, een baan.

'Ja, ik weet dat ik dankbaar moet zijn en dat ben ik. Maar je passiviteit maakt me gek,' had ze gezegd toen hij haar weer eens ontweek omdat ze iets wilde bespreken. 'Ga je hier dan maar alleen slecht zitten voelen.'

Dus had hij medelijden met die arme stakker die daar zat en deed alsof het hem onberoerd liet. De man zou daar waarschijnlijk een tijdje blijven zitten, want hij wist wel wat hij later op de kamer kon verwachten. Ik snap het, probeerde Robert de man met een blik duidelijk te maken toen hij opstond van zijn tafel. Ruzie is een uitvinding van de duivel.

Toen zijn werkdag erop zat, kreeg hij een idee. Dat hij er niet eerder aan had gedacht. Het was een gok, maar hij hoopte dat het Linda gelukkig zou maken.

En hij wilde niets liever dan haar gelukkig maken.

29

Mijn lieve kleindochter, wanneer je dit leest, heeft mijn oude, vermoeide lichaam het opgegeven.

Je vraagt je misschien af waarom ik je deze brief niet heb gegeven toen ik nog leefde, maar ik heb altijd in gedachten gehad om hem te bewaren voor een situatie waarvoor je geen oplossing meer wist.

Als vrouw is het niet gemakkelijk om een bedrijf te runnen, zoals jij in Londen zult doen. Ik heb zojuist besloten naar je toe te gaan en je zo goed ik kan te steunen. Ik zal de inhoud van het kistje in Fjällbacka achterlaten, omdat ik hoop dat je hier ooit terug zult komen.

Ons kleine huis is jouw thuis, hier kun je bijkomen. Ik hoop dat je dat voelt.

Je denkt misschien dat je je dialect, je vrienden en dat wat het dorp je geleerd heeft over nederigheid en de gelijkwaardigheid van mensen bent vergeten, maar je draagt het in je.

Het is een grote erfenis om het voorrecht te hebben uit Fjällbacka te komen. Het leven is hier zwaar geweest. De regen heeft tegen de ramen geslagen, de wind heeft de zee dreigend doen stijgen. Hier hebben de mensen gewerkt om te overleven, voor hun gezin. Je grootvader stierf in de strijd voor ons welzijn. Hij heeft zichzelf doodgewerkt.

Het huis is nu van jou. Het is met liefde gebouwd door een man die met zijn eigen handen elke plank heeft vastgespijkerd totdat het een huis werd om in te wonen.

Je grootvader en jij zouden vast veel van elkaar hebben gehouden. Je hebt dezelfde vurigheid als hij. Hetzelfde doorzettingsvermogen om niet op te geven. Maar je bent ook zoals ik. Voorzichtig. Ik denk dat die eigenschappen goed bij elkaar passen. Je doet zelden iets overhaast en dat is goed.

Hoewel je moeder ook voorzichtig was, leerde ze toch je vader kennen. En hoewel ik altijd veel over hem heb gezeurd, zijn er dingen die ik respecteer: hij zorgde er altijd voor dat je het goed had. Elke maand stuurde hij een aanzienlijk geldbedrag. Het is ongebruikelijk dat een man zo'n verantwoordelijkheid neemt.

En dan nu mijn verzoek.

Ik heb het allemaal bewaard. In de enveloppen vind je de ponden die hij heeft gestuurd. In het begin kon ik ze nergens omwisselen, maar toen bedacht ik dat je er meer aan zou hebben wanneer je volwassen was.

Ik weet niet hoe je leven er nu uitziet, maar omdat je naar huis bent gekomen, is het tijd dat je mijn spaargeld krijgt. Ik weet niet of het van pas komt, maar ik hoop het.

Misschien ben je naar huis gekomen om nieuwe energie te krijgen. Misschien laat je het huis aan je gezin zien, waarvan ik oprecht hoop dat je dat op een mooie dag hebt. Ik wil niet dat je alleen bent. Op welke manier je ook je leven wilt leiden, Linda, je bent in Fjällbacka omringd door het sterkste wat er bestaat: bergen, zee en liefde. Er is geen buurman op Håkebacken die niet voor je zou klaarstaan als je om hulp zou vragen.

Zorg goed voor het huis.

Ons gezin vulde het met liefde, en ik wil dat er ook in de toekomst van wordt gehouden.

Je grootmoeder

Linda opende envelop na envelop, tot ze vijftienduizend pond op haar schoot had liggen.

Het was volkomen onbegrijpelijk.

Zonder dat haar grootmoeder en haar vader het wisten, hadden ze samen geld opzijgelegd, zodat Linda, tien jaar na hun dood, genoeg geld had om de schulden die Flanagans bij haar neven had terug te betalen. Dit betekende dat ze haar niet langer failliet konden laten verklaren.

Natuurlijk konden ze hun deel van Flanagans aan iemand anders verkopen als ze niet genoeg geld bij elkaar kon krijgen, maar het faillissement werd afgewend en dat was het belangrijkste. De rest moest ze maar bij thuiskomst afhandelen.

Ze drukte de enveloppen met het geld tegen haar borst. 'Bedankt, grootmoeder,' zei ze zachtjes. 'Heel, heel, heel erg bedankt.'

30

'Alles ziet er nog hetzelfde uit in Fjällbacka,' zei Gunilla met een zucht en ze hield Linda de schaal met amandelbroodjes voor. 'Maar jij ziet er niet hetzelfde uit.'

'Jawel,' zei Linda, terwijl ze nog een vers, warm broodje pakte. Ze had deze broodjes niet meer gegeten sinds haar grootmoeder ze in de jaren veertig had gebakken en nu had Gunilla net een plaat uit de oven gehaald.

'Jij bent mooi.' Gunilla keek jaloers naar Linda, terwijl ze haar buik streelde waar kind nummer vier in zat.

'Misschien, maar jij hebt een gezin en ik niet. Mijn kapsel wordt niet verpest door plakkerige kinderhanden,' zei Linda met een glimlach.

'Wordt het dan door mannenhanden verpest?' Gunilla zag eruit alsof ze brandde van nieuwsgierigheid.

Linda lachte. 'Nee, dat ook niet.'

'Het is nog niet te laat. Ook niet voor kinderen,' zei Gunilla.

'Ja,' zei Linda, terwijl ze een korreltje parelsuiker oppakte dat op het bord was blijven liggen. 'Het is te laat voor kinderen, ik ben boven de dertig, en ik weet trouwens niet eens of ik ze had gewild. Dat is nu misschien allemaal achterafgepraat, maar ik heb immers geen man ontmoet met wie ik kinderen had willen krijgen. Jij en je man hebben elkaar al op school ontmoet.'

'Maar jij bent vrij. Ik zit hier vast.'

Ze slaakte een diep zucht.

Gunilla klonk een beetje zoals Mary. Ze leken allebei te denken dat vrijheid iets geweldigs was. Misschien was het dat wel. Maar Linda voelde zich helemaal niet vrij. Integendeel.

'Kom me in Londen opzoeken,' stelde Linda voor. 'Ik heb mijn oude vriendinnen te veel verwaarloosd, maar daar is het nu in elk geval nog niet te laat voor,' zei ze glimlachend.

'Wat doe je daar eigenlijk? Het gerucht gaat dat je mede-eigenaar bent van een hotel? Is dat echt waar?'

Linda wuifde ontwijkend met haar hand. 'Ik kan er in elk geval voor zorgen dat je een kamer krijgt als je aankomt.'

'Het lijkt me geweldig, maar het zal nog wel even duren. Mag ik over een paar jaar komen?' zei Gunilla lachend en ze knikte naar haar buik.

'Absoluut,' zei Linda. 'Als ik nog een broodje mag.'

'Neem er zo veel als je wilt,' glimlachte Gunilla. 'Hoe was het bij het graf?'

Die ochtend was Linda een laatste keer bij het graf van haar moeder, grootmoeder en grootvader geweest. Ze had petunia's geplant, had een tijdje bij het graf zitten praten en had beloofd dat ze snel terug zou komen. Zowel Gunilla als Larsson zorgden voor het graf wanneer ze in de buurt waren, en dat de steen überhaupt een inscriptie had met de naam van haar grootmoeder met de datum van haar overlijden, had ze aan Larsson te danken.

'Het was mooi, dankzij jou en de Larssons. Ik ben jullie veel verschuldigd. De Larssons komen volgend voorjaar naar Londen. Zoals gezegd, je bent welkom wanneer je maar wilt. Ik neem nog een broodje.'

Toen Linda de deur van het huis op slot deed, beloofde ze zichzelf met kerst terug te komen. Ze wilde de feestelijke etalages zien, naar Lucialiedjes luisteren en een kleine dennenboom kopen die ze zou versieren met alles wat haar grootmoeder en zij in de loop der jaren hadden verzameld. Gunilla had gevraagd of ze de peetmoeder wilde worden van de baby die ergens eind oktober geboren zou worden, en ze had gezegd dat ze met de doop zouden wachten tot december.

Maar eerst zou Linda naar Londen terugkeren en met haar neven afrekenen. Misschien moest ze toch die lening van Mary's echtgenoot aannemen?

Londen en Fjällbacka waren echt verschillende werelden, maar dankzij deze reis wist ze dat ze in beide kon leven, ook al zou ze voornamelijk in Engeland wonen.

Wat een reis, dacht ze toen de trein Stenungsund passeerde en Göteborg naderde. Ze had haar angst om terug naar Fjällbacka te gaan overwonnen en was in staat om Flanagans' schulden af te lossen. Ze durfde nog steeds niet te geloven dat ze het zich kon veroorloven het hotel te kopen, maar de toekomst zag er ineens een stuk rooskleuriger uit.

Ze glimlachte terwijl de zee buiten langs het raam gleed. Stel je voor dat ze eindelijk verlost zou zijn van de blikken van haar neven. Sebastian ging nog wel, hij was vooral ijdel en dom, maar Laurence was gevaarlijk en dat hij haar uit de markt wilde concurreren, verbaasde haar helemaal niet. Dit moet de wraak zijn waarop hij had gewacht sinds Linda de leiding van haar vader had overgenomen.

Maar ze was klaar voor de strijd. Ze balde haar vuist op haar schoot. Haar grootmoeder had gelijk. De zee, de berg en de liefde van thuis waren wat Linda nodig had gehad om zich weer sterk te voelen. Ze zou whisky kunnen blijven drinken, zoals ze de afgelopen jaren had gedaan, en zich verbeelden dat het hielp, of ze kon nu voor eens en voor altijd een einde maken aan haar drinkgedrag. Nu ze erover nadacht, ze had al een paar weken geen druppel meer gedronken en ze had ook geen zin om dronken te worden.

Op het centraal station van Göteborg stapte ze in een taxi die haar naar de bootterminal bracht. Het was nog ongeveer een uur voor vertrek en toen ze aan boord kwam, ging ze bij de reling staan en keek om zich heen. Er waren tegenwoordig meer vrouwelijke passagiers dan tien jaar geleden, toen Robert tegen haar aan was gebotst. Ze kon erom lachen nu ze hem een beetje beter had leren kennen. Hij had niet echt controle over zijn schouderpartij gehad.

Het verlangen naar hem verteerde haar. Hij was bij elke wandeling die ze door Fjällbacka had gemaakt bij haar geweest. Ze werd blij als ze aan hem dacht en werd opgewonden als ze aan zijn kussen dacht. Haar lichaam reageerde zodra ze aan zijn hete lippen op de hare dacht. Hij had gezegd dat hij op haar zou wachten en ze wilde zo snel mogelijk naar Londen, zodat ze hem weer kon kussen.

Toen de boot vertrok, ging ze zich verkleden. Ze wilde haar nieuwe inzichten die avond vieren. De jurk die ze koos, zat strak en kwam niet uit de nieuwste collectie, maar ze vond hem geweldig en hij paste perfect bij een avond als deze. Ze dacht aan de bescheiden hak die tien jaar geleden was afgebroken en keek naar de schoenen die ze nu droeg. Ze waren erg hoog. Mary's vele lessen hadden hun vruchten afgeworpen. En aangezien ze voornamelijk zou zitten, waren ze perfect.

Haar haar zette ze vast met een paar grote haarspelden, haar mond was felrood en toen ze het kleine schattige handtasje pakte, was ze klaar voor het diner.

Hij wachtte haar op voor het restaurant. Ze zag hem al van verre. Ze schudde haar hoofd terwijl de vreugde zich in haar lichaam verspreidde. Ze had het niet durven hopen.

'Mr. Winfrey.'

'Miss Lansing.'

Hij sloeg een hand om haar middel en ontmoette haar blik voordat hij zich naar haar toe boog en haar wang kuste. Hij snoof haar geur op en knikte toen naar het restaurant. 'Ik heb voor ons gereserveerd,' zei hij. 'Zullen we?'

Hij hield zijn hand zachtjes tegen haar onderrug terwijl ze achter de ober aan liepen. Verschillende mensen die al aan de tafels zaten, draaiden zich om en Linda was blij dat ze voor de jurk en de hoge hakken had gekozen. Hij was ontzettend lang – en ontzettend knap.

Ze voelde zich zowel opgetogen als zwak op haar benen. Er was maar één manier waarop deze avond kon eindigen en ze besefte dat ze ernaar had uitgekeken sinds hij haar voor het eerst in de trein had gekust.

Hij kon zijn ogen niet van haar afhouden.

'Ik voel me bij jou heel erg op mijn gemak,' zei hij en hij greep haar handen over de tafel alsof hij bang was dat ze ervandoor zou gaan. 'Maar ik draag nogal wat dingen met me mee uit het verleden die ik nog niet echt heb verwerkt.' Hij slaakte een diepe zucht. 'Ik heb herinneringen aan de oorlog die me nog steeds achtervolgen. Sommige nachten kan ik niet slapen, word ik wakker van angst en kan ik niet meer in slaap komen.' Hij glimlachte vermoeid. 'Ik wil niets liever dan bij je zijn.' Hij zweeg even en zei toen: 'Maar wanneer de duisternis het zwartst is, helpt misschien zelfs jouw glimlach niet.' Hij keek naar de tafel zonder haar handen los te laten.

Ze was ontroerd door zijn vertrouwen. Ze had geweten dat hij iets met zich meedroeg. Ze had het gezien. Als verdriet verdriet ontmoet, kan er iets anders ontstaan, had ze gelezen. Er was iets met emoties die aan de oppervlakte lagen, hoe hard je ze ook probeerde weg te duwen.

Zo erg leken ze dus op elkaar.

'Robert,' zei ze zacht, in een poging zijn aandacht te trekken. 'Bedankt dat je me hier vandaag hebt ontmoet. Het is een prachtig einde van mijn reis naar huis. Ik heb je gemist,' vervolgde ze. 'Wanneer je maar wilt en wanneer het maar nodig is, weet dat mijn schouder uitstekend geschikt is om tegenaan te leunen. Ik ben sterker dan ik eruitzie. Zeker na een week in Fjällbacka.'

Hij keek op. 'Meen je dat?'

Ze knikte. 'Maar begin vanaf het begin, zodat ik het begrijp.'

'Dat zal wel even duren.'
Ze boog zich naar voren.
'Oké. Het was eind 1940. Zijn naam was Timothy...'

Ze gingen aan dek en Linda huiverde van de koude zeewind.

Robert deed zijn colbert uit, hing hem om haar schouders en sloeg zijn arm om haar heen. Ze liepen naar het voorschip. De maan was maar een krom streepje licht, maar de nacht was helder. Zout water spatte om hen heen. Druppeltjes kwamen op haar gezicht terecht toen het schip koers zette richting Engeland.

Ze leunde met haar hoofd tegen hem aan. De verwachting raasde door haar heen. Ze wilde hem. Haar hele lichaam vroeg erom, zei dat het goed was. Tien jaar wanhoop had zijn sporen nagelaten, maar nu wilde ze gewoon vooruitkijken. Wat wilde Robert? Dat wist ze nog niet, maar ze hoefden ook niet alles meteen uit te spreken.

'Ik wil met je vrijen,' fluisterde ze in zijn oor.

De kussen en liefkozingen die hij over haar naakte lichaam verspreidde, zetten haar in vuur en vlam en haar genot verminderde niet toen ze hetzelfde voor hem deed. Zijn lichaam deed haar ontvlammen, ze had nog nooit eerder zo naar een versmelting verlangd. Ze was zo opgewonden dat ze leek te exploderen.

Hij keek haar diep in de ogen. Zijn pupillen waren verwijd en zijn ademhaling was hijgend. Zijn huid glinsterde in het licht van de lamp bij de patrijspoort.

'Zeg het nog een keer,' fluisterde hij terwijl ze op hem lag.

'Vrij met me, Robert,' zei ze opnieuw. Ze spreidde haar benen en ging op hem zitten, trillend van verwachting. Ze bracht zijn harde geslachtsdeel tegen het hare en trok het heen en weer door haar vocht. Ze was er klaar voor, kon niet langer wachten en langzaam zakte ze neer op zijn stijve lid tot hij haar helemaal vulde. Het gevoel was niet te beschrijven. Ze huiverde, haar tepels verstijfden. Haar ogen traanden.

Hij legde zijn hand op haar wang. Ook hij had tranen in zijn ogen. Zijn heupen bewogen. 'Ik hou van je,' zei hij heel eenvoudig.

'Ik ook van jou.'

Hun zachte bewegingen vonden een gemeenschappelijk ritme. Hij bewoog onder haar, tilde haar op en liet haar weer zakken, zonder een seconde oogcontact te verliezen.

Linda kreunde van genot, zijn stoten werden dieper en steeds harder. Ze wiegde, draaide en reed en zijn lichaam bewoog met haar mee. Ze had nog nooit zoiets opwindends meegemaakt als dit. Het orgasme begon als een rimpeling op het wateroppervlak. Ze keek hem aan met haar mond open, hijgend naarmate het sterker werd, en toen begon haar lichaam oncontroleerbaar te trillen. Het orgasme kwam in golven en had geen tijd gehad om weg te ebben toen ook Robert zijn hoogtepunt bereikte. Hij kronkelde onder haar en toen hij het uiteindelijk uitschreeuwde, liet ze zich uitgeput op zijn borst vallen.

Daarna bleven ze een hele tijd zwijgend liggen, totdat een van hen weer begon te bewegen.

Zij had het geweest kunnen zijn. Maar ze herinnerde zich heel duidelijk dat hij degene was die haar naast zich op het bed legde.

Ze rekte zich gelukzalig uit, verstrikt in de lakens.

Even later kwam hij uit de badkamer, pas gedoucht en met zijn haar krullend in zijn nek. Hij had een handdoek om zijn middel en op zijn zongebruinde bovenlichaam glinsterden nog waterdruppels.

Ze slikte hard.

Als iemand het haar had gevraagd, wat Mary waarschijnlijk zou gaan doen, dan was dit de beste nacht die Linda in haar eenendertigjarig bestaan had meegemaakt. O, mijn god. Ook al zou ze deze magie nooit meer opnieuw mogen beleven, dan zou ze voor altijd op deze herinnering kunnen teren.

Hoewel het misschien niet nodig was. Toen ze naar hem keek, leek hij haar te willen opeten.

Het begon alweer te kriebelen.

Om het extra duidelijk te maken schopte ze het laken van zich af en bij die aanblik gooide hij zijn handdoek weg.

Geen van beiden was in het ontbijt geïnteresseerd.

Twaalf uur later ging Linda terug naar haar hut om haar spullen in te pakken en de sporen van de nacht, de ochtend en de dag van zich af te wassen. Hij had eten voor hen gehaald, maar verder hadden ze de hut niet verlaten. Ze was beurs, aangenaam loom en toen ze uit de jurk stapte, zag ze een bijtvlek op haar dijbeen. Ze wenste dat die nooit weg zou gaan.

Ze kwamen samen in de lobby. Ze zag vrouwen naar hem staren, en toen hij vooroverleunde en Linda vol op haar mond kuste, voelde ze zich erg voldaan. Niet dat ze naar de vrouwen keek met een hij-is-van-mij-blik in haar ogen, maar zo voelde het wel vanbinnen.

Ze was verliefd op hem. Het was diep en het was oprecht.

Hij drukte zich tegen haar aan terwijl ze wachtten tot de deur naar de loopplank opengìng.

'Ik kan er niets aan doen,' fluisterde hij. 'Ik hoef je maar te zien...'

In de taxi kuste hij haar onophoudelijk, maar zodra ze Flanagans binnenkwamen, ging hij rechtstreeks naar de liften en zij naar de receptie om te zeggen dat ze terug was, mocht iemand haar nodig hebben. Ze had een paar uur nodig voordat ze presentabel was, legde ze uit, maar daarna zou ze in haar kantoor zijn.

Alexander kwam achter haar aan terwijl ze verder liep.

'Miss Lansing,' zei hij. 'Hebt u even?'

'Kan het twee uur wachten? Kom naar mijn kantoor, dan kunnen we daar praten.'

Hij knikte en keek op zijn horloge. 'Natuurlijk.'

Haar brandende lichaam was niet bezig met het hotel. Het dacht alleen aan de man die zich nu in haar suite bevond. Hij had gefluisterd dat hij naakt zou zijn als ze daar aankwam en toen ze de deur opensloeg, stond hij binnen te wachten.

Ik wist dat er een reden was om hiervoor te kiezen, dacht ze vaag terwijl hij haar op de dikke, zachte vloerbedekking trok.

Linda schrok toen ze twee uur later hoorde wat er was gebeurd en besefte wat de bouw van het hotel van de neven op lange termijn voor gevolgen zou hebben. Het was een kleine troost dat het goed ging met het hoofd van de receptie. Het was doortastend geweest van Alexander om het over te nemen.

'We hebben geprobeerd de gasten die voor dag en dauw opstaan in dat gedeelte van het hotel te plaatsen,' vervolgde Alexander. 'Maar elke dag verlaat iemand ons vroegtijdig.'

In Fjällbacka had alles gemakkelijker geleken. Maar ze was daar alleen geweest om op te laden. Ze slaakte een zucht.

'We moeten nieuwe manieren vinden. We moeten hier in het hotel een denkgroepje samenstellen,' zei ze vastberaden. 'Ik wil er jonge, vindingrijke mensen in hebben. Jij moet er uiteraard in zitten. Ik denk ook dat Elinor en Emma geschikt zouden zijn, jij kent hen natuurlijk allebei. We hebben ook een vertegenwoordiger van de keuken nodig, en daarbij zit ik te denken aan Albert. Wat vind jij?'

Hij knikte. 'Klinkt goed. Wat moeten we volgens u bereiken?'

'We moeten de aanval van mijn neven het hoofd bieden. Dit is slechts het begin. Voor de buitenwereld hebben we een goede relatie, maar dat is een bedrieglijk beeld. Ze gaan hun hotel New Flanagans noemen. Dan begrijp je ongeveer hoe warm onze relatie is.'

Hij keek verbaasd. Maar dat deden de meeste mensen wanneer dit ter sprake kwam. Laurence was een rolmodel in de zakenwereld en Sebastians charme kon niemand – man, noch vrouw – weerstaan. Samen waren ze een duo om te vrezen en rekening mee te houden.

Mary kende dat soort mensen beter dan wie dan ook. Misschien moest ze haar bij de groep vragen? Het was helemaal geen gek idee. Mary wilde iets zinvols doen en zij was de creatiefste persoon met wie Linda ooit had samengewerkt.

'Mijn vriendin lady Carlisle is zowel gewiekst als verstandig. Ik zal haar vragen of ze zich kan voorstellen om ook bij de werkgroep te komen. Ik zou graag zo snel mogelijk bij elkaar willen komen,' zei ze. 'Kun jij de meisjes informeren? Dan zal ik zelf met chef Duncan regelen dat Albert in de werkgroep komt,' zei ze.

Hij knikte. Samen liepen ze naar de deur. Linda was van plan om voor vijf minuten naar haar suite te sluipen en Robert te zien voordat hij zijn eigen gang ging.

Voor de deur zei ze: 'En Alexander, wees discreet. Ik wil niet dat de rest van het personeel dit te weten komt. Het zorgt alleen maar voor onnodige onrust.'

'Schat, ik...' Robert kwam naar beneden en zweeg toen hij zag dat ze met iemand voor haar kantoor stond te praten. 'Excuses dat ik stoor. Ik wilde gewoon even zeggen dat ik nu vertrek, maar dat we elkaar vanavond zien.' Hij wierp haar een kushandje toe voordat hij doorliep naar de lobby.

Ze glimlachte en zag vanuit haar ooghoek dat Alexander er verward uitzag. Het kon haar niet schelen. Ze was verliefd. Zo verliefd.

31

Elinor zat thuis aan de keukentafel te wachten tot de pie klaar was. Haar moeder had een sollicitatiegesprek bij Flanagans. Miss Lansing had Elinor gevraagd of ze dacht dat haar moeder interesse zou hebben om in het hotel te werken, omdat er behoefte was aan iemand in de huishouding die niet zou gaan trouwen en verdwijnen, zoals de meeste anderen.

Haar moeder had er blij uitgezien toen Elinor het haar had gevraagd. 'Maar denk je echt dat...'

'Ja,' zei Elinor met een glimlach, 'natuurlijk kun je dat. Ga ernaartoe en praat met Miss Lansing.'

Al die jaren had haar moeder haar eigen ambities aan de kant gezet en alleen aan haar vader gedacht. Nu was het echt haar beurt.

Haar vader kwam de keuken binnen. 'Waar is mama?'

'Nog steeds bij Flanagans.'

Hij fronste. 'Wat doet ze daar?'

O nee. Mam, heb je het niet verteld?

Elinor zuchtte. 'Miss Lansing heeft haar een baan aangeboden.'

'Wat?'

'Je hebt wel gehoord wat ik zei. Een goede baan, pa. Eentje waar mama goed in zou zijn. Dan zou ze de huizen van anderen niet meer schoon hoeven maken.'

'Daar is niks mis mee.'

'Dat weet ik, maar ze put zichzelf uit. Bij het hotel zou ze andere mogelijkheden krijgen.'

'Mogelijkheden voor wat?'

Elinor staarde hem aan. Begreep hij dat echt niet? 'Nou, een warme maaltijd, vakantiedagen, een hoger loon. Ze zou zes dagen per week werken in plaats van zeven.'

Hij keek haar boos aan. 'Zit jij hierachter?'

Ze zuchtte weer.

'Nee, Miss Lansing en mama hebben elkaar een keer ontmoet. Ze spreken allebei Zweeds en ze hebben elkaar gevonden.'

'Ingrid en Miss Lansing?'

'Ja.'

'Is Miss Lansing Zweeds?'

Elinor knikte.

'Hm. Ik begrijp het.' Hij keek naar de oven en snoof de geur van de pie op. Hij liep naar de keukenkast, pakte er vier borden en vier glazen uit en zette die op de keukentafel. Toen opende hij een van de lades en pakte het bestek. Hij leunde voorover naar de oven. 'De pie ziet eruit alsof-ie klaar is, vind je niet?'

Elinor keek in de oven en gaf hem gelijk.

Haar vader deed de deur open en haalde de pie eruit. 'Alleen wij tweeën zijn thuis.' Hij lachte. 'De andere twee mogen de restjes eten als er nog iets over is wanneer we klaar zijn.' Na het eten deed haar vader iets wat Elinor hem nog nooit eerder had zien doen. Hij ging naar buiten en kocht een bos bloemen voor haar moeder.

Elinor had thuis te veel gegeten. Ze was de volgende ochtend zelfs misselijk. Maar ze kon alleen zichzelf de schuld geven. Het was lang geleden dat ze zo'n avond met haar familie had gehad en ze had zich volgestopt met de taart die haar moeder van Flanagans mee naar huis had genomen.

Ze kroop uit bed. Moest ze overgeven? Het voelde bijna zo. Ze strompelde de badkamer in en leunde over de gootsteen. Ze was warm en bezweet. Een douche zou misschien helpen.

Nadat ze haar tanden had gepoetst, voelde ze zich weer fit. Ze beloofde zichzelf dat ze nooit meer zo veel taart zou eten.

In de personeelskamer roosterde ze een boterham en ging aan een lege tafel zitten. Emma moest tegelijk met haar beginnen en was vast al onderweg naar beneden.

'Hé, moet Emma vandaag ook vroeg beginnen?' Alexander verscheen achter haar.

Ze knikte. 'Ja, dat is wel de bedoeling. Waarom wil je dat weten?'

'Dat zeg ik als ze er is,' zei hij en hij liep naar de gedekte tafel en pakte wat te eten. Hij kwam terug met eieren, spek en toast met marmelade.

'Daar is ze,' zei Elinor.

Emma keek hen vragend aan en ging naast Elinor zitten.

'Ja?' zei ze met een vragend gezicht.

'Alexander heeft iets te zeggen,' zei Elinor.

'Ik heb een opdracht van Miss Lansing,' zei hij. 'Neem maar even wat te eten, dan vertel ik meer.'

Hij vertelde hun kort dat Miss Lansing hulp nodig had en dat zij drieën waren aangewezen om haar te helpen, samen met Albert uit de keuken en Miss Lansings vriendin lady Mary.

'Begrijpen jullie wat een eer dit is?' zei hij serieus. 'Het vereist dat we ons honderd procent concentreren.'

'Dat snappen wij ook wel,' snauwde Emma, en ze keek hem aan.

'Dat weet ik, Emma.'

Wat is er met die twee, dacht Elinor. Hebben ze ruzie? Ze onderbrak hen snel: 'Wanneer moeten we bij elkaar komen?'

'Miss Lansing wacht tot lady Mary terugkomt van de Franse Rivièra, dan zullen we een bijeenkomst plannen. Als je goede ideeën hebt, verzamel ze maar alvast. En met niemand hierover praten. Beloof me dat. Met niemand. Mondje dicht.'

Elinors minnaar had ingecheckt in het hotel en toen hij belde en met de chef voor de koude keuken wilde praten, las Elinor hem de les.

'Dit kun je niet maken,' siste ze in de telefoon. 'Ik kan niet aan komen rennen zodra je roept.'

'Ja, dat kun je wel, want je mist mij net zo erg als ik jou mis. Kom nou, schat.'

Zijn warme, smekende stem ging dwars door haar heen. Hoe dat toch kon, terwijl ze had besloten hem niet meer te ontmoeten... Hij was niet goed voor haar. Zo simpel was het.

Dertig minuten later was ze in zijn kamer, in zijn bed, net zo naakt als hij.

Ze wilde nog niet komen, maar het was te laat. Toen het orgasme haar greep, kwam er een diep geluid uit haar keel, ze kon het niet tegenhouden. Hij pakte haar heupen en duwde een paar keer hard en toen kwam hij ook. Zijn lichaam schokte en schudde tot het voorbij was. Hij lag stil en kuste haar. Zijn tong speelde met de hare en kermend voelde ze hem opnieuw groter en groter worden.

'Ik heb geen tijd, ik moet terug naar...' kreunde ze terwijl ze haar heupen oncontroleerbaar bewoog. 'Ik... heb geen tijd... niet... ooo...'

Hij nam haar precies zo hard als ze fijn vond, dat wist hij. Zijn blik zocht de hare. 'Kijk me aan als je komt,' fluisterde hij. 'Schat, kijk me aan.'

Dus keek ze in zijn blauwe ogen terwijl hun lichamen naar elkaar toe bewogen, en toen ze kwam, deed ze dat met nog meer kracht dan de eerste keer. Hij greep haar middel vast met zijn arm en hield haar onderlichaam dicht tegen het zijne.

Daarna schudde hij langzaam zijn hoofd. 'Je wordt nog eens mijn dood, weet je dat?' zei hij teder. Zijn lippen raakten haar voorhoofd. Ze lag op zijn arm. Ze wist dat haar collega's zich vermoedelijk afvroegen waar ze gebleven was.

Hij trok haar naar zich toe. 'Ik kan vannacht hier blijven. Slaap bij mij,' fluisterde hij. 'Alsjeblieft.'

Emma stond voor Elinors kantoortje op haar te wachten. Je kon er amper je kont keren, maar op het bordje op de deur stonden

Elinors naam en haar functie. Ze was enorm trots op haar plekje.

'Waar was je?' vroeg Emma grijnzend. 'Ik wilde praten, maar je bent gewoon weggelopen.'

'Ja, maar nu ben ik er. Was er iets bijzonders?'

'Nee, ik was gewoon blij met wat Alexander zei, dat we zijn uitgekozen door Miss Lansing. Jij bent een chef, dus dat is misschien niet zo raar, en Alexander heeft ook al heel snel een titel gekregen, dus ik ben de enige gewone persoon daar.'

'Je zult nooit gewoon zijn,' zei Elinor met een glimlach.

'Ik wil in elk geval laten zien wat ik kan en het erover hebben wat we in de groep zouden kunnen voorstellen.'

'Ik heb nu geen tijd, laten we dat op een vrije avond doen. Morgen? Dan kunnen we er alvast over nadenken?'

'Oké. Beloof je dat?' zei Emma.

'Kom ik mijn beloftes niet altijd na?'

Emma knikte.

'Zet je kapje even goed,' zei Elinor glimlachend, 'we willen immers niet dat het hoofd van de huishouding weer over je klaagt.'

32

Linda had zo'n geweldige tijd met Robert gehad dat ze haar koffer niet eens had uitgepakt. Een paar dagen nadat hij weer naar New York was vertrokken, lag die nog steeds open op de vloer met haar kleren over de rand hangend. Nu ze weer alleen was, moest het normale leven weer worden opgepakt en moest ze de zaak met haar neven afhandelen. Om drie uur had ze een bespreking met de bank en morgen zou haar nieuwgevormde creatieve groep bijeenkomen om te kijken hoe Flanagans in de toekomst op een modernere manier gerund kon worden.

Ze was zich ervan bewust dat het hotel op dit moment goed geleid werd, maar ze was geen visionair en erg creatief was ze nooit geweest. Een groot deel van het succes van Flanagans tijdens de eerste jaren dat het hotel onder haar hoede had gestaan, was te danken geweest aan de briljante ideeën van Mary. Maar de jaren zestig waren aangebroken, en misschien was er meer nodig dan exclusieve feesten om met de tijd mee te gaan.

Linda maakte zich overdadig op. Ze moest een masker opzetten voor haar bezoek aan de bank. Toen ze door de lobby van het hotel liep, wist ze dat ze eruitzag als de filmster die ze op dat moment voorwendde te zijn. Met valse wimpers, een zwarte zonnebril, wiegende heupen en op de hoogste hakken die ze bezat, paradeerde ze precies op het juiste moment de bank binnen.

De bankdirecteur begroette haar afgemeten en ging op zijn bureau zitten waar hij vervolgens een voordracht hield over vrouwelijk ondernemerschap terwijl hij op haar neerkeek. Linda liet hem oreren over hoeveel beter mannen waren in zakendoen, glimlachte en knikte op precies de juiste momenten. Ze negeerde het feit dat hij niet eens naar haar bekwaamheid keek en hield haar mond over zijn vrouwonvriendelijke houding zolang hij haar voorstel maar goedkeurde. Daarna zou ze definitief van bank wisselen, want dat was de hoogste tijd.

Hij had verbaasd gekeken toen ze zei dat ze elke cent die Flanagans haar neven verschuldigd was kon betalen, en toen ze de bank verliet, had ze drie weken gekregen om de rest van de geldzorgen op te lossen. Ze had al een klein deel van de contante inzet bij elkaar verzameld en op een of andere manier zou ze ook de rest van het geld krijgen.

'Veel succes,' had de bankier na het overleg gezegd, wat duidelijk wat hem betrof een pure verspilling van zijn tijd was geweest.

Linda zou dertien hotels kunnen bezitten en nog steeds als een amateur worden beschouwd, terwijl de waarheid was dat het hotel jaren geleden failliet zou zijn gegaan als haar vader het was blijven runnen. Het probleem ging nu niet over de rentabiliteit. Integendeel, het hotel draaide uitstekend, wat te zien was aan de waarde. Hoe durfde ze goed te zijn in het runnen van een hotel, dacht ze toen ze terugkeerde naar Flanagans.

Mary kwam binnenwaaien met een fles champagne in haar hand.

'Schat, trek iets fatsoenlijks aan, we hebben iets te vieren.'

Linda had de make-up van haar gezicht gehaald, haar witte ochtendjas aangetrokken en was helemaal niet van plan champagne te drinken.

'Wat valt er dan te vieren?' vroeg ze glimlachend.

'Dat het hotel straks van jou is natuurlijk.'

'We zijn er nog niet,' antwoordde Linda. Ze had Mary verteld over het geld dat ze in Fjällbacka had gevonden. 'Maar toch leuk om van de dreiging van een faillissement af te zijn.'

'Ik kom je ook nog iets anders vertellen,' zei Mary. 'Ik heb nieuws over...'

'Er is nog iets wat we moeten vieren,' onderbrak Linda haar en ze glimlachte breed. 'Ik heb gevoelens voor een man.' Ze lachte toen ze zag dat Mary's mond openviel. 'Echt waar. Je had gelijk wat Robert betreft. Hij is iets voor mij.'

'Robert? Robert Winfrey? Maar, maar dat is geweldig.' Mary glimlachte van oor tot oor. Ze rommelde in haar tas en al snel had ze een pakje sigaretten voor zich op tafel liggen. 'Ik kan me absoluut niet concentreren zonder een sigaret,' zei ze terwijl ze er een opstak. 'Nu wil ik alles horen over mijn goede vriend Robert. Ik tril van genot. Hoe was hij in bed? Geweldig, toch? Je moet me alles vertellen. Alle details, alsjeblieft. Ik krijg het echt helemaal heet wanneer ik aan die man denk.'

'Met hartelijke dank aan Mrs. Kennedy,' zei Mary, terwijl ze haar benen optrok op haar fauteuil. Ze hadden allebei een broek en loszittende overhemden aangetrokken en zouden in Linda's suite dineren.

'Hoezo?' vroeg Linda.

'Ze was de eerste die zich comfortabeler ging kleden. Eerst vond ik het er wat onvrouwelijk uitzien, maar het is ongelooflijk fijn om af en toe even geen insnoerende ceinturen te dragen.'

Er werd op de deur geklopt en Linda liep ernaartoe om open te doen. Ze straalde toen ze zag wie het eten bracht. 'Elinor, kom binnen.'

Elinor reed de serveerwagen de kamer in en glimlachte naar Mary. De gerechten werden aan het zicht onttrokken door vier zilverkleurige cloches, maar niets kon de heerlijke geuren verbergen. Het was om te watertanden. Linda had de afgelopen dagen nauwelijks iets gegeten.

'Dit is Elinor, zij is een van de mensen die de toekomst van dit hotel gaan bepalen,' zei ze tegen Mary. En tegen Elinor zei ze: 'En dit is lady Mary, zij gaat deel uitmaken van dezelfde werkgroep als jij.'

Elinor maakte een knicksje toen Mary haar hand uitstak om

haar te begroeten. Ze was een dame, maar ze maakte zichzelf nooit groter dan wie dan ook.

'Waar wilt u dat ik het eten neerzet?' vroeg Elinor.

'Laat de wagen maar staan, we redden ons wel. Heel erg bedankt, Elinor. Ik zie je morgen om tien uur in mijn kantoor.'

'Ja, tot morgen.'

'Nu moet ik je mijn nieuws vertellen,' zei Mary toen Elinor de kamer had verlaten. 'Ik heb met mijn geliefde echtgenoot gesproken en hij leent je de rest van het geld.' Ze keek Linda verwachtingsvol aan.

'Nee, dat kan ik niet accepteren.'

'Natuurlijk kun je dat wel. Nu moet je je trots inslikken, Linda. Je accepteert Archie's aanbod, zodat je op zoek kunt gaan naar andere oplossingen en manieren om hem terug te betalen. Dan hoef je je geen zorgen te maken.'

'Ik weet niet wat ik moet zeggen,' zei Linda zacht. 'Dit is ongelooflijk genereus.'

'Ja, maar het is een lening en je betaalt het terug wanneer je de kans krijgt. Nu wil ik horen wat de volgende stap is in je romance met Robert. Wanneer komt hij weer naar Londen?'

'Hij denkt over een paar weken. Hij had wat te doen in New York, maar dan komt hij hier en blijft hij een hele maand. Bij mij. Hier.'

Mary keek heel verbaasd.

'Maar lieve vriendin, wat ben ik blij voor jou. Stel je voor hoeveel seks jullie zullen hebben.' Haar ogen fonkelden.

'Ik hou van hem, Mary.' Ze bad in stilte dat dat nu juist geen slecht voorteken zou zijn. 'Laten we eten voordat het koud wordt,' vervolgde ze om van onderwerp te veranderen. Ze wilde de vlagen van onzekerheid kwijtraken die opgekomen waren toen ze haar diepste gevoelens had onthuld. Hij was anders dan de mannen die ze gewend was en ze voelde zich veilig bij hem, maar ze wilde niet te veel zeggen. Ze hadden elkaar immers pas ontmoet, ook al beweerde Robert dat ze elkaar al tien jaar kenden.

Mary glimlachte hartelijk naar haar en leek te begrijpen dat Linda iets had gezegd wat haar kwetsbaar maakte. Voorzichtig tilde ze de cloches van de borden. 'Wat ziet het er lekker uit,' zei ze, terwijl ze de geur van het bord opsnoof. 'Een bepaald soort vis. Heel artistiek opgemaakt, moet ik zeggen. Is dat iets nieuws?'

'We hebben een ambitieuze nieuwe kok in de keuken, die overigens ook morgen bij de bespreking zal zijn, en hij heeft juist dit soort ideeën. Het eten moet niet alleen smakelijk zijn, maar er ook smakelijk uitzien. Hij heeft lang in Frankrijk gewerkt en heeft daar het vak van de allerbesten geleerd.'

Chef Duncan had gelukkig de vaardigheid van de jonge chef gezien en liet de pannen aan hem over. Dat sierde de chef-kok, maar als hij niet zo had gehandeld, zou Linda hem hebben moeten ontslaan, ook al had hij jarenlang voor haar vader gewerkt. Ze kon het zich niet langer veroorloven aardig te zijn.

Mary probeerde voor Linda wijn in te schenken, maar Linda wuifde de wijnfles weg en in plaats daarvan proostten ze met water in glazen van fijn kristal en aten een tijdje in stilte.

'Moeten we op de een of andere manier misbruik maken van het feit dat Laurence erg op me gesteld is?' Het was Mary die als eerste sprak.

'Waar denk je aan?'

'Ik denk gewoon hardop. Ik zou een afspraak met je neef kunnen maken,' zei ze. 'Hem een beetje polsen.'

'Mary,' zei Linda waarschuwend.

'Hij is zo ijdel en opschepperig dat ik hem misschien zover krijg dat hij me zijn plannen vertelt. Ik beloof dat ik niet met hem zal slapen,' zei ze glimlachend toen ze Linda's verschrikte blik zag.

'Weet je het zeker? Wat moeten we nog meer weten?'

'Wat hij precies denkt te doen nadat je hem hebt uitgekocht. Is hij echt van plan om met jou te gaan concurreren? Is dat wat hij wil voor het oude familiehotel? Je moet het toch met me eens zijn dat dat bijzonder vreemd is.'

'Het verbaast me helemaal niets. Ik denk dat de haat jegens mij groter is dan de liefde voor het hotel.'

'Maar je neven mochten je vader graag, toch?'

'Ten eerste was hij een man. Dat geeft enorme pluspunten in hun zielige breinen. Vervolgens dachten ze waarschijnlijk dat ik het hotel niet zou willen hebben, maar dat ik het aan hen zou geven.'

'Ik ga met hem afspreken,' zei Mary opnieuw. 'Ik neem morgen na onze bespreking contact met hem op.'

'Nee, ik wil niet dat je dat doet,' zei Linda bezorgd. 'We kunnen dit ook wel zonder dat we weten wat hij van plan is.'

'Ik zal voorzichtig zijn, dat beloof ik.'

33

Elinor ontmoette haar moeder bij de personeelsingang in het souterrain en nam haar mee naar de personeelskamer voor het ontbijt. Het was haar moeders eerste werkdag en zoals ze hadden afgesproken, was ze netjes om half acht bij het hotel.

'Ik ben zenuwachtig. Is er iets speciaals waar ik aan moet denken?' vroeg ze.

'Nee, je hoeft alleen maar te doen wat je wordt opgedragen,' zei Elinor. 'Wat zei papa toen je wegging?'

'Hij was allang naar zijn werk,' zei haar moeder. 'Heb ik je al verteld dat je broertje nu ook een baan in de haven heeft?'

'Mam, hij is pas vijftien. Dat is te zwaar.'

Een schaduw trok over haar moeders gezicht. 'Maar je weet dat ik daar niets over te zeggen heb. Papa denkt dat dit de juiste weg is. Er moet geld worden verdiend.'

'Ik zou willen dat hij kon studeren,' zei Elinor.

'Daar is geen geld voor,' zei haar moeder. 'Misschien volgend jaar.' Beiden wisten dat het dan te laat was. Als je eenmaal in de haven was begonnen, dan bleef je daar, zo zag haar vader dat tenminste. Het belangrijkste was dat je een baan had, daarna moest je vechten voor goede arbeidsvoorwaarden.

Elinor zou graag aan de universiteit hebben gestudeerd, maar ze had altijd geweten dat het onmogelijk was. Het was zo oneerlijk. Maar ze probeerde het te compenseren met schriftelijke cursussen en zowel zij als Emma had er al meerdere gevolgd. Ze studeerden samen als hun werkschema het toeliet en kregen allebei goede beoordelingen voor hun ingezonden huiswerk.

'Misschien volgend jaar,' knikte Elinor.

Toen ze klaar waren met ontbijten, nam Elinor haar moeder

mee om haar uniform op te halen dat bestond uit een zwarte jurk, een wit kapje en een wit schort, net zoals de andere meisjes van de huishoudelijke dienst droegen. Bij het minste vlekje moest ze haar schort wisselen, legde Elinor uit.

Haar moeder knikte en keek ernstig. 'Ik wil mijn werk echt goed doen,' zei ze.

Elinor gaf haar een klopje op haar schouder. 'Dat weet ik, mam, en voor de week voorbij is, zal het hoofd van de huishouding huilen van dankbaarheid dat je er bent.'

'Denk je dat echt?'

'Zeker weten.' Ze wierp een blik op de klok aan de muur. Al kwart voor negen. 'Ik laat je haar kantoor zien. Het zit naast het mijne. Kom.'

Haar maag was onrustig. Elinor voelde zich een beetje misselijk bij de gedachte dat ze met ideeën moest komen. Hopelijk verwachtte niemand dat van haar. Op Emma na waren alle anderen ouder en ervarener. Alexander was drieëntwintig, Albert waarschijnlijk vijfentwintig. Beiden hadden op andere plaatsen gewerkt voordat ze bij Flanagans kwamen werken.

Op de grote vergadertafel in het kantoor van Miss Lansing stonden waterflessen, kannen thee, scones, marmelade, servetten, notitieblokken, potloden en naast de tafel stond een schoolbord. Elinor groette Alexander en Albert en ging naast Emma zitten.

'Ben jij ook zenuwachtig?' vroeg ze zachtjes aan Emma.

'Waarvoor?' Emma had alleen oog voor de scones.

'We moeten helpen om Flanagans te redden. Het is een belangrijke taak.'

Emma knikte. 'Ik weet het, maar wij zijn niet de enigen die met voorstellen moeten komen.'

Wederom wenste Elinor dat ze meer op Emma leek. Dat ze de dingen kon nemen zoals ze waren. Misschien was dit een goede training. Je kon het altijd hopen.

Miss Lansing kwam binnen met lady Mary en iedereen stond op om hen te begroeten. Elinor en Emma maakten een reverence, Alexander en Albert een buiging.

'Wat fijn dat er eten en drinken op tafel staat,' zei hun bazin. 'Tast toe. Ik denk dat we met een volle maag beter kunnen nadenken.'

Elinor keek de tafel rond. Het was een vreemde verzameling, maar Elinor ging ervan uit dat Miss Lansing hen met een reden had gekozen, en iedereen zag er opgewekt en verwachtingsvol uit.

'De achtergrond van onze bijeenkomst hier vandaag is als volgt: mijn neven, Laurence en Sebastian Lansing, willen hun deel van het hotel aan mij verkopen. Van het geld willen ze verderop in de straat een nieuw Flanagans laten bouwen.'

Emma zette grote ogen op.

'Sebastian van wie ik dacht dat hij aardig was, die altijd bij ons beneden komt? Is hij de neef van Miss Lansing? Daar zal ik hem de volgende keer dat hij in de gangen opduikt op aanspreken,' siste Emma.

Elinor legde een hand op de arm van haar vriendin. 'Jij gaat helemaal niets doen, Emma. Hou je in.'

Miss Lansing keek over de tafel.

'Mijn neven zijn niet zo blij dat ik het hotel leid en proberen al jaren van me af te komen. Ik heb niet genoeg geld om ze uit te kopen en de bank vertrouwt een vrouwelijke ondernemer niet.'

De medewerkers keken elkaar geschokt aan over de tafel.

'Lady Mary's echtgenoot is zo gul en heeft beloofd me het geld te lenen, maar zoals jullie waarschijnlijk begrijpen, is het moeilijk voor mij om dat aan te nemen. Ik zou het liever zelf oplossen.' Ze lachte en schudde haar hoofd, alsof het volkomen onmogelijk was. 'Als we hier allemaal willen blijven werken, dan moeten we ervoor zorgen dat het hotel overeind blijft in dit gevecht waar we toe uitgedaagd worden. We zullen naar manieren moeten zoeken om op korte termijn geld te verdienen, maar zullen natuurlijk ook met ideeën voor de lange termijn moeten komen.'

Ze nam een slok water voordat ze verderging. 'Ik ben zelf erg slecht in innovatief denken, dus ik heb jullie, de jongere generatie, nodig. En ook lady Mary, die ervoor gezorgd heeft dat we het eerste jaar na het overlijden van mijn vader hebben overleefd. Er zouden hier geen beroemde feesten zijn geweest als jij er niet was geweest, Mary.' Ze gaf haar vriendin een schouderklopje. 'De vraag is dus: wat kunnen we doen bij de receptie, in de keuken, in het restaurant en in de kamers om de gasten het wauw-gevoel te bezorgen, zodat ze terug willen komen? We moeten zeven dagen per week volgeboekt zijn. Dankzij Alexanders initiatief hebben we het probleem met de geluidsoverlast van de bouwwerkzaamheden van het hotel van mijn neven tot op zekere hoogte opgelost. Ik ben op zoek naar meer van dat soort ideeën.' Ze pakte een notitieblok en een pen. 'Jullie hebben deze voor jullie liggen en...' Ze keek op de klok. '... jullie hebben twee uur de tijd om met ideeën te komen. Lady Mary zal jullie begeleiden.' Ze legde het notitieblok neer en keek naar haar vriendin die knikte, waarna Miss Lansing het gezelschap verliet.

Toen haar moeders eerste werkdag voorbij was, nodigde Elinor haar uit in haar kamer om te vertellen hoe het was gegaan.

Haar opgewekte verschijning zei Elinor eigenlijk al genoeg, maar even later wist ze tot in detail hoe de dag was verlopen. Hoe het zilver glom na het poetsen, dat de twee kamers die haar moeder had schoongemaakt gemakkelijk te doen waren geweest en dat ze daarna had geholpen om de vergaderruimtes in orde te maken.

'En iedereen was vriendelijk en aardig,' zei ze stralend. 'Ik ga het hier zeker leuk vinden.' Toen onderbrak ze zichzelf en vroeg aarzelend: 'Hoe gaat het met jou? Je ziet er een beetje hangerig uit. Je hebt toch niets onder de leden? Er heerst momenteel zo veel ziekte. Vreselijke, langdurige verkoudheden met hoest. Zorg je wel goed voor jezelf?'

Elinor knikte. Ze was waarschijnlijk gewoon moe. Een goede nachtrust zou haar zeker goeddoen.

Maar de volgende ochtend besefte ze dat ze gelijk had in haar vermoedens. Ze wist wat het betekende als je elke morgen misselijk was. Ze had daar te veel verhalen over gehoord. Maar Elinor had zichzelf beschermd. Ze was het niet één keer vergeten. Hoe was dit mogelijk?

Wanhopig sloeg ze op het kussen. Ze moest bijna huilen. Eén ding wist ze zeker, het was haar lot om niet succesvol te zijn. Ze zou een alleenstaande moeder worden tussen al die anderen in Notting Hill. Miss Lansing zou haar ontslaan. En ze hoefde er zeker niet op te rekenen dat de vader zijn verantwoordelijkheid zou nemen. Een zwarte minnares was al gewaagd genoeg.

Hoe kon ze zo ongelooflijk stom zijn geweest?

Ze zuchtte en stond op. Ze mocht geen medelijden met zichzelf hebben. Het werk wachtte en ze was van plan niemand er iets over te zeggen. Ze had gehoord dat je het kon laten weghalen; ze moest daar meer over te weten komen. Ze kende een vrouw die het had gedaan en Elinor dacht dat ze misschien met haar zou kunnen praten zonder dat haar moeder erachter zou komen.

De hele dag kon Elinor aan niets anders denken. Hoe ver was ze? Ze keek naar haar buik zodra ze naar het toilet ging. Die was niet dikker dan een maand geleden. Maar haar borsten waren een beetje gevoelig. Haar laatste menstruatie was iets korter geweest dan normaal. Was ze toen al zwanger geweest? Moest ze het hem vertellen? Nee, waar zou dat goed voor zijn? Ze wist dat hij haar niet kon helpen. Hij zou haar geld geven, zo fatsoenlijk was hij wel, maar ze kon er niet op rekenen dat hij meer verantwoordelijkheid zou nemen dan dat.

Ze lachte geluidloos terwijl ze eraan dacht hoe vaak hij zijn zegelring zou draaien als dit bekend zou worden.

Nee, ze moest het zelf oplossen zonder iemand van het hotel in vertrouwen te nemen. Zelfs Emma kon het maar beter niet weten. Elinor vertrouwde haar, maar haar humeur niet. En dit kon ze niet vertellen zonder ook te onthullen wie de vader was.

Toen het eindelijk avond was, had ze moeite om in slaap te komen. In één klap waren al haar toekomstplannen aan diggelen geslagen. Morgen zou ze naar huis gaan en proberen iemand te pakken te krijgen die wist hoe je een zwangerschap af kon breken, er waren geen andere opties. Ze zou het kind kunnen baren en ter adoptie afstaan, maar het zou van gemengde afkomst zijn. Er zouden geen goede ouders te vinden zijn die zo'n kind zouden willen en dan zou haar baby in een weeshuis terechtkomen.

De tranen begonnen te stromen en voor ze het wist kon ze niet meer stoppen met huilen.

Elinor had geen oog dichtgedaan. Ze probeerde een kopje thee te drinken, maar de misselijkheid overspoelde haar. Ze gooide de thee in de gootsteen en herhaalde wat ze tegen de vrouw in Notting Hill zou zeggen: een vriendin was ongewenst in de problemen geraakt en nu had ze hulp nodig om het weg te halen.

Zo moeilijk kon het niet zijn.

Maar de vrouw moet op de een of andere manier paranormaal begaafd zijn geweest, want voordat Elinor haar verhaal af had kunnen maken had de vrouw al gezegd 'Onzin' en had ze gevraagd hoe ver Elinor was.

'Ik weet het niet,' mompelde ze als antwoord.

'Wanneer was je laatste menstruatie?'

'Vijf weken geleden, maar het was maar heel weinig. Verbazingwekkend weinig.'

'Nu ben ik geen dokter, maar ik weet dat je sowieso een beetje kunt bloeden. Dus je wilt advies over hoe je het kunt laten weghalen?' vroeg ze. Ze zat wijdbeens. Ze nam net zo veel plaats in als mannen normaal gesproken deden. Elinor zat keurig met haar benen dicht bij elkaar en met haar handen op haar knieën en brandende wangen van schaamte.

Elinor knikte. 'Ja. Ik heb gehoord dat u iemand kent die dat kan...'

De vrouw had een blik waar je je tegen wilde verdedigen. Ze keek dwars door je heen.

'Laat me je een vraag stellen: als de vader van het kind aan jouw zijde had gestaan, zou je het dan willen laten verwijderen?'

Elinor schudde haar hoofd. 'Nee, absoluut niet. Maar ik kan dit niet alleen.'

'Dat begrijp ik en het is aan de vrouw om de weg te kiezen die ze wil,' zei de vrouw. 'Maar heb je het hem verteld of ben je er gewoon van uitgegaan?'

'Aannames,' gaf Elinor toe.

'Kom bij me terug als je het weet. Ik kan niet bijdragen aan een ongeluk dat voorkomen had kunnen worden.' De vrouw stond op en Elinor ook.

'Maar is er een uitweg als ik dat wil?'

Ze liepen naar de voordeur.

De vrouw knikte. 'Ja, maar daarna kun je misschien nooit meer zwanger worden. Als je het überhaupt overleeft.'

In de gang krabbelde ze haar telefoonnummer op een papiertje en gaf dat aan Elinor.

'Als je belt, dan is dat omdat het je laatste redmiddel is, beloof me dat.'

Ze slaagde erin Notting Hill te verlaten zonder een enkele bekende tegen te komen, en toen ze Flanagans binnenkwam, was het alsof ze een ander soort lucht inademde. Hier was ze veilig.

Miss Lansing zwaaide naar haar bij de ingang. 'Wat goed dat je gekomen bent. Ik weet dat het je vrije dag is, maar ik zou graag een paar woorden met je willen wisselen. Mag ik je thee aanbieden?'

Een dergelijk verzoek weigerde je niet, ook al zou je het willen. Terwijl ze naar de salon liepen, keek Elinor naar haar kleren. Ze hoopte dat ze netjes genoeg gekleed was. Ze had nog nooit thee gedronken in de salon, het was voor haar verboden terrein.

Er werden thee en kleine sandwiches binnengebracht, net zoals Elinor er zelf duizenden in de keuken had gemaakt, en ze glimlachte toen Miss Lansing haar de schaal aanreikte.

'Zijn ze net zo mooi als jij ze gewoonlijk maakt?' vroeg ze met een glimlach.

Elinor knikte en pakte er een. Ze voelde zich wat beter na het gesprek met de vrouw in Notting Hill, nu ze wist dat er een oplossing bestond. En ze had echt honger.

Ze nam een hap van de sandwich. Die was lekker. Het brood was vers en de komkommer was in dunne plakjes gesneden. Degene die deze had gemaakt, had het goed gedaan.

'Ik kom meteen ter zake,' zei Miss Lansing. 'Er gebeurt niets in dit hotel wat ik niet weet.'

Elinor knikte, niet wetende waar Miss Lansing naartoe wilde.

'Ik weet van je affaire.'

Elinor verslikte zich in een stuk komkommer en bleef hoesten met het servet voor haar mond totdat de komkommer losschoot. Verschrikt staarde ze haar bazin aan.

'Het was niet mijn bedoeling je te overrompelen,' zei Miss Lansing vriendelijk. 'En je hebt niets verkeerds gedaan, behalve door de gangen sluipen. Zoals je zult begrijpen, is dat niet gepast.'

Elinor keek naar de tafel. Ze wist niet wat ze moest zeggen.

'Ik wil je eigenlijk alleen dringend verzoeken om voorzichtig te zijn. Je speelt met vuur en ik wil niet dat je beschadigd raakt. Ik zie je als een vanzelfsprekend onderdeel van de toekomst van Flanagans, en als je in de problemen raakt, wil ik dat je daarmee naar mij toe komt.' Het leek of ze echt om Elinor gaf.

Elinor bleef naar de tafel staren.

'Elinor?'

'Het is te laat,' zei ze zachtjes.

'Wat is er te laat?'

'Ik heb mezelf al gebrand aan het vuur.'

'Wat bedoel je, is er iets wat je wilt vertellen?'

'Ik denk dat ik vooral bedoel dat ik me schaam. Ik had beter moeten weten,' zei ze.

'Pas goed op jezelf, Elinor.' De stem van Miss Lansing klonk zorgzaam.

Elinor glimlachte naar haar. Ze had bijna haar mond voorbijgepraat, maar ze had de situatie op het nippertje weten te redden.

Ze moest de zwangerschap zo snel mogelijk beëindigen.

34

Er werd niet geklopt, maar gebonsd op Linda's deur. Ze tuurde naar de wekker op het nachtkastje. Mijn god, het was midden in de nacht. Ze keek zoekend om zich heen naar haar peignoir, terwijl ze haastig uit bed kwam. Was er brand?

'Wie is daar?' vroeg ze bij de deur.

'Ik ben het.'

Toen ze opendeed, schrok ze.

Mary's kleren waren gescheurd, ze had een enorme bloeduitstorting rond haar ene oog en haar arm hing stijf en vreemd langs haar rechterzij.

'Maar in hemelsnaam. Liefste vriendin van me, kom binnen. We moeten een dokter laten komen, nee, we gaan naar het ziekenhuis. Wat is er gebeurd? Ben je beroofd? We moeten de politie bellen.' Ze hielp Mary naar binnen.

'Geen politie,' zei Mary scherp. 'Niemand mag dit weten, beloof je dat?'

'Waarschijnlijk moet je met die arm naar het ziekenhuis.'

'Mijn schouder is uit de kom. Is er hier iemand die me daarmee kan helpen? Het is me eerder overkomen en als iemand hem gewoon terug kan duwen, zal ik me weer goed voelen.'

Haar gewonde vriendin straalde iets wanhopigs uit, waardoor Linda niet langer protesteerde. Maar Mary had een arts nodig, dat was zeker.

'Ik bel dokter Werner,' zei Linda. 'Hij is al jaren onze huisarts en zal geen vragen stellen. Ik zal dat daarentegen wél doen als ik met hem heb gesproken.'

Ze leidde Mary naar de woonkamer en zette haar voorzichtig op een stoel.

'Kun je zo blijven zitten terwijl ik bel?'

Ze liep snel de hal in waar de telefoon op een tafeltje stond. Het adresboek lag in de bovenste la. V, W, Werner. Daar. Ze draaide het nummer en het leek een eeuwigheid te duren tot er eindelijk iemand opnam.

Linda legde uit wie ze was, waarom ze belde en zei dat ze dringend hulp nodig had. Al snel had ze de arts aan de lijn.

'Het spijt me zeer dat ik u midden in de nacht stoor, maar ik wist me geen raad.'

Dokter Werner zei dat ze in dit soort situaties moest bellen, en dat hij over een kwartier in het hotel kon zijn.

Ze ging terug naar Mary, die zich niet had verroerd.

'Mary, wil je iets drinken?'

'Whisky.'

Linda haastte zich naar de karaf op de serveerwagen. In plaats van een van de dunne whiskyglazen te pakken schonk ze de drank in een grogglas. Mary leek vreselijke pijn te hebben. Niet alleen in haar arm. Het gewonde oog was helemaal opgezwollen.

'Wie?' vroeg Linda kort en ze gaf haar het glas.

'Ik ben beroofd,' antwoordde Mary, en ze keek weg met het enige oog dat nog zichtbaar was.

'Nee, Mary, wie? Je hebt je handtas in je hand, dus je bent niet beroofd. Iemand heeft je vreselijk pijn gedaan. Wie?' Ze had een donkerbruin vermoeden, maar ze wilde het Mary horen zeggen.

'Je weet wie,' zei ze zachtjes.

Die klootzak. *Die klootzak.*

'Ik vermoord hem,' zei Linda ernstig.

'Hij heeft me verkracht, Linda.'

Mary barstte in tranen uit, in hevig hikkende snikken, en de woede in Linda was zo groot dat ze hem kapot wilde maken. Al zijn ambities, alles wat hem dierbaar was, ging ze van hem afpakken. Ze zou zijn huid in repen van zijn lichaam scheuren, zijn penis afsnijden met een nagelknippertje en hem in een kerker

laten rotten om daar heel eenzaam een pijnlijke dood te sterven.
'Zal ik Archie bellen?'
Mary knikte. 'Ja, ook al denk ik dat ik er spijt van krijg.'

Mary's man kwam de volgende ochtend en Linda liet hen alleen. Ze bestelde thee bij de roomservice en ging zelf naar de receptie om de boekingen te controleren.
'Er heeft iemand gebeld, maar ik kon u niet bereiken,' zei een van de nieuwere receptionisten beschaamd.
'Heeft die persoon geen bericht achtergelaten?'
'Ja, hij zou terugbellen.'
'De volgende keer kun je een dergelijk gesprek rechtstreeks doorverbinden naar mijn suite,' legde Linda vriendelijk uit. Het was onmogelijk om alles te weten terwijl je net begonnen bent. 'Wie was het?'
De receptioniste bloosde. 'Ik ben het vergeten te vragen.'
'Maar heeft hij zichzelf niet voorgesteld?'
'Nee.'
'Als het belangrijk was, belt hij vast nog wel een keer,' zei Linda met een glimlach.

Linda zat in haar kantoor en was druk bezig met de administratie toen Mary belde. Ze liet alles vallen, haastte zich naar boven en rende de logeerkamer in.
'Archie heeft me eruit gegooid,' huilde Mary.
Linda sloeg haar armen om haar vriendin heen, die zo trilde dat ze haar woorden slechts hakkelend kon uitbrengen. 'Hij zegt dat dit mijn eigen schuld is. Ik heb mezelf aan Laurence aangeboden met mijn geflirt. Hij houdt het niet langer met me uit op deze manier en denkt dat ik het alleen aan mezelf te danken heb.'
Linda wiegde haar nog steeds heen en weer. Hoe kon de lord Mary de schuld geven wanneer alles het werk van Laurence was? Je moest toch wel een man kunnen ontmoeten en kunnen zeg-

gen dat je niet met hem naar bed wilt, zonder bijna vermoord te worden?

'Ik moet hier blijven tot ik er weer normaal uitzie,' zei Mary. 'Denk je dat dat mogelijk is?'

'Je mag hier zo lang blijven als je wilt. Je hebt hier altijd een thuis. Moet ik iemand sturen om bij het landgoed wat spullen op te halen?'

'Dat is niet nodig. Ik heb Archie verteld wat ik nodig heb en hij zorgt ervoor dat het hierheen wordt gebracht. Hij leek tevreden zolang ik maar wegbleef.'

'Maar de jongens? Jullie hebben kinderen waar jullie voor moeten zorgen.'

Mary lachte geluidloos. 'Het zijn zíjn erfgenamen, je denkt toch niet dat hij hen naar me toe laat komen? Nee, ik mag ze af en toe zien, maar niet meer dan dat. En hij eist dat we naar buiten toe de schijn ophouden. Hij wil dat we samen naar bepaalde evenementen gaan, ook al zijn we gescheiden.'

'O, Mary.'

Linda had de lord verkeerd ingeschat. Wanneer het erop aankwam, was hij niet modern. Hoe kon hij zijn vrouw nu niet steunen?

'Ik zou graag willen douchen,' zei Mary.

'Voordat je dat doet, wil ik je het nog één keer vragen: moet ik niet de politie bellen?'

Dokter Werner had gisteravond dezelfde vraag gesteld. Hij had Mary's schouder onder vreselijke pijn weer gezet. Ze had een stuk stof in haar mond gedrukt, zodat niemand haar geschreeuw zou horen.

'Absoluut niet, dat mag je niet doen.'

'Prima, ik doe het niet. Ik wilde er alleen zeker van zijn dat je niet van gedachten veranderd bent. Ik begrijp dat je het niet wilt.'

Linda kon zich gemakkelijk in Mary's situatie verplaatsen. Het zou vreselijk zijn om een proces tegen Laurence te moeten meemaken met de pers erbij, want zo zou het gaan. Men zou vragen wat Mary had gedaan om zichzelf in een situatie te brengen die verkrachting mogelijk maakte. En Mary's naam zou door het slijk worden gehaald, ook al was ze het slachtoffer.

Linda stond op van Mary's bed en pakte de badjas die aan de badkamerdeur hing. 'Kom op, ik zal je helpen in de badkamer. Wanneer je klaar bent, gaan we ontbijten. Het staat al klaar in de salon.'

'Dank je, ik weet niet wat ik zonder jou zou moeten.'

'En ik weet niet wat ik zonder jou zou moeten,' zei Linda. In het felle licht van de badkamer waren alle blauwe plekken duidelijk zichtbaar. Hij moet haar hebben geschopt, dacht Linda. Alleen echt harde klappen laten dergelijke plekken achter. Arme, arme Mary.

Zo gevaarlijk was haar neef. Hij schuwde geen enkel middel. Linda had het met parels ingelegde pistool van haar vader in de la naast haar bed liggen. Tot nu toe was ze nooit in de verleiding gekomen om het te gebruiken. Maar ze zou Laurence zonder problemen ijskoud door het hoofd kunnen schieten.

Hij had haar dierbaarste vriendin pijn gedaan en alle grenzen van goed fatsoen overschreden. Ze zou hem er niet mee laten wegkomen.

Linda schonk een kop koffie in en smeerde daarna een boterham. 'Wil je de helft?' vroeg ze aan Mary, die net was gaan zitten.

'Nee, bedankt, maar ik lust wel wat koffie,' zei ze zachtjes voordat ze verderging. 'Helaas heeft mijn man het aanbod ingetrokken om je geld te lenen,' zei ze. 'Het spijt me zo, Linda.'

'Maak je geen zorgen. Ik wilde zijn geld sowieso niet. Maar nu moet jij eerst herstellen.'

'Zal ik ooit weer de oude worden?'

'Ja. Wanneer er wat tijd verstreken is.'

'Ik kan nu niet in jouw groep werken.'

'Nog niet, maar later wel.'

'Denk je dat echt?'

'Ja,' zei Linda kalm.

Toen ze er zeker van was dat Mary zich goed genoeg voelde om eventjes alleen te blijven, ging Linda naar haar kantoor en belde haar advocaat.

'Het spijt me dat ik je in het weekend moet storen, maar ik heb wat papieren nodig die opgesteld moeten worden en ik wil ze zo snel mogelijk hebben. Denk je dat je me kunt helpen? Ik heb ze morgenmiddag nodig.'

De advocaat verzekerde haar dat ze altijd mocht bellen en dat hij er uiteraard voor zou zorgen dat de papieren de volgende dag klaarlagen.

De volgende stop was de keuken. Halverwege de trap naar de lobby bleef ze staan. Ze wierp een blik op de keurige receptionisten die de gasten met een glimlach verwelkomden. Verderop waren de zondags geklede ontbijtgasten op weg naar de ontbijtzaal en drie jonge vrouwen, die zo op elkaar leken dat ze wel zussen moesten zijn, kwamen de trap af. Ze praatten luidruchtig in het Spaans, lachten en gooiden met hun krullen. Een ouder echtpaar wachtte bij de ingang van de ontbijtzaal en glimlachte trots toen ze het trio zagen aankomen.

De weekenden waren bij Flanagans altijd bijzonder geweest. Er waren meer toeristen, minder zakenmensen en er hing een fijne sfeer. Veel gasten keken uit naar de avondevenementen, anderen zouden gewoon wat door de stad wandelen.

Linda maakte hier en daar een praatje en liep langzaam naar de deur van het souterrain en de keuken. Ze kwam er niet zo vaak. Het personeel voelde zich bezwaard wanneer ze hun domein bezocht en ze wilde hen niet in verlegenheid brengen. Maar nu moest ze de moeder van Elinor, Ingrid, te pakken krijgen, die volgens het rooster vandaag zou werken.

Linda had geluk, want Ingrid verscheen net toen ze de trap af kwam.

'Daar ben je,' zei ze. 'Ik was net naar je op zoek.'

'Hallo, wat kan ik voor u doen?' vroeg Ingrid met een glimlach.

'Niet zozeer jij, maar je man. Kom even mee, dan zal ik het je vertellen.' Linda trok Ingrid opzij. 'Ik weet dat jullie het financieel moeilijk hebben, en ik wilde je vragen of je denkt dat je man een extra baantje wil?'

'O, dat weet ik natuurlijk niet zonder het hem te vragen. Hij zou hier nooit naar het hotel komen, hij is niet echt goed in dienstverlening. Hij is meer de grote man van weinig woorden.'

'Maar dat is precies wat ik nodig heb. Hij moet hier niet werken, hij moet iemand beschermen.'

Ingrid keek perplex. 'Als een lijfwacht?'

'Precies.'

'Hoe groot is het risico dat hij in de problemen komt? Hij heeft al genoeg problemen met de politie.'

'Niet groot. Het gaat om een vrouw die beschermd moet worden tegen een man die alleen vrouwen slaat. Tussen jou en mij gezegd denk ik dat die klootzak het in zijn broek zou doen als hij met een man moest vechten. Je kent het type vast wel.'

'Bent u de vrouw die hij moet beschermen?'

'Soms, maar bovenal moet hij mijn beste vriendin beschermen die in moeilijkheden is geraakt. Meer kan ik niet zeggen. Daarom kan ik ook geen regulier beveiligingsbedrijf inhuren, omdat die niet zwijgen. En dit moet uit de pers blijven.'

'Ik zal het hem vragen wanneer ik thuiskom.'

'Bedankt, Ingrid. En het uurloon dat hij ontvangt, is vier keer het uurloon dat hij in de haven krijgt, dat kun je hem vertellen. Als deze opdracht achter de rug is, heb ik nog veel meer baantjes als hij wil.'

'Waarbij hij ook niet aardig hoeft te zijn?' vroeg Ingrid lachend.

Linda lachte en knikte.

Later die dag belde Ingrid haar en vertelde dat haar man de baan wilde. Maar hij moest 's ochtends in de haven kunnen werken.

'O, wat fijn,' zei Linda. Ze schetste hoe ze zich het werk had voorgesteld. 'George moet een paar nette kleren hebben, maar ik zorg ervoor dat ze opgestuurd worden. Welke maat heeft hij?'

Ze schreef zijn maten op. Hij was lang, breedgeschouderd en ze twijfelde er geen moment aan dat hij sterk was na al het zware werk dat hij al die jaren in de haven had gedaan.

'Zijn eerste opdracht is morgenmiddag om vier uur. Ik haal hem om half vier op. Zijn kleding zal ruim op tijd worden bezorgd. Wat is je adres?' Ze hoorde Ingrid meer geld in de automaat stoppen.

'Hij krijgt zijn handen misschien niet helemaal schoon,' zei Ingrid voorzichtig.

'Maak je geen zorgen. Hij hoeft ze alleen te laten zien als hij moet vechten.'

35

De mist die boven Liverpool hing, was die ochtend dunner geworden. Door het raam van het hotel zag Robert de stad ontwaken. Net als de afgelopen nachten had hij vannacht ook goed geslapen.

Ik had hier al veel eerder naartoe moeten komen, dacht hij. Dan was ik misschien ontsnapt aan de verwoestende jaren van angst.

Alles wat hij zich had voorgesteld, was op zijn kop gezet zodra hij de deur van Timothy's ouderlijk huis binnenstapte. Hij was hartelijk ontvangen door de familie. Het was een gezin dat een tevreden leven leidde.

Natuurlijk rouwden ze om Timothy – zijn foto stond op de schoorsteenmantel in het huis van zijn moeder Jane en er brandde een kaars naast – maar ze hadden hun leven weer opgepakt en naar de toekomst durven kijken.

Timothy's broers en zussen waren allemaal volwassen en hadden inmiddels zelf kinderen. Volgens hen was het leven prima zo. Jane had een kleine kapsalon die heel goed liep. Pas een jaar geleden had ze een nieuwe man ontmoet en ze zei dat ze verliefd was 'als een jong meisje'.

De avond ervoor had hij afscheid van hen genomen en Jane had de stapel cheques teruggegeven die Robert haar in de loop der jaren had gestuurd. 'Dank je wel, het was aardig van je om aan ons te denken,' zei ze. 'Maar ik heb ze nooit geïnd.' Ze had hem over zijn wang geaaid.

'Wij hebben het overleefd en zijn verplicht om het beste van ons leven te maken, ben je het daar niet mee eens, Robert?' zei Timothy's grote broer terwijl zijn jongste zoon in zijn armen spartelde.

En daarmee was Robert met zichzelf in het reine gekomen. Het was voorbij. Als Timothy's eigen familie verder kon gaan, dan kon hij dat ook.

Hij had de avond ervoor al zijn koffers gepakt en even overwoog hij om de trein naar Londen te nemen in plaats van zijn vliegtuig, omdat het sneller zou gaan. Aan de andere kant moest hij dan zijn vliegtuig op een ander moment ophalen, dus kon hij net zo goed naar Londen vliegen zoals hij had gepland.

Hij verlangde naar Linda en had twee keer naar het hotel gebeld, maar hij had haar niet te pakken kunnen krijgen. Hopelijk had ze in elk geval de berichten ontvangen die hij had achtergelaten. Hij was naar zo veel mensen in het hotel doorverbonden dat hij uiteindelijk niet meer wist met wie hij had gesproken.

Nou ja, dat zou worden opgelost zodra hij in Londen aankwam.

Er was iets mis. De taxichauffeur sloeg wartaal uit en was ongeconcentreerd. Is hij dronken, dacht Robert.

'Hallo, gaat het?' riep hij vanaf de achterbank terwijl de auto op hoge snelheid alarmerend begon te slingeren. Hij kreeg geen antwoord en plotseling viel het hoofd van de bestuurder op het stuur.

In paniek realiseerde Robert zich dat dit helemaal verkeerd zou aflopen.

Toen hij bijkwam, bevond hij zich buiten de gecrashte auto, in een veld.

'Hallo, kunt u me horen?'

Robert probeerde zijn blik te richten op de man die op zijn knieën naast hem zat. 'De chauffeur...' Hij kon de zin niet afmaken.

'De ambulance is onderweg, blijf gewoon stilliggen.'

Zijn hoofd tolde, een van zijn armen deed zo'n pijn dat hij het wel wilde uitschreeuwen, maar dat kon hij niet. Het ergste was dat hij zijn benen niet kon bewegen. Hij voelde ze niet eens.

36

Emma's examen boekhouden was uitmuntend verlopen en dit wilde ze met Elinor vieren, maar zoals gewoonlijk was haar vriendin moeilijk te vinden. Emma plofte neer op een stoel in de personeelskamer. Het duurde nog meer dan twee uur voordat haar dienst zou beginnen.

Sebastian liep langs de ruimte en toen hij haar zag, gaf hij haar een knipoog. Hij kwam niet binnen, maar liep verder.

Ze hadden elkaar niet meer gezien sinds die keer dat ze seks hadden gehad en dat was bijna drie maanden geleden. Het irriteerde haar dat hij haar zo behandelde. Wat ook irritant was, was dat ze zich gekwetst voelde. Als hij haar negeerde, zou ze hetzelfde moeten doen en hem ook moeten negeren. Als ze niet beter had geweten, zou ze denken dat ze een beetje verkikkerd op hem was. Ze zou boos op hem moeten zijn omdat hij blijkbaar ruzie had met Miss Lansing, maar Emma moest steeds weer denken, wel meerdere keren per dag, aan wat Sebastian en zij in bed hadden gedaan, en als ze helemaal eerlijk was, wilde ze niets liever dan dat nog een keer met hem doen.

Op weg naar haar kamer kwam ze Alexander tegen, die begon te stralen toen hij haar zag.

Ze was niet echt meer in hem geïnteresseerd, maar hij was enthousiast en attent, en soms, wanneer ze baalde dat Sebastian haar niet meer wilde zien, was Alexanders smachtende blik precies wat ze nodig had. Af en toe zoenden ze, en als ze haar ogen hard genoeg dichtkneep, kon ze zich verbeelden dat hij Sebastian was.

'Alexander,' zei ze langzaam. 'Wil je met mij mee naar mijn kamer? Ik wil je iets laten zien.'

Ze keek snel om zich heen om er zeker van te zijn dat niemand hen zag en trok hem toen mee.

Ze zaten op de rand van het bed en kusten al snel gretig. Alexanders handen zochten hun weg onder haar kleren. Emma sloot haar ogen. Misschien moest ze zich maar aan hem geven? Dan zou de herinnering aan Sebastian vast wat vervagen, toch?

Het gekrijs dat opeens door de kamer klonk, deed zowel Emma als Alexander opschrikken. Ze vlogen uit elkaar.

'Wie zijn dat?' siste Alexander terwijl hij geschokt naar de vrouwen keek die hadden geschreeuwd.

Emma kon geen woord uitbrengen.

In de deuropening stonden haar moeder en haar grootmoeder.

'Ik wist dat de geschiedenis zich zou herhalen,' zei haar grootmoeder.

'Stop daar nou eens mee,' zei haar moeder.

'Praat niet zo tegen me,' zei haar grootmoeder boos. 'Het meisje lijkt sprekend op jou. Nu krijg je de rekening gepresenteerd voor je vrije opvoeding.'

'Waar hebben jullie het over?' vroeg Emma verward. Ze schaamde zich zo erg dat ze zich geen houding wist te geven. Ze had hen naar buiten geduwd terwijl ze haar kleren recht had getrokken.

Alexander had zichzelf voorgesteld en was snel vertrokken.

'Alexander Nolan,' had hij gezegd en hij had een buiging gemaakt. Geschokt hadden beide vrouwen hem begroet en hun namen genoemd.

Nu zaten haar moeder en haar grootmoeder aan de kleine keukentafel terwijl Emma op het bed zat.

'Kan iemand me vertellen waar jullie het over hebben?' vroeg ze nog een keer terwijl haar moeder en grootmoeder elkaar boos aankeken.

'Je moeder was precies zoals jij,' zei haar grootmoeder. 'Ze raakte ongehuwd zwanger. En toen kwam jij. Hij nam natuurlijk de benen. Hij verhuisde naar Yorkshire en we hebben hem nooit meer gezien. Je moeder moest ergens anders naartoe om later met jou terug te komen, met de leugen dat ze weduwe was.'

'Mam,' zei Emma geschokt.

Het gezicht van haar moeder was nu knalrood. 'Geen woord meer van jou,' zei ze en ze wees naar Emma's grootmoeder. 'En jij gaat je spullen pakken,' zei ze tegen Emma.

'Ben je gek geworden?' zei Emma terwijl ze haar aanstaarde.

'Die jongen en jij gaan trouwen, geen discussie. Ik zag waar hij zijn handen had en wat jullie van plan waren te doen. Ik ga meteen met zijn ouders praten.'

'Jij gaat helemaal niets doen,' zei Emma, en ze voelde hoe schaamte plaatsmaakte voor woede. Dus de vader van wie ze haar hele leven had geloofd dat hij overleden was, was blijkbaar helemaal niet dood. 'Maar je mag me wel vertellen wie mijn vader is.'

'Dat weet alleen God.' Haar grootmoeder maakte een kruisteken.

Haar moeder keek haar boos aan. 'Kun je de kamer even verlaten zodat ik met mijn dochter kan praten?'

'Waar moet ik dan volgens jou naartoe gaan?'

'Ik vind dat jullie allebei moeten gaan,' zei Emma terwijl ze van haar bed opstond. 'Ik heb op veel vragen vandaag een verklaring gekregen en ik heb niet langer het gevoel dat ik jullie ook maar iets verschuldigd ben. Ik word hotelmanager en ik ga niet trouwen. Dat gaat nooit gebeuren. En ik gebruik een voorbehoedsmiddel, voor het geval jullie je dat mochten afvragen. Er komen geen kinderen van alle seks die ik heb.'

Hypocriete koeien, dacht ze, maar ze nam de woorden meteen weer terug. Koeien waren aardige, vriendelijke dieren, in tegenstelling tot deze twee leugenachtige vrouwen.

'Emma,' zei haar moeder scherp.

'Ik meen het. In 1960 trouw je niet alleen maar omdat je seks hebt.'

'Kom niet naar mijn huis als je zwanger bent,' zei haar moeder terwijl ze opstond.

'Zoals jij bij oma aankwam?'

Haar moeder leek haar een draai om haar oren te willen geven, maar ze liet haar trillende handen zakken.

'We gaan,' zei ze tegen haar moeder.

'Dag, lieve, kleine Emma,' zei haar grootmoeder. 'Pas goed op jezelf.'

Ze zei niet dat Emma welkom was bij haar.

Toen de vrouwen de kamer hadden verlaten, lag Emma in bed en staarde naar het plafond. Toen draaide ze zich op haar buik, met haar armen onder het kussen. Dat haar moeder en zij op elkaar leken, verwarde haar. Haar moeder, die altijd haar bijbel bij zich had en naar de kerk ging zodra de deuren opengingen, zou losbandig zijn geweest?

Een paar uur eerder had Emma zich vrij en onoverwinnelijk gevoeld, maar nu voelde ze zich alleen.

Er werd op de deur geklopt.

'Ja?' riep Emma.

'Ik maak me gewoon zorgen om je, dat is alles,' zei haar moeder door de gesloten deur. Daarna hoorde ze hoe de voetstappen door de gang verdwenen.

Emma ontmoette Alexander later die avond. Hij zat op de bakkerstafel in de keuken en at een appel. Hij gebaarde dat ze naar hem toe moest komen.

'Hoe ging het?' vroeg hij.

'We moeten trouwen. Mijn moeder is al op weg om met je ouders te praten,' zei ze ernstig.

Zijn gezonde huidskleur verdween.

Hij was degene geweest die haar per se onder haar kleren had willen strelen. Hij kon zich maar al te goed voorstellen dat hun moeders op dit moment een bruiloft aan het plannen waren.

Emma liep de keuken weer uit om Elinor te zoeken, maar ze was niet in haar kantoor en ook niet in de personeelskamer.

Alexander was blijkbaar bekomen van de schrik, want hij kwam achter haar aan rennen.

'Emma, wacht.'

Ze draaide zich naar hem om.

'Sorry. Dit is mijn schuld en als je wilt, kan ik met je moeder praten.'

'Doe niet zo mal. Waarom zou dat helpen? Ze hebben het contact met mij verbroken omdat ze denken dat ik het met je doe,' zei ze, terwijl ze probeerde haar stem in bedwang te houden, maar dat was niet gemakkelijk omdat de brok in haar keel alleen maar groter werd.

'Emma,' zei hij teder. 'Het spijt me zo. Ik ben nu vrij, wil je ergens heen om te praten?'

'Praten? Met jou? Maar we praten nooit.'

'Weet ik. Maar daar kunnen we nu toch mee beginnen?'

'Heb je Elinor ook gezien?'

'Nee, vandaag nog niet.'

Ze keek hem onderzoekend aan. Toen knikte ze. 'Ja, dan moet ik maar genoegen nemen met jou.'

37

De problemen stapelden zich op, maar Linda wist waarmee ze moest beginnen. Mary was het belangrijkste. Daarom was het gemakkelijk die middag weg te gaan, ook al was de opdracht dat allerminst.

Het was warm en Linda droeg alleen een dunne broek en een blouse. Het was geen formele bijeenkomst en ze had haar kleding gekozen met het oog op het weer.

De taxi stopte op het trottoir en haar advocaat stak zijn hoofd door het open raampje naar binnen en overhandigde de envelop met de documenten waar ze om had gevraagd. 'Wil je dat ik met je meega?' Hij keek bezorgd toen hij zag dat ze alleen was.

'Wat aardig van je. Maar nee, ik haal onderweg nog iemand op. Maar toch bedankt.'

'Veel succes,' zei hij en hij zwaaide terwijl de auto van de trottoirrand rolde.

Hij was haar advocaat sinds Andrews dood. Hij stelde nooit onnodige vragen en had dat ook deze keer niet gedaan.

Linda had geen idee hoe de bijeenkomst zou verlopen. Haar plan zou misschien mislukken en dan kwam dit boven op de stapel van al het andere waar ze zich zorgen over moest maken. Niet in de laatste plaats over hoe ver Elinor was in haar zwangerschap.

Het was Mary geweest die het had ontdekt.

'Aanstaande moeders hebben een bijzondere gloed, vind je niet?' had Mary vermoeid gezegd toen Elinor de vorige dag hun lunch in de suite had geserveerd.

Eerst wist ze niet wat Mary bedoelde, maar toen besefte ze dat ze waarschijnlijk gelijk had. Toen Linda met Elinor over de romance had gesproken, had ze het gevoel gehad dat de jonge vrouw haar nog iets wilde vertellen. Waarschijnlijk had ze op het punt gestaan de zwangerschap aan haar te onthullen, maar had ze het uiteindelijk niet durven zeggen.

Linda dacht aan zichzelf en ze wilde haar niet kwijt. In plaats daarvan wilde ze haar als dat mogelijk was helpen. Ze moest zo snel mogelijk weer met haar praten.

De taxi reed Notting Hill in. Linda was hier nog nooit geweest en keek nieuwsgierig uit het raam.

Kinderen speelden op straat. Sommigen deden een balspel, anderen waren aan het voetballen. Een paar meisjes hinkelden. Aan een cafétafel zaten een paar mannen met bierglazen voor zich. Ze droegen vuile, losgeknoopte shirts onder hun bretels en hadden hun petten schuin op het hoofd staan. Sigaretten hingen in een mondhoek, alsof ze deel uitmaakten van de outfit. Ze lachten. Ze waren aan het kaarten. Verderop pakte een vrouw een kind bij het oor vast en sleurde het wild gillend naar de ingang van een van de huizen in de straat.

Ingrid stond op het trottoir te zwaaien toen de zwarte, glimmend gepoetste auto naderde. Naast haar stond een grote, goedgeklede man, die de echtgenoot van Ingrid moest zijn. Linda stapte snel uit om gedag te zeggen.

'George,' zei hij, terwijl hij Linda's uitgestoken hand pakte.

Ingrid, die haar man waarschijnlijk nog nooit in zulke mooie kleren had gezien, glimlachte breed.

'Zorg ervoor dat hij ongedeerd thuiskomt,' zei ze in het Zweeds, en Linda knikte als antwoord.

In de taxi vertelde Linda wat ze ging doen. George luisterde zwijgend.

'Dit is geen gevaarlijke man voor jou, maar wel voor vrouwen. Daarom heb ik je nodig als beveiliger,' zei Linda zacht. Ze wilde niet dat de taxichauffeur het gesprek zou horen.

Hij knikte en leek totaal niet ongerust te zijn. Dat was goed.

Linda voelde dat ze zelf een beetje trilde als ze dacht aan wat er zou kunnen gebeuren.

Even later opende Linda het autoportier en stapte ze uit, terwijl George aan de andere kant uitstapte. Deze wijk was groen en lommerrijk, de straten waren geveegd en geen van de bevoorrechte kinderen mocht zich buiten de poorten van de villa's vertonen zonder een oppas aan zijn zijde.

'Ben je altijd zo kalm?' vroeg ze.

Hij knikte.

'Je dochter is boos op je,' zei ze, en voor het eerst zag ze dat zijn mondhoeken ietwat trilden.

Linda haalde diep adem en dacht aan de taak die voor haar lag. Ze moest glashelder zijn. Haar neef moest betalen voor wat hij Mary had aangedaan. De gedachte aan Mary's gehavende gezicht was genoeg om Linda woedend te maken. Het gaf haar de kracht die ze nodig zou hebben.

Ze werden afgemeten begroet bij de receptie en Linda concentreerde zich terwijl ze naar de lift liepen. Mannen in pakken en met vilten hoeden op haastten zich door de lobby. Het was een groot gebouw en Linda en George moesten naar de vijfde verdieping, waar het bedrijf van haar neven was gevestigd.

Laurence opende de deur gekleed in een wit gesteven overhemd en stropdas. Hij keek verbaasd naar haar gezelschap. 'En dit is?'

Linda aarzelde even. 'Mijn bankman. Als je niet begrijpt wat ik te zeggen heb, kan hij verduidelijken wat ik bedoel.'

Ze liep langs hem heen het kantoor binnen. Achter een balie zat een blonde, goed opgemaakte vrouw die vriendelijk glimlachte. Linda keek om zich heen. Jemig, wat opzichtig, wat smakeloos. Laurence moest het aan zijn moeder hebben overgelaten om het pand in te richten.

'Waar is Sebastian?'

'Ik ben hier.' Zijn hoofd stak uit de deur van de aangrenzende kamer. 'Hallo,' zei hij en hij keek nieuwsgierig naar George.

George keek niet terug, hij deed wat hem was opgedragen. Hij bleef staan, met zijn enorme handen voor zijn buik gevouwen, en zweeg.

'Zullen we ergens gaan zitten waar we in alle rust kunnen praten?' vroeg Linda en zonder op antwoord te wachten, liep ze de gang in waar de kantoorvertrekken leken te zijn.

Laurence liep langs haar heen en opende een deur.

'Hier,' zei hij. Hij wees naar een vergadertafel. 'Neem plaats. Ik neem aan dat je hier bent om over de verkoop te praten.'

Zijn toon was arrogant. Linda klemde haar kaken op elkaar en ademde diep in door haar neus om hem niet aan te vliegen. 'Ga zelf zitten.'

Hij lachte. 'Je weet toch wel dat we nu in mijn kantoor zijn?'

'Ja, maar we gaan het niet hebben waarover jij denkt dat we het gaan hebben.'

'Wat betekent dit? Ik heb geen interesse in een praatje met jou.' Zijn ogen waren ijskoud.

Begreep hij niet waarom ze hier was? Dacht hij dat hij haar beste vriendin kon verkrachten zonder dat ze zou reageren? O, zeker. Zo verwaand was hij wel, die klootzak.

Geen van beiden maakten ze aanstalten om te gaan zitten. George was bij de deur gaan staan.

'Goed, dan zijn we het met elkaar eens dat we geen praatje maken,' zei Linda.

Vanuit haar ooghoek zag ze dat Sebastian sloom een stoel naar achteren trok en erbij ging zitten. Hij leunde achterover en geeuwde verveeld. Hij was duidelijk niet geïnteresseerd in het gesprek.

'We gaan het hebben over je brute verkrachting en mishandeling van Mary Carlisle,' vervolgde Linda.

Sebastian schrok en ging rechtop zitten.

'Dat is het domste wat ik ooit heb gehoord,' zei Laurence. 'Wat zijn dat voor roddels? Zo'n leugen kan je duur komen te staan.'

'Er zijn getuigen. De twee dienstmeisjes die bij jou in dienst waren, hebben een baan bij mij gekregen en vertellen allebei precies hetzelfde verhaal. Ik neem aan dat je ze al een paar dagen niet hebt gezien?'

De superieure glimlach verdween langzaam van zijn gezicht.

'Ben je helemaal gek geworden? Wat heb je gedaan?' fluisterde Sebastian. Hij stond op, stak zijn handen in zijn zakken en ging zo dicht bij zijn grote broer staan dat Laurence terugdeinsde. 'Wat heb je in godsnaam gedaan?' bulderde hij.

'Ze viel. Ik kon er niets aan doen,' zei Laurence. 'Wat die roddeltantes ook zeggen, ik heb haar niet aangeraakt.'

'Nu is het genoeg,' brulde Sebastian. Zijn mooie gezicht was felrood en een ader klopte bij zijn slaap. 'Herinner je je Laura, of misschien Elizabeth, en wat je hun hebt aangedaan? Zelfs je vrouw was niet veilig voor je vuisten. Verdomme, Laurence. Ik heb mijn ogen te lang gesloten, je je gang laten gaan. Het is afgelopen nu. Hoor je me, het is afgelopen!'

Linda wierp een blik op George. Hij staarde recht voor zich uit. Het leek alsof hij ergens anders was, maar één oog trilde.

Laurence maakte met zijn arm een opwaartse beweging in de richting van Sebastian en George reageerde onmiddellijk. Maar toen Linda discreet haar hoofd schudde, keek hij meteen weer voor zich uit.

Sebastian deed een stap bij zijn broer vandaan en wendde zich tot Linda.

'Wat kan ik voor Mary doen?' vroeg hij. 'Als ze aangifte wil doen bij de politie, wil ik graag getuigen hoe mijn broer zich tegenover vrouwen gedraagt. Ik kan er niet meer tegen.'

Toen Linda terugkeerde in het hotel, sliep Mary. Ze legde de deken over haar gehavende lichaam, streelde haar wang en verliet op haar tenen het appartement. Ze zou haar later wel over haar bezoek aan Laurence vertellen. Mary had nu rust nodig.

Ze was amper op haar kantoor toen de receptie belde en zei dat er iemand op haar wachtte.

Robert, dacht ze stralend. Dat moest Robert zijn. Eindelijk. Ze vloog de trap af, door de lobby en naar de receptie. Ze bleef staan en keek toen beteuterd naar Alexander.

'Iemand wilde me spreken?' vroeg ze.

Alexander knikte naar een dunharige, gemoedelijke man met een hoed op zijn hoofd en een sigaar in zijn mondhoek.

'Ik ben Miss Lansing, u zocht mij?' Teleurgesteld dat het Robert niet was, moest ze moeite doen om te glimlachen. Ze miste hem zo erg.

'Linda Lansing. Eindelijk. U bent beroemd. In elk geval heeft uw vriend Robert Winfrey hartelijk over u gesproken.' Hij lachte zo hard dat iedereen in de lobby zich naar hen omdraaide. 'Ik ben naar hem op zoek, maar ik krijg hem niet te pakken, dus ik moest gewoon hierheen komen. Mijn eerste bezoek aan Europa. Waar verstopt u hem?'

'En wie bent u?' Wat bedoelde hij met dat ze Robert verstopte?

'Mijn excuses, ik ben vergeten mezelf voor te stellen. Mijn naam is Grant Lloyd, maar noem me maar Grant. Thuis word ik de onroerendgoedmogol genoemd.' Weer die bulderende lach. 'Ik denk dat het komt omdat ik de helft van Manhattan bezit.'

Hij lurkte een beetje aan zijn sigaar voordat hij verderging. 'Robert heeft beloofd te onderzoeken of de hotelmarkt in Londen een interessante investering voor mij zou kunnen zijn, en een van de hotels die hij noemde, is Flanagans.'

Wat bedoelde hij? Had Robert voorgesteld dat deze mogol haar hotel zou kopen?

Ze keek hem verbaasd aan. 'Mijn hotel is niet te koop.'

'Nee, u hebt me verkeerd begrepen. Hij gebruikte uw hotel als voorbeeld van een goed onderhouden, interessant object om te bestuderen. Hij zei dat u het in tien jaar naar een enorm hoog niveau hebt getild. Zoiets wil je immers horen, toch? Hebt u dit voor een goede prijs kunnen krijgen?' vroeg hij, en hij leek het helemaal niet vreemd te vinden dat de eigenaar van Flanagans een vrouw was.

Het was verfrissend. Bijna net zo verfrissend als het feit dat Robert vond dat ze het goed had gedaan. Ze moest het van tijd tot tijd even horen.

'Dan moet ik u bedanken voor het compliment,' zei ze met een glimlach. 'Maar ik weet niet waar Robert is. Hij zou een dezer dagen komen, maar ik heb niets meer van hem gehoord sinds hij drie weken geleden is vertrokken.' Ze dacht even na. 'Laatst probeerde iemand mij telefonisch te bereiken, dat zou hem natuurlijk kunnen zijn geweest.'

De net nog zo opgewekte man zag er opeens bezorgd uit.

'Tegen mij heeft hij twee weken geleden gezegd dat hij terug in Londen zou zijn en ik nam aan dat hij hier bij u was. Hij lijkt immers erg gesteld te zijn op... dit hotel.'

'Twee weken geleden? U denkt toch niet dat hem iets is overkomen?' vroeg Linda bezorgd.

'Nee, dat geloof ik niet,' zei hij geruststellend. 'Hij is een bekwame piloot, en zou niet vliegen als hij er niet helemaal zeker van was dat het goed zou gaan. Ik ga op onderzoek uit. U hebt niet toevallig vannacht een suite vrij in het hotel?'

'Natuurlijk.'

Ze stapte achter de balie en fluisterde tegen Alexander dat hij de mogol de grootste suite moest geven die beschikbaar was.

Had Robert het vliegtuig zelf gevlogen? Wilde ze het überhaupt weten? En twee weken geleden?

'Ik woon op de verdieping boven u. Er hangt een bordje op de deur met PRIVE. Ik zou het op prijs stellen als u mij op de hoogte houdt als u meer weet over Robert,' zei ze smekend.

Mary was wakker toen Linda binnenkwam. Ze zat in haar bed en zag er zo klein en mager uit dat Linda's hart bijna brak.

De zwelling rond Mary's oog was afgenomen, maar in plaats daarvan was het nu blauwzwart waar het eerder gezwollen was geweest.

Haar nachtjapon was mouwloos en op haar armen waren afdrukken te zien van Laurences vingers.

'Waar ben je geweest?' vroeg Mary.

Linda ging op de rand van het bed zitten en pakte de documenten uit haar aktetas.

'Kijk zelf maar,' zei ze.

Mary las zwijgend. Toen hoestte ze. 'Water,' zei ze en ze pakte het glas dat Linda haar aanreikte. Ze nam een paar grote slokken. 'Is dit waar?' vroeg ze toen.

Linda knikte.

'Het is waar.'

'Ik bezit twintig procent van Flanagans?'

'Elke procent die Laurence en Sebastian samen hebben bezeten.'

'Dus nu bezitten jij en ik samen Flanagans?' Mary's ogen vulden zich met tranen.

Linda knikte.

38

'Ik heb Roberts vriend Grant uitgenodigd, is dat een probleem?' vroeg Linda na het ontbijt.

'Nee, natuurlijk niet, de meeste mannen hebben een in elkaar geslagen vrouw gezien.'

Mary's sarcastische opmerkingen waren terug en Linda vatte het op als een teken dat haar vriendin op de goede weg was. Mary begon boos te worden. Eerst en vooral op haar man, die er niet mee om kon gaan wat ze had meegemaakt, en daarna op Laurence natuurlijk.

'Laurence heeft me een deel van Flanagans gegeven,' zei ze. 'Maar wat weerhoudt me ervan om hem alsnog neer te schieten?'

'Helemaal niets. Schiet maar raak. Maar mag ik dan Grant hier in de suite spreken, in plaats van op kantoor?'

Ze was bang voor wat hij zou zeggen. Ze was doodsbenauwd dat ze zou horen dat Robert ergens een vrouw en kinderen had verstopt. Of dat hij een andere vrouw in zijn leven had, iemand die op hem klom wanneer ze samen vlogen, met wie hij nu op weg was naar een exotisch oord.

Maar zo was Robert niet. Linda dwong zichzelf diep adem te halen. Hij was anders. Of waren haar gevoelens voor hem gewoon veranderd? Ze wilde echt niet twijfelen aan zijn oprechtheid, maar hoe wist je of iemand de waarheid sprak? Wat Mary was overkomen, was wederom een bewijs van de verraderlijke aard van mannen, dacht Linda terwijl ze angstig naar de deur liep om Grant binnen te laten.

'Kom verder,' zei ze. 'Dit is mijn vriendin en zakenpartner Mary, ze woont hier een tijdje.'

Grants gezicht vertrok van schrik toen hij Mary met uitgestrekte hand op hem af zag komen.

'Wie heeft u dit in godsnaam aangedaan?' vroeg hij.

Mary spreidde de enige hand die ze kon bewegen. 'Linda heeft hem laten betalen. Een vijfde van Flanagans,' zei ze voorzichtig glimlachend zodat haar lip niet zou openbarsten. 'Ik ken Robert ook, en ik vraag me af wat er is gebeurd. Weet u meer?'

Ze hinkte voor hen uit naar de woonkamer en Grant boog zich dichter naar Linda toe. 'Is hij voldoende gestraft? Ik heb mensen die... ja, je weet wel.'

'Het probleem is dat geen enkele straf genoeg is,' fluisterde Linda terug. 'Maar dat hij Flanagans moest loslaten, heeft waarschijnlijk veel pijn gedaan.'

'Laat het me maar weten.'

Ze knikte. 'Vertel me nu maar of je iets van Robert hebt gehoord.'

Hij schudde zijn hoofd. 'Nee, en dat is heel vreemd. Hij is gewoon van de aardbodem verdwenen. Niemand bij zijn bedrijf weet waar hij is en de laatste informatie die ik heb ontvangen, was immers dat hij onderweg was. Hij was nog maar amper in New York geland of hij besloot weer terug te gaan naar Engeland.'

'Met het vliegtuig?'

'Ja, natuurlijk. Ik neem aan dat hij niet is gaan zwemmen. Hij heeft zijn eigen vliegtuig genomen.'

Zijn bulderende lach weerkaatste tussen de muren. Mary keek op en leek geamuseerd, maar toen werd ze weer serieus.

'Misschien is hij met de boot gegaan,' suggereerde ze.

'Nee, hij wilde zijn vliegtuig in Londen hebben. Volgens zijn secretaresse was hij van plan een tijdje te blijven. Hij zei dat hij hier zou gaan wonen, bij jou, Linda. Hij was heel openhartig geweest, zei ze.'

'En het is niet zo dat hij ergens een vrouw en kinderen heeft verstopt?'

Weer die bulderende lach. ‘Robert? Nee, nee, nee. Ik heb zelf een vrouw, een vriendin en een minnares tegelijk gehad, maar dat is helemaal niet Roberts stijl.’

‘Je bent in elk geval eerlijk,’ zei Linda.

‘Er is niets om over te liegen. Ik loog niet eens tegen de vrouwen, want ze waren bij me omdat ik zo ontzettend veel geld heb, niet omdat ik aantrekkelijk ben. Ja, jullie zien het zelf wel.’ Hij viste een sigaar uit zijn borstzak. ‘Mag ik?’

Linda knikte. ‘Ga je gang.’ Ineens bedacht ze zich. ‘Maar ik heb je nog helemaal niets te drinken aangeboden. Wat wil je drinken?’

‘Koffie. Ik heb verdomd zin in een drankje, maar ik heb met mezelf afgesproken om pas na de lunch te drinken.’

Linda bestelde koffie en schonk bronwater in voor zichzelf en Mary.

Grant zwaaide met zijn sigaar. ‘Waar waren we gebleven? Juist, ja, geld.’

‘Daar praten we in Engeland nooit over,’ onderbrak Mary hem en ze vertrok haar gezicht van de pijn toen ze dichter naar het glas water reikte. ‘Maar het is echt verfrissend om iemand dat te horen doen.’

‘Dit is mijn eerste bezoek aan Europa, dus ik weet niet echt hoe jullie zijn. Je hoort immers vreselijke verhalen over jullie Europeanen.’

‘Dan moet u weten dat wij Engelsen erg gedistingeerd zijn,’ kaatste Mary terug. ‘We denken dat we ver boven de rest van de Europese bevolking staan, we hebben veel regels die we moeten volgen, we moeten trouwen met veel oudere mannen en praten heel graag slecht over onszelf.’ Ze glimlachte zo goed en zo kwaad als dat ging. ‘Dus u bent zonder twijfel een frisse bries.’

‘Jemig, dat klinkt saai,’ zei hij.

‘Dat is het ook. Dat is waarschijnlijk de reden waarom we graag dronken worden. Dan is het acceptabeler om je als een gewoon mens te gedragen.’

'Dus u bent rijk?' Hij keek naar Mary, die, ook al was ze bont en blauw geslagen, eruitzag als de dame die ze was.

'Mijn man. We zijn uit elkaar. Hij bezit veel. Grond, kastelen, geld.'

'Oud geld?'

'Ja, het meeste. Mijn man beheert de bezittingen zoals generaties voor hem dat hebben gedaan en zoals onze zonen het ooit zullen doen.'

Mary's ogen werden donker. Linda wist hoe erg ze de jongens miste, maar zolang ze er zo gehavend uitzag, wilde ze hen niet zien. Ze zouden alleen maar bang worden.

Grant knikte.

'Onder huwelijkse voorwaarden?'

'Jazeker. Ik krijg geen cent als we gaan scheiden. Maar hij wil niet scheiden. We gaan het masker ophouden, doen alsof we nog steeds samen zijn, en volgend jaar verwacht ik dat we zoals gewoonlijk in de familieloge bij Royal Ascot zullen zitten met onze bizarre hoeden. Ja, u snapt het wel...'

'Meer dan u denkt. Dus degene die u in elkaar heeft geslagen, was niet uw man?'

'Nee,' glimlachte ze. 'Het was een flirt die geen nee accepteerde. En mijn man denkt dat het mijn eigen schuld is.'

'Dus uw man is een oude, waarschijnlijk impotente zak en uw flirt heeft zijn emoties niet onder controle?'

'Zoiets,' zei Mary met een scheve glimlach.

Linda liet hen praten terwijl ze in haar eigen gedachten verzonk. Waar was Robert gebleven? Haar onderbuikgevoel voorspelde onheil. Misschien was hem iets vreselijks overkomen. Maar als hij twee weken in Engeland was geweest, had hij toch wel iets van zich laten horen? Hij had verteld dat hij zich soms slecht voelde, en dat zelfs een glimlach van haar dan niet zou helpen, maar was dat nu het geval? Zat hij in het donker en moest hij alleen zijn?

Nu Mary de nieuwe mede-eigenaar van Flanagans was, hadden ze de kans om samen iets fantastisch te creëren, maar hoe kon Linda blij zijn als ze niet wist wat er met Robert was gebeurd? Dat moest ze natuurlijk wel zijn. Er was geen alternatief. Zolang Mary zo kwetsbaar was, moest Linda sterk zijn, hoe ongerust ze ook was.

Ze wierp een blik op Mary, die er moe uitzag.

'Grant, ik wil je er helemaal niet uit gooien, maar Mary moet rusten. Doktersadvies.'

39

Elinor haalde diep adem en deed de deur van kamer 319 open.

Sebastian Lansing zat op het bed. Hij glimlachte niet meer zoals vroeger wanneer hij haar zag. De gebruikelijke twinkeling, die ze nooit kon weerstaan, was verdwenen.

De moed zonk haar in de schoenen.

Hij stak een hand naar haar uit. 'Kom bij me zitten,' zei hij, terwijl hij op de rand van het bed klopte.

Aarzelend pakte ze zijn hand.

'Is er iets gebeurd?' vroeg ze.

'Ja, dat kun je wel zeggen.' Zijn ogen waren moe, alsof hij de hele nacht niet had geslapen. 'Ik ben in één klap veel geld kwijtgeraakt en dat maakt op zich niet uit, maar ik ben ook mensen kwijtgeraakt van wie ik dacht dat ze mijn familie waren.' Hij nam haar hand in de zijne. 'Mijn broer en ik hebben ons deel van Flanagans weggegeven. Al onze plannen zijn in duigen gevallen omdat mijn broer een klootzak is.' Hij bracht haar hand naar zijn mond en kuste die. 'Hij heeft onze naam en ons erfgoed bezoedeld. Het geld dat we hebben verloren, is van minder belang, ook al zijn het enorme bedragen.'

Elinor besefte onmiddellijk dat ze haar eigen probleem zelf moest oplossen. Het zou belachelijk zijn hem iets te vertellen. Wat had ze verwacht? Natuurlijk wist ze precies wat ze had gefantaseerd in haar stomme, stomme kleine brein, namelijk dat hij blij zou zijn. Blij. Wat ben ik toch een idioot, dacht ze.

Ze dwong zichzelf om zich te concentreren op wat hij had gezegd.

'Flanagans weggegeven? Dat kan toch niet?'

'Ja, dat kan als je je, zoals mijn broer, vergrijpt aan de beste vriendin van je nicht.'

'Ik begrijp het niet.'

'Laurence en ik zouden een nieuw Flanagans bouwen.'

'Dat weet ik, dat heeft Miss Lansing me verteld.'

'Ken je restaurant Mozart, dat nieuwe iets verderop in de straat?'

'Nou en of, ik ben daar niet zo lang geleden buitengezet. Wat is daarmee?'

'Buitengezet?' Hij keek haar argwanend aan.

'Ik had waarschijnlijk niet de gewenste huidskleur.'

Dat leek hem te raken. 'Het restaurant is van ons. We willen, of wilden er in elk geval een hotel bovenop bouwen. Investeren in een compleet nieuw concept dat deze wijk echt nodig heeft. We wilden laten zien dat we beter zijn dan onze nicht. Nu schaam ik me ervoor, en des te meer omdat ik me ervan bewust was dat Laurence geen zwarte gasten wilde. De enige die tegen hem in durfde te gaan, was ik. Maar ik liet het gebeuren, ik hield mijn mond. Elinor, ik weet niet wat ik dacht. Mijn god, mijn lieve Elinor, het spijt me zo.'

Elinor trok langzaam haar hand uit de zijne. 'Ik kan nu maar beter weggaan,' zei ze toonloos. Ze stond op van het bed. Even aarzelde ze en zei toen zachtjes: 'En ik wil niet dat je nog contact met me opneemt.'

Ze moest daar weg, voordat ze zou gaan huilen. Ze zou het nummer bellen dat ze van de vrouw in Notting Hill had gekregen en om hulp vragen om weg te halen wat er in haar buik groeide. Blij. Ze had gehoopt dat hij gelukkig zou zijn. Idioot, idioot, idioot.

'Ga niet weg, Elinor, ik smeek het je. Verlaat me niet.' Zijn ogen waren vol wroeging.

Ze keek hem nog een laatste keer aan. 'Vaarwel, Sebastian.'

Haar hart brak op het moment dat ze de deur achter zich dichtdeed.

'Daar ben je.' Emma haastte zich naar Elinor toe toen ze door de gang naar de personeelskamer liep. 'Ik heb vandaag ontelbare keren bij je voor de deur gestaan. Waar ben je geweest?'

Elinor haalde haar schouders op. 'Ik wil alleen zijn, Emma.' Ze liep langs haar heen en vervolgde haar weg.

Emma liep achter haar aan.

'Wat is er met je? Kun je geen kopje thee aanbieden, ik ben vandaag vrij en heb zo'n zin om weer eens met je te praten. We zijn elkaar de afgelopen dagen alleen maar misgelopen.'

Elinor zuchtte vanbinnen. Emma zou nooit opgeven.

'Eén kopje, dan ga je. Oké?'

'Mijn moeder en grootmoeder zijn hier geweest,' zei Emma toen ze de deur van Elinors kamer bereikten. Ze deed de deur open en ze stapten naar binnen.

'Ga zitten,' zei Elinor. 'Jij kunt praten terwijl ik de ketel op het vuur zet.'

'Ze zagen me in Alexanders armen en nu denken ze dat ik helemaal losgeslagen ben en dat ik met een bastaard naar huis kom.'

'O, lieve schat, ik wist niet dat je iets met hem had. Zeg trouwens maar niets meer. Ik wil het niet weten.'

'Dat heb ik ook niet, maar daar gaat het ook niet om. Ze hebben het contact verbroken. Mijn eigen moeder. Die volgens mijn grootmoeder al die jaren tegen me heeft gelogen. Ik ben het resultaat van haar hoerige gedrag,' zei ze naar zichzelf wijzend. 'Zij is losgeslagen, niet ik. Mijn vader is niet dood, hij wilde haar en haar buitenechtelijke kind gewoon niet.' Ze wees weer gedecideerd naar zichzelf.

'Wauw,' zei Elinor, want wat moest ze anders zeggen? Losgeslagen leek het woord van de dag te zijn. De schaamte brandde op haar wangen toen ze eraan dacht dat Sebastian 's nachts met haar had geslapen, maar haar bij daglicht de toegang tot zijn restaurant had geweigerd.

'Ben je niet geschokt?' vroeg Emma.

'Nee, niet echt. Ik ben gewend aan de dubbele moraal. Maar het spijt me dat het jou heeft getroffen, echt waar.'

Emma mompelde iets onverstaanbaars.

Het theewater was klaar en Elinor bracht de kopjes op een dienblad naar de eettafel waar Emma zat.

'Mijn moeder stond erop dat ik zou trouwen. Heb je ooit zoiets vreselijks gehoord?'

'Jij en ik hebben niet dezelfde opvatting over het huwelijk,' zei Elinor met een scheef glimlachje. 'Jij zult heel veel huwelijksaanzoeken krijgen, terwijl ik niets krijg,' zei ze. 'Iets met huidskleur, weet je wel.'

'Natuurlijk krijg je een huwelijksaanzoek,' zei Emma. 'Als dat is wat je wilt.'

'Ik ben zwanger,' zei Elinor kalm. 'Hoeveel mannen denk je dat me nu nog willen hebben?'

Emma keek Elinor geschokt aan toen het nieuws tot haar doordrong.

'Wat ga je doen? Wie is de vader? Wat zei hij? Gaan jullie trouwen?'

Elinor glimlachte spottend. 'Nee, ik ga niet trouwen en ik ga je ook niet vertellen wie de vader is. Ik laat het weghalen.'

'Maar dat is verboden.'

Elinor zuchtte. 'Welke keuze heb ik? Ik kan geen alleenstaande moeder worden. Mijn hele leven zal worden verpest. Dat weet je. En om een kind ter adoptie af te staan dat van gemengde afkomst is...'

'O, Elinor.' Toen werd Emma boos. 'En hij dan? De man die dit heeft gedaan? Wie is hij, moet ik met hem praten?'

Elinor ontmoette haar blik. 'Hij? Hij is vermoedelijk bij zijn fijne chique familie, denk ik.'

'Is hij getrouwd?'

'Nee.'

'En hij wil niet met je trouwen?'

Elinor schoot in de lach. 'Nee, hoe zou dat eruitzien?'

'Wat een smeerlap.'

'Hij weet niet dat ik zwanger ben.'

'Je moet het hem vertellen. Misschien is hij verliefd op je.' Emma dacht na. 'Ben jij verliefd op hem?'

'Het maakt niet uit wat ik voel.'

'Bah, wat een walgelijke man. Ik zal je helpen, zeg me wat ik moet doen.'

'Alleen jij weet hiervan,' zei Elinor. 'Je moet me beloven dat je hier je mond over houdt.'

Emma knikte. Ze begreep het. 'Geen woord van mij.'

'Ik ga proberen een afspraak te maken met iemand die het kan weghalen. Ik heb een telefoonnummer gekregen. Denk je dat je met me mee kunt gaan?'

Emma pakte Elinors hand vast. 'Natuurlijk ga ik met je mee. Jij bent mijn beste vriendin.'

'Mag ik vanavond bij jou slapen? Ik wil niet alleen zijn.'

'Vanzelfsprekend. Kom, ik zal voor je zorgen.'

'Ik moet even weg om dat telefoontje te plegen.'

'Dan doen we dat eerst. Ik ga mee.'

40

'Laurence heeft met zijn dochters Londen verlaten om zich aan de Rivièra te vestigen,' zei Sebastian tegen Linda. Hij hàd gevraagd om haar te spreken. Het was hem aan te zien dat de recente gebeurtenissen hem niet in de koude kleren waren gaan zitten.

'Je stiefzonen kunnen niets zonder ons en ons geld, dus je hoeft je geen zorgen te maken over een nieuw Flanagans-hotel, in elk geval voorlopig niet,' vervolgde hij. 'Ze hebben ons uitgekocht uit het restaurant en zullen het blijven runnen.'

Hij leunde naar voren.

'Hoe gaat het met lady Mary?'

Linda vond het moeilijk om daarop te antwoorden. Mary was op het landgoed geweest en had haar zonen ontmoet, met een ernstige George aan haar zijde. De lord was lichtelijk geschrokken toen hij had gezien dat Mary een beveiliger bij zich had en had gezegd dat het echt niet nodig was.

Mary had een uur met haar jongens alleen mogen zijn en ze hadden niet zo veel vragen gesteld als ze had verwacht. Ze hadden gezellig aan een tafel gezeten en sap gedronken terwijl ze een beleefd gesprek hadden gevoerd, had ze tegen Linda gezegd. Die twee jongens, die ze nooit had kunnen opvoeden.

'Wat heb je tegen de jongens gezegd?' had Mary de lord later gevraagd.

'De waarheid.'

'En dat is?'

'Dat je ons hebt verlaten.'

'Dat heb ik niet gedaan, jij hebt me eruit gegooid.'

'Niet zonder reden.'

'Hij heeft geweld gebruikt en jij kiest zijn kant!' schreeuwde ze bijna.

'Een dame brengt zichzelf niet in zo'n situatie.'

Te laat had ze haar jongens in de deuropening ontdekt. De blikken die ze haar toewierpen...

Toen ze Linda over het bezoek vertelde, vloeiden de tranen. 'Ze zullen me nooit vergeven,' had ze gezegd.

'Jawel, wanneer ze beseffen wat hun vader voor man is, maar dat kan wel een tijdje duren. Maar ze komen terug, dat beloof ik je.'

Toen Linda Mary's situatie aan Sebastian uitlegde, schudde hij vermoeid zijn hoofd.

'Altijd die verdomde angst voor schandalen. Je weet immers zelf hoe het in de familie Lansing is geweest. Het belang van de mooie buitenkant. 'Het zou mijn moeders dood zijn als iemand erachter kwam wat Laurence heeft gedaan.' Hij stak een waarschuwende vinger op. 'Een woord van waarschuwing is hier op zijn plaats,' zei hij. 'Je hebt in de Flanagans-overeenkomst beloofd nooit te vermelden waarom we ons aandeel aan lady Mary hebben overgedragen. Dat wapen is dus weg. Je kunt het nooit meer tegen Laurence gebruiken. Ik kan je verzekeren dat hij zijn wonden aan het likken is aan de Rivièra en op wraak zint. Dus pas op, Linda, ik weet waartoe hij in staat is.' Sebastian stond op voordat hij verderging: 'Ik zal hem zo goed mogelijk in de gaten houden. Want onze relatie is dood. Mijn afkeer voor mijn broer is net zo groot als die van jou. Ik kan hem dit niet vergeven.'

'Wat zegt tante Laura?'

'Dat wil je niet weten. Laurence is haar engel. Alles is de schuld van anderen.'

Linda stak haar hand uit om afscheid te nemen en ze keek hem in de ogen. 'Heb je met Elinor gepraat?'

'Wat... Hè... wat bedoel je?'

'Ze is zwanger.'

Hij keek haar geschokt aan.

'Ja, en dat kind is van jou, toch?' vervolgde ze.

Hij kon geen woord uitbrengen.

Het was niet Linda's bedoeling hem pijn te doen. Integendeel, ze wilde hem een zetje geven zodat hij zijn verantwoordelijkheid zou nemen. Ze had overwogen om zich er niet mee te bemoeien, maar toen had ze er met Mary over gepraat.

'Dus hij komt ermee weg? Moet die arme Elinor dit zelf oplossen?' had Mary gevraagd, en dat had haar anders doen besluiten.

Nu werd duidelijk dat Elinor hem niets over het kind had verteld. De altijd gezonde kleur op Sebastians wangen was weggetrokken. Hij draaide zo verwoed aan zijn zegelring dat ze bang was dat hij zijn vinger zou bezeren.

'Ik vind dat je met haar moet praten,' zei Linda. 'Als ze ervoor kiest om het te laten weghalen, moet dat in een echte kliniek gebeuren, niet in het achterafkamertje van een of andere kwakzalver.'

Linda zat naast George op de achterbank terwijl de taxichauffeur de stad uit reed.

'Wat vind je tot nu toe van het werk, George?'

Hij knikte glimlachend naar haar. 'Ik heb nog nooit een gemakkelijkere baan gehad, *ma'am*.'

Ze zou het bezoek kort houden.

Het enige wat voor vertraging zou kunnen zorgen, was de mogelijkheid dat Archibald Carlisle niet thuis was. Maar hij was thuis, en aangezien hij van Britse afkomst was, was hij natuurlijk overdreven beleefd.

Tot hij George zag.

'Nou, daar is-ie weer,' zei de lord vermoeid.

George was waarschijnlijk de eerste zwarte man ooit die het terrein van Carlisle betrad, dacht Linda.

Terwijl George achter haar stond, legde ze aan Mary's echtgenoot uit dat als hij het verhaal dat hij zijn zonen had verteld, niet zou herzien en in plaats daarvan hun moeder zou prijzen, Linda zijn leven in een hels schandaal zou veranderen. Hij mocht kiezen.

'Jij bent op leeftijd en je vrouw is nog jong. Als jij sterft, zullen je zonen je bezittingen erven en hoe kunnen je kinderen dit enorme landgoed beheren zonder de steun van hun moeder? Heb je daar weleens over nagedacht? Of denk je helemaal niet aan de kinderen, maar alleen aan jezelf?'

'Niemand zal je geloven,' zei hij triomfantelijk.

'Iedereen zal me geloven. Iedereen.' Ze glimlachte. 'Ik hoef misschien niet te zeggen dat de meest invloedrijke Londenaren naar Flanagans komen. Ze komen omdat ze me vertrouwen. Dus ja, iedereen zal me geloven. Je begrijpt uiteraard hoe groot het schandaal zal zijn. Dat hoef ik jou niet te vertellen.'

De volgende dag bedacht de lord zich. Hij nam contact op met Mary en zei dat hij haar relatie met de kinderen niet in de weg zou staan.

'Kun je geloven dat hij van gedachten is veranderd?' zei Mary verrast tegen Linda. 'Ik vraag me alleen af hoe dat zo ineens komt?'

'Dat kun je je inderdaad afvragen, ja.'

41

Elinor zou al haar spaargeld kwijt zijn aan de abortus, maar dat was niet het grootste probleem. De man die de operatie zou uitvoeren, had aan de telefoon gezegd dat Elinor zou bloeden en dat ze misschien een paar dagen niet zou kunnen werken, en dat was uitgesloten. Ze moest de volgende ochtend terug zijn.

Emma hield haar hand vast tot ze bij het adres kwamen waar alles zou gebeuren.

'Als er iets misgaat, mag je alleen met mijn moeder praten.'

Emma knikte.

'Ze werkt vandaag en vraagt zich misschien af waar ik ben. Ik zal liegen en zeggen dat jij en ik samen een lange wandeling hebben gemaakt.'

'Natuurlijk. Vanzelfsprekend,' zei Emma. 'Ben je bang?'

Elinor was doodsbang. Hoe dichter ze bij de achterafstraat kwamen, hoe misselijker ze werd. Heel even had ze er spijt van. Ze zou dit kind moeten krijgen en er het beste van moeten maken. Ze was nog jong. Miss Lansing was een moderne baas, ze zou Elinor niet ontslaan.

Maar wat voor leven zou het kind hebben? De diensten bij Flanagans waren lang, werkweken van zestig uur waren niet ongebruikelijk. Waar moest het kind naartoe wanneer Elinor werkte? Ze had geen eigen huis, verdiende niet genoeg voor een oppas. Het was onmogelijk.

Ze dacht aan de waarschuwing dat ze misschien nooit meer kinderen zou kunnen krijgen, maar dat was misschien maar goed. Ze moest gewoon de rest van haar leven vooruitkijken, niet aan dit verlies denken, moeilijker dan dat was het niet... Kleine kinderarmpjes om haar nek, een donzig hoofd, een glimlach die misschien aan Sebastian deed denken, een klein mensje dat haar 'mama' zou noemen, ze moest gewoon niet… Ze snikte en Emma greep haar stevig bij haar elleboog vast.

'Wil je even uitrusten? We kunnen daar gaan zitten,' zei Emma, wijzend naar een houten kist die op straat lag.

Elinor schudde haar hoofd. 'Nee, laten we naar binnen gaan. Ik moet het doen. Maar weet je, het doet zo'n pijn hier.' Ze wees naar haar hart en klampte zich toen aan Emma vast. 'Je bent altijd zo positief. Zeg dat het goed gaat, zeg dat ik later een kind krijg. Zeg dat de ziel van dit hummeltje in een andere vorm naar me toe komt.'

'Je hebt geluk,' zei de man die de deur voor hen opendeed. 'Er was er net een die zich bedacht heeft. Anders had je een week moeten wachten.' Hij knikte naar de kelder. 'Daar naar binnen. Je mag je onderlichaam vrijmaken. Zij moet buiten wachten.' Hij wees naar Emma. 'En ik wil eerst het geld.'

Emma keek naar Elinor. 'Weet je het nog steeds zeker?' fluisterde ze. De man leek op de slager thuis in het dorp.

Elinor zag lijkbleek, alsof al het bloed al uit haar was weggetrokken. Het was vreselijk om haar vriendin zo te zien.

Toen ze de kamer binnenliepen, probeerde Emma oogcontact met haar te maken, maar Elinor keek met een lege blik voor zich uit en keek niet om. De deur ging dicht en Emma begroef haar hoofd in haar handen.

De hartverscheurende schreeuw die ze even later hoorde, was de ergste die Emma ooit had gehoord.

'Waar is Elinor? Heeft iemand Elinor gezien?'

Sebastian was in paniek, hij moest haar vinden. Hij had de afgelopen twee dagen steeds weer zonder resultaat op haar deur staan bonken, en nu begon de tijd te dringen. Hij moest haar vinden.

Iemand had haar door de personeelsingang naar buiten zien lopen, maar niemand kon zeggen waar ze naartoe was gegaan. Het keukenpersoneel wist wel beter dan te vragen waarom hij zo bang was, maar hij zag hoe ze keken. Hij negeerde het en liep in drie stappen de trap op naar de foyer, en van daaruit haastte hij zich naar Linda's kantoor. Hij wachtte niet, maar trok de deur meteen open. 'Ik kan haar niet vinden,' zei hij ademloos. 'Ik kan Elinor niet vinden en nu begin ik bang te worden.'

Linda stond met de telefoonhoorn in haar hand en hing meteen op toen ze hem in de deuropening zag staan.

'Ik wilde je net bellen. Ik weet waar ze is en dat we snel moeten zijn. Kom. Charles wacht buiten met de auto.' Zonder verdere uitleg liep ze de deur uit.

'Schiet op,' zei ze. 'We zullen te laat zijn, maar we kunnen misschien voorkomen dat ze doodbloedt. Ik heb mijn dokter in Harley Street gebeld en hij zal ons ontvangen.'

Ze haastten zich door de menigte in de lobby en Linda duwde hem de auto in.

Sebastian was er kapot van. Wat had hij gedaan? Elinor had nog niet zo lang bij Flanagans gewerkt toen zijn oog op haar viel, bijna een jaar geleden. Hij had in de loop van dat jaar met anderen geslapen en zij had misschien hetzelfde gedaan, maar de laatste tijd had hij niemand anders willen zien dan haar. Haar speciale glimlach en manier om naar hem te kijken, maakten hem tegelijkertijd willoos, warm, gelukkig en trots. Hij voelde dit nu al een hele tijd. Waarom had hij het haar niet verteld?

En nu droeg ze zijn kind.

Hij vond het totaal onbelangrijk dat ze uit een andere sociale klasse kwam, dat was iets waar alleen zijn moeder belang aan hechtte. Hij had gewoon niet begrepen dat liefde zo voelde. Het enige wat hij wist, was dat hij dicht bij haar wilde zijn. Haar stem horen. Haar aan het lachen maken. Tot nu toe hadden ze elkaar in het geheim ontmoet. Nu wilde hij haar meenemen naar de realiteit. Haar cadeautjes geven, een mooi huis, een thuis in plaats van de kamer in het hotel.

'Charles, het gaat om leven of dood. Rij harder, verdomme.'

'Bedankt voor het bellen,' zei Linda toen ze Emma bij de kelderdeur ontmoetten. 'Ik neem aan dat je Sebastian kent, mijn neef, hij is degene die Elinor zwanger heeft gemaakt.'

Emma staarde naar Sebastian en hij naar haar.

'Ja,' zei Emma langzaam. 'We... kennen elkaar.'

Hij schonk haar een dankbare blik en liep daarna snel achter Linda aan door de gang.

'Helemaal achterin aan de rechterkant,' riep Emma hun na. Ze kon het niet opbrengen om mee te lopen.

Hij. Waarom juist hij, dacht ze.

Elinor had geluk gehad. Het instrument dat de man die de abortus uitvoerde had gebruikt was weggegleden en had haar pijn gedaan, maar had de vrucht nooit bereikt. Linda en Sebastian hadden Elinor in de auto gezet en Charles had haar naar Linda's dokter gebracht die hun de geruststellende boodschap kon geven. Elinor was suf door het bloedverlies, maar voelde nog steeds de hitte van Sebastians hand.

Hun verloving werd een paar dagen later aangekondigd. Elinor had niet geaarzeld toen ze besefte dat Sebastian van haar hield. De bruiloft zou in alle eenvoud plaatsvinden, zonder familie of vrienden.

'Maar ik wil dat jij komt,' zei Elinor tegen Emma.

'Wanneer is het, zei je?'

'Zaterdag over een week.'

'O nee, dan ga ik naar huis, naar mijn moeder.'

Elinor pakte haar vast. 'Wat ben ik blij voor jou,' zei ze. 'Wat fijn dat jullie het bijgelegd hebben. Het voelt goed, toch?'

Emma knikte vastberaden. 'Ja, inderdaad.'

'Maar je bent toch terug wanneer we van onze huwelijksreis

terugkeren, nietwaar? We gaan naar Frankrijk.'

Haar ogen glansden. Emma leunde voorover en kuste haar wang.

'Ik wens je het allerbeste, dat weet je toch?'

Elinor keek haar verbaasd aan. 'Ja, natuurlijk. Je doet een beetje raar. Wat is er, Emma?'

'Nee, ik ben ontroerd dat je gaat trouwen en dat alles uiteindelijk zo goed is afgelopen, meer niet.'

'Lieve Emma, ik ben echt gelukkig.'

'Ik weet het.'

Ze namen afscheid voor de kamer van Elinor. Hun collega's zouden Elinor mee uit nemen om het te vieren, maar Emma kon zichzelf er niet toe zetten om met hen mee te gaan. De misselijkheid overspoelde haar. Ze legde haar hand op haar buik.

Ze zou Flanagans moeten verlaten voordat het zichtbaar zou worden, maar ooit zou ze terugkeren alsof er niets was gebeurd.

42

Terwijl Mary in Linda's oude hotelsuite werd geïnstalleerd, zat Linda op de comfortabele bank voor haar kantoor en keek naar haar gasten. Sommigen liepen door de gang en anderen renden de trap op en af. Een verliefd stel stond te zoenen bij de balustrade.

Ze liet haar gedachten de vrije loop.

Hoewel ze probeerde niet aan Robert te denken, zag ze elk vrij moment zijn mooie gezicht voor zich. Waarom liet hij niets van zich horen, was er iets gebeurd? Niemand wist waar hij naartoe was gegaan en het niets weten verteerde haar. Zo goed als ze kon, had ze haar aandacht gericht op het helpen van anderen die haar steun nodig hadden, dat leidde haar een beetje af. Ze was zo blij voor Elinor en Sebastian. Misschien konden zij en Sebastian nu echt vrienden en neef en nicht zijn.

Alexander kwam de trap op en glimlachte toen hij haar op de kleine bank zag zitten. Zijn baan als hoofd van de receptie zou permanent zijn, maar ze had hem nog niet ingelicht. Eén ding tegelijk.

'Een telegram,' zei hij, terwijl hij haar een envelop overhandigde.

'Bedankt, ga zitten,' zei ze, terwijl ze naast zich op de bank klopte.

'Nee, dat is niet gepast,' zei hij verschrikt.

'Het is 1960. Het zijn nieuwe tijden. Ga zitten.'

Toen hij zat, zei ze: 'Emma en jij zijn toch goede vrienden?'

Hij knikte. 'Ja.'

'Dan wil ik dat je weet dat ze naar huis is gegaan naar haar familie en daar een tijdje zal blijven. Er is blijkbaar iemand ziek geworden. Ik kreeg het bericht gisteren. Natuurlijk ontvangen we haar met open armen terug als ze dat wil. Ik heb Elinor op de hoogte gesteld en nu weet jij het ook. Als iemand naar haar vraagt, is het misschien handig om dat te weten.'

'Ik… Ik… zal haar missen. Denkt u dat ze bezoek mag ontvangen?'

'Dat weet ik niet, misschien moet je haar bellen en het vragen? Maar ik hoop dat ze terugkomt, zodat jij je kans krijgt,' glimlachte Linda. 'En nu wegwezen zodat ik mijn telegram kan openen.'

Glimlachend zag ze hem de trap af rennen terwijl ze het telegram openvouwde.

Nieuws over Robert. Bereid je voor op het ergste. Nu op weg naar Londen. Grant.

Haar hand beefde toen ze het telegram op haar schoot liet zakken.

Grant vond Linda in haar suite, waar ze angstig had zitten wachten sinds ze zijn bericht had ontvangen.

'Robert ligt in het ziekenhuis en is net overgeplaatst naar een ziekenhuis dichter bij Londen, waar men de expertise heeft op het gebied van zijn type letsel,' zei hij. 'We gaan er meteen naartoe, ik heb buiten een auto staan.'

Linda liep naast Grant naar buiten. 'Hoe ben je dit te weten gekomen?' vroeg ze. 'Wat voor soort letsel heeft hij? Heb je met hem gepraat? Je maakte me zo ongerust met je telegram.'

Ze kwamen bij de auto en stapten snel in.

'Nee, ik heb niet met hem gepraat. Hij had zijn secretaresse verboden zijn verblijfplaats bekend te maken omdat hij geen bezoek wilde, maar ik zette haar onder druk en uiteindelijk vertelde ze het me.'

Er ging een pijnscheut door Linda heen. Haar hart deed pijn.

'Je moet hem begrijpen,' zei Grant. 'Hij wil niet dat je hem als kreupele ziet.'

'Ik zou hem nooit zo zien,' zei ze wanhopig.

'Nee, maar waarschijnlijk ziet hij zichzelf zo,' zei Grant en hij aaide over haar hand. 'Wees niet bedroefd als hij niet buiten zichzelf is van vreugde wanneer hij je ziet.'

Even later liepen ze de kliniek binnen.

Ze vonden een verpleegster in de gang.

'Hij wil geen bezoek,' zei ze kort.

'Ik ben vanuit New York hiernaartoe gereisd om hem te zien,' zei Grant. 'En als je niet wilt dat ik hier een scène ga schoppen, dan vertel je me nu op welke kamer hij ligt.' Hij keek haar strak aan.

'Er bestaan geen aardige Amerikanen,' mompelde ze. 'Kamer 20,' zei ze toen. 'Maar die informatie hebt u niet van mij.'

'Ik blijf buiten,' zei Grant terwijl ze naar de deur liepen. 'Ga naar binnen.'

Linda opende voorzichtig de deur naar de kamer. Robert zat in een stoel en keek uit het enige raam dat op een kier stond. Een dun gordijn wapperde in de wind.

'Robert,' zei ze voorzichtig.

Hij schrok op, maar gaf geen antwoord.

Ze liep langzaam naar hem toe en pas toen zag ze de wielen aan de stoel. Ze bleef staan en haalde rustig adem voordat ze verder liep. De tranen brandden achter haar oogleden.

'Robert,' zei ze weer.

Hij draaide de stoel om en hun ogen ontmoetten elkaar.

'Ik wilde niet dat je hier kwam,' zei hij zachtjes.

Ze knikte, maar ze kon niet praten. Ze zou weer gaan als hij haar dat vroeg, had ze zichzelf beloofd. De brok in haar keel werd alsmaar groter.

'Nog maar een paar dagen geleden,' vervolgde hij, 'kon ik dit plotseling.' Hij pakte de zijkanten van de rolstoel vast en duwde zichzelf op tot hij stond. 'En nu,' zei hij zachtjes met zijn ogen op de hare gericht, 'is er niemand waar ik liever mijn eerste strompelende stappen naartoe zou willen zetten dan jij. Als ik het red naar jou te lopen, wil je dan met me trouwen?'

Ze knikte. Tranen stroomden over haar wangen en toen hij erin slaagde de drie stappen naar haar toe te zetten, sloeg ze haar armen om hem heen en drukte haar gezicht tegen zijn borst. Ze huilde en huilde, alsof alle spanning van de afgelopen weken naar buiten moest komen.

'Ik kan je maar met één arm vasthouden, de andere is gebroken,' zei hij teder met zijn mond tegen haar haren. 'En ik denk dat ik zo ga vallen.' Hij wankelde angstig, en ze greep zijn middel steviger vast. 'Maar ik meen het, Miss Lansing, we zouden echt moeten trouwen.'

Ze snotterde tegen zijn ziekenhuishemd.

'In dat geval in de kerk van Fjällbacka.'

Hij lachte hard. 'In de kerk van Fjällbacka, waar anders.'

DANKWOORD

Zoals altijd, allereerst Jonathan, bedankt. Je bent een te gekke, goede zoon! Bedankt, Linnea! Ik ben zo blij dat jullie af en toe bij me willen zijn.

Dank aan mijn opbeurende familie aan de westkust: Sverker en Sofie en alle neefjes. Extra grote dank gaat uit naar mijn moeder Jörel, die in 1949 een meisje was in Fjällbacka en die met haar herinneringen aan die tijd heeft bijgedragen aan dit boek.

Dank je wel, Fjällbacka, mijn geboorteplaats en de plek waar een deel van mijn hart voor altijd ligt.

Dank aan uitgeverij Forum, vooral aan mijn uitgever Teresa die in mijn hotel geloofde vanaf het moment dat het nog maar een vaag idee was, en aan mijn redacteur Lena die mijn tekst bewerkte.

Dank aan Helen, Jein en Simona voor onze hechte vriendschap die alles voor mij betekent.

Dank aan de hotels in Londen die zo genereus al mijn vragen hebben beantwoord en me door de gangen hebben laten lopen: The Ritz, Claridge's en The Savoy.

Dank aan restaurant Grodan in Stockholm dat we foto's mochten maken in hun mooie pand in de Grev Turegatan.

Dank aan Anna-Lena Ahlström voor de omslagfoto en Jessica Wahlgren voor haar make-up.

Dank aan Bonniers Rights en Engberg Agency.

Alle fouten die jullie vinden, heb ik zelf gemaakt.

Dus als jullie willen klagen – of knuffelen – dan vind je me op de volgende plaatsen:

Mijn blog, waar ik elke dag volkomen onbeschaamd over van

alles en nog wat vertel: asahellberg.blogspot.com.

Instagram, waar ik al mijn slechte foto's post. Daar kunnen jullie ook zien hoe ik er in het echt uitzie: instagram.com/asahellberg.

Facebook, waar ik maar af en toe ben en waar ik meestal opschep: facebook.com/asahellbergwriter

Åsa Hellberg, juni 2019